Reinhold Schneider

Der Wahrheit Stimme will ich sein

Essays · Erzählungen · Gedichte

Herausgegeben von
Carsten Peter Thiede und
Karl-Josef Kuschel

Insel Verlag

Druck: Memminger MedienCentrum AG
Printed in Germany
ISBN 3-458-17163-0
Erste Auflage 2003

1 2 3 4 5 6 – 08 07 06 05 04 03

Inhalt

Vorwort

Wer ist Reinhold Schneider? Ein Lesebuch, auch wenn es aus Anlaß des 100. Geburtstags erscheint, ist mehr als nur eine Bestandsaufnahme. Denn Reinhold Schneider (1903-1958) ist nicht zu erfassen mit den Daten der Literaturgeschichte. Falsch ist es sicher nicht, sich des Verfassers eines der bekanntesten deutschen Gedichte zu erinnern, »Allein den Betern kann es noch gelingen«. Falsch auch nicht, den Autor des inneren Widerstands gegen den Nationalsozialismus wieder zu lesen, der gegen die Judenverfolgung schrieb und sich, wie er selbst sagte, dem »literarischen Sanitätsdienst« widmete. Neu zu lesen ist auch der Mann, der sich in der jungen Bundesrepublik gegen die Wiederaufrüstung wandte, ein Jahr nach Hermann Hesse den Friedenspreis des deutschen Buchhandels erhielt und Theaterstücke schrieb, die im Wiener Burgtheater aufgeführt wurden (1958, *Der Große Verzicht*) und zu deren Premieren auch der Bundespräsident kam (1954 in Essen, *Innozenz und Franziskus*). Neu zu lesen der Mann, der sich ein Leben lang mit Schopenhauer auseinandersetzte, den Spanier Unamuno und die Französin Simone Weil früher als andere entdeckte [siehe S. 283] und bis heute Gültiges über Portugal und seine Kultur zu schreiben wußte [siehe S. 25]. Er verstand sich in seinem Schreiben als Christ, aber den christlichen Dichter als »Unruhestifter, Ankläger, Wurm im Gewissen, verhaßt den Mächtigen, unerwünscht den Oberhirten« [siehe S. 309].

Dieses Lesebuch, in charakteristische Themenbereiche gegliedert, dokumentiert »klassische« Texte, erschließt aber auch weitgehend unbekannte, zukunftsträchtige Aspekte des Werkes. Die Chronologie des Lebens tritt dahinter bewußt zurück. Schneider hat seine Biographie nie zum Maßstab des Werks gemacht. Gerade die drei Bücher, die man als »autobiographisch« bezeichnen könnte, *Verhüllter Tag* (1954; siehe S. 62, 121), *Der Balkon* (1957, siehe S. 78) und *Winter in Wien* (posthum 1958, siehe S. 261), setzen die eigene Erfahrung nicht absolut, sondern nutzen sie als Ausgangspunkt für das Nachdenken über Mitmenschen, vergangene und gegenwärtige Ereignisse und immer wieder über die Verantwortung des in der Gesellschaft handelnden Christen. Carl Friedrich von Weizsäcker, der Naturwissenschaftler und Philosoph, der Schneider persönlich kannte, schrieb über diese drei Werke: »Im sechsten Lebensjahrzehnt leistete Reinhold Schneider die Wandlung, ein moderner Mensch zu werden. Diese Wandlung war für ihn schwer, weil er all das wußte und festhielt, was das moderne Bewußtsein in seiner oberflächlichen Form vergißt, d. h. verdrängt. Er wußte, das es für den Menschen keine Erlösung gibt, wenn er nicht seine persönliche Schuld als seine eigene Schuld bewußt auf sich nimmt. [...] Das Rätsel des Leidens wird nicht gelöst, indem es aus dem undurchdringlichen Heilsplan Gottes in der Menschengeschichte in die Weite des Kosmos zurückgeschoben wird. Aber in die Brüderlichkeit, die für Schneider dem leidenden Menschen gegenüber immer natürlich war, wird nun alles Lebendige einbezogen. Reinhold Schneider, der sich nicht mehr bewahren muß, sieht.«[1] Das gilt ausdrücklich für den *Winter in Wien* [siehe S. 261]. Von Schneider kurz vor seinem Tod dem Verlag übergeben, sind diese ›Notizhefte‹ nicht nur sein literarisches Vermächtnis, sondern auch ein unverändert herausforderndes Buch. Der Weg bis zu diesem literarischen Vermächtnis soll hier wenigstens in knappen biographischen Strichen skizziert werden:

Schneider wächst als Sohn eines evangelischen Vaters und einer katholischen Mutter auf. Am 13. Mai 1903 in Baden-Baden geboren, wird Reinhold ebenso wie sein älterer Bruder katholisch erzogen. Wilhelm Messmer, der Vater seiner Mutter, hatte das Hotel Messmer erbaut. Hier erlebt der Junge vor dem Ende des Ersten Weltkriegs die mondäne Welt des Kurortes. Der Kaiser ist zu Gast,

1 C. F. v. Weizsäcker, ›Reinhold Schneider in unserer Zeit‹, in: C. P. Thiede (Hg.), *Über Reinhold Schneider*, Suhrkamp Verlag Frankfurt am Main 1980, S. 165-182, hier S. 181-182.

Fürsten, Politiker, Glücksspieler, Industrielle, Reiche und Neureiche gehen in seinem Elternhaus aus und ein. Europa kommt zum jungen Reinhold Schneider – von dieser Erfahrung zehrt er ein Leben lang [siehe S. 208]. Der Vater verkauft das Hotel nach dem Krieg, verliert das Geld durch die Inflation und stirbt, als Reinhold achtzehn Jahre alt ist und gerade das Abitur gemacht hat. Ein Selbstmordversuch ist 1922 die Folge des Scheiterns und der vom Vater ererbten Schwermut [siehe S. 101, S. 169]. Als das Hotel 1957 abgerissen wird (erst in diesen Jahren ist es mit teilweise original erhaltenen Bauteilen neu als »Dorint Hotel Maison Messmer« erstanden, mit einer Erinnerungstafel für Schneider neben dem Portal), schreibt er sein scharfsinniges, das untergegangene Europa mit sanfter, liebevoller Melancholie zeichnende Meisterwerk *Der Balkon. Aufzeichnungen eines Müßiggängers in Baden-Baden.* Doch das ist fündunddreißig Jahre später. Nach einem wenig erfolgreichen landwirtschaftlichen Praktikum beginnt er eine kaufmännische Ausbildung bei einer Druckerei in Dresden. Und hier öffnen sich ihm zum zweiten Mal, wenn auch ganz anders, die Türen zur Welt:

Bei der Firma Stengel & Co arbeitet Reinhold Schneider fast fünf Jahre lang als Übersetzer und Fremdsprachenkorrespondent. Er bringt sich im Selbststudium Spanisch, Portugiesisch und Italienisch bei und verbessert seine Englisch- und Französischkenntnisse. Der immens Sprachbegabte, der später auch Tageszeitungen in den skandinavischen Sprachen liest, kann nun neben seiner Arbeit die großen Dichter und Philosophen im Original studieren. Er liest den Amerikaner Walt Whitman, Shakespeare und Corneille und vertieft sich vor allem in die iberische Kultur [siehe S. 25, 44, 49] – hier ist besonders der portugiesische Nationaldichter Camões zu nennen –, und er stößt auf das Werk des spanischen Philosophen Miguel de Unamuno, den er schneller als andere in Deutschland in seiner ganzen Bedeutung erkennt. Vor allem zwei Werke, *Das tragische Lebensgefühl* (*Del sentimiento trágico de la vida*) und das Kapitel über ›Coimbra‹ in den *Andanzas y Visiones*, geben ihm, der den Weg zum immer wieder suizidgefährdeten Nihilisten hätte gehen können, eine neue Richtung. Es gelingt ihm, von der Verzweiflung am Absurden der Welt zur Lebensbejahung im Tragischen zu finden, und seine Kierkegaard-Lektüre (meist im dänischen Original) führt ihn endgültig von der leidenden Passivität zur Position des geschichtsbewußten Beobachters, der mit seinen Mitteln handelt und andere zum Handeln auffordert [siehe S. 111]. »O Tod, ich glaube, man tut dir unrecht. Welche Bedeutung kannst du nicht dem Leben geben« ist der Satz Kierkegaards, der wie ein Motto über dieser Lebensphase steht. Zugleich führen ihn Unamuno und Kierkegaard zum Christentum. Denn trotz seiner christlichen Erziehung hatte sich Schneider als Nietzsche-Leser vom Glauben der Kindheit entfernt [siehe S. 103]. Die Geschichtsdeutung der iberischen Autoren und die Theologie Kierkegaards eröffnen ihm eine neue Sicht: »Das reißende Gefälle europäischer Geschichte trieb mich Christus entgegen.«

Der Einschnitt erfolgt 1928. Schneider gibt seine Tätigkeit in der Dresdner Druckerei auf, beschließt, freier Schriftsteller zu werden, und fährt nach Portugal, später nach Spanien. Sechs Monate auf der iberischen Halbinsel, dann die Rückkehr über Gibraltar, Tanger und Italien: Er hat seine ersten Stoffe gefunden, schreibt die *Leiden des Camões* (1930) und sein Buch über *Philipp II. oder Religion und Macht* (1931). Beide erscheinen im Verlag Hegner, Hellerau, und machen Schneider gleichsam über Nacht bekannt. Er schreibt für Rundfunksender und Tageszeitungen und reist durch Deutschland, Frankreich und wieder Spanien und Italien, entdeckt für sich die spanische Mystik, will aber nun vor dem Hintergrund dieser europäischen Erfahrungen sein eigenes Deutschlandbild entwerfen. 1931, als sich das Ende der Weimarer Republik bereits abzuzeichnen beginnt, zieht er erst nach Berlin, dann nach Potsdam und veröffentlicht *Fichte. Der Weg zur Nation*. Das Buch ist schnell erfolgreich, stellt ihn jedoch ungewollt in ein nationalistisches Licht. Schneider muß sich entscheiden: Will er den Verlockungen nachgeben, ein deutschnationaler

Dichter zu werden, oder bleibt er dem europäischen Weg treu, auf dem er Deutschlands Rolle als Kulturnation nicht isoliert, sondern integriert erfaßt?

Geschickt wählt er eine Möglichkeit, die nicht nur die nationalistischen Versuche beendet, den *Fichte* zu vereinnahmen, sondern zugleich der aufkommenden NS-Geschichtspolitik entgegentritt. Er schreibt *Die Hohenzollern. Tragik und Königtum*, eine Deutung der preußischen Geschichte, die nichts glorifiziert, sondern im Gegenteil mit Friedrich dem Großen bereits das Ende Preußens kommen sieht und die Gegenüberstellung von Geist und Geschichte so begreift, daß sie nicht unvereinbare Gegensätze bleiben [siehe S. 62]. Es ist eine bewußte Herausforderung der Nationalsozialisten, die Geist und Macht unübersehbar auseinanderbrachten und zahllose Schriftsteller, Musiker, Künstler und Denker ins Exil oder in Konzentrationslager trieben. Schneider erklärt am Beispiel der Hohenzollern, daß die völkische Politik der Nazis schon in ihren Anfängen gescheitert ist. »So bedeutete es für die nach Anerkennung und Ansehen gierende, junge plebejische Bewegung eine unglaubliche Provokation, daß der kaum dreißigjährige Reinhold Schneider 1932/33 ihren Anspruch auf die geschichtserneuernde Tat leugnete, daß er den Zwiespalt zwischen Potsdam und Weimar kalt als ›unversöhnt‹ bezeichnete und sein Werk, das den Anspruch auf die einsame Gestaltung des Traumes erhob, nicht mehr nur einem kleinen Kreis von Eingeweihten, sondern ausdrücklich ›dem ganzen Volke‹ zueignete« (Wolfgang Frühwald).[2]

Das Buch erscheint im August 1933, und es enthält eine programmatische Aussage über Schneiders Geschichtsbild, der er auch über Diktatur und Krieg hinaus verpflichtet bleibt: »Das Leben aber in seiner ganzen Schwere ist nur möglich als Auftrag Gottes.« Es dauert nicht lange, bis der Verkauf eingestellt werden

2 W. Frühwald, »Die ›Papierrosen der Literaturgeschichte‹. Zur literarischen Einordnung des Werkes von Reinhold Schneider«, in: C. P. Thiede (Hg,.), wie in Anm. 1, S: 315-335, hier S. 325.

muß; eine unveränderte Neuausgabe – mit einem erläuternden Nachwort – kommt erst 1953 heraus. Schneider weiß nun, 1933, welches Risiko er eingeht, intensiviert aber weiterhin seine Versuche, mit seiner Interpretation der Geschichte der Gegenwart einen Spiegel vorzuhalten. Was ihn dabei von Vorgängern, wie etwa Stefan Zweig oder dem gerade in den dreißiger Jahren ungemein populären Felix Dahn unterscheidet, macht ihn bis heute zu einem innovativen Meister der Gattung »historischer Roman«. Denn weder psychologisiert er seine Personen und ihre Handlungen, wie Zweig es auf höchstem Niveau tat, noch mißbraucht er historische Stoffe nach dem Modell Dahns für einen heroisierenden, nicht selten rassistischen »Kulturkampf«. Statt dessen recherchiert er, erarbeitet sich die Quellen in den Originalsprachen, entdeckt Unbeachtetes und gestaltet das Ergebnis dieser Arbeit in den Archiven zu sprachlich eigenständiger, geradezu packender Prosa. Der erste große Wurf, unmittelbar nach den bereits exemplarischen *Hohenzollern*, gelingt ihm mit seiner nächsten Herausforderung an den Ungeist des Nationalsozialismus: *Das Inselreich. Gesetz und Größe der britischen Macht*, das er im Sommer 1934 auf einer Englandreise entwirft. Das Buch erscheint im Sommer 1936 – nach einer weiteren Englandreise 1935, auf der er beim Besuch der Londoner St. Paul's Kathedrale zum gelebten, persönlichen Christusglauben zurückfindet [siehe S. 121], nach Potsdamer Begegnungen mit Rudolf Alexander Schröder; mit dem Industriellen Heinrich Ludewig, der ihn finanziell unterstützt (und nach Schneiders Tod 1958 mit zwei anderen Wegbegleitern des Dichters, Paul und Leni Mahnert, das Weiterleben seines Werkes auch mäzenatisch fördert),[3] nach ersten intensiven Kontakten mit An-

3 Ludewig gehörte zu den Gründern der Reinhold-Schneider-Gesellschaft, später der Reinhold-Schneider-Stiftung und förderte vor allem mit dem von ihm eingesetzten »Maximilian-Kolbe-Reinhold-Schneider-Preis« die Vermittlung christlicher Literatur unter jugendlichen Lesern namentlich im polnisch-deutschen Verhältnis. Die nachwirkende Bedeutung der Tätigkeit Ludewigs ist noch heute daran zu erkennen, daß die kulturpolitische Arbeit im deutschsprachigen Polen sich immer wieder auf Schneider bezieht. Der

gehörigen der sich bildenden Widerstandsbewegungen, wie Karl Ludwig zu Guttenberg, Helmuth Graf von Moltke, Peter York von Wartenburg und anderen. Mehr noch als die *Hohenzollern* ist es eine Kampfansage. Denn nun war es eine fremde, ausländische Macht, deren Geschichte, Kultur und Religion der NS-Propaganda und der NS-Wirklichkeit entgegengestellt wird. Ähnlich wie in den *Hohenzollern* geht es Schneider nicht um eine Verherrlichung des Gegenbildes. Er sieht die Schattenseiten der britischen Geschichte, den immer wieder drohenden Untergang, ebenso, wie er die Schattenseiten Preußens gesehen hatte. Doch er spricht dem »Inselreich« eine Größe zu: die immer wieder neu bewährte Fähigkeit, sich jeder Tyrannei auch im Inneren letztlich erfolgreich zu widersetzen, eine Fähigkeit, die er in Deutschland nicht mehr finden kann. Schon in dieser Zeit, vermehrt in der Zeit nach 1938, fragt sich Schneider – und wurde von manchen dazu gedrängt –, ob er nicht ins Exil gehen solle. Er entscheidet sich zum Bleiben aus der Überzeugung, daß er von außen keinen Einfluß mehr auf die lesende Bevölkerung in Deutschland haben würde, und so bleibt er, trotz zunehmender Gefährdung.[4] Theodor Heuss bespricht das *Inselreich* 1937 in der ›Revue Européenne‹. Er ver-

Erzbischof von Oppeln/Opole, Alfons Nossol, wie Ludewig Träger der »Reinhold-Schneider-Plakette», führt diese brückenbauende Arbeit fort. Ähnlich wichtig war für Schneider die Freundschaft mit Paul und Leni Mahnert, in deren Essener Haus er die klassische Musik und einige ihrer seinerzeit führenden Interpreten kennenlernte (Elly Ney, Ludwig Hoelscher, u. a.) und vor allem immer wieder Ruhe zum Schreiben fand. Bis heute gehört die Familie Mahnert-Lueg zu den Förderern des Nachlebens Schneiders; die von Edwin M. Landau herausgegebene erste große Werkausgabe, die zehnbändig im Insel Verlag erschien (1978-82), wurde auf diese Weise möglich.

4 Vgl. dazu der *Verhüllte Tag* von 1954, hier zitiert nach der Ausgabe Suhrkamp Verlag Frankfurt am Main 1980, S. 76: »Ich kann nur leben mit meinem Volke; ich möchte und muß seinen Weg mitgehen Schritt für Schritt; so hoch ich diejenigen achte, die aus Gesinnung emigrierten, so habe ich doch nie daran gedacht, Deutschland zu verlassen; es hat sich auch ergeben, daß eine geistige Einwirkung auf ein der Diktatur unterworfenes Land von außen kaum möglich ist.«

steht Schneider als eine Stimme, die Europa noch nicht verlorengibt, und begreift sofort – auch wenn er es nur zwischen den Zeilen andeutet – daß hier die Stimme des inneren Widerstands spricht.[5] Aus britischer Sicht ist das jüngere Urteil der englischen Literaturhistorikerin Kay Heriot aufschlußreich: »*Das Inselreich – Gesetz und Größe der britischen Macht*, Reinhold Schneiders 1936 erschienene – und im Dritten Reich sofort unterdrückte – Interpretation der britischen Geschichte, darf wohl einzigartig genannt werden, nicht nur, weil diese Interpretation durch einen nichtbritischen Autor die beste und umfassendste ist, die es überhaupt gibt, sondern auch, und vielleicht vor allem, weil sie in einem Zeitalter, in dem alle Begriffe von Ritterlichkeit und wirklicher Humanität – d.h. Achtung für die menschlichen Probleme und die menschliche Not Andersdenkender –, kaum mehr existieren, diese Begriffe repräsentiert wie kein anderes Buch unseres Jahrhunderts, das mir bekannt ist.«[6] [siehe S. 51]

Schneiders Rückgewinnung des historischen Romans für eine christliche Weltsicht beeindruckt und prägt den jungen Jochen Klepper [siehe S. 114]. Bereits 1933, nach dem Erscheinen der *Hohenzollern*, kommt es zu ersten Begegnungen, deren unmittelbare Folge Kleppers Preußen-Roman *Der Vater* ist. Es entwickelt sich eine lebenslange Freundschaft, die erst im Dezember 1942 mit dem Freitod Kleppers endet. Nach dem Krieg gehört Reinhold Schneider zu den Herausgebern von Kleppers Tagebuch, *Unter dem Schatten deiner Flügel*. Für Schneider, der unverheiratet bleibt und in seiner Beziehung zu Frauen nie über die vertraute Verbindung mit Anna Maria Baumgarten (die er in seinem Testament von 1957 »Gefährtin meines Lebens« nennt) hinausgeht, ist nicht zuletzt die Ehe Kleppers eine Inspiration, die indirekt zur Entste-

5 ›Revue Européenne‹ XIII (1937), S. 89.

6 K. Heriot, »Die Aktualität von Reinhold Schneiders Englandbild«, in: C. P. Thiede (Hg.), *Christlicher Glaube und Literatur*, Bd. 2, R. Brockhaus Verlag, Wuppertal 1988, S. 61-76, hier S. 61. Text- und seitenidentisch erschienen als Heft 14 der Reinhold Schneider Blätter, September 1988.

hung seines bis heute wohl populärsten Werks, des Romans *Las Casas vor Karl V.*, beiträgt [siehe S. 130]. Denn Klepper ist mit der Jüdin Hanni Stein verheiratet, die aus ihrer ersten Ehe zwei Töchter mitbringt. So lebt der bewußte evangelische Christ Klepper mit drei Jüdinnen, deren Judentum aber »nur noch« Kultur ist, nicht mehr lebendiger Glaube – man feiert Weihnachten und Ostern, nicht Chanukka oder Pesach. *Las Casas* erscheint 1938 zwei Monate vor der sogenannten »Reichskristallnacht«; die Gestalt des Bartolomé de las Casas, der vor Kaiser Karl V. gegen die Unterdrückung der Indios durch die spanischen Konquistadoren auftritt, wird schon von den ersten Lesern als Stimme des Protests gegen die Judenverfolgung verstanden – eine Absicht, die Schneider in seinem autobiographischen *Verhüllten Tag* 1954 ausdrücklich bestätigt: »Über der Arbeit am *Inselreich* war mir die Geschichte des Las Casas aufgegangen: ich sah in ihr die Möglichkeit eines Protestes gegen die Verfolgung der Juden; zugleich ergriff mich das alte Thema von der Schuld Europas, der Christenheit an der Welt, die Tragödie der Expansion.«[7] Das Buch ist erfolgreich, und anders als bei den *Hohenzollern* und dem *Inselreich* bleiben direkte oder indirekte Maßnahmen gegen den Vertrieb aus, da Schneider, wie es schien, kein politisches Manifest, kein Gegenprogramm entwickelt, sondern auf den ersten Blick allenfalls einen Mönch gegen Untaten eines anderen Landes in vergangener Zeit sprechen läßt. Das schien, innenpolitisch gesehen, aus nationalsozialistischer Perspektive vorerst wenig bedrohlich. Daß gläubige Christen, vor allem die Kirchen selbst, gegen die Verfolgung anderer Volksgruppen, gegen Folter und Tötung, auch unter persönlichem Risiko aufzutreten haben, ist allerdings eine Botschaft, die 1938 nur unschwer mißverstanden werden konnte.

Hatte Schneider den *Las Casas* noch mit der geradezu paulinischen »Hoffnung wider die Hoffnung« geschrieben (Römer 4,18), Hitler könne – wie einst schon Karl V., der noch spät, nach Jahren

7 *Verhüllter Tag*, Suhrkamp Verlag Frankfurt am Main 1980, S. 111.

grausamster Untaten, die Indios durch die »Neuen Gesetze« geschützt und Las Casas zum Bischof von Chiapas ernannt hatte – die Verfolgung der Juden und anderer Gesellschaftsgruppen einstellen, und hatte er durchaus prophetisch warnend auf die Konsequenzen einer Zurückweisung des Willens Gottes hingewiesen (»... denn das will Gott von dir«, sagt Las Casas[8]), so ist nach der Pogromnacht des 9. November 1938 nur noch eine andere Sicht möglich, und Schneider spricht sie im Winter des Jahres mit seinem drastischsten Anti-Hitler-Sonett aus: »Der Antichrist« [siehe S. 128]. Es kursiert millionenfach im ›Samisdat‹-Verfahren und wird schließlich im März 1944 vom Kriegspfarrer Johannes Kessels im besetzten Polen im Sammelband *Das Gottesreich in der Zeit* publiziert, der Kessels eine Anklage wegen Wehrkraftzersetzung, Schneider eine Anklage wegen Hochverrat einbringt[9] [siehe auch S. 129]. Es wäre falsch, aus dem Scheitern der skeptischen Hoffnung Schneiders, die Gesellschaft und ihre Führungsschicht zur Umkehr bewegen zu können, politische Naivität abzuleiten oder darüber den literarischen Rang des Werks zu vergessen. Nicht nur ein Buch wie das *Inselreich*, auch und gerade *Las Casas* gehören nach wie vor zu den großen schriftstellerischen Leistungen der deutschen Zwischenkriegsliteratur, und es dürfte kein Zufall sein, daß Walter Jens und Marcel Reich-Ranicki den Roman in die von ihnen herausgegebene »Bibliothek des 20. Jahrhunderts« aufgenommen haben.[10]

Nach *Las Casas* schreibt Schneider bis zum Ende des Zweiten Weltkriegs keine großen Geschichtsdeutungen und Prosatexte

8 *Las Casas vor Karl V. Szenen aus der Konquistadorenzeit*, Suhrkamp Verlag Frankfurt am Main [6]2002, S. 122.

9 Siehe zum Hintergrund und zur Nichtdurchführung beider Anklagen ausführlich J. Kessels, »Reinhold Schneider und die Herausgabe der Sammlung ›Das Gottesreich in der Zeit‹«, in: *Caritas '83 – Jahrbuch des Deutschen Caritasverbandes 1983*, S. 305-342.

10 Stuttgart/München: Deutscher Bücherbund o. J., mit einem als Separatum beigefügten Essay von Gert Ueding, »Reinhold Schneider – Las Casas vor Karl V.«

mehr. Erzählungen wie *Vor dem Grauen*, die ergreifende Vorahnung der zerstörerischen Kastastrophe,[11] Essays wie die Sammlung *Macht und Gnade*, die 1940 im Insel Verlag erscheint und bis zur Untersagung von Nachdrucken schnell zwei Auflagen von 10 000 Exemplaren erlebt – es waren über 80 000 Bestellungen eingegangen[12] –, christliche Kleinschriften wie die ungemein populäre Auslegung des Vaterunsers,[13] und vor allem immer neue Gedichte werden zum »literarischen Sanitätsdienst« und verfestigen seinen Ruf, eine Stimme des inneren Widerstands zu sein. Schneider hält sich vom Dezember 1938 bis Ende Februar 1939 in Paris auf, fährt im Mai nach Italien, wo er in Florenz Theodor Heuss begegnet, läßt sich nach den Berliner und Potsdamer Jahren endgültig in Freiburg nieder und reist mitten im Krieg erneut nach Italien. Im Vatikan hat er am 23. März 1941 eine Privataudienz bei Papst Pius XII., die einen zwiespältigen Eindruck vom Papsttum, der Person des an der Geschichte leidenden Papstes und der Macht der Kirche hinterläßt. Es ist ein Thema, das ihn nie wieder ganz losläßt; zwei Dramen der Nachkriegszeit befassen sich mit Papst und Papstamt: *Innozenz und Franziskus* von 1952, uraufgeführt 1954 im Essener Opernhaus, und vor allem *Der große Verzicht* von 1950 – ein Drama, das den einzigen historischen Fall des Verzichts eines Papstes auf sein Amt thematisiert, 1957 den 1. Preis der Bregenzer Festspiele erhielt und 1958 im Wiener Burgtheater aufgeführt wird [siehe S. 253]. Gerade an diesem Thema lassen sich Schneiders innere Entwicklungen nachvollziehen: Aus dem Kritiker, der bei seiner Romreise am 31. März 1931 im Tagebuch

11 Geschrieben Anfang 1939 in Paris, erschienen in *Die dunkle Nacht*, dem von Joseph Rossé 1943 in Colmar herausgebrachten Band, der auch die Erzählung *Friedrich von Spe* von 1936 textidentisch, aber unter dem neuen Titel *Der Tröster* enthielt.

12 Pirmin Meier, »›Aus der Welt Jahrbüchern Gerechtigkeit zu lernen.‹ Nachwort«, in: Reinhold Schneider, *Macht und Gnade*, Suhrkamp Verlag Frankfurt am Main 1977, S. 291-296, hier S. 292.

13 *Das Vaterunser*, Alsatia, Kolmar 1941. Eine andere dieser vielgelesenen Schriften war *Der Kreuzweg*, Alsatia, Kolmar 1942.

notiert hatte: »wie heidnisch das Papsttum seinem Wesen nach ist« [siehe S. 240], war zehn Jahre später dessen Bewunderer geworden, der in seinem Sonett *Papst Pius XII.* am 25. März 1941 schreiben konnte: »Du bist das Amt, das unbesieglich währt, / Du bist das Bild der Gnade in der Zeit / Und bist die Macht der leidgeprägten Seele«; und dieser Bewunderer, der im Papst ein Symbol des mit und wie Christus leidenden Widerstands gegen den satanischen Nationalsozialismus sah, wird wiederum zehn Jahre später, als die Kirche nicht mehr unter dem Druck des »Antichristen« steht, ein Autor, der kritisch und selbstkritisch fragt, wie kirchliche Macht unter dem Kreuz überhaupt zu denken sei. Seine Antwort ist 1952 die Auseinandersetzung zwischen Innozenz III. und Franziskus von Assisi, die den Papst im Konflikt zwischen Weltpolitik und Christusnachfolge als tragische Gestalt zeigt, vor allem aber, das genannte Drama von 1950, Cölestin V., der Papst, der am 13. Dezember 1294 nach fünfmonatigem Pontifikat zurücktrat: Ein Scheiternder und, so Schneider, ein im Scheitern auch am Papstamt Schuldiger, aber einer, der sich aufgrund der Konsequenzen aus der Dichotomie von irdischen Herrschaftsinteressen und Gottesreich zurückzog [siehe S. 153, S. 296].

Schneider überlebt die nationalsozialistische Zeit – trotz der auf die Veröffentlichung des *Gottesreichs in der Zeit* folgenden Maßnahmen Martin Bormanns, denen im Frühjahr 1944 bereits ein Verhör und eine Hausdurchsuchung vorangegangen waren – nicht zuletzt wegen der großen Entfernung Freiburgs vom Entscheidungszentrum Berlin und dank des Kriegsendes und der Eroberung Badens durch die Franzosen. Als er nach einem langen Krankenhausaufenthalt nach Hause entlassen wird, ist die Stadt besetzt. Alfred Döblin, im Exil zum Christentum konvertiert, war als französischer Kulturoffizier zurückgekehrt und trägt dazu bei, daß Reinhold Schneider als erster der im Lande gebliebenen Schriftsteller eine Publikationserlaubnis erhält. Schon 1945 erscheint im Hans-Bühler-Verlag Baden-Baden eine Sammlung von Sonetten aus den Kriegsjahren: *Die letzten Tage.* Schneider schreibt zuerst vor allem Kleinschriften, er will im zerstörten Nachkriegsdeutschland geistige und geistliche Orientierung anbieten. Für die deutsche Kriegsgefangenenhilfe in Frankreich entsteht *Und Petrus stieg aus dem Schiffe*. Der Freiburger Herder Verlag bringt allein 1945 dreizehn solcher kleinen Hefte heraus, darunter *Die Macht der Friedfertigen* und *Von der Würde der Menschen*. Nach Auskunft des Verlags erreichten diese Schriften bis zu seinem Tode eine Auflage von über einer Million Exemplaren.

1946 erhält der überraschte Autor den Dr. phil. h. c. der Universität Freiburg und den Dr. iur. h. c. der Universität Münster. Neun Verlage veröffentlichen in diesem Jahr zweiundzwanzig weitere Kleinschriften; von bleibender Bedeutung sind die *Gedanken des Friedens*, die bei Herder erscheinen, und, in einer Auflage von 10 000 Exemplaren, die Sonette der Sammlung *Die neuen Türme* bei Insel. Schneider wird gefeiert, aber er sieht auch die Gefahr des eigenen literarischen Stillstands. Die Phase der Aufarbeitung vergangenen Leids und deutscher Schuld beendet er 1947 mit dem *Gedenkwort zum 20. Juli*, das er auf Bitten von Angehörigen der Attentäter des 20. Juli 1944 verfaßt. Als für viele Deutsche diese Widerständler noch als Verräter gelten, schreibt er von der »Ehre besonderer Art«: »Nicht wir sind es ja, die Ehre zu vergeben haben; vielmehr geht eine Ehre aus von den Toten, deren wir gedenken.«[14] Seine Position ist um so beachtlicher, als er für sich stets jede Art der Gewalt abgelehnt hatte (»Ich halte ein Attentat nicht für erlaubt; aber Entscheidungen können in entgegengesetzten Richtungen fallen. Das Opfer ist alles.«[15]) und nun neben weiteren Kleinschriften und einem ersten Theaterstück (*Der Kronprinz. Politisches Drama*, 1948) mit Hörfunkbeiträgen und Zeitungsaufsätzen in die Debatte um den geistigen, politischen und militärischen Wiederaufbau Deutschlands eingreift.

Auf Bitten des einst als expressionistischer Lyriker zu Ruhm ge-

14 *Gedenkwort zum 20. Juli*, Hatje, Stuttgart-Calw 1947; Herder, Freiburg 1947, S. 5.

15 *Erfüllte Einsamkeit*, Herder, Freiburg 1963, S. 26.

kommenen Johannes R. Becher, der sich nach der Rückkehr aus dem Moskauer Exil für den sozialistischen Realismus engagiert und 1949 den Text der DDR-Nationalhymne verfaßt, schreibt Schneider in jenem Jahr für die in Ost-Berlin erscheinende Zeitschrift ›Aufbau‹ zwei Texte, »Verantwortung für den Frieden« und »Ein Brief Reinhold Schneiders«, und stellt seinen Essay »Die Macht des Gewissens« zur Verfügung. Bis heute ist sich die Forschung nicht einig, ob Schneider dabei zum »nützlichen Idioten« des DDR-Stalinismus gemacht wurde oder in tiefster Überzeugung für ein geeintes Deutschland und gegen die Wiederaufrüstung der beiden Teilstaaten schrieb. Unbestritten ist, daß er gegen Adenauers Politik der möglichst schnellen Einrichtung neuer Streitkräfte eintritt und darin im übrigen den ersten Bundespräsidenten unterstützt, seinen alten Freund Theodor Heuss. Als Schneider 1951 wiederum im ›Aufbau‹ den Essay »Unsere Verantwortung« publiziert, indem er seine anti-militärische Position zuspitzt, kommt es schließlich zum sogenannten ›Fall Reinhold Schneider‹, einer vom Autor als nahezu vollständige Isolierung empfundenen Einschränkung seiner Presse- und Rundfunkarbeit im »Westen«. Kirchennahe Zeitschriften distanzieren sich von ihm, »besorgte« Leserbriefschreiber fragen, ob er schon in den Osten gegangen sei, andere legen nahe, ihn zu exkommunizieren. Allerdings wird er einen Monat nach der Veröffentlichung des Textes, im April 1951, zum Ordentlichen Mitglied der Bayerischen Akademie der Schönen Künste gewählt und im Oktober 1952 auf Anregung von Heuss in die neubegründete Friedensklasse des Ordens »Pour le mérite« aufgenommen; höhere Ehren hat der junge Staat kaum zu vergeben.

Auffällig ist angesichts des überwundenen Falles und der immer zahlreicher werdenden Ehrungen (zu denen 1956 noch der Friedenspreis des deutschen Buchhandels hinzukommt), daß Schneider nicht mehr in den Bereichen arbeitet, denen er Anfang der dreißiger Jahre seinen literarischen Rang verdankte: Keine großangelegten Geschichtsdeutungen vom Range des *Philipp* oder des *Inselreichs* entstehen, keine Romane wie *Las Casas*, keine Novellen vom Range des *Trösters* (*Friedrich von Spe*). Die Akzente haben sich verschoben. Schneider entdeckt für sich die Bühne [siehe S. 312], schreibt zehn Theaterstücke, von denen zwei (die oben erwähnten *Innozenz und Franziskus* und *Der große Verzicht*) überaus erfolgreich sind und stimmt zu, als Hans Zimmermann 1953 eine Bühnenfassung des *Las Casas* schreibt, die mehrmals im Hessischen Staatstheater Wiesbaden, im Kleinen Theater Baden-Baden und in den Freiburger Kammerspielen aufgeführt wird und später die Vorlage für zwei Fernsehinszenierungen abgibt. Öffentliche Wirkung erzielt er in den fünfziger Jahren aber vor allem dank der ersten Werkausgabe (vierbändig bei Hegner in Köln, 1953 zum 50. Geburtstag), mit seinen Vorträgen im In- und Ausland und mit seinen historischen, religiösen und politischen Aufsätzen. Er ist Europäer [siehe S. 25, S. 208] – auch mit dem Blick nach Norden und Osten –, als Grenzen und Abgrenzungen die Politik bestimmen und der Begriff noch nicht modisch-beliebig geworden ist, korrespondiert mit dem französischen Außenminister Robert Schumann und fährt nach Frankreich, reist als Gast der portugiesischen Regierung nach Lissabon, Porto und Coimbra, ist wieder in Spanien, fliegt in die skandinavischen Länder, wo er in Finnland mit Jan Sibelius zusammentrifft, spricht in der Schweiz, legt Rechenschaft über sein Leben als Zeitzeuge ab (im *Verhüllten Tag* 1954, der im Rahmen seines Œuvre höchsten literarischen Rang einnimmt), führt 1955 ein im Rundfunk übertragenes und später veröffentlichtes Streitgespräch mit Gottfried Benn (siehe S. 301), nimmt den Abriß seines Elternhauses, des Hotels Messmer in Baden-Baden, zum Anlaß eines ebenso scharfsinnigen wie teilweise ironisch-humorvollen Blicks auf europäische Geschichte (*Der Balkon. Aufzeichnungen eines Müßggängers in Baden-Baden*, 1957) und entdeckt schließlich, im vorletzten Jahr seines Lebens, eine neue Herausforderung: Wien. »Gerade Wien macht mir, indem es mich überreich beschenkt, die religiöse und geschichtliche Problematik, in der wir uns befinden, zur schweren Last«, schreibt er am

6. Februar 1958 an Lotte von Schaukal. In der Stadt, die er zuvor nur 1953 kurz besucht hatte, sieht er sich konfrontiert mit den Erkenntnissen der Naturwissenschaften. Er beobachtet den Mikrokosmos des Lebens, mit den Grausamkeiten der Natur, die er detailgenau beschreibt und in denen er den »verborgenen Gott sucht«. Und er betrachtet den Makrokosmos der Wiener Gesellschaft, gibt sich dem Vergnügen an der Operettenseligkeit hin und schreibt an Werner Bergengruen: »Es ging Unermeßliches an mir vorüber und mir durch die Seele, ich bin dem nicht mehr gewachsen, aber ich fühle mich ganz verändert und taste mich hier mühsam zurecht! Einer zersplitternden Welt kann ich nur Splitter bringen. Wir sind in Wien zu Theaternarren geworden; über wie unter der Erde wurde wunderbar gespielt. Aber von der alten, schon abgerufenen Generation.«[16]

Der *Winter in Wien*, in Schulheften notierte Beobachtungen, die er noch kurz vor seinem Tod am 6. April 1958 für den Druck redigiert, ist bis heute jenes Werk Schneiders, das am intensivsten herausfordert. Es beschreibt eine untergegangene, untergehende Welt und greift zugleich voraus auf Glaubensfragen, die gerade heute wieder gestellt werden (siehe S. 261). Es ist auch die Phase, in der Schneider früher als andere die Weltreligionen befragt, den Buddhismus studiert, wieder Schopenhauer liest [siehe S. 110], für eine Schopenhauer-Ausgabe ein Vorwort schreibt (1956) und ein langes Gedicht verfaßt [siehe S. 296], das aus dem Nachlaß veröffentlicht wurde und mit diesen Zeilen endet:

»Und Ost und West erkennen sich und tauschen
Die Seele aus; der Geist wird sie bekrönen,
Das Amt der Welt sein höchstes Antlitz zeigen.«[17]

16 Zitiert nach: F. A. Schmitt, *Reinhold Schneider. Leben und Werk in Dokumenten*, Walter Verlag, Olten/Freiburg 1969, S. 227.

17 *Petrus, wohin? Anno sancto 1950*, in: Gesammelte Werke Bd. 5, Lyrik, hg. v. Christoph Perels, Insel Verlag Frankfurt am Main 1981, S. 292-293, hier S. 293. Näheres dazu bei Karl-Josef Kuschel, »*Vielleicht hält Gott sich einige*

Wie weit Schneider dabei zu blicken versucht, wird auch an seiner gleichzeitigen Rezeption der jüdisch-christlichen Mystikerin Simone Weil deutlich [siehe S. 283]. Bereits 1952 hatte er sich zum ersten Mal mit ihr auseinandergesetzt, in einem Rundfunk-Essay, in dem mit einemmal die Möglichkeiten aufscheinen, Erkenntnisbrücken zwischen den Religionen zu bauen: »Aber von einem jeden Wort Gottes, das wir wirklich vollziehen, gelangen wir in die Mitte. Das Christentum Simone Weils hat den Anschein, Züge östlicher Überlieferung zu tragen, so daß man es ein buddhistisches Christentum nennen könnte, einen Buddhismus mit positiver Zielsetzung, sofern ein solcher möglich wäre. Es trägt auch den Anschein der Verzweiflung: ein in die äußerste Finsternis geschleuderter Mensch sagt sich, daß diese Finsternis nur der Mantel des Lichtes, ja das Licht selber sei. Aber hat nicht auch Johannes vom Kreuz so gesprochen, so geglaubt? In Wahrheit kann von Verzweiflung keine Rede sein.«[18]

So mag es scheinen, daß der Kultureuropäer und Kulturchrist, als der Reinhold Schneider zu schreiben begann, über den »literarischen Sanitäter«, den überzeugten, engagierten Christen des »inneren Widerstands«, der in einer anglikanischen Kathedrale den Weg zum engagierten Katholizismus fand (und gleichwohl noch eine Biographie Martin Luthers schreiben wollte), in der Nachkriegszeit erneut zum Sucher wurde, der Gott in der Wirklichkeit seiner Welt immer weniger fand und nach Erkenntnissen forschte, die über das kirchentreue Christentum hinausweisen [siehe S. 273]. Die Modernität Schneiders zeigt sich auch darin, daß es angesichts solcher scheinbaren Dissonanzen kein einfaches, nach fertigen Schablonen zu beurteilendes Reinhold-Schneider-Bild geben kann. Und so sind die Texte dieses Bandes vor

Dichter ...« Literarisch-theologische Porträts, Matthias-Grünewald-Verlag, Mainz 1991, S. 277-284.

18 *Simone Weil oder das Christentum der Zukunft*, in: Reinhold-Schneider-Blätter 13 (1987), S. 5-15, hier S. 11-12. Dazu auch K.-J. Kuschel, wie in Anm. 17, S. 280-282.

allem auch deswegen nicht chronologisch, sondern nach Themenbereichen gegliedert, weil gerade auf diese Weise die literarische und gedankliche Aktualität deutlich wird. »Als religiöser Denker hat er Probleme ›vorgedacht‹, deren Ausmaß wir Nachgeborenen erst heute voll begreifen. Die Arbeit an einem neuen Gottesbild – die Tragödien der Geschichte, des Bios und des Kosmos vor Augen – ist von ihm her eine unbewältigte, vielleicht unbewältigbare Aufgabe. Reinhold Schneider ist uns gerade hier in erschreckender Weise ›gleichzeitig‹.«[19]

Früh erfolgreich als Geschichtsdeuter und Lyriker, gerühmt als Brückenbauer nach 1945, und umstritten bis heute als Suchender, der die Grenzen des christlichen Glaubens in einer Welt ohne Sicherheiten auslotete, ist Reinhold Schneider literarischer Zeitzeuge des 20. Jahrhunderts. Das Gespräch zwischen den Völkern Europas und den Religionen der Welt, die unerbittliche Aufrichtigkeit des Fragens und die Sprachkunst seiner Darstellung machen ihn zu einer Stimme auch für die Zukunft.

Carsten Peter Thiede und Karl-Josef Kuschel

19 K.-J. Kuschel, wie in Anm. 17, S. 282.

I. Orte, Länder, Landschaften

Europa und die Seele Portugals

Von Europa zu sprechen ist kaum mehr möglich. Es ist alles gesagt, und schon sind wir dazu übergegangen, den Namen unseres Erdteils abzulegen und uns zu »Euratom« und »Euromarkt« zu bekennen. Große Sender halten es für nicht mehr zeitgemäß, die Sprachen der sogenannten »kleinen« Völker zu vertreten. In den internationalen Konferenzen werden diese Sprachen rücksichtslos überspielt. Nun kommt es aber nicht auf die Zahlen an, sondern auf den Lebensgehalt, auf bestandene Geschichte und ihren Fortgang, auf die Seele, die Eigenart des Verhältnisses zur Welt und zu Gott, die allein Geschichte belebt und ohne die keine Geschichte ist. Europa: das ist ein Name von geheimnisvoll mythischem Gehalt, Name der phönikischen Königstochter, die der Gott in Stieresgestalt geraubt hat, Mutter der Heroen, die in den Mysterien Kretas göttliche Ehren genoß. Sie, die Verdunkelte, ist dem dunkelnden, gegen Sonnenuntergang gewendeten Erdteil zum Zeichen geworden – während sie unter neuem Namen fortstrahlte in uralt östlich-griechischer Kultur. Sie hat also uns ihren ersten dunklen Namen hinterlassen und sich gleichsam als Mutter und Göttin, als göttliche Mutter, im Osten verjüngt. Sie hat Aufgang und Untergang verbunden, den Orient und Atlantis. Das ist das Wesen Europas: die gleichzeitige Gegenwart des Ostens und Westens, die Spannung zwischen beiden und die Fruchtbarkeit der Vereinung fast zerstörender Gegensätze, die von der in der mittelalterlichen Geschichte und in der europäischen Geistesgeschichte sich auswirkenden Spannung zwischen Nord und Süd gekreuzt wird. Europa: das ist nicht der Name eines politischen, militärischen, wirtschaftlichen Programms. All das würde zur Selbstbehauptung nicht genügen: Europa ist ein bestimmter Blick auf die Welt, nach Westen und Osten, Untergang und Wiederkehr; es ist Bekenntnis zur lateinisch-griechischen Kultur und Widerspruch. Europa ist eine bestimmte Art zu sein, Widersprüche anzunehmen, widerspruchsvolles, in seinen Widersprüchen überquellendes Leben.

Europa ist eine Gemeinschaft von Volkspersönlichkeiten, deren jede ihre besondere Sendung hat; und nur solange sie sich in ihrer Einheit behaupten, ist Europa da. Sicherlich: das Bewußtsein der Einheit muß um einen Grad stärker sein als die Liebe zur Sonderart, aber doch nur um einen Grad. Wollten wir die Profile der Völker verwischen oder verkennen, so ginge alles verloren, was wir wahren und verteidigen sollen. Es lohnte sich dann nicht mehr, den entsetzlichen Forderungen sich zu stellen, die im gegenwärtigen Weltstand eine Verteidigung erhebt. Ich selber – erlauben Sie mir dieses Bekenntnis – bin für mich nicht imstande, sie zu vollziehen. Aber auf dem Staatsmann, der tausendjährige Geschichte und Kultur zu verantworten hat, lasten Gewichte, die ich nicht trage. Alles ist personaler Verantwortung überlassen. Und wohl niemals hing so viel von ihr ab. Wir sind eins in der Schicksalsgemeinschaft, sind eins im Denken, Forschen und Fragen, das in diesen Jahren vielleicht an äußerste Grenzen gestoßen ist; sind eins in der Verpflichtung an die geistige Herkunft, an Athen und Rom: Und wir sind nicht eins und können und sollen es nicht sein in den Forderungen der Traditionen. Europa ist ein Delta: der Strom zerteilt sich vor der Mündung. Aber alle seine Arme münden in dasselbe Meer. Europa in seiner eigentlichen Gestalt ist ein leidenschaftlicher Protest gegen jegliche Vereinfachung, jede plausible Lösung, jeglichen Versuch, Menschen und Völker auf einen Nenner zu bringen. Und eben dieser Protest, dieses glühende Bekenntnis zur geschichtlichen Individualität ist europäische Lebensform, nicht als Verneinung, sondern als Leistung, als Gestaltung in Geschichte und Denken und Kunst. Europa: das ist ein großer Entwurf; ein Wurf über die Meere in Fernen, die geahnt, geschaut, nicht beschrieben werden können.

Europa: das ist ein Leben an der Küste, das Plus ultra, die Sehnsucht um der Sehnsucht willen, ein Verlangen über sich selbst hinaus.

Und nun verstehen Sie – ich bitte Sie darum –, warum ich Europa und die Seele Portugals in ihrem Verhältnis zu Europa zum Thema gewählt habe: Portugal ist für mich ein exzentrisch europäisches Phänomen. Hier eben, im äußersten Westen, wo die Küste abstürzt, das mar tenebroso dunkelt als Verheißung, Verlockung und Gefahr, enthüllt sich das Wesen Europas, wie die Beschaffenheit einer Gesteinsschicht an der Bruchstelle. In gewissem Sinne ist Portugal als der südwestlichste Küstenstreifen das europäischste Land, und nur dies, nicht die immense geschichtliche Leistung des portugiesischen Volkes ist das Thema meiner Ansprache, die dem großen Gegenstand natürlich nicht gerecht werden kann. Portugiesischen Zuhörern kann ich nichts Neues sagen: vielleicht unterhält es Sie ein wenig, zu erfahren, was mir Portugal bedeutet; welche Gestalten ich liebe und welche Dichter. Das ist natürlich ganz subjektiv. Werturteile wage ich nicht auszusprechen. Ich verfolge mit Interesse, wie in Zeitungen und literarkritischen Werken die Meinungen auseinanderfallen und einander widerstreiten; wie einem Schriftsteller oder Dichter von der einen Seite Unsterblichkeit, von der andern Vergessenwerden angekündigt werden, wie etwa Fialho de Almeida, der mich fasziniert, aber meinem Verständnis auch manche Mühe macht. Nun, im Widerspruch solcher Art liegt gesunde Selbstkritik, ernstes Ringen um Selbstverständnis. Es schadet dem Schrifttum eines Volkes keineswegs, wenn es durcheinandergerüttelt und -geschüttelt wird: die echten Körner gehen nicht verloren.

Am liebsten würde ich zitieren. Aber ich weiß, daß portugiesische Ohren sehr empfindlich sind. Und das mit Recht: am Verhältnis zu seiner Sprache entscheidet sich in wesentlichem Grade die geschichtliche Existenz eines Volkes, und wenn wir hinabgreifen in die Stromtiefe der portugiesischen Sprache, der Sprache des Königs Dinis, des Ackermanns und Gesetzgebers und Freundes der Dichter, Königs schlechthin, so gleiten uns Geschmeide in die Hand: Ich will nicht von der so viel mißbrauchten saudade sprechen, deren Wesen ihre Unbegrenztheit und Undefinierbarkeit, die in Melodie sich lösende uranfängliche irdische Unerfüllbarkeit der Kreatur ist, der Daseinsschmerz und das Verlangen des Daseins über sich selbst hinaus. Aber welche Schmerzenstiefen schlummern in mágoa, welche Erfahrung menschlicher Existenz im Fala-só und in sózinho! Unamuno – Sie werden es mir nicht übel nehmen, wenn ich einen Spanier zitiere und vor der spanischen Tradition mich in Dankbarkeit beuge, wie fest ich auch überzeugt bin von der Unabdingbarkeit der iberischen Dualität; Unamuno, Baske und Kastilier zugleich, ein religiöser Nihilist, hat das Wort »nada« als Krongut der spanischen Sprache gefeiert. Ich kann die Krongüter der portugiesischen nicht aufzählen. Sie hat nicht allzu viele, aber leidenschaftliche Bewunderer in Deutschland gefunden. Ich erinnere nur daran, daß eigentlich erst die deutsche Romantik das Vermächtnis Portugals entdeckte; daß Goethe weinte über der Standhaftigkeit des Dom Fernando, so wie Calderón ihn sah; Ludwig Tieck den Sänger der »Lusiaden« in einer ergreifenden Erzählung gestaltete; August von Platen, hoher Meister deutscher Form, in wenigen Wochen Portugiesisch lernte und fortan seine Tagebücher in dieser Sprache führte; daß Kant, der nach kurzer Wanderung der Jugendjahre niemals reiste, das Erdbeben des Jahres 1755 mit bewundernswerter Genauigkeit beschrieben hat.

Der Vers, den August Wilhelm von Schlegel, der große Übersetzer, an die südlichen Dichter richtete, ist noch von typischer Befangenheit:

Halb Römer, stammt ihr dennoch von Germanen.

Aber im selben Gedicht erwacht die Erinnerung:

Eins war Europa in den großen Zeiten ...

Der Geist der Ritterschaft einte die Völker: für einen Glauben wollten alle streiten:

> Da war auch Eine Poesie erklungen,
> In Einem Sinn, nur in verschiedenen Zungen.

Und ich kann es mir nicht versagen, die Verse zu zitieren, mit denen Platen, nachdem er sich vor Petrarca geneigt hat, dem im Sonett dem Forentiner ebenbürtigen Portugiesen huldigt:

> Und also sang auch manches Abenteuer
> In schmelzend musikalischem Sonette,
> Ein Held, der einst durch wilde Wogenbette
> Mit seinem Liede schwamm, als seinem Steuer.

Das Lied war in der Tat nicht allein des Dichters, es war des Volkes Steuer: im Lied war sein Wesen bewahrt. Und kraft des Liedes – das ist vielleicht ein einzigartiges Vorkommnis, überdauerte das Vermächtnis die Katastrophe am Ende der Entdeckerzeit: das Gedicht überwand die Geschichte. Es erwies sich als Portugals Unsterblichkeit.

Ich bin hoffnungslos unbegabt, was das Sprechen einer fremden Sprache betrifft, aber ich habe doch schon vor dreißig Jahren die meisten Bücher des unbequemen Spötters Eça de Queiroz mit großer Freude im Original gelesen. Auf Grund einer mir zugegangenen mündlichen Überlieferung möchte ich andeuten, daß Friedrich Nietzsche ihn in französischer Übersetzung kennen- und schätzen lernte. Ich werde Eça, einem Verklärer der Monarchie, immer dankbar sein für glückliche Stunden, ob nun sein Spott noch erträglich ist oder nicht. In vollendeter Eleganz beugt er sich hier in Lissabon auf dem ihm gewidmeten Platz, unter den verschwisterten Palmen, über eine entkleidete Dame, die vorgibt, seine Muse zu sein. Sie ist reizend, aber seine Muse ist sie nicht. Die Muse der »Maias«, der »Illustre Casa de Ramires«, des »Mandarim« ist von bewegender Schönheit, Anmut und Trauer. Ich stand am Grab des Garcia Resende in der Eremitage in Évora, einem echt portugiesischen Gedicht, gewoben aus Gartenschönheit, Liebe und Versunkenheit und Resignation. Seine Romanze von Inês de Caserto scheint mir, was Einsicht und menschliche Größe betrifft, noch die berühmten Strophen des Camões zu übertreffen: sie ist vollkommener Ausdruck der Tragik der Liebe in der Geschichte; der Tragik des Königs; der Tragik der Notwendigkeit. Denn immer steht die Sendung im Widerspruch zum Herzen. Und daß Portugal in gewissem Sinne über das Herz hinwegging um der Sendung willen und dann doch noch das Herz wiederfand in dem großen Schiffbruch, der Schicksal aller Völker ist, und, nach Camilo, die einzige Chance des Menschen hin zu Gott: das scheint mir zu dem Wesentlichen zu gehören, das die portugiesischen Dichter ausgesagt haben; was das portugiesische Volk als geschichtliche Existenz und Persönlichkeit dargestellt hat.

Ich habe verstehen gelernt, daß Camões nicht die einsame Gestalt ist, als die er im europäischen Bewußtsein steht, sondern daß er umgeben ist von einem Kreise bedeutender Dichter – wie ja niemals die repräsentative Leistung eines Volkes völlig einsam und ohne Zusammenhang auftritt. Ich habe mich in den Werken des Oliveira Martins verloren, die Kraft und Leidenschaft seiner Darstellung, die Unerbittlichkeit und Freimütigkeit seiner Kritik und Einsicht bewundert, ohne heute noch zu vielen seiner Urteile zu stehn. Für mich hat es etwas Erregendes, wie innerhalb der portugiesischen Geschichtsschreibung in den letzten Jahren eine Umwertung sich vollzieht; insofern habe ich sehr viel zu lernen aus der Geschichte Portugals von João Ameal. Ich liebe über alles die Chroniken des 15. und 16. Jahrhunderts, die Berichte vom Glück und Elend der Entdecker, vom Vollzuge des Fluches, den der Alte von Restello, geniale Vergegenwärtigung einer scheidenden Volksgestalt, über die Schiffe Vasco da Gamas ausgesprochen hat. Mehr als Oliveira Martins wird mir wahrscheinlich in den kommenden Jahren Alexandre Herculano sagen, dessen ethische Persönlichkeit, dessen klarer Stil ungemein wohltätig sind. Aber von den Vaincus de la vie komme ich doch nicht los. Sie haben uns viel Weisheit hinterlassen, das Königtum der Resignation. Denn es ist ja nicht wahr, daß immer dort ein Weg ist, wo ein Wille ist; sehr oft ist ein Wille da, aber kein Weg; das ist eine mitteleuropäische, neuerdings auch eine englische Erfahrung. Wenn nämlich der Wille sich nicht mit Weisheit, mit Menschlichkeit verbindet, so ist eben kein Weg. Wie gerne besuche ich Anthero de Quental in dem Tälchen des Estrella-Parks, wo er mit den Pfauen und einem melancholischen Storch allein ist, und wie dankbar grüße ich im Vorüberfahren die herbe Gestalt Camilos, der Verderben und Seligkeit der Liebe in ihrer Untrennbarkeit verherrlicht hat! Von Fialho de Almeida, einem Zola Lissabons, in gewissem Sinne, habe ich schon gesprochen; seine Bildersprache macht mir Mühe; er ist in solchem Grade Poet, daß er kaum mehr Prosaist sein kann; aber oben, unter dem urtümlichen Baumgewächs von Nossa Senhora do Monte, wo er wohl einige Jahre gelebt hat, war er mir ganz nah. Kein Leben reicht aus, um zu begreifen, was Lissabon eigentlich zu sagen hat: was es zu bedeuten hat, daß der Dämon der Alfama und der heilige Antonius von Padua desselben räumlichen Ursprungs sind. Es wird Sie wahrscheinlich befremden. Aber darin sehe ich das Geheimnis der portugiesischen Hauptstadt: daß sie in gleicher Entschiedenheit die Heimat des maurischen Dämons und des franziskanischen Predigers ist. Ich bringe keinen Maurenhaß mehr auf. Ich danke Mohammed, daß er seine Scharen an den Tejo geschickt hat – wie an den Guadalquivir. Was wären die kühnen ersten portugiesischen Könige ohne Mohammed und seine Herausforderung, die sie auf den Weg ihrer Bestimmung rief? Was wären wir alle ohne unsere Feinde, ohne Hunnen, Mongolen und Türken? Was wäre Europa ohne den Schatten der Todesgefahr? Und was wäre diese unsere Zeit, wenn sie uns nicht aufriefe zur Behauptung unseres innersten Selbst; nicht zur Waffenmacht, sondern zur wahrhaftigen Existenz: wenn die Gefahr uns nicht geböte, immer europäischer, das heißt – ich übertreibe nicht – immer portugiesischer – zu werden; ich meine: Leben und Dasein der Völker und Mächte als Existenz an der Grenze zu verstehen, als Ausdruck des uns eingeborenen Plus ultra, des über alle Grenzen Hinaus. Denn tödlich für Europa einzig und allein ist der Versuch, Welt und Geschichte abzuschließen und auf das Drama des Daseins eine unverrückbare Antwort zu geben, was soviel heißt als der saudade ins Herz zu stoßen und sie für immer zu begraben.

Ich glaube, die portugiesischen Dichter, die Melodie der portugiesischen Geschichte, des Aufbruchs in noch nie befahrene Meere

Por mares nunca dantes navegados

werden recht behalten, und hoffe es inständig. Denn wir leben nur so lange, wie wir mehr wollen, als wir sind und erreichen. Antonio Nobre, der von der Gottesmutter selbst sein Unglück entgegennahm, begleitete mich an der Küste von Algarve, zwischen den Blumengärten des João de Deus; und auf der Buchmesse auf dem Rocio ging mir – so spät erst – eine Ahnung brasilischer Dichtung auf. Immerfort klingen die Verse mir nach:

Em que espelho ficou perdida A minha face?*
[Cecilia Meireles]

Erst jetzt verstehe ich den Blick Portugals gegen Südwesten, ahne ich eine über den Atlantik herüberwehende exotische Latinität von äußerster Verletzlichkeit.

Ich will, wie der Titel sagt, nicht eigentlich von der erstaunlichen geschichtlich-kolonisatorischen Leistung Portugals sprechen, sondern von seelischen Werten und deren Bedeutung für Europa. Man muß – nur im Vorübergehen gesagt – sehr viel Geschichte erlitten und durchlitten haben, wenn man Portugal ver-

* In welchem Spiegel verlor ich mein Gesicht?

stehen will. Man muß nicht losgekommen sein von der Frage nach Wert und Unwert der Macht, nach der Substanz, auf die sich die geschichtliche Existenz eines Volkes gründet; nach dem Geheimnis einer Sendung und der Weise, auf die sich eine Sendung modifiziert, erneuert und damit forterbt, wenn man die Aussage des portugiesischen Volkes und seines Geschicks in ihrer Reinheit auffassen will. Nun, in den dreißig Jahren, die seit meinem ersten Besuch vergangen sind, hoffe ich ein wenig gelernt zu haben. Sie waren eine unbarmherzige Lektion der Geschichte, die mich, wie ich hoffe, aus deutschen Vorurteilen löste, und von der Sucht zu urteilen und zu kritisieren befreite. Worauf es ankommt: das ist eine Volksgestalt, eine Eigenständigkeit, ein lebendiges Vermächtnis aus ihren eigenen Voraussetzungen, aus der Stunde ihrer Berufung zu begreifen; was für ein Volk groß ist, das ist objektiv groß, ob ein anderes Volk diese Größe zu verstehen vermag oder nicht. Die eigentliche Aufgabe der Geschichtserfassung hat mit Kritik gar nichts zu tun; diese ist immer das Leichteste, weil sie ja an die Stelle des Verständnisses tritt und über die Aufgabe, zu erforschen, zu verstehen, zu achten, zu lieben mit importierten Oberflächlichkeiten hinweghilft, mitgebrachte Werte einsetzt, statt Wertverständnis sich zu erwerben. Wie oft, wie lange habe ich geredet, ohne gehört zu haben! Nun aber möchte ich nur noch hören und versuchen, ein reines Echo zu sein. Die Liebe meines Lebens sind Völker gewesen, das portugiesische die früheste; dann erst, nach dem portugiesischen Erlebnis, fand ich zum eigenen Volk, von dem mich natürlich nichts trennen kann – und immer mehr Stimmen – leider nur des Westens – gingen mir auf. Es ist kein Tag, da ich nicht höre, wie sie sich verschlingen und Geschichte bezeugen; wie ihre Vielfalt sich vereint in Harmonie, deren Bedingung es ist, daß eine jede Stimme sich rein erhält, eine jede Sprache in ihrer von der Geschichte geprägten, von ihr gesättigten, Schicksal bestimmenden Aussage.

Die Geschichte eines Volkes ruht auf einer Sonderart, einer ganz bestimmten Seelenhaftigkeit, einem bestimmten Verhältnis zur Welt, das sich am deutlichsten in der Sprache ausdrückt. Für den Gläubigen steht dahinter eine Berufung von oben. Warum das Land und Volk vom Minho zum Algarve eine Wesenheit von durchaus eigener Farbe darstellt, warum diese schmale Aussichtsbank über dem Atlantik von einer Volkspersönlichkeit besetzt worden ist, bleibt so unerklärlich wie alle geschichtlichen Ursprünge. Natürlich wirkten Schickungen mit. Aber der Anfang ist immer ein Rätsel. In seinem Dienst standen die ersten portugiesischen Könige, die, ich kann es nicht leugnen, für mich etwas Unheimliches haben, soviel sie mich auch beschäftigen. Der Fluch der Donna Teresa über ihren Sohn geht mir nicht aus den Ohren. Es ist ein tragischer Vorklang, den kein Dichter hätte besser ersinnen können.

Die teuerste Gestalt, überhaupt, eine der schönsten der europäischen Geschichte, bleibt Nun'Alvares: der Mann, der seinen König zur entscheidenden Schlacht zwingt; bei aller Sicherheit, was die Sendung angeht und wohl gerade durch sie, ein Kind auf den grausigen Schlachtfeldern, an den Stätten des Lasters und der Korruption, ein Mann des Streites, der den Frieden im Herzen trägt; Feldherr, der seine Fahne niederlegt, sein Schwert aufhängt vor dem Altare, der den Armen die Suppe schöpft, die Alten im Hospital erfreut, die Kranken besucht, der zum unscheinbaren, kleinen, gebückten Mönchlein wird auf den steilen Straßen und Treppen dieser Stadt; die vollkommene Einheit von Mission und Verzicht. Ihm ist es gelungen, das ritterlich-kriegerische Ideal in der rechten Stunde durch ein höheres zu überwinden und in klarem Bewußtsein Gott alles zurückzugeben, was Gott ihm gegeben hat, und mit Heiterkeit den Undank der Erben zu ertragen. Ich kenne keine Feldherrngestalt seines Ranges, und ich selbst und nur für mich und nur aus meinem Gewissen und ohne jeden Anspruch auf Verbindlichkeit ein Verneiner des Tötens und der Waffe, wäre doch nicht imstande, das Soldatische als solches abzulehnen, schon um dieses einen Vertreters willen. Tilly, der bayerische Feldherr des Dreißigjährigen Krieges, und Prinz Eugen stehen ihm nahe, aber ich glaube, er war doch anderen Ranges: ein reiner Mensch zwischen abstoßendem Verfall und glorreichem Aufbau, ein Erwählter, eine Gnadenmacht für sein Land, heute und hoffentlich immer.

Heinrich der Seefahrer war ihm wohl am nächsten in der Einheit von Sendung, männlicher Wirkkraft und Verzicht. Ich war vor einigen Tagen am Kap Vicente und habe einen Blick getan über die letzten umbrandeten Felsentürme in das Grenzenlose. Es ist der bezeichnende europäische Blick: Europa über Europa hinaus. Und eben diesen Blick sollten wir nachleben, wenn wir Europäer sein wollen. Denn Europa hat sich immerfort selbst übersteigert, hat über seine Grenzen gedrängt, gewiß aus Verlangen nach Macht, gewiß aber auch aus Fülle, die sich verströmen will in die Welt und also der Welt etwas bringen will, »neue Welten der Welt«, gewiß aus geheimnisvoller Erwählung. Sendung ist geschichtliches Leben, und ohne Sendung und Sendungsbewußtsein wird kein Volk sich halten können, und ebensowenig wird das eine Völkergemeinschaft vermögen. Die geschichtlichen Denkmale über den Meeren, die Portugal heute verwaltet, haben ihre Mission als Orte geistig-religiöser Ausstrahlung. So wenig wie Europa den Osten, den Nahen wie den Fernen, entbehren kann, so wenig der Osten die Brücke zu Europa, mit dessen Waffen, mit dessen Geist er sich gegenwärtig rüstet. Die große von Portugal ausgegangene Bewegung des 15. und 16. Jahrhunderts ist ja keineswegs in einer Richtung verlaufen. Die Schiffe des rätselvollen Mannes auf dem Felsen zu Sagres fuhren nicht nur aus, sie kehrten zurück, belastet mit Raub, aber geschmückt mit Wundern. Der Tejo ist nicht nur Mündung, sondern Eingangstor. Aber freilich: es hat sehr lange gedauert, bis die eigentlichen Überlieferungen des Ostens entdeckt wurden und ins europäische Bewußtsein drangen. Das ist erst dreihundert Jahre nach der Fahrt des Bartholomeu Dias geschehen. Und eine große Forderung steht noch offen: die Verbindung, natürlich nicht Verschmelzung, aller echter Religion: sie würde vielleicht zur Rettung der Welt. Der Weg ist noch ganz offen. Heinrich der Seefahrer hat ins Grenzenlose geblickt, in eine Weite, die Frage ist. Und nur von geschichtlichem Vollzug, ich meine: vom Leben und Wirken in diesen Perspektiven, wird eine Antwort zu erwarten sein. Die Mission des Christusritters von Sagres ist keineswegs verbraucht. Denn alle Völker hat Christus gemeint.

Damit komme ich zu Camões und seiner Weltvision, seiner die Antike erneuernden Konzeption des Kosmos. Sein großes episches Gedicht gleicht – der Vergleich ist sicher nicht neu – den Säulendenkmalen römischer Kaiser, Hadrians und Trajans: die aufsteigende Spirale eines grandiosen Reliefbandes vergegenwärtigt die bedeutendsten Szenen, aber nicht eines persönlichen Lebens, nicht eines bestimmten Vorgangs, sondern einer volkhaften geschichtlichen Existenz und Sendung. Folgerichtig trägt die lusitanische Säule des Camões nicht die Statue eines Menschen, sondern die Kugelsphären, das Wappen Emanuels des Glücklichen, das Bild der Weltharmonie. Denn der Anblick der Weltharmonie, nicht Gold und Schätze und Macht ist der Lohn, der Vasco da Gama in dem letzten Bild des Reliefbandes von seiner Göttin und seinem Dämon, von Venus geschenkt wird: ein geistiges Geschenk also und ein geistiger Auftrag, eine Bestimmung, an der Menschen wohl versagen, die sie aber niemals verbrauchen können. Mit der völlig einmaligen Zusammenfassung eines Volksgeschicks, der künstlerischen Versinnlichung einer geschichtlichen Idee, des Gedankens einer geschichtlichen Mission überhaupt, erscheint mir der Blick auf die naturhafte Weltharmonie als das Außerordentliche des Camões. Seine Vision ist zugleich naturhaft und transzendent, nicht platonisch transzendent im Sinne Dantes: sie ist das Weltbild einer Menschheitsära, an deren Aufgang Camões steht, verwandt der Weltharmonik, die etwa hundert Jahre später Johannes Kepler, ein ekstatischer Mathematiker, entworfen hat. Dieses Werk ist ein unvergängliches Wort an die Welt, aufgestiegen aus Geschichte, Geschichte erschließend und überwindend und von seiner Höhe wieder in sie zurückführend. Als künstlerischer Wert steht aber das lyrische Werk des Camões, Sonette, Eklogen, Elegien, Redondilhas zum mindesten auf derselben Höhe. Die Welt wird es vielleicht nie ganz verstehen, es ist zu portugiesisch, und das ist sein hinreißender Reiz: Es ist ein Labyrinth von Grotten, über die Efeu, Glyzinien, Geranien, Schlinggewächse hängen; die Kalla blüht dazwischen, die Eremiten und gefühlsseligen Büßer von Arrabida, den capuchos, von Bussaco haben darin ihre Stätte, aber auch Helden ruhen sich auf weichem Moose aus, verwirrende Göttinnen schweben wie weiße Tauben herein, und der Dichter geht vorüber, leidenschaftlich genießend und klagend und sich über sich selbst hinaus sehnend wie Europa in Sagres und endlich sich verfluchend, den Stern seiner Geburt, das in seinen Eingeweiden gebildete Schicksal, das Lied der Amme, die eben Venus war, die Gnadenvolle und die Zerstörerin; die Welt und ihre Weiten, die er, wie wenige, mit allen ihren Schrecken und Verhängnissen geliebt, geschildert, gefeiert hat.

Venus, und das ist das Geniale, ist es, die Portugals Geschichte in der Vision des Camões führt. Sie ist der Erscheinung verwandt, die der große spanische Dichter F. G. Lorca als »duende« verehrt und gefürchtet hat: Aufgang und Untergang zugleich, Versprechen und Verführung, Glück und Verderb, das Göttliche eben, das im Irdischen, in der Geschichte, zweigesichtig ist. Wenn ich hinüber nach Cacilhas fahre, um den sich entfaltenden Anblick Lissabons zu genießen: der liebste Blick ist mir der von der schwankenden Fähre, und die übereinander steigenden Häuserzeilen und Kuppeln in verhaltenen Farben schimmern und irisieren wie Perlmutter –, so habe ich stets diese Empfindung: Venus ist den Tejo heraufgeglitten im Abendwind auf ihrer Muschel, wie Botticelli sie gesehen hat. Hier stieß die Muschel leise an; die schimmernde Muschel ist Lissabon, Venus aber ist an das Land gestiegen, in das Land hinein; ich weiß nicht, wohin sie ging, aber sie ist da und schwelgt und trauert im portugiesischen Gedicht.

Und nun werden Sie es vielleicht nicht als Übertreibung oder unangebrachte Schmeichelei aufnehmen, ich bitte Sie sehr darum, sondern als Bekenntnis, wenn ich sage, daß Lissabon mir die liebste der europäischen Großstädte ist. Ich liebe und bewundere sie alle und fühle mich in allen zu Hause, von Rom bis Helsinki, von Stockholm, Oslo und Kopenhagen bis Amsterdam, von London und Edinburgh bis Paris und Marseille, Madrid und Barcelona und Prag – in Wien bin ich nie gewesen, denn ich fürchtete immer, das Herz werde mir brechen von unsagbarer Trauer, und natürlich liebe ich Berlin, wie es heute ist, zerteilt, zerstört, nicht gebrochen.

Aber in Lissabon drücken die Gewichte des Daseins nicht ganz so schwer auf mich wie irgendwo sonst; um ein Kleines sind sie erleichtert. Die Sensibilität, das Einfühlungsvermögen der Menschen nehmen mir ein Gewichtlein ab. Es ist ihr eigentümliches Gefühl für Leiden, ihre Sympathie für das Leid, die hier das Dasein erleichtern. Aber dieses Persönliche bedeutet so gut wie nichts; es geht vielmehr um ein Großes, ein Allgemeines. Alles Geschichtliche, jede Erscheinung und Leistung, trägt den Tod im Herzen: Camões hat seine Zeitgenossen gefeiert und zugleich verdammt, er hat in die grandiose Vorzeit geblickt und in eine düstere Zukunft, er hat Aufgang auf Untergang gereimt, Glorie auf Schande, Seligkeit auf Vernichtung; er hat im Sinne Marc Aurels in dem einen ihm gegebenen Augenblick, in dem jetzt vorhandenen, alles erkannt und ergriffen, was in der Geschichte überhaupt möglich ist. Lissabon reflektiert, als Muschel der Venus, Menschen- und Völkergeschick, geschichtliche Existenz. Es steht auf Erdbebengrund, und das Erdbeben gehört zu Lissabon, wie der Diktator Pombal zur Hauptstadt gehört. Und wir alle, wo wir auch sein mögen, leben auf Erdbebengrund. Eine jede Nacht höre ich das Donnern unterirdischer Fuhrwerke. Plötzlich kommen die Brunnen nicht an. Und dem Ungeziefer wird es unbehaglich. Es kriecht aus den Erdrissen hervor, wie die Käfer an den Tejo-Ufern schon etliche Tage vor Allerheiligen 1755. Ich kann es nicht leugnen: ich liebe das. Ich liebe die apokalyptische Atmosphäre europäischer Geschichte. Und darum, das ist der tiefste, Sie wahrscheinlich befremdende Grund, liebe ich Lissabon. Ich lasse mich so gerne daran erinnern, daß alle Uhren, nach einem plötzlichen wilden Stoß auf die ratlosen Pendel, stillestehn werden, daß die Zeit, wie der erschossene Lorca sagte, »schon Horizonte« hat.

Ich muß bekennen, daß ich nie ohne einen Schauer der Bewunderung für rätselhafte Größe an der düstern Gestalt Pombals vorübergehe. Der große Zug portugiesischer Geschichte ist ohne ihn so wenig denkbar und verständlich wie die einzigartige Linie der Avenida von Dom José I. über Pedro IV. von Brasilien zu der Säule des Diktators, an deren Fuß das portugiesische Volk sich in ein ehernes Arbeitsgebot beugt. Pombals Prozeß ist sistiert worden und wird vielleicht nie entschieden werden. Ich bin der letzte, der Zwang und Grausamkeit entschuldigt; ich habe mein Leben lang versucht, dagegen zu kämpfen – sofern eben eine isolierte geistige Existenz kämpfen oder gar wirken kann unter der Diktatur –, wenn aber Oliveira Martins Pombal den »Sohn des Erdbebens« nannte, so hat er auf seine geniale Art etwas richtig gesehen: nämlich die geheimnisvolle Übereinstimmung des Gewaltigen von Queiras mit einem unerklärlichen untergründigen Geschick. Wohl mag es sein, daß er im Jubeljahre 1882 auf eine tendenziöse Weise überschätzt worden ist; daß Mithelfer und Nachfolger für den Wiederaufbau der Stadt und des Landes kaum weniger getan haben als er; daß er in vielem irrte und sich verfehlte. Er bleibt doch eine in höchstem Grade instruktive europäische Gestalt, die einer anbrechenden Ära der Diktaturen gerade in der Übersteigerung vieles vorweggenommen hat. Das Verhältnis zwischen Freiheit und Ordnung, zwischen Persönlichkeit und Staat ist eines der wesentlichen Motive europäischer Geschichte, seit Perikles zu den Athenern sagte: »Mit dieser eurer Herrschaft ist es bereits dahin gekommen, daß sie der Gewalt eines Tyrannen ähnlich sieht; dabei scheint es ebenso ungerecht, sie an sich zu reißen, als es gefährlich ist, sich ihrer zu begeben.« In der römischen Verfassung standen Amt gegen Amt, Vollmacht gegen Vollmacht. Ohne die Bereitschaft, in äußerster Gefahr sich der Diktatur zu unterwerfen, hätte sich das Römische Imperium nicht gehalten. Das Problem, das, freilich auf die krasseste Weise, mit Pombal auftrat, ist ein abgründiges, ein vielleicht unlösbares. Freiheit als geschichtliche Erscheinung kann sich nur in der Bindung an echte, entschiedene Herrschaftsformen behaupten, das heißt: Freiheit ist in einem wesentlichen, aber nicht abzugrenzenden Grade Freiheit des Opfers. Es gibt dafür kein Gesetz. Daß der Freiheitsanspruch die ordnende Macht gefährdet, daß diese den Freiheitsanspruch verletzt; daß hier, auf seiten der Freiheit, eine entweder bedenkenlose oder der Einsicht ermangelnde Subjektivität sich erhebt; von seiten der regierenden Macht aber ein zu großes Opfer an Freiheit verlangt wird, ist ganz unvermeidlich. Es ist ein Widerspruch, auf den die Geschichte, nach bisheriger Erfahrung, gar nicht verzichten kann, der ebenso tragisch wie fruchtbar war und die Entfaltung getragen hat. In diesem Bezirke ist alles offen, und das eben scheint mir kennzeichnend für unser Erbe und Wesen zu sein. Offen ist das Maß, dem Vermögen, der Einsicht, den Möglichkeiten überlassen; fest stehen die Werte als solche: die Herrschaft und die Freiheit.

In der portugiesischen Lebensform also, soweit ich sie eben verstehen kann, in der geschichtlichen portugiesischen Existenz, habe ich die europäische in einer ganz eigenen, mich für mein Leben betörenden, in einer verwirrend schönen und gefährlichen Ausprägung gefunden. Hier hausen die guten einfältigen Kapuziner, die ihre Felsenlöcher mit Korkplatten ausdecken und schmale Schächte in die Felsen wühlen für ihre Toten, neben den Göttinnen, Sphinxen und Monstren von Benfica, am Strande von Cascais und im Schatten von Queluz, und die verwundeten Helden, die Dichter, die, wie Nobre sagte, Unsere Liebe Frau so unglücklich gemacht hat, werden hier freundlich aufgenommen. Von Macht und ihrem Verfall ist in dieser Lebensform alles – nicht gesagt, aber verdichtet, das sich erfahren läßt. Die Augen des einfachen Mannes aber, des Bananenverkäufers, des Polizisten, des Kellners sind, wie Fialho d'Almeida sagte, von jener Sanftheit des Blicks, in dem alle Resignationen strahlen: E essa doçura de olhar em que se estrellam todas as resignações.

Wenn Pombal in seinem natürlich rationalistisch übertriebenen Erziehungsprogramme die Mathematik für alle Disziplinen zum Pflichtfach machte, so ist er oder sind seine Berater doch einer bedenkenswerten Einsicht gefolgt, nämlich in die spezifischen Gefahren des portugiesischen Geistes, der portugiesischen Seele. Aus ihren schönen Versunkenheiten, aus ihren Zweifeln, aus der saudade ins Nirgendwo sollte die Mathematik, die Genauigkeit, Folgerichtigkeit, Sauberkeit des Denkens, die sie zu lehren vermag, befreien. Das Problem der estrangeirados ist ein Kriterium der portugiesischen Geschichte. In solcher Entschiedenheit kommt es vielleicht nur noch in der russischen Geschichte seit wenigstens dem 16. Jahrhundert, in schicksalhafter Ausprägung im 18. bis zum 20. Jahrhundert vor: hier wurde es immer mehr zum Verhängnis. Über die portugiesischen estrangeirados aber können nur Portugiesen urteilen. Dem Außenstehenden könnte es scheinen, daß sie ein Lebensprinzip vertreten: Wenn die inneren Gefahren überhandnehmen, der Reichtum der Seele, der Skepsis, die Neigung zur Weltabkehr und zu uferlosem Leid, der Stolz auf die Trauer die Tat hemmen, das Imperium bedrohen, wenn der Individualismus die Bereitschaft, Opfer zu bringen, verliert, so treten Kräfte auf, die als fremd erscheinen, weil sie die Dominante der Ordnung, Herrschaft, Reform gegen die Fülle des Innern vertreten. Vielleicht aber haben sie in Stunden der Gefahr die Kontinuität portugiesischer Geschichte gerettet: den Willen zum Imperium, der allein sie zu tragen vermag.

Das Problem streift an das der portugiesischen Selbstkritik. Sie ist, ohne Zweifel aus heißer Liebe zu Erbe und Volk, im vorigen Jahrhundert wohl überspitzt worden und hat sich noch bis an die Schwelle gegenwärtiger Erneuerung ausgewirkt. Sie ist gleichwohl bewundernswert in ihrem Freimut – und es wäre so manchem Volke zu wünschen, daß es ähnliche Selbstkritik übte. Ich bewundere auch die portugiesische Selbstironie und kann es nicht leugnen, daß ich gewisse kabarettistische Vorstellungen um ihretwillen mit Vergnügen besuche, während so vieles, was anderen dort

Vergnügen macht, an mir zwar in muntern Takten, aber nicht geschätzt und meist unverstanden vorüberrinnt. Todos me lavam a cara (Alle waschen mir das Antlitz.): meine Landsleute nämlich, wenn ich das bekenne. Ich bewundere die Selbstironie des Mannes – und die Frau, die gerade den Mann in seiner Selbstironie zu lieben vermag. Ich glaube, so manches könnte uns ein bißchen besser glücken, wenn wir unsere Tatenlust mit dieser Selbstironie würzen wollten: der Mann ist es ja doch, der unsere gegenwärtige, nicht sehr verheißungsreiche Situation zu verantworten hat. Die Frau hat zwar politische Rechte erkämpft, aber sie ist viel zu klug, als daß sie diese ernsthaft ausüben wollte. Und das Wissen, daß so vieles a priori verweigert ist, daß sehr oft kein Weg ist, wo ein Wille ist – etwa am Suezkanal oder vor dem Kaukasus –, dieses Wissen, daß ein anderer mächtig ist und nicht wir, könnte so oft zur rechten Tat leiten. Selbstironie nämlich gehört durchaus zur europäischen Lebensform, und ohne jene ist diese gar nicht vollziehbar: das ist Tradition von Sokrates und vom Aufgang des Christentums zu Cervantes und Molière und Grimmelshausen und Holberg, zu den großen englischen und französischen Satirikern des 18. Jahrhunderts und unserem Lichtenberg und weiter zum österreichischen Volksstück und Schlager, genialen Leistungen, zu Grillparzer und Hofmannsthal, von Kierkegaard gar nicht zu reden.

Damit habe ich den engen Kreis dieses unzulänglichen Bekenntnisses durchmessen, das nur ein Dank sein will. Ich bin wieder bei den sogenannten »kleinen Völkern« Europas, die eben gar keine kleinen Völker sind, sondern Verwalter kostbarer Schätze; sie sind weise geworden an geschichtlicher Erfahrung und wissen, was Macht ist und Sendung, geschichtliche Stunde, Erbe und Freiheit. Ich meine vor allem die Küstenvölker, Norweger und Dänen, Schweden und Holländer und Portugiesen; ein jedes Volk in seinem Eigensein, seiner glorreichen und ergreifenden Tradition; seiner Selbsterkenntnis und Selbstironie; ein jedes Repräsentant Europas in einmaliger, unabdingbarer Gestalt.

Wir leben in der Zeit der Zusammenschlüsse und haben alle

Aussicht, daß wir unseren Namen verlieren und »Euratom« werden und »Euromarkt«. Nichts gegen europäisches Gemeinschaftsbewußtsein – sofern eben Europa noch da ist; denn ein wesentlicher Teil ist im Augenblick verloren. Wenn aber das Haupt nicht mehr ist als der Helm, das Herz nicht mehr als die Börse, so ist Europa nicht mehr da. Seine Existenz von innen auf das äußerste zu intensivieren, die großen Inhalte zu leben als Schicksal und Lebensform: das ist Aufgabe aller. Die Aufgabe Portugals aber ist – so scheint mir –, Europa anwesend zu erhalten über den Meeren und die mit dem Kreuz geschmückten Wappenpfeiler, den Madrãu, zu behaupten an den Küsten, die seine Sendboten als erste betraten. Die andere Weltmission Portugals aber ist: die Repräsentanz brasilisch-lusitanischer Latinität in Europa in der Einheit des Widerspruchs zur anglo-amerikanischen Welt. Nur wenn beide in Kraft sind, leben wir in Europa. Nicht aber die Macht ist entscheidend, sondern die Intensität der inneren Existenz, das gelebte Dasein der Werte, ohne die jede Macht zerfällt. Portugal hat sich, seit fast dreißig Jahren, erneuert aus dem Ethos des Opfers, der Arbeit, der Liebe. Mich ergreift die Autorität einsamer Leistung, großer Distanz, der Schweigsamkeit. Keine Wahrheit, kein reiner Wille gehen in das Medium der Geschichte ein, ohne gebrochen zu werden. Keine Macht ohne Verzicht, keine Tat und kein Werk, die nicht dem Kreuz entgegenführen, der verhüllten Gestalt der Geschichte! Die Unüberwindlichkeit europäischer Geschichte ist eine Hoffnung wie die der portugiesischen, die ebenso schöne wie gefährliche Sage vom König Sebastian. Ich erinnere an das Kapitol, Herz Europas. Wer in der Nacht den von Michelangelo gestalteten Platz betritt, findet Marc Aurel, im Schein der Lampen, einsam, der Stadt zureitend, der Welt, mit erhobener Segenshand. Ein winziges Stückchen Gold soll noch, nach dem Glauben des römischen Volkes, in seiner Rüstung haften. Es wächst langsam, und wenn der Kaiser ganz in Gold gehüllt ist, so wird Friede sein, Europa geeint sein und die Gerechtigkeit in Macht: das ist unser Leben, unsere Unsterblichkeit: Europa über Europa hinaus.

(1957)

Das Ethos Spaniens

Wem es gegeben wäre, mit dem inneren Ohre auf den Gesang der Völker zu hören, der müßte vielleicht am tiefsten erschüttert werden von der spanischen Melodie. Sie mag nicht so reich sein, sich nicht in so großartigen Verschlingungen der Stimmen bewegen wie die Melodien der Mitte; aber sie ist von einer furchtbaren Bestimmtheit und Sicherheit; aus jedem Takte tönt das Schicksal. Hier ist nichts nur gewollt, versucht, erträumt; hier verfließen nicht wie im benachbarten Portugal die wundersamsten Regungen und Sehnsüchte der trauernden, fliehenden Seele im Nirgendwo; hier ist alles furchtbar wahr, alles erlebt. Und so müßte die Melodie, sofern sie ganz aus dem Innern des Schicksalslandes kommt, die gemäße Landschaft vor das innere Auge rufen. Klar und streng sind die Linien der kastilischen Hochebene, früh kommt der harte Winter, unerbittlich ist der Sommer; unbarmherzige Einsamkeit umwittert die Felsengebirge, auf deren Gipfel der Ginster glüht unter den Schneemulden. Wie der Eskorial einem Felsblock gleicht, der aus dem Gebirge gebrochen wurde, so sind auch die Städte der Hochebene Felsblöcke, eins mit der Fläche und den über sie ausgesäten Steinen und doch machtvoll sich über sie erhebend mit der erzenen Bestimmtheit der Form. Und was das Wort, die Aussage des spanischen Volkes so einzig macht: die Prägung durch das Leben, durch ein mit Leidenschaft ergriffenes Schicksal größten Ausmaßes, das zeichnet auch die Städte aus, die dem Idyllisch-Zufälligen weit entrückt blieben und noch über die Grenze der modernen Zeit ihre Form, ihr Wesen bewahrten: Adler und Weltsäulen Karls V. und seine kühne Devise prangen nicht umsonst an den Stadttoren; sie deuten das Schicksal an, das alle Städte in Bann hielt und dessen Schatten, obgleich es sich längst erfüllt hat, nicht von ihnen weichen will.

Die Spanier sind das eigentlich tragische Volk. Wenn es einen Wesenszug gibt, der alle ihre Werke des Geistes, aber auch ihre

Geschichte durchdringt und miteinander verbindet, so ist es der Mut zum Äußersten, der Entschluß, die letzte Folgerung zu ziehen. Eben dieser Entschluß hat die Spanier ja zu Fremdlingen in Europa gemacht, hat gerade ihre höchsten Vertreter, mochten sie Heilige oder Könige, Dichter, Künstler oder Denker sein, dem Verständnis des Abendlandes fast entzogen. Den heiligen Ernst und Schmerz dieser Männer, ihre Kühnheit, die an Torheit zu grenzen schien, haben nur wenige verstanden. Der Wille, der das Äußerste erstrebt, der über die Grenzen der Welt hinaus will, ein Reich gründend, wie noch keines gewesen, ein Königskloster errichtend, das nicht seinesgleichen hat; der sich vermißt, aus inbrünstiger Sehnsucht nach dem Reiche Gottes mit Gott zu rechten über seine Weltregierung; der Wille, der ein Welttheater von beispiellosem Ausmaß dichtet, um in diesem Theater gleichsam noch einmal die Welt zu umfassen und ihren Sinn zu verkörpern: er ist auch erlesen, die Gegnerschaft der Welt zu erwecken und sich in einem ungeheuren Kampfe mit der Wirklichkeit zu verzehren. Wie wenig auch hat die Wirklichkeit je diesem Willen entsprochen! Mit welchen Nöten quälte sich Kolumbus; wie unermeßlich reich und zugleich arm waren die Konquistadoren; wie leicht fielen die Silberflotten englischen, französischen, holländischen Piraten in die Hände; wie eng waren Sieg und Untergang, Kulmination und Absturz miteinander verschwistert, wenngleich der Entscheidungsstunde, die noch während der Herrschaft Philipps II. schlug, ein lange sich hinzögernder Sonnenuntergang von unerhörter Pracht folgte! Und so lebte dieses Volk ganz wie die Helden der Tragödie, wie etwa die Helden Corneilles, der ja nicht umsonst bei den Spaniern in die Schule ging und mit dem tragischen Pathos auch die Unerbittlichkeit der tragischen Antithese bis zu einem gewissen Grade ihnen verdankte: Eben der Sieg forderte den schmerzlichsten Verzicht, gefährdete das Dasein und selbst den Ruhm, der in seiner höchsten, strahlenden Herrlichkeit nur ein einziges Mal gewonnen werden kann:

L'honneur des premiers faits se perd par les seconds.

Aber der Ruhm im höchsten Sinne war für die Spanier noch weit weniger als für die Franzosen der klassischen Zeit ein irdischer Wert. Der Wille dieses Volkes, seiner Könige und Dichter war nicht ausschließlich auf diese Welt gerichtet; ihr Reich war diesseitig und zugleich transzendent. Und wenn auch die Seefahrer und Soldaten im Augenblick der Ausfahrt besessen waren von der Gier nach irdischem Gut, so brachten sie doch oft genug als Heimkehrer die Erfahrung der Nichtigkeit alles Irdischen nach Hause, und mit bedingungsloser Hingabe unterstellten sie sich dieser Erfahrung. Die Herrlichkeit der kühn eroberten Welt verkehrte sich unter der Last der Schuld in nichts, in das große ›nada‹, der Ruhm in die ›vanagloria‹: über dem irdischen Reiche öffnete sich das Jenseits, von dem die Beter zu Hause immer gefangen waren. Als Philipp II. das Äußerste erreichte und Portugal samt seinen Kolonien hinzugewann, war er längst vor unlösbare Probleme gestoßen: es war nicht möglich, der niederländischen Ketzer Herr zu werden, die eine mit der Zeit verbündete geistige Macht darstellten; ja ein großer Teil der Welt stand unter dem Gesetze eines Geistes, den Spanien nicht annehmen konnte, solange es bleiben wollte, was es war. So hatten sich die mächtigsten Herrscher der Zeit zu einer mönchischen Lebensform überwunden, um in tiefster Demut an ihrem Platze auszuharren; so hat das Volk, das die Welt für flüchtige Zeit zu beherrschen schien, die Nichtigkeit der Welt mit schneidender Bestimmtheit ausgedrückt.

Nicht allein die heilige Theresia von Avila litt an der Frage, warum Gott das Treiben der Ketzer mit ansehe; ganz Spanien und am meisten seine Könige haben an ihr gelitten. Denn dies eben war die feste Überzeugung des Volkes wie seiner Führer, daß ein Weltreich, das nicht auch ein Reich der Seelen war, des Strebens nicht wert sei; sie alle verloren das Bild der allumfassenden Ordnung niemals aus dem Gedächtnis, in welcher der Mensch, nachdem er die Enttäuschung des Diesseits erfahren, emporsteigen sollte in die Ewigkeit, um sich dort mit verehrten, geliebten Toten zu vereinigen. Nicht allein für Leib und Leben ihrer Untertanen, sondern auch für deren Seelen fühlten sich die Könige Spaniens verantwortlich – in schärfstem Gegensatze zu der heraufkommenden neuen Denkweise, wie sie etwa von Elisabeth von England vertreten wurde; und wie mächtig auch immer die politischen Triebkräfte ihres Handelns, wie stark die ihnen gebietenden Notwendigkeiten waren, so ist doch kein Zweifel, daß sie im Bewußtsein dieser Verantwortlichkeit eine Stelle einnahmen, von der sie nicht weichen konnten, ohne mit sich selbst und ihrer Tradition zu zerfallen und ohne sich von ihrem Volke zu entfernen. Darin stimmen alle Aussagen, die der Heiligen wie der Könige und Dichter, auf eine ergreifende Weise überein, daß Gott der Herr das spanische Volk seine wunderbaren Wege führte, daß er es mit dem Auftrag auszeichnete, das Kreuz über das Meer zu tragen, und daß das Volk das Gericht auf sich herabzöge, wenn es sich von diesem Auftrag abkehren würde. Calderon hat am Abend der großen Zeit diesen Glauben nicht leidenschaftlicher ausgesprochen als der größte Ankläger Spaniens, der ›Vater der Indios‹, Bartolomeo de Las Casas. Ihm würde man zu Unrecht den Vorwurf machen, daß er sein Volk, dessen Verbrechen er enthüllte, nicht geliebt habe; ist doch *die* Liebe die stärkste, die der Seele gilt; und mit dieser Liebe zu der gefährdeten Seele seines Volkes klagte Las Casas die Konquistadoren an unter dem ritterlichen Schutze der spanischen Könige. In diesem alle Sprecher beseelenden Glauben an die Sendung mag der die Zeiten und ihre Wechselfälle überdauernde Stolz des Spaniers wurzeln.

Freilich, die Geschichte schlug eine andere Richtung ein, als Herrscher und Volk erwarteten; das Weltreich fiel, das Irdische erwies sich als Schein, und je tiefer die Enttäuschung war, um so stolzer behaupteten die Spanier ihren Rang, ihren Anspruch. Wie es zuweilen dem Menschen gegeben ist, wenigstens einmal in seinem Leben eine Entscheidung zu treffen, in der sein ganzer innerer Wert sich offenbaren muß – eine Entscheidung, in der er im letzten Sinne versagt oder sich bewährt –, so scheint auch Völkern eine solche Stunde zugelost zu sein: es ist die Stunde der großen geschichtlichen Wende. Der Frage gegenüber, ob die irdische Macht erkauft werden dürfe mit dem Heil der Seele oder ob sie, wenn Gott diese furchtbare Entscheidung fordere, dem Heil der Seele geopfert werden müsse, fanden sich Herrscher und Dichter, die Heilige und der mit Schuld beladene Konquistador in der Antwort zusammen: mehr als alle irdischen Reiche gelte die Ewigkeit; es sei das höchste Los, Reiche hinzugeben, um das Licht der Wahrheit zu verbreiten und Gottes Reich in den Seelen mit zu begründen. Und in dieser Bereitschaft, die bald von der Geschichte erhärtet wurde, mag das eigentliche Ethos Spaniens beschlossen liegen. Von ihr ist die spanische Aussage durchdrungen als der gereinigte Widerhall spanischer Geschichte. Wohl stellt sich ein solcher innerer Vorgang in der Geschichte nur selten in völliger Reinheit dar; aber die klare Einsicht in das tragische Entweder-Oder, dem das spanische Volk in einem bestimmten Augenblick seiner Geschichte begegnete, und der Wille, der höchsten Pflicht eine jede andere und alles Gut und selbst noch Ruhm und Namen zu opfern, machen den Adel des spanischen Volkes, den Rang seiner Werke aus; und von dem Ernst jener Stunde, der vielleicht erst die uns vertraute Seele Spaniens prägte, künden die Städte, die Landschaft noch immer. Der Hauch des Tragischen ist über sie gebreitet; der Mut, den Lebenskonflikt zwischen Diesseits und Jenseits mit dem Einsatz des ganzen Daseins auszutragen, hat in diesem Lande und Volke und seiner Geschichte einmalige Gestalt gewonnen.

(1946)

Estremadura

Elende Häuser in der Nachbarschaft
Versprengter Steine hilflos ausgesät;
Vergeblich von den Felsentrümmern späht
Nach dem Erlöser eines Kreuzes Schaft.

Nur in Kakteen treibt noch Lebenssaft,
Sehr karg in hartem Laub; kein Baum gerät;
Von ungeheurer Sense abgemäht,
Verschlingt die Wüste Mond- und Sonnenkraft.

Die Luft verflüchtigt sich, es scheidet nichts
Die Felsentrümmer von dem leeren Raum;
Fern sprühn die Sterne ihre Kühle aus.

Ists erster Tag? Ists Tag des Weltgerichts?
Der Anfang wird zum Ende, und der Traum
Des müden Lebens baut sein steinern Haus.

(1939)

Die Camargue

Hier ist das Ende; Strom und Felder fließen
In diese Ebene, wo die Zeit nicht gilt;
Hier bleicht das Licht, das zögernd niederquillt,
In Dämmertraum die Erde zu verschließen.

Tief dringt das Meer in die zerstörten Wiesen,
Schon wird das Land zum schwankenden Gefild,
Und wieder steigt die Flut im Wolkenbild,
Von oben sich noch einmal zu ergießen.

Die Grenzen aller Dinge werden trüber,
Und tief im Grunde mischen sich die Reiche,
In die wir beide niemals ganz uns finden;

Die großen Vögel rauschen stumm hinüber,
Und dumpfer drängt es noch durch Land und Teiche,
Mit uns ins Grenzenlose zu entschwinden.

(1939)

Der Blinde und das große Feuer

Mitten in der Stadt, die erschauernd das Blut ihres Königs hatte fließen sehen und sich elf Jahre später bekränzte, um dessen Sohn zu empfangen, erlebte ein anderer die Wende in das Innere und Unsichtbare: Milton, der Dichter. Zwar nahm der König keine Rache an dem Mann, der seinen Vater auf das leidenschaftlichste herabgesetzt, ja beschimpft und dessen Verteidiger mit einem Haß, einer Bitterkeit ohnegleichen geschmäht hatte: Milton, der die Sache der Republik zu seiner persönlichen Sache gemacht, so wie er auch, der ein echter Empörer, um der persönlichsten Sache willen bereit gewesen wäre, Gesetze umzustoßen, lebte, nur von seinen Freunden beachtet, vom Staate nicht verfolgt, erblindet in einer ihm tief verhaßten Umwelt wie Simson, sein Held, unter den Philistern. Aber groß war doch Simsons Schicksal, so wie es der Epiker, noch einmal und schon zu spät von der Insel aus nach dem Kranze des tragischen Dichters greifend, gestaltete: Simson, der Geblendete, seiner höchsten Kraft Beraubte, konnte doch laut und in das Antlitz ihrer Anbeter die herrschenden Götter höhnen; er konnte endlich, nachdem er die Abhängigkeit vom Weibe, von Schwächlingen und Zungenhelden genugsam erlitten, die Pfeiler mit den Armen umklammern und niederreißen und über seine Feinde wie über sich selbst das verdiente Gericht bringen. Denn schuldig wußte sich auch Simson, der Gottes Geheimnis verraten und daher mit Recht erniedrigt wurde. Wie Shakespeare, dessen Bühne verschwunden war, dessen Wort verhallte, war auch Milton Verkünder der allumfassenden Schuld, der in bitterstem Leid sich vollziehenden Gerechtigkeit.

Aber der größte Schatten, den er geschaffen und der ihn umdüsterte, war kein Büßer; es war Satan. Und wie ein Volk sich ausdrückt durch die Höhe oder Begrenztheit seiner größten Gestalten, so auch der Dichter: seine größte Gestalt ist ihm am nächsten. Auch Fox und Bunyan rangen mit dem Bösen; Milton aber hörte das Rauschen und Zittern seiner spitzen Schwingen über dem Abgrund, dessen unbesieglicher Fürst er ist; Milton sah die gekrönte Schlange mit metallisch schimmerndem Leib dem Weibe sich nachwinden und dessen Spur lecken – dem Weibe, dessen Herr der Mann sein soll und dessen Knecht er wird –; er fühlte, als Gestalter in seine Gestalten sich verwandelnd, seinen eigenen Trotz aufschäumen in Satans Brust, des unbeugsamen Empörers. Wohl war Satan schuldig, aber diese Schuld ist sein Wesen, macht ihn groß; sie liegt jenseits von Recht und Unrecht, fast als ein Vorrecht, ein Gesetz des Gewaltigen, der nur als ein Schuldiger sein kann, was er ist. Nicht Menschen können ihn richten oder begreifen und sein kaltes Reich ermessen; das Licht, so herrlich es ist, zerrinnt; Satan, der ewige Empörer, der das Licht bekämpft, ist ganz Gestalt. Er ist der nächste, die Wirklichkeit, die Macht. Einst hatte ihn Marlowe gerufen, und er war, der Legende nach, auf der Bühne erschienen an Stelle des Schauspielers; nun aber reckte er sich in übernatürlicher Größe empor, ohne Maske, in seiner finstern Glorie.

Schwebte er nicht auch über der Stadt, dem Lande? Die Richter des Königs waren nun doch gerichtet worden; Bradshaws, Cromwells, Iretons Leichname wurden aus den Gräbern in der Königsabtei gerissen, auf Schleifen unter Flüchen und Beschimpfungen nach Tyburn gezerrt und dort gehängt; die Republik war ausgelöscht wie einer der wirren Träume, in die Völker zuweilen verfallen und deren sie sich später nicht gerne erinnern. Der Wagen des Königs rollte wieder seine glatte Straße im Schwarm der Kavaliere. Als er einzog, hatte sich Karl II. im gleichen Saale zu Whitehall huldigen lassen, aus dem sein Vater an jenem kalten Morgen auf das Gerüst hinausgetreten war. Dort, wo sie niedergefallen war, hob er die Krone auf: sie war nur heiliger geworden. Für den Blinden war dieses alles nichts – sollte es nichts sein. Als wahr erwiesen sich nur die Gesichte: Satan und der unsäglich schmerzliche Traum vom Paradiese, dem Glück der Unschuld, das schon unter dem Schatten seiner Schwingen lag. Aber hatte der Dichter nicht zu spät zu träumen begonnen? In der Jugend, als er bereit war, zu gestalten, ergriff ihn die Politik. Sie riß ihn aus Italien fort, eben als er nach Sizilien fahren wollte, das Größte zu sehen. Streit war von nun an sein Leben, Haß, Bitterkeit. Wäre nicht ein größeres Leben möglich gewesen: hatte nicht auch ihn die Zeit erniedrigt, nicht auch sein Herz angefüllt mit dem Stoff der Welt? Und wenn eines Dichters Herz trüb geworden ist, wird es dann nicht auch sein Werk? Wer so tief gehaßt hat, wird den Haß nicht mehr los; wer so bitter war, dem wird nicht mehr leicht.

Daß er, als der letzte Puritaner, wie Simson die Pfeiler fassen könnte und rütteln, um dieses fremde, unsichtbare, verhaßte Geschlecht unter Steinen und Balken zu begraben! Aber er wußte wohl und fühlte es immer tiefer in den langsam hinschwindenden Jahren: von ihm wurde Schwereres gefordert; er sollte warten, schweigen, überwinden. Er hatte geglaubt, dem Herrn dienen zu können durch die Tat; und diese Tat ward ausgetilgt; der Herr wollte, daß er nun warte, auf einen Befehl vielleicht, der niemals gegeben würde, nachdem die Knechte vorschnell gewesen im Ausführen. Es wurde vollkommen still, und auch die Stimme im Innern ließ sich nur noch selten, nur zögernd vernehmen. Im Herbst, im Winter vielleicht, an guten Tagen; nicht im Frühjahr oder im Sommer; ein halbes Jahr verging, ehe die Stimme wieder sprach. Nur im Innern zeigten sich die Zeiten an; sie selbst waren ja unsichtbar wie die Stadt, die vor den geschlossenen Toren des weiten, dunklen Hauses in der Ferne toste. Schlimmer als alles war, bitten zu müssen, angewiesen zu sein auf Hilfe, und zwar auf die Hilfe der Frauen. Denn sie tragen, als Töchter Evas, den schwereren Teil der Schuld auf der Erde. Sie sind um des Mannes willen geschaffen und ziehen ihn in die Tiefe; sie erniedrigen ihn, den zur Freiheit Erlesenen – das erfuhr der Blinde noch einmal –, schon weil er ihrer bedarf. Fremd waren ihm auch die Nächsten; widerwillig buchstabierten ihm die Töchter aus den Büchern fremde Sprachen vor, die er sie vorlesen, aber nicht verstehen gelehrt: warum sollten sie seine Sprachen kennen? Seine Welt war nicht die ihre, nicht die Welt der Frauen: in ihr erhob sich Satan ewig gegen das Licht. Er bedurfte auch einer Hand, die aufzeichnete, was sich ihm geformt, irgendeiner Hand; es würde doch kein Mensch mehr erblicken, was er und einige Freunde gesehen in der Zeit der Eisenseiten, die zu Ende war. Und selbst wenn sich das Gedicht Bewunderer erwürbe, so würde es auch von diesen kaum verstanden werden: Wer würde den Fürsten der Hölle wiedererblicken als den Gegenwärtigsten von Angesicht zu Angesicht? Und doch herrscht er, dessen Wesen Verzweiflung ist, in vielerlei Gestalt, sein Aussehen wechselnd, wie die Zeit es will; und die Menschen geraten dann erst mit Sicherheit in seine Krallen, wenn sie ihn nicht mehr sehen, weil er sich in einen Nebel verwandelt, der sie einspinnt und erstickt. Die ganze dunkle Welt draußen ist schon seine Beute.

Schuldig war die Stadt längst, freilich wohl kaum auf die Art, wie der Dichter sie schuldig sah; und diejenigen unter ihren Bewohnern, die noch die Macht des Himmels fühlten, die Gläubigen und die Wanderer, spürten auch die Nähe des Gerichts. Wo die Quäker sich versammelten, riefen sie wehe über London, das sie Babylon nannten und das ihnen blutig erschien wie einst Lichfield dem Stifter ihrer Gemeinschaft. Die Sage von einem großen Feuer, das die Stadt verzehren werde, geisterte durch die morschen Häuser, die dunklen Gassen; Flugschriften kündigten an, daß London zu Asche würde, daß das Feuer auf eine geheimnisvolle Weise im Innern sich ausbreiten und fortwüten und kein Haus verschonen werde. Die Pest schob ihre Karren durch die Tore, schaffte in mancher überfüllten Kammer elender Holzhütten in den Quergassen Platz, räumte auch in den reichen Häusern der Kaufleute auf und drängte dafür die Leichen in den Gruben der Vorstädte zusammen; als sie kaum aus dem Tore war, sollte sich das Wort der Propheten und Chiliasten erfüllen.

In der Pudding Lane, einer östlich der London Bridge zur Themse führenden Straße, in die zwischen einander zugeneigten

Holzgiebeln kaum ein schmales Band des Nachthimmels leuchtete, wurde Farynor, ein Bäcker des Königs, zwei Stunden nach Mitternacht vom Feuer geweckt. Noch konnte er sich mit Weib und Kind durch ein Dachfenster und über die Dachrinne in das Nachbarhaus retten; sein Knecht folgte; die Magd, der es an Mut fehlte, blieb in dem Hause zurück, das auflohte wie eins der Reisigbündel vor dem Backofen und im Einstürzen Funken und Garben über die weite Dächerlandschaft sprühte. Der Nachbar hatte noch Zeit und Besonnenheit genug, Betten und Möbelstücke aus seinem Hause zu schaffen; indessen schlug gegenüber, aus dem offenen Hof eines Gasthauses, wo Heu liegen mochte, die Flamme empor, und Feuerschein umtanzte die hochragende Kirche St. Margaret, an der vorüber Fish Street Hill parallel zur Pudding Lane zur Brücke lief. Das Feuer rannte der Straße nach, über die verpichten Holzwände hinbrausend und Erker und Giebel herabreißend, gegen die Brücke, an deren Kopf die Kirche des heiligen Magnus Wache hielt; eine zweite Feuerschlange wälzte sich neben dieser die Pudding Lane hinab. Während der herbeigeeilte Mayor noch vor den zusammenkrachenden alten Häusern stand und sich mit einem derben Scherze über die Geringfügigkeit des Feuers lustig machte, fiel dieses schon in die Thames Street ein und stillte in den großen Magazinen an Talg, Öl, Sprit und Hanf seinen ersten Hunger. Unterdessen hatten die Flammen auch Dach und Wände von St. Magnus durchbrochen; sie wüteten im Innern, stürmten die Turmtreppe hinauf und setzten, von der hohen Spitze herab ihre grellroten Fahnentücher schwenkend, zum ersten Mal die Stadt in Schrecken. Aber die meisten Bürger legten sich, des anbrechenden Sonntags sich freuend und an Feuerlärm gewöhnt, wieder in ihre Betten; umsichtiger als die Menschen ans Werk gehend, machten sich indessen die Flammen daran, das hölzerne Pumpwerk zu zerstören, das ein erfindungsreicher Holländer unter Ausnützung der Wirbel an den Brückenpfeilern am Brückenkopf errichtet hatte. So hatten sie nicht viel zu fürchten, als sie über die Brücke tanzten und die Stützbalken beleckten, auf denen sich die krummen Brückenhäuser wie Bettler auf ihren Krücken zu beiden Seiten weit über den Strom lehnten; die Krükken brachen, und Balkenwerk und Mörtel zischten in den Strom, der schon den roten Widerschein trug und die glosenden Balken mitführte. Erst wo die Häuser in der Mitte der Brücke eine weite Lücke gelassen hatten, mußten die Flammen haltmachen; sie sandten wenigstens Funken und fliegende Brände nach Southwark hinüber, so daß da und dort ihnen ein Lagerhaus mit wehender Brandfackel antwortete. Die zerfallenden Häupter der Königsmörder und Staatsverbrecher auf dem Südtor der Brücke verzerrten, vom Brandschein belebt, ihre zerstörten Gesichter zu einem letzten, triumphierenden Lächeln.

Nun war St. Margaret auf ihrer Höhe ausgehöhlt, und auch die kleine Kirche St. Bartolphs, die neben St. Magnus zwischen den Landeplätzen lag, war umringt. Aber die Flammen wandten sich westwärts, wo hinter dem hoch ragenden Dach der Halle der Fischhändler zwischen unzugänglichen Gassen und Gäßchen das Gerümpel der Armen in jämmerlichen Hütten moderte. Wer ein Boot erreichen konnte, flüchtete mit seiner Habe auf den Fluß, auf dem das Taglicht den Brandschein auslöschte; andere drängten sich bepackt auf den Treppen am Ufer zusammen; wieder andere bannte der Schreck oder die Sorge um ihre armselige Habe in den Häusern fest, bis die Wolke aus Rauch und Feuer sich auf das Dach herabsenkte, so daß die Bewohner in den von Hausrat versperrten Gassen kaum das nackte Leben retten konnten. Wohl rückten nun Soldaten mit Brandhaken und Ledereimern heran, sie zerrten die morschen Giebel herab, um eine Leere zu schaffen, in der sich das Feuer erschöpfen sollte. Aber Mayor und Aldermänner hatten sich nicht entschließen können zu opfern, als es noch Zeit war; nun sollte es den Mayor sein Amt kosten – und die Bürger die Stadt. Schon hatten die Flammen das Dach der Halle besetzt, von dort aus weiterzufliegen; sie wühlten sich in die qualmerfüllten Keller am Flusse und rissen den Knechten der Kaufleute Ballen und Fässer aus der Hand. Draußen auf dem

Strom, zwischen den wimmelnden Booten, auf denen die halbbekleideten Flüchtlinge zwischen Bettzeug und Spinetten weinten und jammerten, trieb die sinnlos in die Wellen geworfene Ware dem Meere zu. Verbrecher, Vagabunden und Dirnen, lichtscheues Gesindel, das dem Ungeziefer gleich nur nachts aus seinen Schlupfwinkeln kroch, wurde in seinem Neste neben dem Stahlhof ausgeräuchert. Dann stürzten sich Glut und Rauch auf das weite Gebäudegeviert der deutschen Kaufleute, das, lange schon erniedrigt und selbst für einige Jahre von der Habgier der großen Königin seinen Besitzern entrissen, keine Hoffnung mehr hatte, sich noch einmal mit dem Glanz und dem Reichtum deutscher Seeherren zu füllen. Lange gab es den Flammen Nahrung, die am Nachmittag von ihm Besitz nahmen und tief in der Nacht noch in den ausgebrannten Mauern hausten, während dahinter die beiden Kirchen Allerheiligen mit dem Stahlhof einstürzten und vor den Augen der Menschen auf dem Strome und der Zuschauer drüben in Southwark der ganze Stadthügel zu erglühen begann. Denn tief schon hatte sich der Uferbrand in das Innere gefressen, allerorten die Kirchtürme entzündend, die den Rauch erleuchteten, während der Glutschein hinter den Fenstern und kahlem Mauerwerk aufstieg. So ging die Nacht hin; als der Tag wiederkehrte, wollte die Sonne nicht scheinen, obwohl keine Wolke sichtbar war. In ungeheuerer Breite, wie die ausgespannte Schwinge Satans, schwebte der Rauch über der Stadt. Er wallte, im Ostwind sich bauschend, am Ufer hin, über die Ruine des Stahlhofs und die Halle der Fährleute, vor der sich die ausgetriebenen, auf Fährschiffe harrenden Menschen zusammenknäulten, gegen den hohen Uferturm von Baynards Castle, das Schloß Richards III. und Heinrichs VIII., dessen Ende nun kommen sollte. Schneller noch rollte der grauschwarze Mantel mit dem feurigen Saume über die Dächer der innern Stadt, die unter ihm widerstandslos zusammenbrachen. Er scheuchte die verzweifelte Menge mit ihrem Gepäck und überladenen Karren, die Löschmannschaften mit leeren Eimern, Leitern und glühenden Haken von Gasse zu Gasse, füllte nun die Lombard Street und legte sich brausend und rauschend auf die geschmückten Giebel der Kaufmannshäuser, bis diese unter der Last ihres Schnitzwerkes und ihrer Embleme vornüberstürzten. Bald hüllte er den schlanken, prismaförmigen Turm der Börse ein; die goldenen Heuschrecken, die als Wetterfahnen auf dem Turm, den Giebeln und Kaminen kauerten, machten sich los und schossen wie geblendete Hühner oder Tauben oder aber wie höllische Geister, die zurückkehren in ihr Element, in die Flammen. Die Statuen der Könige Englands schmetterten nacheinander von dem hohen Simse herab; unterdessen waren die Flammen, der Steine überdrüssig, in die Gewölbe der Indiengesellschaft eingedrungen und verzehrten dort das Gewürz, dessen Rauch und Duft die Luft schwängerten. Stürmisch wälzten sie sich weiter, in den Nordosten hinauf, durch Cornhill und Thredneedle Street; eine zweite Feuerwand zog im Westen vom Flusse heran, sich im Herzen der Stadt mit der anderen zu vermählen. Rasch trieb sie der Wind hinter den ratlosen Menschen her, einer neuen Weide zu; nun prasselten in Bucklers Bury in den Kellern der Apotheker Räucherwerk und Spezereien, und Cheapside, die breite, königliche Marktstraße, lag, von nahen Zunfthäusern und Kirchen überragt, offen da. Dort blinkten am Abend dieses Tages zum letzten Mal die fröhlichen, weit vorragenden Schilder der Gastwirte, die tausend Fenster der aneinandergeschobenen Häuser unter dem fernen Umriß der Kathedrale, die, mit ihrem stumpfen Turme wie ein Schiff mit gebrochenem Mast, unberührt die Verwirrung überschaute.

Des Königs Soldaten jagten durch die Stadt; der Dean von Westminster führte seine Schüler in den Osten, eine bedrohte Kirche zu retten; die Goldschmiede keuchten unter ihren Säcken und Kästen in den Tower, dort ihr Gut zu bergen. Auf Matratzen und Betten wurden Kranke vorübergeschleppt; schon machte ein Menschenzug sich auf, die Stadt durch die nördlichen Tore zu verlassen und sich in das Land zu ergießen. Karren holperten über die Kopfsteine, blieben stecken, hemmten die Nachziehenden, so daß Barrikaden aus Fahrzeugen und Gerümpel über die Straßen wuchsen und die Gassen verstopft wurden. Seeleute wälzten Pulverfässer in die Häuser und sprengten diese angesichts der heranziehenden Feuerwand zum Schrecken der Menge in die Luft; dann stob eine Reiterschar in glänzenden Kleidern unmittelbar auf das Feuer zu. Es war Karl II., der König; er warf Münzen aus, die Löschenden anzueifern; ja er sprang vom Pferde, ergriff den Haken und half die glühenden, Funken stiebenden Balken herabreißen; er faßte den Eimer und schleuderte das Wasser in die Glut, die seine Hauptstadt vernichtete. Übergossen von Wasser und Asche, sprengte er weiter, heute, wie sein Bruder, der Herzog von York, in den Tagen furchtbarsten Unglücks auch seine königlichsten Tage erlebend. Aber wie die Feuersbrunst aus den engen, schmutzigen Gassen der Armen heraufgedrungen war in die Stadt, so zogen diese selbst nun der Vernichtung nach: Verbrecher und Dirnen und unter ihnen auch Handwerker, die sich bewaffnet hatten mit Eisenstäben und Bratspießen. Vergeblich beteuerten die Fremden, Holländer und Franzosen, mit stockender Zunge, daß sie keine Feuerbälle geworfen, die Stadt nicht in Brand gesteckt hätten; wenn ihnen kein hinzukommender Soldat oder Edelmann half, so waren sie verloren. Die Tore der Gefängnisse sprangen auf, und Mörder und Räuber wurden frei; sie fahndeten nach Papisten und deren Gut, nach Gold, das stündlich im Werte sank; sie mischten sich unter die Flüchtlinge und suchten nun endlich ihren Teil zu erwerben vom Reichtum der namenlos verwirrten, unter dem pfeifenden Atem der Flamme hinschmelzenden Weltstadt, deren Tote sogar in den Gräbern verkohlten. – Aber Reisende, die draußen durchs Land zogen, wanderten einige Meilen weit im Schatten der graubraunen Wolke unter wolkenlosem Herbsthimmel; und ferner im Norden erstaunten die Menschen über das rötliche Licht der Sonne.

Als es zum dritten Mal aufgegangen war über der Brandstätte, eroberten die Flammen die Guildhall und die Türme und Giebel aller der Kirchen, um die sich im äußersten Winkel der Stadtmauer die Häuser wie um Hirten geschart hatten. Noch immer im Bunde mit dem Seewind, kreiste das Element die Kathedrale ein. Dort hatten in dem weiten Kirchhof zwischen den Kreuzen und aufrecht stehenden Grabplatten Krämer und Kaufleute aufgestapelt, was sich immer fortschleppen ließ; die Buchhändler hatten das Gewölbe der Unterkirche unter dem Chore mit ihrer Ware vollgepfropft und dann versiegelt. Längst war die riesige Halle des Münsters entheiligt; sie war zur Börse geworden und hatte den Soldaten des Parlaments als Stall gedient. Auf der breiten Treppe hatten diese ihre Pferde mutwillig geübt; ja sie hatten unter blasphemischen Zeremonien das Innere entwürdigt, die Grabsteine aufgespalten, die Scheiben zertrümmert, und nur aus dem äußersten Ende, wo eine Mauer gezogen war, erscholl an Feiertagen die grobe, eifernde Stimme eines puritanischen Predigers. Nun sollte das Feuer das erniedrigte Heiligtum reinigen. Das Blei hatte sich vom Dache gelöst; dort bissen sich die Funken und Brände fest. Dann erkrachte das Gebälk zum Entsetzen der Flüchtlinge auf dem Kirchhof; ein Brausen erhob sich, als fülle eine ungeheure Orgel ihre Lungen, um einen nie gehörten Gesang anzustimmen zum Lobe des Herrn; das Blei begann zu fließen. Die Silberbäche schossen durch die lecken Traufen, tropften im Inneren herab; dann kehrten die Flammen, von der Zugluft bewegt, das Gotteshaus leer, das zum Markthaus geworden war. Die Steine zersprangen wie platzende Granaten; niederstürzendes Gebälk wuchtete auf die Grabplatten, bis diese zerbarsten und die Toten mit gelbem Gesicht, langem Bart und Haar und lichtlosen Augen auffuhren und in die Flammen starrten. Zwischen den heißen Steinen der Unterkirche zerfiel die von Buchhändlern zusammengeschleppte Weisheit in Staub und Asche; und auch das Warenlager der Krämer, die oft genug gemarktet und gefeilscht hatten im Haus des Herrn, wurde zu Rauch. Während der stumpfe Vierungsturm und die Mauern noch widerstanden wie die Bastionen einer brennenden Festung, eilten die Flammen schon den Stadttoren zu; nun erglühte Jakobs I., des königlichen Hexenmeisters,

Statue über Aldersgate im Brandschein; und durch Newgate hindurch und das Fallgitter von Ludgate, das zwischen vieleckigen Türmen hing, stürzten sich Rauch und Feuer auf die wehrlosen Vorstädte. Als die Matrosen begonnen hatten, die Häuser auf dem Strand zu sprengen, der König schon bangte für Whitehall und Westminster und eine verzweifelte Mannschaft, über die der Rauch sich wälzte, auf der Fleet Street grabend und niederreißend kämpfte, drehte sich über all dem Lärmen, Schreien und Dröhnen der Explosionen und Donnern der Flammen leise der Wind auf Süden und schlief dann ruhig ein auf der stehenden Brandwolke wie auf einem Kissen. Die Lüfte wurden still; verzehrt war London, die Stadt der Gläubigen, der Mönche, Nonnen und Eremiten, aus der einst der Ackersmann hinausgeschritten war; die Kirchen, die Puritaner und Quäker tausendmal verflucht hatten, waren gefallen, aber auch die Hallen der Könige, Baynards Castle, wo Richard III. mit betrügerischer Bescheidenheit die heiß begehrte Krone ergriffen, Brydewell vor den Mauern, wo Heinrich VIII. seine gleißnerische Rede gehalten, selbst die Wahrheit in den Dienst seiner Lüge stellend; dahin war das Kloster der Schwarzen Brüder, wo einst Katharina gekniet vor ihrem Gatten und dann die Edelleute in prächtigen Palästen schwelgten als Erben der Mönche. Und was von der Kirche der Grauen Brüder, die zum Lagerhaus geworden war, aufragte aus dem Schutt, sollte noch fallen. Zerstört waren die Gräber der großen Bischöfe, der Ritter, Fürsten und Richter in der Kathedrale, und auch die Häuser, wo die flüchtigen Verewiger des Irdischen gewohnt, die Dichter und Maler, waren verschwunden. Verzehrt war alles Heilige zwischen den Mauern, das ja längst nicht mehr heilig war; und nur der Tower im Osten, die Abtei im Westen, der Sitz der Macht und die Stätte des Glaubens, zwischen denen das Gewebe der Geschichte Englands und aller Geschichte gewoben wird, reckten sich unversehrt auf. Langsam glühte die Stadt aus, zerstreute sich die Wolke: als sei Satan, der sich drei Tage an der Glut gelabt, herabgestürzt und zu Asche geworden, daß er fortan tausendfach lebe in Schutt und Staub.

(1936)

Potsdam und Doorn

Die Havelfischer fuhren aus der verhangenen Helle der Seen und stillen Gewässer auf dem Kanal in die Stadt; sie brachten Aale und Krebse; in Herbstnächten prasselten die Kastanien auf die Kähne vor dem Fenster. An kalten Morgen stellten die dicht vermummten Fischerfrauen Öfchen unter ihre Hocker. Und dann kamen doch noch Tage, an denen die weiten Wiesenflächen der Parks, die Bäume ihre Verklärung feierten. Aber das Schönste war das Erwachen der Gewässer im Februar, das sichtbar-unsichtbare Leben im Schilf und das schwerfällige Auffliegeln der Schwäne, die, einander überfliegend, sich über die Stadt schwangen, von See zu See. Oft widerstrebte mir die Landschaft; die Kieferngehölze wurden für mich nicht zum Wald; die schwermütige Eintönigkeit der Linien bedrückte mich: sie prägte sich mir doch ein. Der Exerzierplatz ergriff mich immer wieder als Geburtsstätte einer Macht. Paretz draußen bedeutete das Gegenspiel: die Flucht eines Königs ins Idyll; dort war die Landschaft mild, fast heiter; über den strohgedeckten Dächern der breiten Dorfstraße, dem Dunkel des Friedhofs kreisten die Störche. Zwischen matten Tapeten im Schloß, wo Bänder, Kleider, Hüte knisternd verblichen, lebten Schatten. Ein Glück, ein fast unerlaubtes, hatte brennenden Schmerz hinterlassen.

In das Sirren der Schnaken, deren man sich noch unter dem Weihnachtsbaum erwehren mußte, zitterte das Glockenspiel: unerbittliches Maß der Zeit. Fest auf der Erde stand nur das Wenige, was vom Großen Kurfürsten geblieben war, ernste starke Formen, und was Friedrich Wilhelm gebaut hat: seine Kirchen am Eingang und Ausgang der Wasserstraßen, das holländische Viertel, fest zusammengeschlossen in Sauberkeit und Strenge und doch nicht ohne Behaglichkeit. Alles andere schien mir Spiel: kulissenhafte Paläste, wie Spiegelungen römischer Kupferstiche, ohne Volumen; alles war versucht und nichts ganz wirklich, alles blieb Experiment: die prunkhafte Repräsentation des Neuen Palais, die im unbetretenen Morgen traumhaft unter den Zweigen der blühenden Sommerlinde stand, chinesische, ägyptische, griechische, römische, frühchristliche, russische, byzantinische, gotische, englische Formen. War es nur »gemachte Herrlichkeit«, wie Storm sagte, der verdrossen zwei Jahre im holländischen Viertel gewohnt hat und die Sehnsucht nach Watt und verhangenem Meer nicht los wurde? War es nicht mehr: ruheloses Suchen nach Gehalt, Erproben immer anderer, untauglicher Werte, innere Unsicherheit einer Macht, gerade der strengsten Form?

Der Winter 32/33 war wie ein Fieber. Aus dem Untergeschoß scholl der vom Sender übertragene Lärm der Massenversammlungen herauf, peitschende Stimmen, unter denen das Ungetüm aufjauchzte: dann die eine, mit keiner andern zu vergleichende Stimme, die unablässig lügend niemals log; denn in ihr sagte sich die heraufgärende Macht unverhüllt aus. Ich habe nie verstanden, daß Menschen sich der unsäglichen Qual, sie anzuhören, freiwillig aussetzten; daß sie fähig waren, mit ihr allein in einem Zimmer zu sein; daß Familien sich an den Tisch setzten unter dem monotonen, jede Gemeinschaft zersprengenden Gebrülle der Finsternis. Und doch ereignet sich keine Revolution, ohne daß die ausgeschleuderten Kräfte die ganze Ära durchdringen, das Klima verändern; ohne umfassende geistige Vorbereitung geschieht sie nicht. Ich gehöre nicht zu denen, die das Recht haben, diesen Zusammenhang mit den Schuld und Verderben heraufbeschwörenden oder doch sie ermöglichenden Ideen zu leugnen. Daß diese Stimme ihr Echo war, ihre Verwirklichung heraufführte und damit ihre Verkehrtheit erwies, wollte ich freilich nicht. Aber gerade dies empfand und empfinde ich als Gericht, ein Gericht, das noch keineswegs entsühnt. Denn Sühne kann nur ein Leben sein, ein ganzes Leben. Vorgänge, wie sie sich in diesem Winter anzeigten, da ich unter dem heraufquellenden Lärm in einer engen Dachstube mein Buch über die großen Hohenzollern schrieb, ereignen sich nicht ohne den Bruchteil eines Rechts: das Gefährlichste ist ja nicht das offenbare Unrecht, sondern die Splitter des Rechts, die auf allen Straßen liegen; sie werden von Verbrechern aufgelesen und zu Werkzeugen unaustilgbarer Untaten gemacht. Anzuklagen ist in einem jeden Falle zuerst der Geist, dann erst das Volk; denn es ist dem Geiste ausgeliefert, ohne es zu wissen und zu wollen; auch das natürlichste und das brutalste Interesse setzt sich nicht durch, ohne den Geist zu beanspruchen und zu vergewaltigen oder von ihm sich entflammen zu lassen. Es darf kein Gedanke gedacht, keine Entdeckung gemacht werden, ohne daß sich der Urheber der Verwirklichung in ihrer äußersten Folgerichtigkeit stellt. Auf die Frage nach der Schuld gibt nur das Gewissen Antwort: kein Spruch der Staatsmänner und Moraltheologen. Ein Moraltheologe sagte mir, nachdem die Katastrophe sich ausgetobt hatte: wir seien des Schuldbekenntnisses enthoben, seit unsere »Feinde« dieses Bekenntnis zum Werkzeug der Unterdrückung machten. Eben diese Auffassung bekämpfe ich. Keine Schuld legitimiert Schuld. Und ebensowenig absolviert eine geistliche oder weltliche Instanz vom Bekenntnis. Aber selbst wer von seinem Gewissen losgesprochen wird, bleibt im Zusammenhang des Geistes, des Volkes, der Menschheit, der Zeit. Er muß ihre Schuld tragen. Ich kann nichts erleiden, was ich nicht verdient habe. Und es kann kein Unrecht an mir geschehen, das, in anderer Perspektive, nicht Recht ist.

Das Kommende zeigte sich unmißverständlich an. Ich war in den stillen Gartenhof einer Villa umgezogen; die Wohnung gehörte einer jüdischen Dame. Sie hatte früher mit dem Hausbesitzer freundschaftlich verkehrt. Ich weiß nicht, was inzwischen im einzelnen vorgefallen war. Eines Tages tobte der Hausbesitzer – ein wohlgekleideter Mann, den man zu den »oberen Ständen« rechnen mußte – vielleicht eine Viertelstunde wie ein Betrunkener an der Tür. Die Dame mußte die Wohnung aufgeben. Ich habe sie später noch einmal in ihrer Zuflucht über dem Kanal, nahe der Heilig-Geist-Kirche besucht. Wie sollte ich im Zweifel sein über den Abgrund, in dem sie verschwand? In einer Wohnung am Charlottenburger Bahnhof berichtete Rudolf Pechel einem kleinen Freundeskreis von Dachau: für mich die erste unabweisbare Nachricht. Es war der 30. Januar 34, eine ungewöhnlich milde Nacht. Die Fenster der hochgelegenen Zimmer waren geöffnet. Aus allen Straßen schollen die Marschtritte und dröhnenden Stimmen der Kolonnen herauf, die den ersten Jahrestag ihres verwirkten Reiches feierten. Mein Potsdamer Buchhändler erzählte mir, General Schleicher habe ihn nach guter Literatur gefragt. Dann müsse er auf die Leiter steigen. Auf den Tischen und den unteren Regalen sei sie nicht mehr zu finden. Schleicher sei darauf eingegangen, aber, so sagte er offen, lange werde es nicht mehr dauern. Die Erwartung nahen Umsturzes war allgemein; auf Berchtesgaden wurde »von Gottes Gnaden« gereimt. – Ein jüdischer Amtsgerichtsrat, mit dem mich ein Freund bekannt gemacht hatte, wohnte Schleicher gegenüber an dem stillen Weg zum Griebnitz-See; seine Frau sah, als sie auf der Terrasse saß, die Mörder eindringen in Schleichers Villa; sie hörte die Schüsse... Aber ich kannte nur zu viele Menschen, die sie nicht hatten hören wollen. Der Amtsgerichtsrat war darauf verfallen, harmloswitzige Marionettenspiele zu dichten, die er mit Frau und Tochter aufführte; ich sehe noch seine ehrwürdigen Eltern auf dem Sofa am Eingang des Zimmers, stumm, freundlich, bereit. Einmal traf ich ihn noch auf der Straße; er hinkte: denn er war schwer verwundet worden im ersten Kriege und gehörte zu denen, die das EK wirklich redlich mit ihrem Blute erkauft hatten. Unter dem Anruf der Not hatte er den Weg zur Kirche gefunden. Sein Amt war ihm genommen; er hatte sehr viel Zeit, übersetzte die Kirchengeschichte Bedas des Ehrwürdigen und schenkte mir das Manuskript. Nun, als wir uns am Nauener Tor begrüßten, fiel sein breiter runder Hut in den Straßenschmutz. Er hob ihn auf, ehe ich ihm zuvorkommen konnte, und setzte ihn auf den Kopf; das schmutzige Regenwasser hing noch am Rande. So ging er mit seinen tappendhinkenden Schritten weiter, freundlich, beschmutzt, verlassen. Er soll noch nach Holland gekommen sein. Ich bin nicht an seiner Seite gegangen.

Gegen die Vergötzung des Blutes wollte mein Buch über die Hohenzollern die tragische Forderung der Krone, das in ihr beschlossene Opfer stellen; es war kein christliches Buch und wollte das nicht sein; ich war ja kein Christ, sondern ich sah im Tragischen den Sinn der Geschichte. Es sollte ein Aufruf zur Monarchie sein in letzter, wahrscheinlich schon zu später Stunde: ich schloß es am 5. März 33, dem Propagandafest der erwachenden Nation. Aber man konnte wohl der Meinung sein, daß der eben gegründete Staat noch keineswegs fest stünde. Heute sehe ich, daß die Monarchie wahrscheinlich zum Militärstaat geworden und damit der Gefahr, den Krieg heraufzurufen, kaum entgangen wäre.

Aber unter den Offizieren waren damals noch vertrauenswürdige, besonnene Männer: diejenigen, die von dem neuen Staat ermordet werden sollten. Wenigstens drei Verbrechen hätten sich mit der monarchischen Staatsform kaum vereinen lassen: die Verfolgung der Juden, der zynische Bruch des Rechts, die Verfolgung der Christen beider Bekenntnisse. Ich habe meine monarchische Gesinnung niemals aufgegeben; sie ist später durch meine Wende zum Glauben nur vertieft, ja erst begründet worden, und es ist mir sehr schwer verständlich, daß Christen, die an das Weltkönigtum Gottes glauben, die eigens das Königsfest Christi feiern, das Königtum von Gottes Gnaden als Bild und Zeichen ewigen Königtums nicht verstehen; daß sie das Amt am Amtsträger messen, während sie doch nicht daran denken, die Gültigkeit des Sakraments von seinem Spender abhängig zu machen. Und während sie doch glauben – und das ganz mit Recht –, daß der Mönch, der Priester umgeschmolzen werden von der Weihe, sehen sie die umformende Macht des geweihten irdischen Amtes nicht, die doch als geschichtliche Tatsache nicht angezweifelt werden kann, wenn sie auch freilich oftmals ausblieb. Ich habe einen großen Teil meiner Lebensarbeit auf die Krone gerichtet in der Absicht, an ihrer inneren Wiederherstellung mitzuarbeiten, die geistigen und religiösen Voraussetzungen zu schaffen, ohne die sie nie erhoben werden kann und darf. Aber über den abgründigen Bruch geschichtlichen Lebens, der im Jahre 33 aufzuklaffen begann und nach zwölf Jahren vollzogen war, habe ich nur meine Gesinnung getragen, nicht meine Hoffnung und Absichten. Lieben kann ich nur die Krone, die ins Metaphysische weisende Ordnung, und eben weil ich sie liebe als verpflichtendes Bild und Gleichnis, als Symbol des Opfers und seiner Herrschaft, als Weihe der Macht und Einheit von Macht und Liebe, kann ich nicht wünschen, daß sie in das Klima, in dem wir atmen müssen und wahrscheinlich untergehn, getragen werde. Es würde dann das Wunder geschehen, daß Gold verrostet; würde ein König geboren, so müßte er verkümmern wie ein edles Tier in Gefangenschaft. Echtes Königtum ist Antwort an das ganze Leben und Denken eines Volkes, Antwort auch auf seinen Wunsch nach Erhöhung der Familie, nach der Krone auf dem Haupte der Frau und Mutter und nach ihrer Gegenwart in der Mitte geschichtlichen Daseins. Weniges ist so bezeichnend für die zwölf Jahre wie die völlige Abwesenheit der Frau; denn wo immer sie anwesend war, da war sie abwesend als Frau. Im eigentlich Geschichtlichen fehlte sie durchaus: sie hat sich auf die Seite des Mannes geflüchtet, weil sie nicht wagte zu sein, was sie sein soll. Zugleich vergötzte sie paradoxerweise gerade *den* Mann, der das nicht war. Ich weiß nicht, ob sie heute da ist. Ihr langer Kampf um das Wahlrecht hat vorerst die Verdoppelung männlicher Stimmen zum Ergebnis. An einem einzigen Tage wenigstens darf der Friede der Familie nicht verletzt werden, darf es kein Geheimnis geben zwischen Mann und Frau: dieser heilige Tag der Versöhnung, der Offenheit und des Gehorsams ist der Wahltag. Aber wie, wenn echte Demokratie in Deutschland, die Freiheit des Gebundenen, in Familie, Volk und Menschheit Verantwortlichen, am besten geschützt wäre unter der Krone; wenn sie im anderen Falle nur allzu leicht Vorform der Diktatur würde? –

Ich kann nur leben mit meinem Volke; ich möchte und muß seinen Weg mitgehen Schritt für Schritt; so hoch ich diejenigen achte, die aus Gesinnung emigrierten, so habe ich doch nie daran gedacht, Deutschland zu verlassen; es hat sich auch ergeben, daß eine geistige Einwirkung auf ein der Diktatur unterworfenes Land von außen kaum möglich ist. Auch in den ersten Jahren nach dem Zusammenbruch bin ich kaum für Stunden über die Grenze gekommen. Aber nach den Erfahrungen meines Lebens ist das deutsche Volk für mich so wenig eine politische Autorität, wie es die Kirche ist; es sind nur einzelne, die raten und helfen können. Im übrigen atmen Könige nur in der Atmosphäre unmittelbar-anvertrauter, freier Macht; ich weiß nicht, ob solche außer in schmelzenden Resten noch in Europa besteht oder möglich ist – ob nicht eine ganz andere Art von geschichtlicher Existenz vor uns liegt: die Zeugnis gebende Passion, das Dasein des sterbenden Kornes; das Los der Griechen unter der harten Gnade der Konsuln und Prätoren, der Griechen, die freilich von Anfang an weniger Herrscher als »Element« waren. Und in einer solchen Passion wäre die Krone gerettet; der König der Könige hat sie getragen als blutüberströmtes Zeichen der Schmach, als äußersten Widerspruch gegen die dennoch bis in den Tod geliebte Welt, als Nein an Augustus, den von den Völkern geglaubten Heiland; als Siegel der Wahrheit, die allein Macht ist und Pilatus, Herodes und Augustus, Hohepriester und Tempel verzehrt.

Das Buch wurde nach dem ersten Anlauf unterdrückt und ist erst wieder nach zwanzig Jahren gedruckt worden. Es führte mich an einen Ort, der, heute von den düstersten Schatten uneingelöster Verhängnisse gezeichnet, damals privaten Charakter trug: Cecilienhof. Die Rehe schweiften durch den aus dem Neuen Garten herausgeschnittenen Besitz des Kronprinzen am Havelufer. Einige Tage zuvor war Spengler dagewesen; er muß aus intimen Münchener Erfahrungen und Einsichten Niederschmetterndes gesagt haben: jedenfalls die klare Wahrheit, daß wir von Verbrechern beherrscht wurden. Die Herrschaften waren freundlich, nachsichtig gegenüber meiner gänzlichen Unerfahrenheit im Zeremoniell. Ich teilte und teile die üblichen Urteile nicht. Was liegt schon an Urteilen! Von »mörderischen Urteilen« spricht Tauler. Es geht um

Einschätzungen, um unser Verhältnis zu Werten, um Nähe oder Distanz. Offen erwartete man, daß ich die von Spengler zurückgelassene Düsternis zerstreuen werde. Das konnte ich nicht. In der nach englischem Vorbilde gebauten großen Halle, die sich über den zerstreuten Stehlampen ins Dämmer verlor, rief mich der Kronprinz auf das Sofa in der Nische. Auf der andern Seite saß ein mit dem Pour le mérite geschmückter Reitergeneral, der den Hausherrn nur mit »Kaiser« anredete und die Erfahrungen des letzten Jahres in dem bekannten Spruch zusammenfaßte: »Wir sind aus dem Regen unter gänzlicher Umgehung der Traufe direkt in die Sch . . . gekommen.« Der Kronprinz litt schwer unter dem Unverzeihlichen, daß er zur Parade auf dem Tempelhofer Feld die »komischen Hosen«, die braunen, angezogen hatte und an dem Oberkellner Ernst vorbeidefiliert war. Aber er hatte, etwa um dieselbe Zeit, eine Unterredung mit Hitler, wohl die letzte: in ihr legte er ihm drei Mißgriffe vor: den Bruch mit Österreich, die Verfolgungen der Juden und der Kirche; diese Vorstellungen wurden in dem bekannten, nicht aufzuhaltenden Reden- und Phrasenschwall ertränkt. Von Schleicher, mit dem er bei Borchardt Blutsbrüderschaft getrunken hatte, fühlte sich der Kronprinz nach dessen Kanzierschaft verraten. Er meinte, wenn jetzt [Sommer 33] das deutsche Volk befragt würde, so würden sich dreiviertel für die Monarchie entscheiden; mir schien es übertrieben, aber für Preußen traf es vielleicht zu. In Bayern war die ernsteste Bewegung schon 32, und zwar gerade an Katholiken gescheitert.

Von da an wurde ich öfter aufgefordert. Ich glaube nicht, daß ich die Schwächen und Gefahren nicht sehe: der Kronprinz hatte den Charme eines Husarenoffiziers, den Zauber eines edeln lenksamen und zugleich unlenksamen Pferdes. Nach dem leichten Vorgericht zog er sein Etui und entzündete eine der fast nadeldünnen, für ihn angefertigten Zigaretten: er ließ sich meine unpassende Bemerkung über den mit der Mohrenkrone geschmückten König von Italien und Kaiser von Äthiopien gefallen. Warum? Nun, Abessinien sei ein sehr altes Reich; wer Tradition vertrete, könne es nicht von der Karte tilgen. »Mussolini ist mein Freund.« Er führte mich in sein Arbeitszimmer, wo auf dem Schreibtisch die Photographie Benitos, versehen mit einer wie mit Streichholz geschriebenen Widmung unter einer von innen erleuchteten, eine Lampe tragenden Frauenfigur stand: diese war vom Hausherrn in Venedig erworben worden als Angebinde für seine Familie. [Vergessen wir nicht, daß der Duce weit einflußreichere Freunde hatte.] Man kann die Umwelt nicht übersehen, wenn man die Wahrheit verstehen will. Das Konträre ist für mich kein Argument gegen die Krone, so wenig wie die grausigsten Verbrechen der Päpste meinen Glauben an das Amt Petri erschüttern. Der Nachfolger Petri wird Zeuge des Weltendes sein, wolle es Gott als armer Fischer – oder auch im Palast. Aber dem König ist diese Verheißung nicht gegeben; denn unvergänglich ist nur das Königtum der Schmach. – Das letzte Gespräch führten wir an einem Oktoberabend, kurz eh ich von Potsdam wegging. Der Kronprinz wies auf die Stühle. Hier sind vor einigen Jahren Hitler, Göring, Göbbels, Röhm gesessen. Hier hat mir Hitler gesagt: »Mein Ziel ist die Wiedererrichtung des Kaisertums unter einem Hohenzollern.« – »Diese Menschen sind keine Monarchisten und konnten es niemals sein; sie können nicht zurücktreten vor dem König.« Er bestand darauf, daß die Abkehr erst im Mai 33 geschehen sei. Wir gingen in den Gang, der den viereckigen Hof umlief; die Tür schütterte wieder und wieder: der Kronprinz öffnete sie rasch; aber dahinter war nur einer seiner Hunde zu sehn, ein wie ein Tazzelwurm gestaltetes Wesen. Wir gingen zurück und betrachteten eine auf dem Tisch stehende Photographie vom Tage von Potsdam: der Diktator in schwarzem Rock, in unterwürfiger Verbeugung von Hindenburg mit einem Händedruck beglückt, dahinter Seeckt, starr, im Stahlhelm. »Der lebendige Tod«, sagte der Kronprinz. In der Tat war der Tod der Dritte. – Die Diener trieben sich halb verschlafen, halb verdächtig herum. Ich verließ die Halle; nach wenigen Jahren sollten in ihr die drei Gewaltigen sitzen, herbeigerufen von dem, der die Erben der längst verwirkten Krone mit der Lüge von der Krone betrogen hatte. Er sollte Mittel sein. Aber der Teufel ist nicht Mittel. Er zerstört, was er ergreift.

Ich habe nicht zu urteilen, nicht zu richten. Im letzten Kronprinzen ist etwas Adliges gewesen: am Versagen haben Zeit und Volk ihren mächtigen Anteil, es ist Ergebnis unwiderruflicher Entwicklungen; das Tragische in verhalten ausschwingender Anmut gehörte ihm allein. Es war nicht unverdient, daß der Hohenfriedberger erklang, als er auf der Stammburg zu Grabe getragen wurde.

Noch einmal sah ich den Kronprinzen: im Mai 40 bei der Beisetzung des gefallenen Thronerben. Unter dem Torbogen der Friedenskirche stand das Fürstenpaar: der Sarg wurde an ihm vorbeigetragen, dahinter schritt der Feldmarschall Mackensen in der alten Husarenuniform mit Pelzmütze und dem kurzen Mantel aus Tigerfell, hochaufgerichtet, eine gespenstische Gestalt. Dann bewegte sich der Zug den langen Weg hinab gegen das Neue Palais; unwiderrufliches Ende.

Im Herbst 33 wünschte die zweite Gemahlin Wilhelms II. eine Unterredung. Sie empfing, wenn sie sich in Berlin aufhielt, im Palais des Alten Kaisers unter den Linden, dessen erinnerungsgesättigte Räume sich wie ein Geisterschloß belebten. Die hohe Dame war selten ohne ihr Strickzeug zu sehen: sie fertigte Arbeiten für die Bazare, die sie in Berlin und Doorn unterhielt, insofern mißlich, als der grüne Knäuel meist während des Gesprächs unter einen Schrank oder eine Kommode entrollte und dann einer der anwesenden Herren oder deren mehrere sich genötigt sahen, ihm nachzukriechen. Vor den dicht geschlossenen Läden raste der von dem neuen Reiche entfesselte Verkehr – wohin? Die Kontraste konnten nicht phantastischer sein. Ihre Söhne, erzählte die Fürstin, hätten sie einmal mit Hitler bekannt gemacht. Ihre Frage an ihn: Warum er sich nicht verheirate? Seine Antwort: Weil ich keine Dynastie gründen will.

Die Fürstin sprach mit großer Wärme vom Kaiser. Sie war auf das aufrichtigste bemüht, dem ruhelosen Suchen und Fragen seines Geistes zu entsprechen und in der Lektüre mit ihm Schritt zu halten, gestand aber, daß dies über ihr Vermögen ginge. Sie wünschte, daß ich nach Doorn käme. Ich lehnte mit allen erreichbaren Gründen ab. Ich fürchtete mich vor dieser mir gänzlich fremden Atmosphäre, argwöhnte auch, daß ich über den Kaiser schreiben sollte. Das hätte mich in einen untragbaren Konflikt zwischen Ehrfurcht und Wahrhaftigkeit gebracht.

Zwei Jahre später, als ich aus England zurückreiste, fragte ich, ob ich in Doorn empfangen würde. Ich hatte das Bedürfnis, von einer ohne Zweifel geschichtlichen und viel verzeichneten Gestalt einen Eindruck zu empfangen. Im Dom zu Utrecht stand ich an der Stelle, wo das Herz Kaiser Heinrichs V. begraben ist. Große Schatten flüchteten über die arme Landschaft, durch die ich von Amersfoort fuhr, niedriges Kiefer- und Laubgehölz, an dem noch vorjähriges Laub hing, Gewässer dazwischen, ein Trupp übender holländischer Soldaten. April: es schneite und regnete zugleich. Das Auto des Kaisers fuhr eben durch das niedrige klotzige Hoftor aus Ziegelstein. Ein Freund, Freiherr von Sell, treuester aber keineswegs unkritischer Diener seines Herrn, war aus Berlin gekommen, um mir beizustehn; das ermutigte mich. Er führte mich die Parktreppe hinauf, an der an langer Kette ein weißer Hund zerrte und schäumte: er galt für sehr bös und wurde von den Herren »der weiße Tod« genannt. In einem düstern Zimmer des unteren Geschosses saß Wilhelm II. am Schreibtisch, scheinbar in drängender Arbeit. Aber die Mappe, die er nun dem eintretenden Grafen Finckenstein von Ecke zu Ecke zuwarf, muß fast leer gewesen sein. Der Kaiser sprang auf; meine Körpergröße amüsierte ihn ungemein; er lachte, daß das fast überreiche, in eine hohe Welle aufstrebende Haar zitterte. Aber die Augen waren wie blinde blaue Spiegel. Sofort begann er ein weltpolitisches Gespräch; vom Verhältnis zum gegenwärtigen Rußland, hinter dem er schon ein ganz anderes zukünftiges als geschichtliche Wirklichkeit sah, war er in wenigen Augenblicken bei den Azteken und altafrikanischen Kulturen – Frobenius begeisterte damals den ganzen Hof, was für die alten Generäle nicht einfach gewesen sein mag –, dann im Mittelalter und in der Ordensgeschichte; es war ein nicht aufzuhaltendes Kreisen von Bildern, Ideen, Erinnerungen, Phantasien, das ein jedes etwa eingeworfene Wort – wenn ein solches glückte – sofort weiterschleuderte in neue Kombinationen. Und doch war auf der Stirne Wilhelms II. ein Schimmer von Souveränität, den ich kein zweites Mal gesehen habe. – Darauf führte mich die Fürstin – wir mußten sie »Majestät« nennen und taten es nicht gerne – im oberen Geschoß an das Sterbebett der Kaiserin Augusta Viktoria; es stand von Blumen überdeckt in dem wohl schönsten Raum des Stockwerks, der unberührt erhalten wurde.

Der Kaiser geleitete seine Gemahlin zu Tisch; ich sah, neben ihm sitzend, daß das Fleisch ihm zerschnitten, mit Sauce überdeckt vorgesetzt wurde; doch verstand er, beabsichtigte Hilfe witternd, etwa eine Streichholzschachtel zwischen die schlaffen verkrüppelten Finger der linken Hand zu klemmen und das Streichholz mit der andern anzufachen. Das Gespräch kam auf die Insignien, die echte Krone. Sein Vater, erzählte er, habe ihm, wenn er ihn belohnen wollte, ein Werk zum Betrachten überlassen, in dem sie abgebildet waren: Bismarck habe wohl gewußt, daß die echte Krone in Wien sei, und seine eigenen Absichten gehabt. Nach Tisch, am Fenster des Nebenraumes stehend, die Mokkatasse, die Zigarette haltend, sprach er fort: vom Reich, nur vom Reich. In den Kathedralen Süditaliens sei er mit Gesängen empfangen worden, die seit den Tagen der Hohenstaufen nicht mehr erklungen waren. Hinter ihm fielen Regen und Schnee in den schwarzen Schloßgraben, Wasser in Wasser.

Die Einrichtung war, von einigen Sünden der Pietät abgesehen, kostbar und würdig, wenn auch die Enge der Räume, der schmalen Gänge und steilen Treppen überfüllt war. Der Schloßherr empfing uns am Nachmittag im Turmerker, in dessen Rund sich drei Menschen kaum bewegen konnten. Hier stand er, einen gefangenen Vogel fütternd, dessen Käfig über Türmen von Schriften schaukelte. Sein Reden, Phantasieren, Fragen waren ein Protest gegen den Käfig, der ihn umschloß. Die Verhältnisse in Deutschland, die Spieler schien er klar zu sehn: sein Sohn August Wilhelm war dreist und töricht genug, ihn mit erhobenem Arm zu begrüßen: »Das habe ich ihm abgewöhnt.« All sein Suchen ging um eine feste Mitte: es war keineswegs ordnungslos; beängstigend war nur die Schnelle des Wechsels. Die Mitte war: die neue geistige Begründung der Monarchie aus dem Glauben und der Geschichte. Für sich selbst hatte er, wie mir schien, resigniert; die letzten Enttäuschungen hinsichtlich einer wenigstens ehrenvollen Rückkehr – etwa nach Homburg – hatte er wohl eben durchlitten. Ich wollte mich verabschieden. Aber das ließ er nicht zu: ich sei müde und müsse in Doorn übernachten.

Am Abend trug er Generalsuniform: er wolle mir, sagte er nach Tisch im Nebenzimmer, aus meinem Buche vorlesen. Er wählte das Kapitel, das Friedrich den Großen in Rheinsberg zu schildern sucht: an den Wänden hingen Pènes Bilder der Freunde; der Vorlesende wies leicht auf sie hin, wenn ihr Name fiel, als redete er sie an. Draußen rasselte der »weiße Tod« an der Kette, und Schnee und Regen stürzten gewiß noch immer in den Schloßgraben: die alten Generale waren froh, sich dieses Mal nicht anstrengen zu müssen; ihre weißen Mittelscheitel nickten über herabsinkenden Augenlidern leise vornüber. Der Kaiser las leidenschaftlich-theatralisch; wenn ihm ein Ausdruck zu schwach war, steigerte er ihn oder er führte einen Satz weiter. Ich suchte nach dankenden Worten. »Bin gelobt worden. Kommt selten vor.« Nun sank das Gespräch in kleine Dinge von Menschen, Familien ab. Ich begriff die tödliche Monotonie dieser Abende, Wochen, Monate, Jahre. Er erhob sich; ich sah noch einmal in die gleichsam ausgeweinten Augen; sie erschütterten, weil sie keinen Ausdruck mehr hatten. Dann bot er der Fürstin den Arm. Die alten Herren ermunterten sich; sie ließen Bier und Schnäpse kommen und füllten mir zum Abschied die Taschen mit Zigarren.

Ende August 39 hatte ich die Koffer schon gepackt, die Fahrkarte nach Doorn in der Tasche; ich wollte einer wiederholten

Einladung folgen. Es lockte mich zu sehn, wie die Welt in der äußersten Krise sich in Doorn reflektierte. Aber es war zu spät. Ich suche, mir Rechenschaft zu geben. Aus der echten Repräsentanz, der Würde, der Darstellung überantworteter Werte, der Bildlichkeit des Menschseins, die keinem Fürsten erlassen werden können, war Wilhelm II. im Suchen nach dem Effekt in das Leere geglitten. Dennoch umwehte ihn noch die Präsenz des Geschichtlichen, die auch entmachteten Trägern großer Namen und Vergangenheiten eignet. Das Zerstörende war der unstillbare Durst des Schauspielers nach Beifall. Aber er hat das Menschsein doch nicht völlig zerstört. Denn das wurde vom Glauben gehalten. Wilhelm II. hatte Züge rührender Güte, verhaltener Aufmerksamkeit. Er hatte in schweren Fragen Zeit und Aufgabe richtiger gesehn als Bismarck; er war, in seinem Empfinden, dem Volke vielleicht näher. Aber als Friedrich Wilhelm IV. vor Bismarck sein Versagen in den Märztagen 48 mit seiner Schlaflosigkeit entschuldigen wollte, wurde er widerlegt: »Ein König muß schlafen können.« Ein König muß Ruhe haben in sich selbst. Daß er diese Ruhe nicht hatte, wurde Wilhelm II. zum entscheidenden Verhängnis. Da er keine Ruhe hatte, konnte er nicht reif werden. Es machte ihn zum Vorläufer des Zerstörers, der seine Karikatur wurde, sofern die absolute Traditions- und Bindungslosigkeit, die Familienlosigkeit, Geschichtliches karikieren kann. Wilhelm II. war das Opfer seiner Zeit, wie auch die Zeit sein Opfer war; er entsprach gewiß nicht dem Ganzen seiner Epoche, aber doch der herrschenden Tendenz, während er die edlere, tiefere hätte stärken müssen. Heute erscheint er mir wie eine viel zu kleine Gestalt in einem riesenhaften Raum. Unter dem Namen seiner Herrschaft sind an den von ihm geförderten Instituten die folgenschwersten naturwissenschaftlichen Entdeckungen gemacht worden, hat sich das Weltbild der Physik völlig verändert. Die Perspektive unserer Ära klaffte dann mit dem ersten Weltkrieg auf. Der erste Krieg ist die zersprengende Katastrophe: er warf die Menschen aus, die das Verbrechen des zweiten auf sich nahmen; er lieferte die Waffen in ihre Hand, erweckte, steigerte die Gewalt der Technisierung, die, nach allem Ermessen, die unwiderstehliche Wucht unserer Geschichte ist. Und doch war Wilhelm II. noch ein fürstlicher Mensch, der die Welt in großen Zusammenhängen sah. So wird der Beherrscher eines starken Volkes, seiner Heere und Flotten, Förderer und Zerrütter, Feldherr nur dem Namen nach, aber auf Feldern namenlosen Grauens, zum Symbol kranker Macht. Wie stark, ja bewundernswert auch sein Wille zur Haltung ist: er ist versehrt, wie vom Tode gestreift; er hält sich starr auf dem Pferde; er befiehlt: die Truppe gehorcht ihm noch, aber nicht der abgestorbene Arm. Und niemand vermag zu sagen, welche Verhängnisse, welche vernichtungsartigen Umwandlungen der hinter ihm düsternde Himmel unserer Weltzeit noch birgt. Denn eben dieser gelähmte Mächtige ritt uns voraus.

(1954)

An die Rebdörfer im Herbst

Ihr liegt jetzt still, ihr Dörfer. Im frühen Nebel das Mondlicht
Webt und schwanket und steigt, die Edelkastanien am
Waldrand
Reifen und frösteln schon leis, Holzrauch schwebt in der Luft.
Hinter euch, dunkel und stolz, schweiget der Schwarzwald,
und vor euch
Zieht sich die Ebene hin, dichter wie ihr schon verhüllt.
Draußen wandert der Rhein, wandert der Allesbeherrscher,
Der sich die Landschaft erschuf; im Schwarzwald grünt keine
Tanne,
Die ihn nicht kennt, in euch keine Rebe, die ihn nicht fühlt.

Ich sah im Juli den Herbst, ich wittre ihn früher als andre,
Ängstlich spür' ich ihm nach, ich liebe die Linden vor allen,
Weil sie am frühsten ergilben und auf der Höhe des Sommers
Mutig feiern den Tod; – ihr habt mich, Dörfer, im Juli
Erstmals mit Herbstlaub beschenkt und glücklich nahm ich
es an,
Der Erfüllung gedenkend; jetzt ist der Festtag gekommen.
Auf die bescheidenen Dächer ist der Himmel bereit
Alle Fülle zu regnen, ach, daß ich ferne bin!
Gern stürb' ich mit euch, mit der Frucht und dem Laub, o ihr
Dörfer!

(Entstanden 1927)

Das verurteilte Haus

An eine stumpfe Ecke in der Breite von drei Fenstern und in der Höhe von vier Stockwerken schließen sich nach Westen und Osten, gegen den Kurgarten und das Theater, ebenso hohe lange Trakte; der östliche, gegen die Rückseite des einstigen Hoftheaters gewendete, stößt auf einen fast selbständigen Anbau der ausgehenden neunziger Jahre, der auf den hohen Fensterbogen des Speisesaales ruht. Der westliche, gegen die Seitenfront des Kurhauses gerichtete, ist durch eine zweigeschossige Halle mit einem Neubau in einigermaßen fatalen Formen des Jugendstils verbunden; mein Vater hat ihn vor dem Ersten Weltkrieg in zeitgemäßem Optimismus an ungeeigneter Stelle errichten lassen. (Ein Teil der Zimmer war düster und feucht, die Eleganz war fragwürdig, und eine schwer zu bezeichnende Freudlosigkeit durchschauerte die Räume und Gänge; sie fiel mir, während ich heranwuchs, mehr und mehr aufs Herz.) Die beiden äußeren Teile, der Saalbau und der in Privatwohnungen aufgeteilte Neubau, sollen stehen bleiben; alles übrige, der Kern, Wohnung unzählbarer ferner Gestalten, und sogar, mit geziemender Bescheidenheit vor den Großen der Gegenwart gesprochen, einstmals geschichtlicher Ort, nun aber Eigentum der Stadt, soll fallen. Das Haus ist zwar von Arbeitslärm erfüllt, in Wahrheit aber ganz allein. Gas, Strom, Wasser sind abgestellt; es ist aus der Gemeinschaft geschieden. Wir haben Januar, und bis Frühjahr hofft man fertig zu sein und den erwarteten Frühlingsfahrern und Kurgästen einen freundlichen Anblick bieten zu können – statt des zur Melancholie anregenden der letzten Jahre –, nämlich eine verbreiterte Straße, einen Parkplatz oder eine aufsprießende ›Grünfläche‹, denn von einer Wiese kann keine Rede sein: die Leere also, die allenthalben ein unabweisbares Erfordernis geworden ist und mehr Recht hat als ein übermüdetes, so lange in sträflicher Weise vernachlässigtes Haus. Nur Reminiszenzen hausen darin, die freilich keine ganz alltäglichen Reminiszenzen sind.

Keine Anklage! Lieber ein Mea culpa, in persönlichem und in weiterem Sinne. Denn etwas habe ich doch mit der bevorstehenden Passion des Hauses und der Schande seiner öffentlichen Sektion oder Verwesung zu tun. Auch ist das Bedürfnis nach Leere, in der wir unsere maschinellen Fuhrwerke aufstellen und unsere Erinnerungen los werden können, ein Kriterium der Ära. In Dänemark ist ein Streit ausgebrochen um das überaus bescheidene saubere Häuschen in Tistedt, wo Jens Peter Jacobsen geboren wurde: es hat ein einziges Dachfenster, begehrt nicht viel Platz und kokettiert nicht so emsig mit der Melancholie wie der arme Herman Bang, der seinen Zuhörerinnen Tränen zu entlocken pflegte, um sie zu verspotten. Es ist genau das Haus, durch das ein Dichter so unauffällig wie möglich die Welt betreten kann. Also auch in Dänemark gibt es Maßgebende, die eingesehen haben, daß ein Parkplatz wichtiger ist als ein kleines Denkmal der Dankbarkeit, der Pietät. Vielleicht haben sie recht. Auch das Haus in London, auf Devonshire Terrace, wo Dickens den ›David Copperfield‹ schrieb, kann sich, wenn man der guten Berlingske Tidende glauben darf – und wie sollte man das nicht? –, nicht mehr viel Hoffnung auf seine Fortexistenz im Atomzeitalter machen. Ich kenne weder die Verkehrsprobleme Tistedts noch Londons – alle Verleger, aber wenige Autoren haben Wagen – und zeichne nur mit Mühe, und in dem ernsten Bestreben, jeglichen Urteils mich zu enthalten, einige wenige aufgeschnappte Züge unseres verdächtigen Brückenübergangs oder Zeitalters auf.

Hier geht es also nur um Beobachtungen und Reflexionen eines ein wenig invaliden Müßiggängers, der sich ein Vergnügen daraus macht, sich vom ›literarischen Leben‹ und den ›Literatoren Deutschlands‹ mit geziemender Höflichkeit zu verabschieden – auf dem Wege zur Existenz: vox et praeterea nihil. Im übrigen gebe ich die Hoffnung nicht auf, daß die wenigen, die noch mit Jens Peter Jacobsen um Mitternacht vor der Entfaltung, Strahlung und Erschöpfung einer Kakteenblüte erschauern oder sich neigen vor dem unheimlichen Zug der Kreuzträger über Bergamo oder die Stimmungen und Schwingungen dänischer Interieurs zu empfinden vermögen und solche Empfindungen sogar als einen ernsthaften Lebensinhalt betrachten, nicht so bald aussterben werden. Denn solche Kostbarkeiten ruhen in der Sprache, wie das veruntreute Gold im Rhein. Und solange uns die Sprachen erquicken – die treuherzige, sensible, behaglich-umständliche, geschmeidige, den Sprecher ironisierende dänische Sprache –, können wir nicht absterben, auch dann nicht, wenn der Rhein, wie nicht zu verhindern, gänzlich zur industriellen Vorrichtung geworden ist, also zur vollkommenen Leere, um die höchstens noch, zwischen Bingen und Koblenz, im Interesse der Winzergenossenschaften, die ›Loreley‹ erklingt. –

> Der Maurer schreitet frisch heraus,
> Er soll dich niederbrechen,
> Da ist es mir, du altes Haus,
> Als hörte ich dich sprechen.

Und:

> Nun schweigt es still, das alte Haus,
> Mir aber ists, als schritten
> Die toten Väter all heraus,
> Um für ihr Haus zu bitten . . .

Ich weiß nicht, warum gerade diese Verse Hebbels, aus dem vom Großherzoglichen Ministerium besorgten Schullesebuch, mir im Gedächtnis hängengeblieben sind. Nun bewähren sie sich als Voranzeige. Die Fundamente aus rotem Sandstein sind samt der von ihnen getragenen Balustrade, die die Speiseterrasse umrahmte, zersprengt. Die Terrasse war um etwa einen Meter über die Straße erhöht, damit die Speisenden, während die langen Frackschwänze der Kellner sie umflatterten, zuweilen aber auch auf sich warten ließen, den Blick auf den Kurgarten, die Allee und das Theaterchen genießen konnten, in das – unter Aufsicht des Kulissen-Meisters Ackermann, dessen Frau den Vorverkauf besorgte – vielversprechende Kulissen getragen wurden. (Die Kellner waren damals noch nicht ›Herren‹.) Zwischen den Steinsplittern und aufgehäuftem Schutt liegen die bunten Scherben der Fenster des Restaurants. Auch sie waren mit den eleganten Linien und pflanzlichen Ornamenten des Jugendstils dekoriert. Die Arbeiter stehen auf Leitern und schweißen das Gestänge durch, auf dem das einst mit Rasen bepflanzte Terrassendach ruhte. Es zischt und lärmt und sprüht; Funkengarben schießen in das Dämmer, das aus der aufgebrochenen Halle quillt; die Stangen lösen sich knirschend und stürzen ab.

Ich steige die Stufen zur Terrasse hinauf, unter dem gewölbten Glasdach, das so viel Ankunft und Abschied beschützt hat, und betrete die Eingangstreppe. Das sind nun wohl fünfunddreißig Jahr her, seit ich hier nicht mehr ging. Die altvertraute Tür weicht zurück. Hier, rechts, in dem kleinen Konversationszimmer, das früher durch einen Plüschvorhang abgeschlossen werden konnte, stehen auf einem Tisch die Bier- und Thermosflaschen, die Eßgeschirre der Arbeiter, und dahinter lehnen die Räder an der Wand; Mäntel, Rucksäcke und Mützen sind darauf abgelegt. Nadelstiche der Erinnerung! Hier hat einmal ein junger schwindsüchtiger Künstler seine Bildchen aufgehängt. Er konnte sie nach drei Tagen der Geduld alle wieder einsammeln, obwohl er nicht mehr als fünfzig oder hundert Mark für ein jedes Stück verlangt haben wird. Am Eckpfeiler heftete der Portier – ein Schweizer mit blondem Spitzbart, überhitztem Gesicht, blinkenden Schlüsseln auf den Rockumschlägen und im Benehmen gegen die Pagen ebenso ordinär wie poliert gegen die Gäste –, hier heftete Herr Pflüger im Jahre 1914 erst die Mitteilung aus Sarajewo an, und dann, im glorreichen August, die noch feuchten Extrablättchen: Kriegserklärungen, die das Selbstbewußtsein stärkten, Nachrichten von bestürzenden Siegen unter Höchstem Befehl, von Dum-Dum-Geschossen, von empörenden Mißhandlungen, denen die Schwestern vom Roten Kreuz ausgesetzt waren, von unglaublichen Spionageaffären. Aber das Interesse erkaltete bald. Schon im nächsten Jahre – wenn ich mich noch recht erinnere – fand Herr Pflüger keinen Anlaß mehr, sich weiterhin um die Stelle in Baden-Baden zu bewerben.

Der aufsichtführende Zimmermann kommt auf mich zu. Mit angemessener Bescheidenheit frage ich, ob ich das Haus noch einmal betreten darf. »Es gehörte meinen Eltern. Ich habe hier meine Kindheit verbracht. Hier unten auf dem Bänkchen in der Ecke der Terrasse saß jeden Abend mein Vater.« (Und ich sehe ihn, wie er den Zwicker zurechtsetzt, in der Weste aus steifem weißen Piqué, das Treiben im Kurgarten überblickend, das Kommen und Gehen seiner Gäste. Aber jetzt wird er in den Keller gerufen, weil eine besondere Flasche bestellt worden ist, und er zieht schon den gewichtigen Schlüsselbund, den er niemals in andere Hände gibt. »Für welche Nummer?« – »62.« – »Ach so. Den Bon!«) – »Ja«, sagt der Aufseher mit verhaltenem Unterton des Bedauerns, »das Messmer. Aus anderen Zeiten.« – »Ob ich wohl hindurchgehen darf? Ich möchte Abschied nehmen. Wissen Sie, ich habe Erinnerungen. Es ist ein bißchen eine traurige Sache.« – »Gehen Sie ruhig hindurch. Aber« – mit einem Blick auf meinen Stock – »seien Sie vorsichtig auf den Treppen. Im dritten, vierten Stock sind die Geländer nicht mehr fest. Es muß schnell gehen.« – Er grüßt und gibt mir die Hand: »Sie können wiederkommen, – wie Sie wollen.« Nun, das Haus war keineswegs elegant, nicht von erwähltem Geschmack wie seine gleichaltrigen Konkurrenten, der Russische, Englische, Europäische Hof oder ›Hôtel de la Cour de Bade‹ oder gar ›Stephanie-les-Bains‹. Es war ursprünglich einfach, kein Hotel, sondern Maison, eingerichtet für eine Zeit, da Vornehme einfach waren. Unter der Sonne unvermuteten Glücks breitete es sich aus, stockte es sich auf, was schon seine inneren und äußeren Proportionen ein wenig in Unordnung brachte. Gegen das Ende des Jahrhunderts befleißigte es sich eines gewissen Prunks, der ihm, seiner gediegenen Ehre, nicht recht anstand. Es wurde zur alten Dame im hellen Sommerhut, auf deren welker Haut übertriebene

Ketten funkeln. Hier unten, die Halle, die nach dem zweiten Zusammenbruch zu nicht mehr ersichtlichen Zwecken durch Mauern aus rohen Backsteinen in Kammern aufgeteilt wurde, gefiel sich zu ›meiner‹ Zeit mit höchst unbequemen, steifen, hart gepolsterten Ecksofas und Stühlen. Sie sahen wie Laubsägearbeiten aus und waren in der Ornamentik des Jugendstils gehalten. Auf den Vorsprüngen und in den Einbuchtungen der die Plauderecken bildenden Staffagen standen Fächerpalmen; sie hatten ein schweres Atmen, wurden zwar dann und wann auf Befehl meines Vaters von den grünbefrackten Boys, den ›Laubfröschen‹, in den Platschregen getragen, gaben aber meist vor der dritten Saison den Lebenskampf auf. Auch war es ein bißchen unbehaglich, diese gewichtige Zierde auf so leichter Stütze über sich zu wissen. Dahinter, im Lesezimmer, lagen in den guten Jahren die Zeitungen aller Welt. Aber der als Hausbibliothek bezeichnete Bücherschrank beschied sich mit einem vielbändigen Orbis pictus aus Großvaters Zeit. Aus den ungefügen, abgestoßenen Lederbänden holte ich meine ersten Anregungen. Wer zu lesen beginnt, tritt eine Einsamkeit an, die sich nicht mehr begrenzen läßt. Hier fand ich das Bild des geharnischten, lorbeergekrönten, einäugigen, leidgezeichneten Luis de Camões, der sozusagen zur Galionsfigur meiner fragwürdigen Lebensfahrt geworden ist: er lockte mich auf Meere, denen ich nicht standhielt, und führte mich in Geheimnisse, die mich nicht mehr loslassen werden. Freilich ist das nur gleichnisweise gesprochen: es kann sich nur um interne Schiffbrüche handeln, nicht vor Macao oder Hongkong, nicht um das über die Wogen gehaltene unsterbliche Gedicht: um einen Wink nur, für einen Augenblick, über die Wellen; um das Zeichen eines Einverständnisses mit denen, deren Chance der Schiffbruch ist. Das Meer ist übersät von Gescheiterten, die sich an Planken klammern und die Hand nicht mehr frei haben für das Große, für das Gedicht. Aber über uns hin fliegt eine Taube zum Fels, an dem das Ruder zerbrach. –

Der Versuch meines Vaters, mit der Romanreihe von S. Fischer und einigen, übrigens guten und mir noch deutlich erinnerlichen Novellensammlungen eine Hausbücherei zu unterhalten, scheiterte an der Lesefreudigkeit der Herrschaften und Angestellten, bis ich mich des Restes erbarmte und die zerlesenen Bände in meinem Schranke beherbergte. Langsam, unter empfindlichen Mühen und Opfern, schloß sich eine Reihe. Hier vereinigten sich den Abreisenden lästig gewordene Romane und Reiseführer mit einstweilen Unlesbarem: etwa Walther Rathenaus ›Von kommenden Dingen‹. Ich nahm den Band an mich, konnte ihn aber nicht verstehen. Noch sehe ich den Autor, wie er ins Büro kam und dem Sekretär mit höflicher Kühle erklärte, daß er zu seinem Bedauern ausziehen müsse, weil sein Zimmer ungenügend geheizt werde. (Das war in der schlimmen Zeit nach dem ersten Kriege, da die Gäste schon am Tisch saßen, während der Herd noch nicht recht brannte, bis der Chef Stühle zerschlug, um anzuheizen. Doch das gehört schon zur Agonie des Hauses.)

Ein wenig freundlicher, aber doch mit demselben Ungeschick waren der ›Damensalon‹ und das Schreibzimmer ausgestattet: den Aufbau rotgepolsterter Sofas zierten chinesische Bronzen. Sie müssen einmal ein Gelegenheitskauf gewesen sein und hatten Jahr um Jahr Verluste in ihrer Gemeinde zu beklagen. Doch tauchten dann und wann die Vermißten, Drachen und Grabpferdchen, hinter den Fenstern eines Antiquars wieder auf. Hier rechts unten ging es zum Familienzimmer, Ort flüchtigen Zusammentreffens vor der Table d'hôte, und zu dem gegenüberliegenden Büro meines Vaters. Sinnloserweise hat sich eine Tür in den Gang gestellt. Ich mache keinen Versuch, sie zu öffnen. Am Fuß der Haupttreppe, auf dem Postament, stand eine bronzene Frauengestalt, die sich ein Bukett aus elektrischen Lampen über den Kopf hielt. Sie ist längst geflüchtet, samt ihren kleineren Schwestern auf den Treppenabsätzen. Das ist das Zimmer der Eckfront im ersten Stock, wo Jahr um Jahr die Majestäten, Wilhelm I. und Augusta, zu wohnen geruhten. Es ist völlig leer. Die eingelegten quadratischen Platten des Parketts sind herausgerissen und übereinander geworfen. In den drei vom Fußboden zur Decke reichenden, in Bogen auslaufenden Fenstertüren, die sich auf den Balkon öffnen, steht das Bild des Städtleins drüben über der Oos, in Schach gehalten von dem übergewaltigen Turm der Stiftskirche, von dessen barocker Haube der heilige Petrus gleißt wie Gold. (Er dient nämlich als Wetterfahne, und das ist nahezu ein ketzerischer Gedanke, wie man sich eben im Städtlein zu aller Zeit so manches erlauben konnte, was andernorts nicht straflos ausgegangen wäre. Denn wer wollte zu behaupten wagen, daß der heilige Petrus sich im Winde der Geschichte dreht?) Das Schloß, oben, hinter dem Turm, seine Türmchen, Ziergiebel und Fronten in unpathetischem, dem Ländchen angemessenem Barock, hüllen sich in Abenddunst. Nur morgens, bei Sonnenaufgang, entbrennen die Fenster, als sei das Feuer wieder ausgebrochen, das am Bartholomäustag 1689 die alte Residenz und die Kirche und fast das ganze behagliche Geniste der Geistlichen und Ordensleute, der Handwerker und Gast- und Badewirte verzehrt hat. Hohenbaden, fern oben, zwischen Wald und Felsenkamm, hat sich dem Tag schon entzogen.

Einst fühlten sich die Markgrafen auf ihrem Berge einigermaßen sicher vor ihren streitwütigen Standesgenossen. Der erste freilich, Hermann, wurzelte nicht ein; er zog nach Cluny und wurde Mönch – und dieser Verzicht ist vielleicht ein gutes Fundament gewesen. Ein Opfer an Leben pflegte man in die Burgen einzumauern, etwa einen Hund in dem Reußischen Schlosse Burgk. Aber im Jahre des Heils 1479 sah der tüchtige Markgraf Christoph ein, daß es keinen Sinn mehr hatte, in einem Bergschloß zu wohnen. Er zog hinunter nach Niederbaden in das Neue Schloß, wo er widerspenstigen Zunftmeistern und gerissenen Badewirten besser auf die Finger sehen konnte. Das Gewähren und das Treiben an den Stätten des Wasserkultes konnten zu mancherlei Bedenken anregen; sie haben die Ermahnungen der Prediger gewiß vortrefflich illustriert und gerechte Rüge gefunden. Kurz, es war Zeit geworden, das ganze Badewesen, zumal ›bei Tag und Nacht allerlei

Ungebührliches von Fremden und Einheimischen betrieben wurde‹, einigermaßen zu regeln und unter sittlichem Verdienst einen ehrlichen Nutzen daraus zu ziehen: jeder Badegast sollte einen Pfennig entrichten. Der Scherer Hans Ulrich und seine Hausfrau Katharina, tatkräftige Leute, nahmen das Bad als markgräfliches Erblehen in feste Hand; sie sicherten sich ein Grabdenkmal, schmückten den Friedhof und haben die Mönche unter dem Walde des Fermersbergs gewiß nicht vergessen, die treulich für ihre Seelen beteten, bis endlich, um mit Hegel zu reden, ›die Welt auf ihren Kopf gestellt wurde, nämlich auf die Vernunft‹, und das ärgerliche Bimmeln des Kapuzinerglöckchens über den Weinbergen verstummte.

Ja, das Städtlein! In seiner Ehrwürdigkeit und schlauen Ehrsamkeit, in der Zierde seiner Torheiten, deren einige sehr ernsthafte und blutige Torheiten gewesen sind, im Schmucke seiner Sünden und seiner Anmut ist es noch immer, was es war. Und wer nimmt es mit der Verschmitztheit auf, die sich durch Jahrhunderte, vom Witz der Generationen genährt, um das Wohl der Gäste verdient machte! Aber ich habe noch einmal und allein diesen Blick durch das Fenster vom Balkon der Alten Majestät. Es ist ein Balkon, der, könnte man mit verzeihlicher leichter Übertreibung sagen, einmal über der Welt hing, jedenfalls eine beachtliche Aussicht bot mit geschichtlichen Perspektiven. Hier saßen wir gelangweilt in den trüben, an Gästen armen Sommern des Ersten Weltkrieges. Und nun ist von Verheißungen der Geschichte keine Rede mehr. Der Balkon ist die Gondel des Luftballons, der alljährlich, am Feiertage der heiligen Apostel Petrus und Paulus, umständlich auf der Wiese vor dem Kurgarten aufgeblasen wurde und dann unter einer heroischen Melodie der Kurkapelle entschwand. Die weißbemützten todesmutigen Fahrer grüßten die ergriffenen Zuschauer und warfen ihre Sandsäcke ab; hoch und weit kamen sie nicht. Meist landeten sie glücklich in Ebersteinburg, wohin man heute mit dem Omnibus in zwanzig Minuten fährt. Aber auch in solchem Tiefflug lassen sich einige Anmerkungen und Beobachtungen machen: Flüchtiges den Flüchtigen, Begegnung der Flucht mit der Flucht. Mehr will ich nicht.

Die Landschaft ruht: der Merkur, der spitze Feuerberg, hat sich einen Schneeschleier umgelegt, und um den Felsenkamm des Battert, der aus dem Nebel sich frei macht, irrt fahles, transzendierendes Licht; die Ruine, das gebrochene Mauereck mit leeren Fenstern, romantisches Pathos, zeichnet sich zaghaft durch. In den Himmel kommt ein Leuchten von der Rheinseite des Fremersberges her, in dessen Schatten das Haus liegt, das nun wissend-unwissend stöhnt – in den Dielen wohnt ächzendes Leben – wie ein Tier vor dem Schlachthof, und die absurden Wolkenschlangen, mit deren Anfertigung die Düsenjäger den ganzen Tag unter erheblichem Geräusch beschäftigt waren, werden zu einer geheimnisvollen Schrift: am Himmel steht die verfließende Hieroglyphe der Vergeblichkeit der Vergeblichkeiten, Monogramm unserer Zeit.

Das Städtlein, das geliebte, ist für den Unkundigen nicht sehr mitteilsam; es weiß seine Geheimnisse so wohl zu verbergen wie eine seiner zierlichen Bewohnerinnen höheren Alters Bonbons und Schönheitsmittel in der Einkaufstasche – oder das Spitzhundchen, das, zum wolligen Knäuel zusammengerollt, im Beutel verschwindet, wenn die Herrin den Obus oder das Kino betritt. Da fällt mir die alte Mistreß B. ein, die, stets noch in Trauer um den sagenhaft fernen Mister B., sich täglich nach Tisch hier hinabtragen ließ in den Wagen zur Spazierfahrt: sie ächzte und stöhnte dabei laut für ihre Träger, die auch ein wenig Mitleid verdienten. Sobald sie im Freien war, sprach sie munter der Kognakflasche zu.

Das Städtlein also verrät kaum etwas von seinen frühesten Bewohnern, von Trajan, Hadrian, Antoninus Pius, von den römischen Legionären, die oben auf dem Rettig, wo heute das grausame Schulzuchthaus steht, die Pflanzstätte meiner Jugend, ihre in den westfälischen und rheinischen Wäldern verdorbenen Knochen auszuheilen suchten und sich mit Votivtafeln und Statuen den Göttern des Okzidents und Orients anbefahlen. Denn die westlichen Gottheiten reichten längst nicht mehr aus für ihre Beschwerden. Wieviel wäre von Caracalla zu sagen, dem Brudermörder und Mörder seiner Gattin, Verehrer der Luna, den noch zu Anfang des vorigen Jahrhunderts eine Sandsteinplatte im Turm der Stiftskirche als Wohltäter und gewissermaßen Ehrenbürger feierte, Ahnherrn einer stolzen, bis in die Gegenwart sich herabstufenden Reihe! (Es ist erstaunlich, daß er mit solcher Großmut von der frommen Gemeinde geehrt wurde.)

Ich stehe ja nun, am späten Abend, am Kaiserfenster des geschändeten Zimmers, das früher stets mit Ehrfurcht betrachtet wurde und für ein Weilchen der eigentliche Ruhm des Städtleins war. Durch vierzig Sommer sahen die Vorübergehenden scheu zum Balkon, ob ihnen wohl der Anblick der Herrschaften vergönnt sei, der stolze Scheitel, das geliebte weiße Haupt. Hierher zogen fremde Fürsten und die bekümmerten Zaunkönige des Bundes. Die Zeit verhieß mancherlei Macht und grollte mit mancher Gefahr, unheimlich schien es zu werden, und die Serenissimi fühlten sich nicht mehr fest. ›Alles‹, hatte der Bischof von Autun, Überwinder Napoleons, anfangs dieses Jahrhunderts bemerkt, ›kann man tun mit den Bajonetten, nur setzen kann man sich darauf nicht.‹ (On peut tout faire avec les bajonettes excepté s'y asseoir.) Hierher eilten Minister, Generäle, Diplomaten in geheimer Mission, Kuriere und Leibjäger, Ehrgeizlinge, die nicht vorgelassen wurden, und Falschspieler, die der Gunst Fortunas sicher waren. Niemals werden die Historiker allem auf die Spur kommen, das hier beratschlagt, beschlossen worden ist. Hier war alles ein wenig leichter. Und was am Schreibtisch nicht zurechtzubringen war, das löste sich vielleicht auf dem Balkon. (Natürlich fehlte es auch nicht an Damen hoher Abkunft, die die Aufmerksamkeit des Alten Herrn zu erwecken suchten und mit dem Gruße des Kavaliers abgewiesen wurden. Bertha von Suttner, eine etwas beängstigende Erscheinung von festen Absichten, hatte ein klein wenig mehr Glück; Photographien in oft erstaunlich gebefroher Gewandung oder Enthüllung pflegte der Alte Herr – sicherlich zur Genugtuung Ihrer immer wachen Majestät – mitten durchzureißen und in den Papierkorb zu werfen.) Ohne Zweifel also hatte die Geschichte mit ihrer ganzen würdigen und fragwürdigen Gefolgschaft eine gewisse Vorliebe für diesen Schauplatz. Nun aber legt sie keinen Wert mehr darauf. Sie bricht ihn ab. Der Kulissenmeister Ackermann ist wieder beauftragt, und es hat mich immer ergriffen, wenn er die Herrlichkeiten des vergangenen Abends durch die nüchterne Tageshelle trug.

Es dunkelt im Nebenzimmer, wo die Majestät in einfachem Bette schlief oder ein Bad befahl. Natürlich konnte die Maison mit einem Badezimmer nicht aufwarten, aber doch mit einem Zuber, in den das heiße Wasser gegossen wurde. Vergeblich suche ich im Speisezimmer nach den Spuren der Wandluke, durch die das Diner hereingeschoben wurde. Wir sahen sie noch als Kinder, dann wurde sie vermauert. Der Kammerdiener nahm die Tabletts im Speisezimmer ab und setzte sie vor: das war die Hofhaltung des Hohen Herrn an den wenigen glücklichen Tagen, da er allein war und nicht zuhören und nichts beschließen mußte und Ihre Majestät, der ›Feuerkopf‹, ihn nicht ansprühte.

Auch in dieser doch einigermaßen noch redlichen Umgebung sorgte sich Ihre Majestät des Abends um ihren Schmuck. Sie vertraute ihn dem Faktotum Crescentia an: und Crescenz, wie man sie eigentlich nennen muß, verpackte das Geschmeide in ihre abgescheuerte Tasche, stellte es im Dachstübchen unter ihr Bett und schlief seelenruhig darüber ein. Ehre ihrem Andenken! Fast hundert Jahre lang hat sie es auf dieser Erde ausgehalten und sich auf ihr mit ein wenig Schläue durchgebracht. Wer hätte für sie, die, glaube ich, eine entfernte Verwandte war, gesorgt, wenn sie es nicht selber getan hätte? Sie war für jede Arbeit zu gebrauchen. Eis für den Nachtisch der Majestäten konnte in der Maison nicht hergestellt werden; Crescenz holte die Kelche aus dem Kurhaus und kappte unterwegs, was in schöner Form über den Rand ragte; das übrige, meinte sie, sei genug für die Herrschaften. Von vieler Arbeit gebeugt, lebte die Beschützerin des Hohenzollernschmucks noch zu meiner Kinderzeit in einem Altersheim der traurigen Bundesfestung Rastatt; dem, was sie in kaiserlichen Tagen gewohnt war, entsprach das freilich nicht, aber diese Versorgung beruhigte bürgerliche Gewissen vollständig. Für Besucher hielt sie unter dem Plumeau eine Kanne einigermaßen warmen Kaffees bereit. (Was mag es sie gekostet haben, daß sie ihn nicht selber bereiten konnte wie in der guten alten Zeit!)

Das Städtlein ist von Anfang an weise gewesen und wollte eigentlich von Geschichte nicht viel wissen. Es hat sich in ein mildes Seitental unter dem Schwarzwald, abseits der Rheinstraße gedrückt und wäre wahrscheinlich ganz froh gewesen, wenn die triumphalen Pompes funèbres vorbeigewandelt wären, ohne von ihm Notiz zu nehmen. Aber der Quelldampf hat es verraten. Kelten und Römer, Alemannen und Franken, die im dritten Jahrhundert über den Limes fluteten, haben sich weidlich darum gerauft. Vom mittelalterlichen Gezänke geistlicher und weltlicher Herren, von blutigen Meinungsverschiedenheiten in der Familie seiner väterlichen Zwingherren wurde es keineswegs verschont. Aber wie die selige Crescenz hat es doch unter Entbehrungen und Freuden ein schönes Alter erreicht und stets, nach einer Pause der Entrüstung, das rechte Verhältnis zu seinen Mißgeschicken gefunden. Es hat eingesehen, daß die Gnade auf seinen Hängen und Bergen wie das Feuer in der Erdentiefe gar nicht auszulöschen ist, und daß der sich Beklagende fast immer unrecht hat. (Nur Abschied ohne Vorwurf könnte erlaubt sein.)

Die Quellen, die dampfend um die Füße der alten Häuser sprudeln vom Südhang des Schloßbergs herab, haben das Städtlein immer wieder erfrischt, das Schlimme hinweggespült und es vor Verbitterung bewahrt. Theophrastus Paracelsus war flüchtiger Gast im Neuen Schloß – dem Vorgänger, der 1689 am Bartholomäustage in Asche sank, nachdem die Mordbrenner der Markgräfin noch ein Ständchen gebracht hatten. Bombast von Hohenheim, der Wanderer, Arzt, der ›Waldesel‹ von der Teufelsbrücke im ›finstern Wald‹ bei Einsiedeln, ausgesandt in die Epoche der Lustseuche und deren Erforscher und Beschreiber, immerfort auf der Suche nach dem letzten Sinn ärztlicher Berufung, welche Frage ihn zurückführte zum Arzt der Welt, darum also auch ›Verkünder des anbrechenden Reiches Gottes‹: was hätte er geben können, wenn er gastlicher beherbergt worden wäre! Er durchforschte die Quellen und schrieb darüber einen Bericht. Für ihn war die Quelle Wesen, Person, eine Art geistiger Leib wie die Leidenschaften, die im Menschen Wohnung nehmen, wie die Krankheiten auch. ›Das Bad regiert den Willen‹, erklärte er: das ist eigenwillige Gewalt. Hatten die Alten nicht recht, als sie die Quellen als personale Gottheiten ehrten und deren Verletzung als tödliche Schuld erkannten? Philoktet mußte unter Höllenqualen sterben, weil er einst ein Quellwesen beleidigt hatte. Ach, wie fern ist das! Wie nah sollte es sein! Personifizierte Mächte kämpfen im Menschen und um ihn, nach Bombasts Überzeugung, und der Arzt, dessen Geheimnis es ist, daß er Sendbote ist des Arztes der Welt, ist in diesen Kampf gerufen: das wichtigste also ist das Gebet, daß die Heilkraft komme ›in den Blutstrom des Siechen und Kranken‹. Des Arztes Wille und der des Kranken vermählen sich wie ihr Gebet, sonst ist nichts zu erhoffen: Diagnose ist ein Beichtgeheimnis, ein Austausch. Denn ›alle kranke Äußerlichkeit hängt mit kranker Innerlichkeit zusammen‹. Nicht der Mensch heilt, sondern Gott: die Krankheit soll verstanden werden als Ruf nach Gott. Arzt und Arznei sind Mittler göttlicher Barmherzigkeit. ›Im Herzen wechst der Arzt.‹ – ›Es ist eine jegliche Krankheit ein Fegfeuer, kein Arzt kann gesund machen, es sei denn Sach, daß von Gott dies Fegfeuer aus sei‹. Kranksein ist Weltgleichnis, denn ›alle liegen im Sterben‹. Der Kranke lebt in zwei Leibern, die einander stören, bis er, Gott sich ausliefernd, die höhere Lebensgestalt erreicht, und mit den Völkern ist es nicht anders. Da der Mensch ein Ganzes ist, ›Auszug der ganzen machina mundi‹, muß der Arzt ihn im Ganzen begreifen, muß er ›den Lauf der Himmel und Erden machen‹: er wird im Menschen nichts finden, ›denn was Himmel und Erden auch haben‹. Heilung ist eine Art Sakrament: der Arzt reicht dem Siechen auf geheimnisvolle Weise Leben von seinem Leben, Teil seines Leibes und damit seiner Willenskraft unter der Weihe des Gebets, zu bestimmter Sternstunde, an erwähltem Ort; es könnte eine Art mumia sein, vergeistigt Körperliches, in dem unermeßliche Kräfte schlummern: so beginnt das Licht der Natur wieder zu leuchten im Kranken, fluten die einander haltenden Kräfte des Alls in ihn zurück. Welche Vermessenheit, heilen zu wollen, da alles Wissen, je weiter es dringt, auf um so gefährlichere Weise in die Schwebe gerät! Wir können das Leben nicht definieren, die Grenze zwischen nicht belebter und belebter Natur nicht ziehen; wir respektieren die Wirkung der Sekrete, aber kennzeichnen können wir sie nicht. Welcher Wahn, das Mysterium Mensch zu behandeln!

Paracelsus verstand sich als Diener des Archeaus, der geheimnisvollen, von innen bildenden Lebenskraft. Er sah den Menschen in seiner ganz bestimmten Geschichtszeit, dem ›historischen Augenblick‹ [H. E. Sigerist], und lehrte, daß die Zeit einwirke auf den Organismus und seine Funktionen. Zugleich suchte er den Kranken im Kosmos, er, der auf revolutionäre Weise seine Erfahrung einsetzte gegen die in Schriften überlieferte Medizin, gegen Hippokrates und Galen, stimmte doch mit den Alten überein, mit Empedokles und Pythagoras: nur in der Beziehung zum Kosmos wie zum Lebensgeheimnis des einzelnen mit recht dosiertem Gift – denn Gift ist in jedem Medikament und in jeder Speise – in der Gnadenstunde, da Arzt und Patient gemeinsam Gott begegnen, kann Heilung gelingen.

Seltsamer Mann! Er ist nicht nur aus der Verwandtschaft des Edlen von der Mancha – aus dem Geschlechte derer, die, mögen die Reihen stehen oder zusammenbrechen – zum Zorn aller quer durch die Linien sprengen –, sondern auch aus der Sippe der armen Marktschreier, die dem Volke ein Schauspiel gaben und, mit Brille und Messer bewehrt, ihr brüllendes Opfer unter schauerndem Ergötzen der Zuschauer von einer Geschwulst befreiten. Wenigstens ein wenig im Tone der Chirurgen auf dem Markt, die einander anspien, wenn sie zusammenstießen, und doch wieder im Bewußtsein großer Sendung ließ er sich vernehmen: ›Mir nach, und nicht ich euch nach. Eurer wird keiner im hintersten Winkel bleiben, an den nicht die Hunde seichen werden. Ich werd Monarcha, und mein wird die Monarchei sein.‹

Wundern wir uns etwa, daß wir nicht mehr gesund werden? Wundern sich die Staatsmänner dieser sinkenden Welt, unter denen kaum ein Gesunder zu finden ist? Oder die Künstler, mit denen es nicht viel besser steht? Paracelsus hat zwar nach seiner eigenen Erklärung den Markgrafen Philipp vom Verderben seiner Leibärzte erlöst, von allen Schäden also, die ihm die Hofmedici in der besten Absicht ihrer Unwissenheit zugefügt haben; aber der Geheilte betrog ihn schnöde um den verheißenen Lohn. Und also machte sich der Magier des kommenden Reiches wieder auf die Flucht, nachdem er die ›aufspringenden Wasser‹, die Quellnymphe, den schaffenden Geist der Tiefe geehrt und gegrüßt und den Unterirdischen gehuldigt hatte. ›Die heißen Wasser zu Baden sind vollkommener als alles andere.‹ Dann flüchtete er durch die immer wilder fiebernde Welt seinem Ziele zu: allzulange sollte es nicht mehr dauern, bis er in der Herberge zum Weißen Roß in Salzburg im ›Kleinen Stübl‹ am Sankt-Matthäus-Tag 1541 schwachen Leibs auf seinem ›Reisebettlein‹ saß im Alter von 48 Jahren; was seine Armut hinterließ, mit Hilfe des kaiserlichen Notars Hans Kalbsohr der Armut zuschreibend (für ›elend dörftig Leut‹. – ›Der Schnee meines elendts ist zum endt gangen . . . Welcher kombt wider euch und sagt die wahrheyt, der muß sterben.‹).

Der wilde ›Waldesel‹ aus dem finstern Gestrüpp, der so frühe sich wundgelaufen hat, spiegelt in Leben und Wort die brennendsten Probleme der Heilkunst, der Forschung, wichtiger denn je einer Zeit der ›Forschungszentren‹ in Wolkenkratzergestalt, von Staates, nicht von Gottes Gnaden, die ohne Zweifel gegenüber gewissen militärisch-katastrophalen Eventualitäten, vor denen man die Augen nicht verschließen kann, in beiden Hälften der Welt –

überall dort, wo Macht ist – Erhebliches beizutragen haben. Mit der Physik ist auch die Medizin dem Räderwerk – oder sollten wir doch noch: der Geschichte sagen? – verfallen. Wann wieder ›wechst‹ der Arzt im Herzen?

Man verzeihe die Abschweifung. Es wird nicht die letzte sein. Ich habe es nur mit Schatten zu tun; der Balkon ist ja nicht mehr ganz da, und die Schatten gehen und kommen, wie sie wollen, und halten sich an keine Chronologie. Hätten wir nicht allen Grund, uns nach einem Arzte umzusehen, und wäre er auch behaftet mit den Absonderlichkeiten des armen Gastes im Weißen Roß und gepeinigt von seinem gefährlichen, aufrührerischen Feuer? Aber es ist, um noch einmal mit ihm zu reden, in seiner herzensnahen Sprache, ›Abendstund . . . wo die Gesichter der Leute an den Fenstern trübe werden‹. Sollten wir es nicht dem Volke nachtun, das noch im vorigen Jahrhundert zum Grabe des Paracelsus pilgerte und ihn als Fürbitter anrief, einen Heiligen der Armut?

Nun aber, am letzten Abend, da man noch gewissermaßen durch das Fernrohr der Majestäten sehen kann, in die Verschwiegenheit der Landschaften und Zeiten, schwebt eine Krone über dem Städtlein, über der Herberge so vieler Fürsten, Wanderer und Narren, so vieler Kranker, die nicht wußten, was Krankheit ist, und, hoffen wir – Unbekannte, die der Gottheit im Quell begegneten –: die sich verabschiedende Krone. Nur die Kronenwächter können sie sehen, deren Geschlecht ausstirbt wie die Gilde des Paracelsus: es sind die letzten Versprengten einer Narrengemeinschaft, die sich in die stygische Wüste zerstreuen.

Freilich ist der undankbare Markgraf wenige Jahre nachdem ihn Paracelsus von seinen Plagen befreit hatte, oben in seinem Schloß gestorben. Der gewaltige Mann, Karls V. Reichsverweser, der in seiner Jugend im Dienste der Franzosen und Venezianer gegen die Türken gekämpft hatte – nicht gerade als Admiral, wie ihm nachgerühmt wurde, aber doch als Schiffskapitän –, liegt drüben in der

Kirche, gerüstet, helmlos, im Ruhm seiner Taten auf seinem Grab. Auf dem Reichstag zu Speyer (1526) hat er wohl unter all seinen Sorgen und unlösbaren Aufgaben seine beste Kraft zerrüttet. Und lange sollte es nicht mehr dauern, bis der Glaubensstreit das Fürstenhaus spaltete und die Bürger des Städtleins von der großen Unruhe um die Seligkeit ergriffen wurden. Sie eilten aus der Stiftskirche hinab zur Spitalkirche hinter den Badhäusern; vom Dominikaner, der eben noch in der allgemeinen Verwirrung Martin Luthers Abendmahlslehre verkündet hatte, zum Prediger des evangelischen Worts. Aber die patres patriae wechselten rasch: schon legte der neue Herr das entgegengesetzte Bekenntnis ab, und die Bürger hasteten angstvoll zurück, und dann liefen sie wieder zum Prediger, und so eine gute Weile hin und her, wie die Mönche auch, die ein- und auszogen: alles arme, suchende, ratlose Menschen, über deren irdisches und ewiges Geschick der Glaube der Fürsten oder der Vormünder unmündiger Thronfolger, das Spiel der Interessen, das auf das Ländchen gefallene Splitterchen Macht entschieden. – Die Schlüssel des Himmelreiches waren verlorengegangen. Aber das große Leid ist fast stumm. Eine Frau, die über siebenmaligem Wechsel wahnsinnig geworden sein soll, spricht für hundert und tausend, die wir nicht kennen. Vernarbt ist nichts. Und die Jahreszeiten des Leids in immerwährender Wiederkehr führen die alten Schmerzen wieder und wieder vorüber. ›Ein Volk begreift sich nur als solches durch seine Geschichte‹ (Fichte), und mit Traumesgegenwart dämmern unüberwindliche Leiden im Bewußtsein der Völker.

Vor solch düsterer Zukunft hatte sich in den altgeschätzten Badehäusern oben auf dem Markt und unter dem Schloßberg, wo heute das Kloster der Ehrwürdigen Frauen vom Heiligen Grabe steht, ein munteres Treiben entfaltet. Vor etwa dreißig Jahren stand noch die ›Rose‹ am Markt mit behaglich breiter Wirtsstube. Ich habe da Abschied vor der zweiten Spanienreise gefeiert. Es gab stets vortrefflichen, mit Speck gewürzten Zwiebelkuchen, den ich damals noch mit großem Vergnügen aß, und guten Wein, und draußen leuchtete und wimmelte der Markt: die dicke lustige Rosa stand hinter ihren Krautköpfen, und der alte, von Krankheit gezeichnete Steimer schleppte seine Eierkörbe herbei, und die krummen Weiblein feilschten um die Zugabe, um Petersilie oder Schnittlauch oder Pimpernell, und über ihnen drehte sich Petrus im Wind, und der Kirchturm sang und bereitete das Ende des Scenariums vor. (Und der Fischverkäufer schlug die verkauften Rheinaale wie Lederriemen auf den Rinnstein: das gehört zu den Lauten, die nicht aus den Ohren gehn.) Die alten Badhäuser hatten fast alle freundliche Namen: ›Zum Salmen‹, ›Zum Baldreit‹ (weil der vom Quellgeist unversehens geheilte Pfalzgraf für den Wirt allzubald im Morgendämmer davonritt), ›Zur Sonne‹, ›Zum Hirschen‹, das beste aber hieß nach der Wirtsfamilie, die es verstand, jedes Odium auszulöschen, ›Zum Ungemach‹: im Grunde ist das doch der passende Name für eine Herberge, die uns in jedem Falle, wie das Leben auch, der Heimtücke des Personals überläßt. Von Straßburg, von Rappoltsweiler kam so manche Anregung herüber, wo alljährlich die Spielleute des Reiches ihrem König huldigten. Übrigens dort, unter den Schlössern von Rappoltsweiler, ist der ›Mouton‹ meine Liebe; die Wirtin sitzt wie eine hochverehrte deutsch-französische Freundin unter knapp anliegendem Federhütchen hinter dem Büfett, während die Haselmaus draußen durch das Laubdach klettert und mit Fledermausohren herunterlauscht. Ach, wo komme ich hin, in dem Gehäuse der Zeit, wo kein Reisebettlein mehr aufzutreiben ist, nachdem Abertausende hier geschlafen haben – allenfalls ein morscher Stuhl. ›Die Rose‹ nämlich ist längst dem Bedürfnis nach Leere gewichen, aber einen kleinen Nachruf verdient sie doch, wenn sie sich auch des besseren Publikums in ihrem Herbste nicht mehr rühmen konnte – wie gerne bin ich nicht unter dem besten –, und der Markt kümmert hin, aufgezehrt von lukrativeren Unternehmungen, nur noch ein grauer Schatten einstiger Freudigkeit. Man kauft nicht mehr ein. Das Lieferauto ist an die Stelle der Markttasche getreten.

Gehen wir zurück! ›Dis wasser –‹, schrieb Sebastian Münster in seiner im Jahre 1550 in Basel gedruckten Kosmographie: ›Dis wasser halt in seiner vermischung schwefel, salz und alun. Dienet zu vertreiben engung der brust, welche von kalten flüssen des haupt kompt, den feuchten augen, den sausenden oren, den zitternden und schlaffenden glidern, dem krampf und anderen krankheiten bös geäders, so von kalten Feuchtigkeiten kommen.‹ Auch der hochgelehrte Philibert Leucippaeus vertrat, etwas vorsichtiger, Ende des sechzehnten Jahrhunderts die Meinung, daß das Wasser mancherlei Krankheiten heile. Er kam sogar auf den Gedanken, daß man es trinken solle. Wenigstens soll er, nach Überzeugung des Chronisten, der erste gewesen sein, der davon schrieb. Das geschichtliche Wissen beruht fraglos auf der Schrift. Aber es ist wohl anzunehmen, daß das Trinken dem Schreiben vorausgegangen ist und uns die Geschichtsschreibung in allem Elementaren höchst unzulänglich belehrt. Wir wissen ja längst von Paracelsus, daß es sich in der ganzen Sache des aufspringenden Wassers und seiner Kraft nicht um das Schreiben und Lesen handeln kann, auch nicht um die Wissenschaft, sondern um das Werk des salamandrischen Quellgeistes, um Heimkehr zum Element. Wohl ist es zu begreifen, daß nach Virchow und Jung so mancher Arzt die Gabe des Quellgeistes nicht höher schätzt als schales Regenwasser – das freilich Aussicht hat, immer aktiver zu werden –, daß solche Ärzte zum mindesten die Geschenke der Tiefe mit korrigierenden Zugaben versehen: aber es könnte die Frage sein, ob der Quellgeist sich unter solcher Einwirkung nicht verflüchtigt.

Übrigens fühlte sich der väterliche Leucippaeus zu einer Warnung veranlaßt, die ich objektiv weitergeben will, ohne mich von ihr angeredet zu fühlen: ›Junge, hitzige und zornige, dürre Leute, die cholerischer und trockener Complexion sind und dergleichen Krankheiten haben, so von der Galle herkommen und zu der Gilb geneigt sind, sollen sich vor diesem Bad ernstlich hüten.‹

Also saßen Männlein und Weiblein in leichten Hemdlein, samt den Kindern, Männer, deren Würde an dieser Stelle nur an der

Tonsur zu erkennen war, nicht ausgeschlossen, zu sechs oder acht in den Badkisten, gefällige Bedienung legte ein Speisebrett darüber und tischte auf (denn man verharrte fast den ganzen Tag in diesen Annehmlichkeiten). Ein Spielmann, Untertan des Pfeiferkönigs von Rappoltsweiler, stellte sich daneben und fiedelte und sang – gewiß nicht des bittern Thomas Murner – poeta laureatus – moralinsaure Verse:

> Der möcht wohl nehmen großen Schaden,
> Der zur Hölle fährt nach Baden . . .

wiewohl sie nicht so ganz unangebracht gewesen wären, sondern aufmunternde, das Gemüt bewegende Weisen und rührende Historien, wie sie Kranken wohltun. Die ›Hölle‹ war übrigens eine Anspielung: so hieß ein Quellursprung neben der Stiftskirche; der Name ist einer Gasse geblieben, die hinter der ›Rose‹ hindurchführte. In old England galt noch freundlichere Sitte: die Badkisten standen in den Höfen der Inns zur Augenweide müßiger Gäste auf den Galerien. Tags darauf wurde die Wasserfreude abgeräumt oder mit ein paar Brettern überdeckt, und Shakespeares Weltgewitter zog durch den Hof.

Sechs oder acht Stunden also sollen die Badgäste auf diese Weise täglich ihrer Gesundheit geopfert haben, ein Pfalzgraf, wahrscheinlich unter noch erquicklicheren Umständen, sogar neun. Wenn der Spielmann eine Pause machte, kann es an Gesprächsstoff nicht gefehlt haben. Denn abends drängten sich dreißig oder vierzig Menschen in derselben Gaststube zusammen, im Dampf der nassen Kleider bestaunter und belachter Ankömmlinge, der Speisen, des Biers und des heißen Würzweins; sie wuschen sich, wenn es ihnen endlich gelungen war, des Zubers sich zu bemächtigen, kämmten sich, hingen die Kleider am Ofen auf, scheuerten, die von Lehm strotzenden Schuhe, schalten, rauften, spielten, tranken und sangen und schnarchten zu guter Letzt, nachdem der Wirt das Flämmchen ausgedrückt hatte. Nicht allzu früh werden sie andern Tags, nach dem Genuß der Biersuppe, die natürlich auf sich warten ließ, die Kur wieder aufgenommen haben. Kurz, des Wissenswerten, der Freude und des Ärgers war kein Ende. Auch wollen wir hoffen, daß die Badwirte kultivierter waren als die ›alten Graubärte mit geschorenem Kopf‹, mit denen Erasmus und sein Körperchen es meist auf langen Land- und Flußreisen zu tun hatten: in Breisach etwa setzte der mürrische Ganymed schmutzigen Brei, Klöße und ausgekochte Fische zum Frühstück vor; andernorts, während die Gäste das Fenster aufrissen und wieder zuwarfen und sich jedenfalls über Öffnen und Schließen nicht einigen konnten, wurde endlich Gemüsebrühe, in der Brotbrocken schwammen, in den Holzteller gegossen und angestandener Wein in den Becher. ›Wenns euch nicht paßt, sucht etwas andres!‹ Darauf kamen Fleischbrühe und gediegener Brei, und wenn der Gast satt war, sogar Forellen, die ihm nichts mehr nutzten. Und dann mochte er sehen, wie er und sein Körperchen sich miteinander verständigten. Aber das Gasthaus in Lyon, wo er das geschundene Eselchen, das Brüderchen, ein wenig erquicken wollte, erwies sich als genau so miserabel wie die Bewirtung auf dem Rheinschiff zuvor, wo der Wanderer unter Deck mit gemeinen Schiffsknechten in Dunst und Finsternis seine harten Eier verschluckte.

Nein, so Schlimmes wollen wir den volkstümlichen Vorgängern der Etablissements nicht zutrauen, die, nach dem Siege der Hotelkultur, mit eleganten Namen aufwarteten: Saumon und Etoile, Cerf und Soleil, von den Maisons Particulières zu schweigen.

(1957)

II. Spiegelfiguren

An meinen Vater

Der Schwermut Erbe ward mir übermacht,
Es ist mein Untergang und ist mein Lohn;
Wohl fühlte ichs in frühen Tagen schon,
Doch kommts aus frühern, aus des Anfangs Nacht.

Du hast als letzter mir die schwere Fracht
Der Väter auferlegt zu Not und Fron,
Ich will sie tragen, bis zuletzt dein Sohn,
Doch sei in mir das Leid zur Ruh gebracht.

Denn ich will es verzehren und befrein.
Das Erbe, das in ferne Zeiten zielt,
Sei mein als Letztem einer großen Schar.

Es wird so leicht wie deine Asche sein,
Die eines Morgens ich in Händen hielt,
Und niemand wird empfinden, was ich war.

(1939)

Nietzsche

Längst ist der Himmel tot; dein Himmel; keiner
Warf so wie du, in feiernder Verschwendung,
Den hellsten Glanz herab, und keine Sendung
Ward so wie deine immer ungemeiner.

Nie brannt' ein Feuer herrlicher und reiner
Und senkte so den Blick im Schmerz der Blendung:
Du bist des Aufschwungs dauernde Vollendung
Und der Verneiner ewiger Verneiner.

Du schürst des Lebens streitende Genesung,
Schürst des Verfall'nen eilige Verwesung
Und reißest alle Zeiten mit dir fort;

Du aller Jugend gegenwärt'ger Lehrer,
Du unsre Hoffnung, ewiger Wiederkehrer,
Geschlechter stürmen an mit deinem Wort.

(Entstanden 1928)

Nietzsches Grab

Der Turm der Kirche zu Röcken stammt noch aus romanischer Zeit; er ist ungefüg und fast zu schwer für die kleine Kirche mit dem gotischen Chore; in seinen hochgelegenen winzigen Fenstern stehen noch die runden Säulen. Ringsum breitet sich der Rasen, auf dem die Grabsteine verstreut sind; einige Kreuze und Platten neigen sich, als wollten sie den Toten nachsinken in die Erde. Mauern schließen das enge Totenfeld ein, ohne den alten ländlichen Häusern draußen den Blick auf den Friedhof zu verwehren. Hier, an der Mauer der Kirche, neben dem Grabstein der Mutter liegt die Platte, die Friedrich Nietzsches Namen nennt; und man könnte wohl meinen, daß keine Stätte dem Denker fremder sein müßte als diese, wo er die letzte Ruhe fand.

Führte hierher der Weg Zarathustras, in den Schatten der alten Kirche, die noch in der besten Zeit des Glaubens und wohl auch des Reiches gegründet wurde? Hätte er nicht ein anderes Grab finden müssen, auf einer südlichen Felsenhöhe, vielleicht angesichts des Golfes von Rapallo, den er so liebte? Was verband ihn mit der Kirche außer seinem Haß? Was mit der Mutter? Und was mit dieser deutschen Enge, dieser schlichten, fast armen Landschaft, in der keine Größe ist; in der eben nur die Seele eine Zuflucht findet; in der sich der Gedanke bestenfalls ein grenzenloses Reich erschaffen kann, das niemals Wirklichkeit wird?

Aber das Grab liegt in der großen Schlachtenebene der Deutschen. Denn nicht ferne von Röcken wehte die schwedische Fahne an der Stelle, wo Gustav Adolf an jenem Nebeltage des Jahres 1632 fiel: in derselben Ebene, wo der Schwedenkönig bei Breitenfeld seinen großen Sieg gewann; hier, gegen Weißenfels, flüchteten die Franzosen vorüber nach der Völkerschlacht; aber auch Großgörschen ist nicht fern, und über dem Passe von Kösen, auf dem Ackerlande, liegt Auerstedt; an der Brücke von Weißenfels drohte Friedrich dem Großen die tödliche Kugel, eh er bei Roßbach seinen strahlenden Sieg gewann; Karl V. zog hier vorüber nach Naumburg nach seinem Siege bei Mühlberg; und auch die Schlachtfelder des alten Reichs sind nahe: südlich, bei Hohenmölsen an der Elster, verlor Rudolf von Schwaben die Schwurhand, mit der er Heinrich IV. Treue geschworen; auf der Ebene vor Merseburg übte Heinrich I. seine Reiter; allzu fern sind auch nicht die Schlachtfelder der Unstrut: Homburg, wo Heinrich IV. die Sachsen schlug, Riade, wo Heinrich I. die Ungarn besiegte, Burgscheidungen, wo der letzte Thüringerkönig fiel; und nördlicher, in der Gegend von Mansfeld, schlugen die Sachsen den Feldherrn Kaiser Heinrichs V., den Grafen Hoyer von Mansfeld, am Welfesholze.

Hinter dem Grabe zu Röcken öffnet sich die Landschaft deutscher Tradition, schwer verhangenes Land; der Denker, der in der Schlachtenebene geboren wurde und in ihr sein Grab fand, trug auf der Ebene des Geistes die Geschichte seines Volkes aus, so wie ein jeder Geist von Bedeutung die Geschichte austragen muß, unabhängig von seinem Willen. Auch das Leben der Geistigen ist, wie das der Politiker, zu einem guten Teile Frondienst an der Geschichte, deren Wesen darin besteht, daß sie den Menschen wohl fordert, aber über den Menschen hinweg zu diesen unbekannten Zielen strebt. Nietzsche, der, nachdem er den Zarathustra geschrieben, nach Rom ging, um dort in der Vorstellung, ein Zertrümmerer zu sein, ein seltsames Glück zu genießen: er war der Reformation nicht so fern, wie er meinte; im Gegenteil, die Tradition des deutschen Protestantismus lebte in ihm. Wie aber die Reformation nur verständlich ist, sofern sie auf die Geschichte des alten Reiches und seine Kämpfe bezogen wird, so steht auch der Zertrümmerer in der Geschichte als ein Träger dieses alten Streits; den Namen »Der Hammer«, den er für sich wieder beanspruchte, hatte schon Thomas Münzer und vor ihm Kaiser Friedrich II. geführt.

Die Geschichte des Reiches, die endlich dazu führte, daß ein fremder heldischer König als Befreier geehrt wurde, steht hinter dem Leben Friedrich Nietzsches; auch in seinem Jahrhundert hatten die Deutschen im Grunde das kalte Verhängnis nicht überwunden, und es scheint, daß sie es nie überwinden sollen. Indessen, er bedurfte des Südens so, wie die Deutschen in ihren großen Zeiten des Südens immer bedurft hatten; dort konnte er der Tradition nahe bleiben, die als einzige an Form und Inhalt, Bestimmtheit und menschenformender Kraft stark genug ist, dem Christentum entgegengesetzt zu werden: der Antike. Die Antike ist ihrem Wesen nach tragisch und führt die Menschen, die ihr folgen, einem tragischen Schicksal zu; Nietzsche hat es gelebt. Hatte die Reformation, wie er ihr zum Vorwurf machte, Rom wiederhergestellt, statt es zu vernichten, weil sie gegen Rom, aber für das Kreuz kämpfte, das – trotz allem – doch in Rom war, so suchte er das Kreuz zu stürzen und damit erst endgültig Rom. Der letzte Widerhall der Schlacht von Lützen, der nach zweihundert Jahren von dem alten Kampffeld kam, war – »ein Fluch auf das Christentum«; es soll damit nicht gesagt werden, daß dieser Fluch die letzte notwendige Folge war, aber eine Möglichkeit bestand; auch in diesem Fluche war Tradition. Die Schlacht von Lützen und von Breitenfeld, alle Kämpfe des alten, des zerfallenen und sterbenden Reiches tobten fort in der Seele dieses Mannes, der selbst großen Wert darauf legte, als Pole zu gelten und als Pole angesprochen zu werden; er rief die Bundesgenossen aus allen Lagern und stritt am liebsten unter fremder Fahne, aber die Sache, die er austrug oder auszutragen suchte, war so ausschließlich deutsch, daß sie nur in der Perspektive der deutschen Geschichte verstanden werden kann.

Nikolaus Lenau übersetzt einmal in seiner Wahnsinnszeit, in der blitzhaften Erkenntnis seines Schicksals, den Namen seines Geburtsortes Csatad in Ungarn mit »Deine Schlacht«; als »seine Schlacht« hätte auch Nietzsche das Dorf in der Leipziger Ebene bezeichnen können, wo er geboren wurde und sein Grab wieder finden sollte. Die Geschichte, in der er stand, kam freilich nicht zum Ende, als er eingesenkt wurde neben der Kirche zu Röcken; und doch bedeutete sein Ende eine Entscheidung: der Kampf mußte in eine neue Phase treten; es konnte von nun an nicht mehr versucht werden, was Nietzsche gewollt hatte. Denn die Lebensform, für die er sich entschieden, hatte sich als unmöglich erwiesen; die Götter, die er sich geschaffen, wurden verzehrt vom Nichts, in dem sie standen; in diesem Nichts aber wirkte die Gewalt Gottes. Denn es gibt Zeiten, die Gott von Angesicht sehen; und Zeiten, die seine Macht nur an ihrer Verzweiflung spüren; die Geschlechter, die er nicht aufnimmt in das Sein, fallen ins Nichts, und nun wirkt Gott, von dem sie sich abwendeten, auch auf sie: durch eine namenlose Not. Die Verneiner stehen ebenso in seiner Macht wie die Gläubigen; je heftiger das Nein, um so größer ist der Glaube einmal gewesen: darum brachte ein Geschlecht, dessen Glieder durch Generationen am Altar dienten, den Gottesleugner hervor. Die Bindung an den Glauben war geblieben: nur die völlige Gleichgültigkeit, ein gelassener Atheismus, wenn er in Europa möglich wäre, hätte an die Stelle des völlig überwundenen, aufgehobenen Glaubens treten können. Haß zeugt niemals von Überwindung; für ihn ist das Gehaßte ebenso wirklich, ebenso nah wie für die Liebe ihr Gegenstand. Aber das Leben dieses Glaubensfeindes wurde ganz und gar vom Glauben und den von ihm geschaffenen Werten bestimmt; gegen ihn baute er seine Welt, die bestenfalls stehen konnte, solange ihr der Glaube Widerstand leistete; wäre dieser gefallen, was wäre dann geblieben? Eine Welt, die, sinnlos um sich selber kreisend, ihr Schicksal wiederholte, umgeben vom Nichts, selbst ein Nichts; nach mechanischen Gesetzen umtreibender Staub. Auf ihr hätte der Mensch gedient, so wie der Schöpfer dieser Welt selbst gedient hatte, härteste Zucht sich auferlegend, steigend (aber wohin?) und dabei in solchem Maße leidend, daß er vor Leiden lachte; wer hätte ihm wohl dieses Lachen geglaubt? Wer seine Tänzerfreude, unter der sich das Herz zusammenkrampfte? Aber es blieb ja noch ein Wort, ein Gefühl, das nun aufstrahlte in einem Zauber, den nur ein großer Dichter zu entzünden vermag, ein über alles geliebtes, immer wiederholtes Wort: das »Leben«. Aber war dieses Leben nicht gedichtet von einem, der »nur Narr, nur Dichter« war; und war seine Welt etwa die eines Philosophen? Auch sie war gedichtet; und hatte der große Freund und Widersacher in Bayreuth in diesem einen entscheidenden Punkte nicht recht, als er den Verfasser der »Geburt der Tragödie« einen »verkappten Tragödiendichter« nannte?

Dichtung eines verzweifelnden, in der Kälte des entgötterten Raumes erfrierenden Herzens war diese ganze Philosophie; war auch das »Leben«, das nicht gelebt werden konnte; war der Rausch dieses Lebens und sein Glück. Dichtung waren die Götter; und es ist die Tragik des Dichters, daß ihn seine Gestalten in die letzte, steinerne Einsamkeit führen – und dort verlassen. Denn die Scheinwelt wird nicht zur Welt; sie verdrängt den Menschen, fordert Herz und Blut; aber in der schwersten Not löst sie sich auf, um zu verschwinden vor Gott. Wenn aber Gott tot ist – was dann? Nietzsche dichtete sein tragisches Leben und kam in dieser Tragödie um; wenn auf der Bühne der Griechen der Held stürzte, so erschien die Macht der Götter; der Held empörte sich, aber der Dichter wußte von der endlichen Sinnlosigkeit aller Empörung und ließ die Vergänglichkeit an der Ewigkeit zerschellen; das Irdische mußte untergehen, damit Raum für das Überirdische wurde; wenn aber das Überirdische nicht sein sollte – wohin müßte der Held dann stürzen? Eine tragische Kultur, wie Nietzsche sie wollte und »prophezeite« (»Ich prophezeie ein tragisches Zeitalter ...«), setzte den Glauben voraus; denn tragisch ist nur die Empörung gegen eine unerschütterliche Macht; wurde diese Macht geleugnet, so blieb nur die »ewige Wiederkehr«, der Kreislauf des Stoffes. Äschylos und Sophokles glaubten an die Macht des Göttlichen und stellten die Empörung gegen dieses unfaßbare Göttliche dar; Euripides (dem Nietzsche vielleicht am nächsten verwandt war) löste den Glauben auf und führte die Tragödie zu Ende. Die »Alkestis« ist keine Tragödie mehr, sondern eine Farce.

Der Versuch, ohne Gott zu leben, scheiterte; auch die Wertsetzung, die diesem Versuche dienen sollte, muß fallen: sie kann zu keiner Kultur führen, sondern nur in das Nichts. Dennoch war die Welt in ein Stadium getreten, wo dieser Versuch gemacht werden mußte; daß er ihn auf sich nahm mit allen seinen furchtbaren Folgen: dies ist Nietzsches große geschichtliche Tat; sein Verdienst – und (wenn ein solches Wort erlaubt ist) sein Dienst am Ewigen. Aber auch dieser Versuch, das Unendliche zu vernichten, konnte nur von einem Volke unternommen werden, das, wie die Deutschen, mit ganzer Seele am Unendlichen hing, ja sich von ihm verzehren ließ; dessen ganze Geschichte, solange sie große Geschichte war, im Schatten des Glaubens abrollte; und das, als es mit dieser Geschichte zu Ende ging, das Unendliche wie kein zweites Volk feierte in der Musik, in der Dichtung und in seinem Denken. Zwischen Naumburg und Weimar, auf den Hängen des Saaletals, liegt Schulpforta, das einstige Kloster, dessen Schüler Nietzsche war; dort, in dem engen Kreuzgang, träumte auch Klopstock als Knabe, der vom Unendlichen so trunken war, daß ihm die Gestaltung darüber zerfloß, dort lernte Fichte, der in dem tragischen Übermaß, das ihm eingeboren war, den Deutschen die Losung gab: »Mehr denn alle Unendlichkeit.«

Aber die Straße von Röcken nach Naumburg und Weimar führt auch durch Weißenfels und an dem stillen, ansteigenden Totental vorüber, wo Novalis liegt, der nicht minder trunken war wie Klopstock, trunken vom Raum und der Unendlichkeit und zugleich vom Tod und der Liebe. Er war dem Dionysischen so nahe wie Nietzsche, wenn er ihm auch nicht diesen Namen gab; aber er hatte, wie am Ende auch Hölderlin, einfache, innige Worte gefunden, die Christus gelten und die, als sein schönstes Vermächtnis, auf dem Grabstein des Jünglings stehen: »Wenn alle untreu werden, So bleib' ich dir doch treu.« Und seltsam! War nicht auch Nietzsche am Ende der Erlöser erschienen, nicht im Lichte des Jenseits, aber doch als der unberührbar Reine, Große, dessen Bild in ihm geruht hatte während all der Jahre des Hasses und Streites? Der Antichrist – kämpfte für Christus. Und dem Glauben hatte im Grunde das ganze Leben des Verneiners gedient, nicht nach seinem, sondern nach einem höheren Willen; denn indem es erwies, daß ein Leben ohne den Glauben nicht möglich ist, machte es wieder Raum für den Glauben.

Alle, die auf Erden mit dem Einsatz ihrer ganzen Seele streiten, streiten für Gott. Und vielleicht ist darum das Grab zu Röcken in einem Sinne, der nicht ausgesprochen, kaum angedeutet werden kann, am rechten Ort. Aber auch innerhalb der deutschen Tradition ist es am rechten Ort: an der Straße des deutschen Geistes, deren Ziel nicht mehr zweifelhaft ist.

(Entstanden 1935)

Schopenhauer

Einsam stehest du da, einsam wirst du auch bleiben,
Wer ertrüge die Nacht, die du erlebt und erkannt?
»Hoffnungslos ist die Welt« – sprich's und denk nicht an
Hoffnung!
»Immerfort dreht sich das Rad, niemals änderst du dich!«
– Siehe, die Sonne zerstob und die Farben verblichen,
Qualvoll kämpft die Natur, alle Götter sind tot.
Einsam stehest du da unter gigantischen Trümmern,
Nur der Geist reckt sich auf, wild, in eisiger Nacht.

Siehe, so lebte er hin, glaubend, du würdest ihm folgen,
Warst du nur hierin ein Narr, klügster Mann deiner Zeit?
Laß' es rauschen, das Nichts, Zeit und Mensch und Gewalten,
Du stehst im Strudel der Nacht unveränderlich da!
Sieh' sie folgen dir nicht! Zu wenige nur sind dir ähnlich,
Wessen Blut fließt wie deins, wer hat den Herzschlag von dir?
König wirst du drum sein, aus dem *andern* Geschlechte,
Und um die Stufen des Throns ewig ein närrischer Zug!

(Entstanden 1924)

Begegnung mit Kierkegaard

Der große Däne hat zweimal zu mir gesprochen, in ganz verschiedenen Phasen meines Lebens, jedesmal in einer Krise, zuerst vor fast dreißig Jahren, am wirren Anfang meines Weges, und dann fünfundzwanzig Jahre später. Auf einem seltsamen Umweg – und zwar über Spanien – erreichte er mich das erste Mal; die ungesuchten, die völlig überraschenden Begegnungen erweisen sich ja meist als die sinnreichsten. Ich war leidenschaftlich mit den Schriften des Basken Unamuno beschäftigt, der so viel an unerschrockener Existenz und an Wagemut vorweggenommen hat, was dann von Systematikern verbreitert oder zerredet wurde. Nun, dieser wieder auferstandene Don Quijote, der auf scharfem Felsengrate zwischen Glaube und Unglaube dahinritt, wurde für mich zum Erwecker und zur Geißel; er sagte mir jede Stunde, daß ich in der bisherigen Enge und Gedrücktheit mein Leben nicht verbringen dürfe; daß ich endlich das Dasein wagen solle – und sei es auch ein Unmögliches. Ich hielt mich damals für glaubenslos; erst später begriff ich, daß es die *religiöse* Sprache Unamunos war, die mich bezwungen hatte, nicht seine Philosophie, sondern die Wahrhaftigkeit, mit der er auf seiner Verzweiflung seinen Glauben gründete, in der spanischen Felsenlandschaft, vor dem Nichts, in der Estremadura. Oft redet Unamuno auf seine leidenschaftliche Art einen fernen Bruder an: el hermano Kierkegaard, den Bruder Kierkegaard; in den spanischen Texten stehen dänische Zitate. In der Tat: es ließe sich oft schwer entscheiden, ob Unamuno stärker bewegt ist von Teresa von Ávila oder von dem extremen dänischen Protestanten; bei äußerster Verschiedenheit ist den dreien etwas gemeinsam; es ist das leidenschaftliche »für immer«, der Hunger nach Unsterblichkeit, Glaube aus einem fast zerstörenden Verlangen, aus einem Nichts, einer Negation; es ist die Ehre der Spanier, auf die Kierkegaard einmal hinweist: eine tragische Ehre. Wenigstens habe ich das damals so empfunden.

Ich besitze noch »Die Stadien auf dem Lebensweg« in der wohl anfechtbaren Ausgabe von Christoph Schrempf. Heute habe ich den Band nach so vielen – und welchen Jahren! – zum erstenmal wieder aufgeschlagen. Damals trug ich ihn in jeder Straßenbahn, auf jedem Zuge mit mir herum, unablässig grübelnd über einen Durchbruch, einen Weg ins Freie aus einem verhaßten Beruf, über einen wirklichen Einsatz des Daseins. Ich sehe die Striche, die Anmerkungen an, die dann und wann auf Schriften und Dichtungen Unamunos verweisen – und ich bin noch einmal, der ich war. »O Tod«, schreibt der Däne, in der Verkleidung des Fraters Taciturnus, einer seiner unzähligen Verkleidungen: »ich glaube, man tut dir unrecht. Welche Bedeutung kannst du nicht dem Leben geben.« Das ist genau die Stelle, wo ich lernte, ja zu sagen, wo die Verzweiflung, die Schwermut hinüberzwangen in das Tun, wo die Passion aktiv werden mußte. Doch sind das keine Abstraktionen; es ist ein Entschluß; er wurzelt in der tragischen Beziehung zwischen Mann und Frau. Welche Eingeständnisse Kierkegaards! Über ihnen steht die schmerzliche und doch so stolze Frage: »Darf ein Grenzwächter verheiratet sein?« Und dann die rettende Einsicht: »Das Unsterblichkeitsbewußtsein muß sich auf das Negative gründen.« Und: »Das Dasein kann mit dem Tode nicht zu Ende sein; ich fordre eine Replik.« Er fordert sie aus seinem besonderen Verhältnis zur Frau. Denn das Wesentliche dieser Beziehung ist die Verweigerung, die Unerreichbarkeit, die Idealität, und das heißt: das ganz Reale, der religiöse Grund. So erkennt er: »Ein negatives Verhältnis zu einem Weibe weckt im Manne das Unendliche.« Und das ist offenbar sein Weg aus der Krise, der einen in die andere. Denn nun wird er ganz sicher. Hier ist der Satz angestrichen: » Ich erfasse es: auch mein Leben drückt eine Idee aus, wenn ihr mich auch nicht versteht.«

Das muß damals die Rettung für mich gewesen sein. Noch einmal wird vom Manne in der Beziehung zur Frau gesagt: »Denn er hat sein Leben in der Vernichtung dessen, worin sie ihr Leben hat.« Und dann die Verpflichtung: Es ist für das unechte Metall

»ein tragischer Fall«, daß es für einen Augenblick als echt angesehen werden kann. Nur eins ist zu fürchten: die »unwahre Existenz«. Das ist »die Hauptsache für den, der etwas auf sich hält«. Darum die Absage an den Erfolg. Wer auf den Erfolg sieht, »wird von der Schlange gebissen: vergiftet durch den irdischen Sinn, ist er vergiftet für Zeit und Ewigkeit«.

Das ist die Brücke zur zweiten Begegnung nach fünfundzwanzig Jahren in einer völlig veränderten Welt. Ich meinte, lange den Glauben gefunden zu haben, hatte ihn bekannt. Aber immer heftiger peinigte mich die Frage, was an diesem Glauben Konvention war; ob der »Erfolg« gar etwas mit ihm zu tun hatte; immer schwerer fiel es und fällt es mir, mich Christ zu nennen. Ist das nicht der tragische Fall des unechten Metalles? Und nun endlich redete die »Einübung im Christentum« zu mir. Wieder zitiere ich angestrichene Stellen: »Man hat vollständig vergessen, was existieren heißt.« »Die meisten Menschen existieren im tieferen Sinne gar nicht.« Und wieder die Frage zwischen Wahrheit und Liebe: »Die Kollision entsteht dann, wenn man aus Liebe zu einem anderen Menschen eine Innerlichkeit verbergen und als ein anderer erscheinen muß.« Und was ist nun Wahrheit? Nur das eine, das ganz Unfaßbar-Unmögliche, von mir nie vollzogene: »Die Situation der Gleichzeitigkeit« mit Christus, nicht Vergangenheit, nicht Zukunft, in die beide sich das Leben hinübertäuscht; das Leben sollte einzig sein Religiosität der Gegenwart, nicht Kunst, nicht Rede, sondern Sieg des Leidens Christi über uns, in unserem Schweigen. Das allein ist Existenz. Vor ihr sind Erfolg, Wirkung nicht mehr zu erörtern.

Das führt zurück zu einer der Schriften, die mich zuerst erschütterten; hier ist die Forderung ausgesprochen: das Äußerste zu tun und dann zu verstehen, daß es wenig ist, ja nichts. Darin liegt für mich die unzerstörbare Kraft Kierkegaards, der ich nie genügen konnte – und ohne die ich doch nicht wäre, der ich bin.

(1956)

Jochen Klepper

Allwöchentlich fuhr ich von Potsdam nach Berlin, um in irgendeiner Redaktion einen Aufsatz oder eine Rezension zu vereinbaren, die mir wieder durch die Woche helfen konnten. Wenn ich am Potsdamer Platz ausstieg, stellte sich, fast greifbar, immer dasselbe Bild her: ein unermeßlicher von Tannenwipfeln bedeckter Berghang. Dann ging ich die langen Straßen des Zeitungsviertels hinauf, deren Trostlosigkeit ich nie verwinden konnte. Der Wandel des Jahres 32 wirkte sich auf den Sender aus; ich bekam einen Auftrag, dem ein zweiter folgte. Aber das Manuskript stieß auf Schwierigkeiten: ich sollte darüber verhandeln. Der Bearbeiter war Jochen Klepper. Er saß am Fenster eines hellen Büros an der Masurenallee. Wir verstanden uns nicht oder jedenfalls nicht gut. Sein allzu gepflegtes Äußere, eine gewisse moderne Eleganz mißfielen mir. Eben war sein erstes Buch, der Oderroman vom Kahn der fröhlichen Leute, erschienen, das seiner Frau gewidmet war. An meinem Manuskript sollten Änderungen vorgenommen werden, zu denen ich mich nicht entschließen konnte. Es blieb liegen. Im folgenden Jahre, nachdem die »Hohenzollern« herausgekommen waren, fand ich eines Sonntags die Karte Kleppers und seiner Frau. Als ich ihn in Südende besuchen wollte, stieß ich auf ein mehrstöckiges vornehmes Mietshaus. Ich lebte in unsäglich bedrückenden Verhältnissen, ohne Platz für Bücher, vor einer elektrischen Birne, der ich ein Papierhütchen aufgesteckt hatte, weil mir der grüne Glasschirm zerbrochen war. Ich konnte mir nicht vorstellen, daß ein Schriftsteller so luxuriös wohne, ging um das Haus herum und wagte mich dann die Hintertreppe hinauf. So kam ich – ich glaube im obersten Stock – zur Verwunderung des Mädchens in der Küche an. Das muß Klepper berührt haben. Er hatte alle meine Bücher gelesen und fühlte sich für einen Augenblick in der geräumigen, mit Geschmack eingerichteten Wohnung nicht ganz am Ort. Aber die Sorge war schon eingedrungen.

Frau Klepper hielt sich auf dem Balkon zurück und trat erst vor, als er mich hinausführen wollte. Da ich nie nach Lebensumständen frage, war ich nicht vorbereitet. Der weite Abstand der Jahre hatte etwas Verwirrendes. Dann kamen die zwei Töchter aus ihrer ersten Ehe, die, wie sie selbst, Jüdinnen waren. Klepper hatte eben Plan und Kapiteleinteilung des Friedrich-Wilhelm-Romans aufgesetzt; sie waren von imponierender Sicherheit der Architektur. Grundlage für jeden Teil war ein Schriftwort. Auf dem Wort baute Klepper auf. Und auf dem Wort ruhten auch seine Gedichte. Für ihn war es entschieden, daß die Kunst dem Worte unterworfener Widerklang ist. Aber er ahnte auch, daß ihm ein schweres Ringen bevorstand. Das erste im »Eckart« erschienene vielversprechende Kapitel war noch in zerrissenen Sätzen geschrieben; ich hielt mich für verpflichtet, ihm zu schreiben, daß dieser Modernismus dem Geist des Werkes widerspreche. Er hat viele Jahre mit beispielhaftem Ernste um die Ausgestaltung gerungen, die Versuchungen neuer Pläne, an denen er reich war, zurückweisend. Klepper hat der evangelischen Kirche, der Christenheit, ergreifende Lieder geschenkt. Aber er kann doch nicht einfach als »Dichter der Kirche« klassifiziert werden. Oft sprach er von einem geplanten Voltaire-Roman. Was will es heißen, daß er, mitten im Christlichen, an diesem Vorsatz festhielt; daß er immer die Möglichkeit in sich fühlte, den satirischen Verneiner zu gestalten – was ja durchaus Aufgabe eines christlichen Dichters sein kann, aber eben nicht eines »Dichters der Kirche«.

Entschieden war es auch, daß die Familie in dem Mietshause nicht mehr wohnen konnte. Sie hatten in der Nähe der Berliner Straße ein Grundstück erworben und bauten dort das Haus, wo wir unsere besten und ernstesten Stunden haben sollten. Gegenüber lag ein Laubgehölz, das dem Vogelschutz unterstand. Die Nachtigallen sangen. Wir saßen an einem Karfreitag auf der Terrasse, Jahre später; der »Friedrich Wilhelm« war nach sehr schweren Krisen fertig geworden; ich hatte an diesem Tage mein Englandbuch abgeschlossen. Es war unbegreiflich still. Zwischen uns beiden und unserem Lebensgang bestanden sehr tiefe Entsprechungen, von denen aber nie die Rede war. Auch von der Geschichte seines Geistes sprach Klepper nicht. Und doch mag er einen ähnlichen Weg gegangen sein wie ich. Die Herkunft aus dem Pfarrhause war ihm Führung, wie ich sie nicht hatte: nicht zurück, sondern hinauf in das tragische christliche Leben, dessen Schmerzen der Mensch, der Künstler Klepper wie wenige erfahren und bestanden hat, bis sie ihn endlich übermächtigten. Nach ein oder zwei Stunden häuslicher Arbeit saß er vierzehn oder sechzehn Stunden am Schreibtisch, oft die Stunden nachrechnend, etwa Versäumtes wieder einholend. Mit äußerster Gewissenhaftigkeit durchforschte er die Quellen. Er lebte im Kirchenjahr: die Feste der Kirche waren die seinen; in sie verflochten sich die Geburtstage der kleinen Familie. Die Vorbereitung auf Weihnachten beschäftigte ihn lange. Er verwandelte dann das ganze Haus in Kerzenlicht und bedrängte mich, mit ihm zu feiern. Aber an diesem für mich furchtbaren Abend arbeitete ich so lange wie möglich, öffnete ein etwa eingegangenes Paket und machte dann meinen Weg durch Potsdam ins holländische Viertel; da und dort hinter den kleinen Fenstern erloschen die letzten Kerzen. Erst von Klepper bin ich auf den ganzen Ernst konfessioneller Gegensätze geführt worden. Er rang inständig um ihr Verständnis. Zu meinem Erstaunen entdeckte er in meinen Büchern strenge Katholizität, die ich gar nicht gewollt hatte – ebenso wie in dem Bilde, das Leo von König damals malte. An der Wiedererrichtung des Kreuzes in meinem Leben hat er großen Anteil. Mehr kann Freundschaft nicht sein.

So waren die Kräfte, von denen wir lebten, die uns leiteten, sehr verschieden; der Anstoß war derselbe: die Zeit, die über allen unseren Stunden unbeweglich dunkelte. Immer deutlicher legte sie ihm einen ehernen Verzicht auf, wenn er das Letzte: das Haus, die Frau, die Kinder, die Reinheit seines Strebens behaupten wollte. Der Verzicht muß ihm sehr schwer gefallen sein. Denn er hing durchaus am Weltlichen, hatte Interessen, die ich nicht teilte: für die Mode, den Film, für den er gewiß auch große Begabung hatte. Niemals betrat er ein Haus, wo seine Frau nicht willkommen gewesen wäre, oder den leidenschaftlich geliebten Konzertsaal, wenn sie nicht an seiner Seite war. Die schmähliche Abkehr einiger Freunde – wenn man sie so nennen darf – nach seiner Heirat streifte er kaum; doch hat er sie wohl nicht überwunden.

Sein Leben war an das Haus gebunden, nur im Hause denkbar, und damit auch seine Arbeit. Als ich von Potsdam weg wollte und ein Freund das dem Schloßherrn von Doorn berichtete, sagte der Kaiser: »Dann soll er wenigstens an einem Hohenzollernschreibtisch weiterarbeiten.« Es wurde ein Schreibtisch Friedrich Wilhelms IV. aus dem Marmorpalais ausgewählt: an ihm habe ich gearbeitet, bis ich – nun seit vielen Jahren – nur noch stehend arbeiten konnte. Dieses Geschenk war für Klepper der Anlaß, Möbel für mich zu erwerben oder zu sammeln, damit ich wenigstens in einem gewissen Grade behaust sei. Meine hauslose Existenz quälte ihn. Nun brennen an ernsten Festtagen noch immer die Kerzen in den von ihm geschenkten Leuchtern auf dem Schreibtisch Friedrich Wilhelms IV., eines von mir in allen seinen Schwächen geliebten, tragischen Königs. Denn in ihm wird die Hohenzollerntragödie ganz deutlich, aber auch die moderne Königstragödie überhaupt: das Ringen um umfassende Inhalte, die Grundlegung des Kaisertums, an der Friedrich Wilhelm IV. und noch Wilhelm II. und damit das Reich in seiner letzten epigonischen Gestalt gescheitert sind.

Noch in Südende auf der Straße, als Klepper mich zum Omnibus begleitete, erzählte er mir von dem ihm aufgehenden Lutherroman, ganz erfüllt von der apokalyptischen Stimmung der letzten Wittenberger Jahre. Es wäre ein sehr ernstes, aufwühlendes und bestürzendes Werk geworden. Doch hätte ihm die Sattheit des Lebens, die dem Dasein Luthers ebenso eigen ist wie die Düsternis und die Demut, der Eigenwille und die Kindlichkeit, nicht gefehlt. Hier hätte sich das Schlesische in Klepper mit Luthers thüringischer Art verschmolzen. Was will es heißen, daß Luther dieselbe Frau, »mein Keta«, die »Säumärkterin« nannte –, sie verkaufte die gezüchteten Säue auf dem Wittenberger Markt – und an anderer Stelle bekannte, daß sie ihm so teuer sei wie der Galaterbrief; »mein Galaterbrief, mein Keta«. Damit deutet sich die beispiellose Schwierigkeit an, vor die Klepper gestellt war; sein Ende war eine menschliche, eine christliche und eine künstlerische Tragödie. Er war dem Wort unterworfen – in der Bibel, durchaus nur in ihr, im Buch nur, war das Heil der Welt – und dem Erneuerer des Worts; es war ihm nicht erlaubt, Unverbürgtes von Luther zu sagen: und er war doch Dichter, angewiesen auf die Gnade der Phantasie. Das Problem des Lutherromans scheint mir unlösbar wie das der christlichen Kunst. Aber es ist doch möglich, daß Klepper an seiner Stelle eine Lösung gefunden hätte. Wäre er aber vor dem letzten Gipfel gescheitert, so hätte er eben damit das Wesen der christlichen Kunst dargetan, die bis hinauf zu Dante, zum Äußersten, was er gewollt hat, ein Scheitern ist.

Auch das Haus in Südende sollte Kleppers letztes nicht sein; die Staatsbaumeister entwarfen, blind im Angesichte der Katastrophe, die phantastischsten Projekte und beschlagnahmten das Gelände für die Ruinen von Selinunt. Unter unsäglichen Mühen, mit zähestem Geschick erwarb die Familie ein Stück Erde in Nikolassee, schmal wie ein Handtuch: während er auszog und wieder baute, dichtete Klepper am Lutherroman, dem »Ewigen Haus«. Es sollte der Eingang ins Ewige sein, dunkles Tor. Zum letztenmal sprachen wir uns im Dezember 41 in Berlin durch das Telefon. Ich hatte den törichten Argwohn, daß er meinen Besuch nicht wollte: ich hätte mir sagen sollen, daß er ihn mir freistelle, weil er nicht wollte, daß ich mich belaste. Seine Frau besuchte mich in Freiburg, schattenhaft durch die Menschen gleitend, so wie sie mir dann an einem Maitag im Menschengewühl am Zoo entglitt. Oft sprach er davon, daß er mich nach dem Krieg in Freiburg besuchen wolle; aber er ist meines Wissens auf seiner letzten Reise nur bis zum Main gekommen. Er war durchaus ein Mensch des nach Osten gewendeten Nordens, der großen Ebene zwischen Wittenberg und der Oder. Sein Geschick ist nur deutbar aus seiner Auffassung von der Ehe; er fühlte sich eingefordert für das Heil seiner Frau und ihrer Kinder, für die Heimführung Judas. Denn das ist das Wort des Apostels, daß der Mann dem Weibe, das Weib dem Manne zum Heil sein sollte. Daß er Frau und Kinder zu Christus führe, war Kleppers Auftrag. Er hat ihn erfüllt. Als ihm aber die Macht des Verbrechens die gelobte Gemeinschaft und Verantwortung nicht mehr erlaubte, nahm er seine Frau und die jüngste Tochter an der Hand und eilte zu Gott, ehe er sie gerufen hatte. Das war ein Akt des Glaubens: schütze, die ich nicht mehr schützen kann! Es war ein Selbstmord unter dem Kreuz, dem Zeichen der Liebe. Das Problem stellt sich in einer Gestalt, auf die es keine Antwort gibt.

(1954)

III. Widerstand im Zeitalter der Verblendung

St. Pauls's

Aus dem kleinen Geschäftshause einer Seitengasse in Heiligenstadt auf dem Eichsfeld lärmte die verhaßte Stimme ihre Rede zum 30. Juni. Ich war von Dingelstedt zu der in einem Brunnenhause gefaßten Quelle der Unstrut hinaufgestiegen und hatte aus ihr getrunken. Es schwebte mir eine Lebensbeschreibung des Flusses vor; auch wollte ich in seinem Spiegel das wunderbare Zusammenwirken politischer, geistiger, religiöser Geschichte auffangen, das sich in dem stillen Wiesengrunde und seinen Seitentälern ereignet hat; über den Feuerschein der Schlachten und Aufstände sollten die Bilder großer Werke gleiten, die in der Stille gediehen sind oder aus ihr kamen, aber doch nicht sein können ohne Erschütterung. Die letzten Ereignisse zerstörten alles. Ich fühlte mich besudelt. Aber auch die deutsche Geschichte war mir entfremdet. Denn ich konnte nicht leugnen, daß die sich vollziehende Parodie des Reiches in Zusammenhängen geschah, daß nicht ein Gedanke neu war. Neu war nur die beispiellose, folgerichtige Roheit des Vollzuges. Gewiß hätte der Strom sich ein anderes Bett wühlen können, riß er vieles ihm nicht Zugehörende mit; aber seine Wucht war doch das Gefälle deutscher Geschichte. Damit zerbrach auch ein größerer, vielleicht mein liebster Plan: ich wollte in einem dreibändigen Werke die drei großen Kaisergeschlechter des Mittelalters darstellen. Aber ich war zu aufgebracht, ich hätte die Distanz, die bändigende Kraft nicht gefunden. Der Widerspruch zur Zeit hätte mir die Hand geführt und die Gestaltung verdorben.

Der Anruf des Zufalls zog mich nach London. Man konnte über Hamburg jene kümmerlichen kurzfristigen Reisen machen, für die es keiner Devisen bedurfte. Ich stieg in London Bridge aus und ging über die alte Brücke zum Tower. Nur die Erinnerungen bewegten mich, kaum das Bauwerk selbst. Draußen, etwa an der Stelle, wo zur Zeit Heinrichs VIII. das Blut der Märtyrer geflossen war, malte ein Künstler der Straße mit farbigen Kreiden Hindenburg auf den Zement: das war der große Name des Augenblick. Dann ergriff mich das Leben des alten Highway, der Duft der fast südlichen Kaufgewölbe – ein Gemisch aller Arome, der Orangen, des Kaffees, der Gewürze, der Fische –: der Herzschlag der Stadt und Macht. Ich betrat St. Paul's, skeptisch, ohne etwas zu erwarten. Es war nachmittäglicher Gottesdienst in fast leerem Raum. Aber dieser Raum, den die fahlen Lichtbahnen durchkreuzten, war erfüllt von einem bedeutenden religiösen Gehalt. Er erschütterte mich. Als ich die Stufen hinabging, hatte ich den Plan zu einem Buche, das »Die Entscheidung Heinrichs VIII.« heißen sollte: es sollte die Frage stellen nach der von Heinrich gebildeten, erzwungenen religiösen Form in ihrem Verhältnis zur englischen Macht, zum Empire. Der Plan entfaltete sich wie eine aufspringende Knospe auf dem Wege nach Westminster. Nicht in den Häusern, den Steinen ist Geschichtliches gegenwärtig, nicht in den Bauformen: aber es ist von unerhörter Gewalt in den Straßenzügen, Winkeln, Schnittpunkten. Es war von höchster Bedeutung, daß nach dem Great Fire (1666) die Stadt nicht nach dem symmetrischen Plane Wrens aufgebaut wurde, sondern sich im wesentlichen an die alte Linienführung hielt. Die Architektur ist in diesen schmalen, hochgebauten, von Rauch und gelbschwarzem Nebel erfüllten Straßen von weit geringerer Bedeutung als der Grundriß. Aber hinter der englischen Macht erschien eine andere in unabweisbarer Präsenz: das Rom der Cäsaren. Wenn es, nach der Lehre des Polybius, einen Kreislauf der Verfassungen gibt, so auch einen Kreislauf der Machtformen. Rom ist, wie es der unvergleichlich universale Blick Rankes gesehen hat, »die größte Werkstätte der Macht«: Werkstätte also, in der die Formen der Macht gegossen werden. Die Ära, der wir zugehören, in der wir atmen, wird enden, wenn der römische Anspruch nicht mehr getragen wird, aber sie endet auch, wenn das Leiden Griechenlands ihn nicht mehr durchdringt, diese Passion der Jahrhunderte, die in gleichem Grade geschichtliches Dasein ist wie die Expansion und Behauptung der Weltmacht.

Dieses Erlebnis begegnete einer inneren Geschichte, die ich mir nicht hinreichend vergegenwärtigen kann. Ich sah plötzlich das Ringen um den Glauben und seine Daseinsform auf dem Scheitelpunkt der Geschicke. Anderthalb Jahre zuvor schlug der Inselverlag als Titel eines kleinen Buches über deutsche Städte »Kreuzwege deutscher Geschichte« vor, da meinem eigenen Titel eine andere Publikation zuvorgekommen war. Ich widersprach entschieden. Es widerstrebte mir durchaus, die deutsche Geschichte unter das Kreuz zu stellen. Auch ich wollte mich nicht darunter stellen, ich wollte nicht Christ sein. Ich mußte es werden. Denn ich war es von Anfang. Auch im Geistigen und Religiösen können Genotyp und Phänotyp auseinanderfallen; wie wir vererben können, was wir nicht darstellen, so können wir auch sein, was wir einmal werden und was unseren Überzeugungen und Worten widerspricht. Die sakramentale Prägung, die ich unwissentlich getragen hatte, setzte sich durch. Christus hat das Leiden vergöttlicht. Er hat die Wundmale des Hasses und der Schande als Siegeszeichen der Liebe emporgetragen in das Geheimnis der Gottheit. Sein Kreuz ist aufbehalten in den Himmeln. Es wird ihm voranleuchten, wenn er wiederkommt. Und mit den Wundmalen wird er vor uns, vor den Spielern des ausgespielten Weltdramas, erscheinen. Dieser Anblick wird uns vernichten. Dieser Anblick wird uns retten. Aber auf die Verehrung des vergöttlichten Leidens war meine tiefste Natur gerichtet; nichts war mir so gemäß, denn, wie Gregor der Große sagt, einem dunklen Gemüt kann nur durch den Anblick des Leidens geholfen werden. Es war nur die Härte der unverrückbaren Wahrheit, die meinen Protest erregte. Wir wollen nicht sein was wir sein sollen und wir wollen es doch. Die Zeit arbeitete mit. Sie war das furchtbare Werkzeug der

Gnade. Nach jenem Gespräch am Charlottenburger Bahnhof, das die Leiden der Verfolgten enthüllte, schrieb ich die kleine Erzählung »Der Tröster«. In ihr war die christliche Wahrheit von der Stellvertretung als Nachfolge unvermittelt da. Das Leiden in den Lagern und Gefängnissen ging mir nun nicht mehr von der Seele. Da ich dies schreibe, finde ich das Wort Taulers: »Wohin Gott durch das Leiden mit dem Menschen wolle, dahin folge er Gott und ergebe sich in seinen göttlichen Willen.« Und Pascal, der so vieles erkannte und lebte, was ich suche, wußte: nur Seine Wunder können wir erreichen; Geschichtszeit ist Seine Agonie. Aber ich schlug an einem Weihnachtsabend in Potsdam die Heilige Schrift auf – ich hatte sie mir als Knabe in Luthers Übersetzung gekauft – und floh nach wenigen Kapiteln auf die kalte dunkle Straße. Denn es war ja klar: unter diesem Anspruch der Wahrheit kehrt sich das Leben um. Dieses Buch kann man nicht lesen, wie man auch die Exerzitien des hl. Ignatius nicht lesen kann. Man kann es nur tun. Es ist kein Buch. Es ist Lebensmacht. Und es ist unmöglich, auch nur eine Zeile zu begreifen, ohne den Entschluß, sie zu vollziehen. Darauf beruht ja die härteste. Unmöglichkeit menschlicher Verständigung, daß den Glauben nur versteht, wer glaubt – daß wir erst glauben lernen, wenn wir beten, und doch nur beten können, wenn wir glauben. Christus hat nicht geschrieben und nicht zu schreiben befohlen. Er hat nicht »gedacht«. Er hat gelebt; er ist lebendes Wort. Und auch heute redet das Buch nur, weil er lebt und weil wir im Lichte des über die Welt gesandten Geistes das Licht sehn.

Da ich nun versuchte, englische Geschichte zu begreifen, stand Christus überall vor mir als Macht. Ich wagte es, den Umrissen eines Heilsplans nachzuspüren, der Frage des Menschen, der Antwort des Herrn. Aber ich hatte die Liebe zum Reich, dessen Geschichte mir entglitten war, nicht verloren: ich erblickte auf der britischen Insel die Geschichte des »Gegenreichs«. Es mußte kommen, weil nicht geschehen war, was hätte geschehen sollen.

Im folgenden Jahre fuhr ich wieder nach England, wenigstens

für einige Wochen. In dem kleinen Hotel in einer Seitenstraße, nahe am Trafalgar Square, steckte das alte Fräulein im Büro auf eine Frage die Daumen in die Ohren, indem sie die Handflächen fächerartig ausbreitete: »I am deaf.« Unter einer Melodie, wie ich sie seit Kindertagen nicht gehört, versammelten sich im Hyde-Park die Nurses mit ihren Kinderwagen vor einem altmodischen Kiosk. In unstörbarem Frieden grasten die Hämmel unter St. Albans und auf den herben Hügeln Yorkshires; um alle Gräber blühten überschwenglich die Narzissen, die Krokus auf den Wiesen um Ely über dem Wash. Traumhaft schimmerte zwischen den Steineichen die gelbe Fassade von Wells. Unter dem Glockenschlag von Beverley in einem großen englischen Bett, dessen Linnen mit einer Wärmpfanne angewärmt wurden, fühlte ich mich geborgen. Das war nur ein Steigen, Sinken der Türme, Sich-Öffnen, Verdämmern geweihter Hallen, Vorüberkreisen der Städte bis hinaus nach Edinburgh, wo der Raum endet. Der kühne starre Schloßfelsen über dem Friedhof, die dunkeln regennassen Hofschächte und finstern Fronten, die steinübersäten Felder und die Kreuze von Meirose redeten zu mir ein todernstes Wort. Calvin und John Knox sind mir in Genf nicht näher gewesen als hier auf dem Grabe einer verwegenen Tradition. Aber die verklungene schottische Melodie schwingt in den Schicksalen fort wie der Harfenton Irlands, der Mönchschor von Anglesey, die Zaubersprüche von Wales, und immer wieder die mächtige Stimme des Königlichen Priesters Columba und die Geschichte der Stuarts, die wie ein Sturz vom Pferde ist und der verschallende Ruf der Hörner: Ballade, Rittertum, Abenteuer.

Am ersten Tage der zweiten Reise hatte ich morgens in London das Gefühl einer ungeheuern unabwendbaren Katastrophe. Wenige Tage darauf, in Lincoln, meldeten die Zeitungen, daß die Wehrpflicht in Deutschland eingeführt wurde. In dieser Perspektive sah ich alles: England, die Europa vertretende Macht vor der äußersten Bewährung, vor der Behauptung im Untergang. Der Ausfahrt der Entdecker, Eroberer, Kaufleute entgegneten die

Kontinente, dem Gegenreich die schuldhafte Travestie des Reichs. Dahinter stand das unbewegliche Antlitz Roms. Dieses Antlitz hat Shakespeare klar hinter England gesehen; der Tower ist von Cäsar gegründet. Im Macbeth ist alles gesagt, was von der Macht gesagt werden kann; er ist Prolog und Epilog zugleich, was nur von wenigen Werken gilt. Denn Shakespeare stand an der Stelle, wo der große Bruch geschah und Vergangenheit und Zukunft aufklafften: die Zukunft mit ihrer Glorie und dem sie verschlingenden Gewitter. Während der Arbeit an meinem Buche las ich neben den Quellen nur Shakespeare und die griechischen Tragiker; ich machte mir das zu einem strengen Gesetz. Das Tragische widerspricht dem Christentum nicht. Auf seinem eigensten Boden: dem repräsentativen Ort abendländischer Geschichte war ich vor das Kreuz gelangt. Und nun enthüllte sich auch das Kreuz, das von Anfang in meinem Leben stand. An einem Neujahrstag, 37 oder 38, ging ich in Potsdam zum erstenmal zur heiligen Messe seit vielleicht zwanzig Jahren. Ich kam wie einer, der die Sprache verlernt hat, in die Heimat. Aber ich hatte die Sprache der Heimat nie erlernt, und nun, langsam, indem sich mir alle Lebensumstände umkehrten, versuchte ich sie zu lernen. Ich war auf die objektive Wahrheit gestoßen; die Wahrheit in Fleisch und Blut und zugleich göttliche außerweltliche Macht. Sie ist für mich die einzige Macht, die ein Leben aus den Angeln heben kann.

(1954)

⟨Allein den Betern⟩

Allein den Betern kann es noch gelingen,
Das Schwert ob unsern Häuptern aufzuhalten
Und diese Welt den richtenden Gewalten
Durch ein geheiligt Leben abzuringen.

Denn Täter werden nie den Himmel zwingen:
Was sie vereinen, wird sich wieder spalten,
Was sie erneuern, über Nacht veralten,
Und was sie stiften, Not und Unheil bringen.

Jetzt ist die Zeit, da sich das Heil verbirgt,
Und Menschenhochmut auf dem Markte feiert,
Indes im Dom die Beter sich verhüllen,

Bis Gott aus unsern Opfern Segen wirkt
Und in den Tiefen, die kein Aug entschleiert,
Die trocknen Brunnen sich mit Leben füllen.

(1941)

Der Antichrist

Nach Luca Signorelli

Er wird sich kleiden in des Herrn Gestalt,
Und Seine heilige Sprache wird er sprechen
Und Seines Richteramtes sich erfrechen
Und übers Volk erlangen die Gewalt.

Und Priester werden, wenn sein Ruf erschallt,
Zu seinen Füßen ihr Gerät zerbrechen,
Die Künstler und die Weisen mit ihm zechen,
Um den sein Lob aus Künstlermunde hallt.

Und niemand ahnt, daß Satan aus ihm spricht
Und seines Tempels Wunderbau zum Preis
Die Seelen fordert, die er eingefangen;

Erst wenn er aufwärts fahren will ins Licht,
Wird ihn der Blitzstrahl aus dem höchsten Kreis
Ins Dunkel schleudern, wo er ausgegangen.

(1939)

⟨Nun baut der Wahn⟩

Nun baut der Wahn die tönernen Paläste
Und läßt sein Zeichen in die Straßen rammen;
Er treibt das blindverwirrte Volk zusammen
Vom Lärm zum Lärme und vom Fest zum Feste.

Schon reißt der höllische Schwarm verruchter Gäste
Die Letzten mit, die bessrer Art entstammen,
Und tanzend in des Hasses grellen Flammen,
Entweihn sie noch der Toten arme Reste.

Jetzt ist die Zeit, das Kreuz des Herrn zu lieben
Und auszufüllen jeden unsrer Tage
Mit Opfer und Verzicht und heißen Bitten.

Es wird das Wahnreich über Nacht zerstieben
Und furchtbar treffen uns des Richters Frage,
Ob Stund' um Stunde wir Sein Reich erstritten.

(1944)

Las Casas vor Karl V.

Der Sitz des Kaisers stand, nur wenig erhöht, der langen und breiten Tafel gegenüber, an der sich die Mitglieder des Indienrates, die geistlichen und weltlichen Gelehrten und die beiden Opponenten niedersetzten. Die dem einfachen Sessel zugekehrte Seite der Tafel blieb frei. Mancher unter den Versammelten mochte sich noch des ersten Einzugs des jungen Kaisers in Valladolid erinnern und des großartigen Schmuckes, in den sich die Stadt kleidete, als sich der habsburgische Erbe der Vereinigten Königreiche auf hohem Throne huldigen ließ; nun bereiteten seine Diener sein Erscheinen vor, indem sie den Räumen, wo er erwartet wurde, eher etwas nahmen als zutrugen. Dem Sitze gegenüber saß der Kardinal Loaisa von Sevilla, der Präsident des Indienrates; die beiden Gegner besetzten die Enden der Tafel, Sepulveda verschlossenen Gesichts sich über seine Papiere beugend, Las Casas die Stirn an die aufgestützten gefalteten Hände lehnend, ohne die vor ihm liegenden Blätter zu beachten.

Als die Tür sich öffnete, erhoben sich die Versammelten; zwei Räte des Kaisers, die zwischen der Tür und dem Sessel ihren Herrn erwarteten, verbeugten sich tief, dann verneigten sich die Geistlichen und Doktoren. Karl trat ein, das Barett auf dem Kopfe und auf einen Stock gestützt; hinter ihm schritten zwei Edelpagen, deren einer rasch vortrat, als der Fürst sich anschickte, die niedere Stufe emporzusteigen. Der Kaiser legte dem Knaben die Linke auf die Schulter und bediente sich seiner Hilfe noch, als er sich langsam in den Sessel niederließ; dann gab er den Versammelten durch ein kurzes Nicken zu verstehen, daß sie sich setzen sollten. Nun erst überblickte er sie, mit fast gleichgültiger Kühle; er gewahrte Las Casas am linken Ende der Tafel und grüßte ihn mit einem leisen, nachdenklichen Lächeln, für das der Mönch dankte, indem er sich ehrfürchtig erhob. Unter dem schmucklosen Mantel Karls blinkte die Goldkette des Vlieses, aber er zog das schwarze Tuch zusammen und schaute sich suchend um; einer der Pagen eilte an die Feuerstelle und ließ die nur mäßig unterhaltene Glut stärker aufflackern. Indessen hatte sich der Kaiser Papiere reichen lassen, die er durchsah, indem er die Brille in einer gewissen Entfernung vor die Augen hielt. So verging lange Zeit in völligem Schweigen; dann und wann nur sprach der Fürst eines der gelesenen Worte halblaut nach. Endlich sah er mit müden, leicht geröteten Augen auf, verwahrte die Brille, gab die Schriften zurück und bedeutete dem Kardinal von Sevilla mit einem Wink, daß er beginnen solle. Besser als ein jedes Wort, erklärte der Kardinal, nachdem er langsam aufgestanden war, belege die Anwesenheit der kaiserlichen Majestät die hohe Bedeutung der Versammlung. Fast könne es den Anschein haben, als ob ein literarischer Streit in den vergangenen Tagen hätte verhandelt werden sollen; doch wisse ein jeder, daß der Doktor Sepulveda sein Buch über die gerechten Gründe des Krieges gegen die Indios nicht geschrieben habe, um durch seine Gelehrsamkeit zu glänzen; diese habe ihm ja, wie der Kardinal mit einer leisen Wendung zu dem Genannten hinzufügte, längst das Vertrauen seines kaiserlichen Herrn und den verdienten Ruhm eingetragen; es sei ihm vielmehr darum gegangen, die Rechte Spaniens auf die Neue Welt zu wahren und die Maßnahmen der spanischen Regierung gegen Andersdenkende in Schutz zu nehmen und als rechtmäßig zu erweisen. Niemals dürften die Gegner des Doktors vergessen, daß er sich auf den Rat treugesinnter Männer für das Teuerste einsetze, das er im Gange seines Denkens und Forschens erkannt habe. Um der Ordnung willen und um seinem Vaterlande zu dienen, habe er seine These verfochten; freilich, wenn der Vater Las Casas die Veröffentlichung dieses Buches, nachdem es bereits die Billigung hoher Behörden gefunden, in Spanien bisher vereitelt habe, so sei das gewiß nicht aus Neid auf des Doktors Ruhm geschehen; wenigstens sei unter allen Vorwürfen, die dem Vater Las Casas seine Tatkraft eingetragen, der Vorwurf der Ruhmsucht niemals laut geworden.

Es hätte ein Zweifel bestehen können, ob die leise Ironie dieser Worte den Pater in Schutz nehmen oder ob sie ihn anklagen sollte, und in der Tat erlosch der Widerschein gedämpfter Spottlust auch nur zögernd auf einigen Gesichtern, während der Redner fortfuhr: Ihm stehe es heute zu, einen jeden der Opponenten nach Möglichkeit zu verstehen und die Entscheidung höherer Einsicht zu überlassen; träfen doch in den beiden Gegnern ein Für und Wider zusammen, die beide tief in der Geschichte Spaniens wurzelten und diese Geschichte seit langem bewegten, so daß wohl so mancher bekennen müßte, sowohl den Vater Las Casas wie den Doktor Sepulveda in sich zu tragen. Die Wahrheit freilich könne nur eine sein und müsse gefunden werden.

Nicht also aus Gelehrtenneid habe Las Casas die Unterdrükkung des Buches betrieben, sondern weil er der Überzeugung sei, daß des Doktors Sätze falsch und widerchristlich seien; daß die Indios als Freigeborene wohl bekehrt werden müßten, aber auf keine Weise zum Glauben gezwungen werden dürften. Damit fiele aber auch der größte Teil dessen, was bisher im Namen der spanischen Könige in der Neuen Welt unternommen worden sei, unter das Verdammungsurteil des Mönchs.

Wenn es wahr sei, daß das Kreuz aus eigener Kraft, nicht unter dem Schutze des Schwertes und des Staates, in dessen Händen das Schwert ruhe, sich ausbreiten solle über die Erde, so hätte Kolumbus, als er den Boden Guanahanis betrat, das Schwert auf dem Schiffe lassen sollen, und die Spanier hätten nur Märtyrer, nicht Krieger über das Meer senden dürfen, wie ja auch in Wahrheit unter den Völkern des Westens mehr Spanier zu Märtyrern geworden seien, als jemals die Chronikenschreiber und nicht zuletzt der Vater Las Casas selbst, der, wie bekannt, seit langem an einer Geschichte der Neuen Indien mit großem Eifer arbeite, der Welt jemals melden könnten. Dann geschähe Tag für Tag himmelschreiendes Unrecht unter dem Namen kaiserlicher Majestät; denn noch immer schwängen die Spanier in den wilden Gebirgen Perus und Chiles, wo der Ölbaum nicht eben üppig gedeihe, das

Schwert, und man müsse sich das Unrecht, das nach der Meinung des Mönches begangen werde, deutlich vergegenwärtigen in seiner Furchtbarkeit, um die Forderung, die er erhebe, nicht für vermessen, ja für wahnwitzig zu halten.

Ein kühneres Ansinnen sei freilich niemals gestellt worden, und auch die Freunde des Las Casas dürften diesen Umstand nicht verhehlen. Denn Ordnung und Leben in der Neuen Welt müßten, sofern es erfüllt werden sollte, wenn auch vielleicht langsam, so doch völlig umgestoßen werden. Die Indios müßten in die Rechte wieder eingesetzt werden, die sie vor der Entdeckung innegehabt hätten; zu untersuchen, was den Spaniern alsdann noch bliebe, sei in dieser Stunde nicht der Versammelten Sache; er, der Redner, habe nur darauf hinzuweisen, daß der Streit, den Las Casas nach ernster Prüfung aufgenommen, die ungeheuersten Folgen haben könne und an dem Punkte, wo die Verhandlungen angelangt seien, nichts Geringeres fordere als die Entscheidung darüber, ob alle Beziehungen zwischen dem Mutterlande und den Pflanzstaaten und die Lebensverhältnisse jenseits des Meeres von Grund aus verändert werden sollten. Denn die größte aller Veränderungen bringe der Wandel des Geistes hervor; und auf den Eingang einer neuen Idee in die geschichtliche Wirklichkeit ziele die Forderung des Las Casas. Ihm gehe es darum, die völlige Freiheit der Menschen vor Gott im spanischen Weltreich zu begründen und dessen Gefüge im ewigen Recht einzusenken. Vermessen sei es aber, angesichts der kaiserlichen Majestät die Folgen zu erörtern, die ein solcher Wechsel im Lauf der Jahre auf den Wohlstand Spaniens, den Stand der kaiserlichen Kassen, endlich auf die Weltpolitik des Kaisers ausüben müsse; sei doch eben jetzt der Augenblick gekommen, da der Kaiser nach seinem heldischen Kriege gegen die Ungläubigen in Algier sich als Einiger des Glaubens und Wiederhersteller der tief erschütterten alten Ordnung zu erheben gedenke. Und so sei die letzte Frage, die hier erhoben werde, fuhr der Kardinal mit gesenkter Stimme fort, vielleicht an das Gewissen der Majestät gerichtet; ob etwa das Ansinnen des Vaters Las

Casas Gottes Gebot näher komme als die Lehre Sepulvedas und welche Opfer an irdischer Macht und vielleicht sogar an irdischer Verpflichtung ein von Gott gesetzter Amtsträger verantworten könne in dem Bemühen, seiner Verpflichtung vor der Ewigkeit gerecht zu werden: dies könne von keinem der berufenen Geistlichen und Gelehrten mit unmittelbarer Wirkung auf die Geschichte entschieden werden.

Ihm jedoch, fügte der Redner hinzu, indem er von diesen fast persönlichen Worten zum Schluß seiner Rede überging, stehe es jetzt nicht an, sein eigenes Urteil abzugeben; er habe dies während der Verhandlungen getan; heute sollten allein die Opponenten vor des Kaisers Majestät ihre Sache vertreten, und zwar nicht im gelehrten Streite, der längst ausgefochten und zu Papier gebracht worden sei, sondern als das persönliche Anliegen, dem ein jeder auf seine Weise mit derselben Festigkeit ergeben sei. Wohl gäben ja die Gründe den Ausschlag in Regierungsgeschäften; doch forderten es Gerechtigkeit und Klugheit, auch die Sprecher der Gründe anzusehen und zu prüfen und ehrlichen Eifer, wo immer er auftrete, mit einzuschätzen. Da nun die Disputation sich vor einiger Zeit nicht gerade zugunsten des Vaters Las Casas gewendet habe, so sei es vielleicht, wenn der Kaiser das erlaube, billig, dem Pater den Vorteil der ersten Rede und, wenn es sein solle, des Angriffs zu überlassen.

Der Zug ernster, kühler Aufmerksamkeit auf dem Gesicht des Monarchen entspannte sich nicht, als sei keine Unterbrechung, keine Frage geschehen.

»Ich weiß nicht«, begann Las Casas, der nach kurzem Warten aufgestanden war, »wie ich meiner Sache noch helfen soll, wenn sie sich nicht selber hilft mit der Kraft der Wahrheit. Denn was wahr ist, habe ich gesagt. Auch sind wir, glaube ich, nicht zusammengekommen, um die Geschäfte der Erde und über die Schicksale der Staaten zu verhandeln; dazu bedürfte es weiserer Männer, als ich bin. Aber wir sind da, um uns über das Einfachste zu verständigen: darüber, wie das Gebot unseres Herrn und Heilands, der für alle Menschen gestorben ist, befolgt werden soll, und auf welche Weise wir alle, ohne die Folgen unseres Tuns für zu groß und Gottes Wirkung für zu gering anzusehen, arbeiten sollen an der Verbreitung seines Reiches.

Der Herr hat seine Apostel ausgesandt, die Völker zu taufen; und die Apostel gehen noch über die Erde und werden Arbeit haben, bis er sie abruft. Und unser ganzes spanisches Volk ist vom Herrn mit diesem Apostelamt betraut worden; die edle Königin Isabella war des Herrn Werkzeug, als sie Kolumbus, einen ehrlichen und einfachen, aber in vielen Dingen unwissenden Mann, dem später böswillige Feinde so bitteres Unrecht zufügten, erhörte und ihn Schiffe ausrüsten ließ. Dafür muß unser Volk unabänderlich leben; Gott hat es gewollt, daß wir die Neue Welt entdecken und den Völkern, die er längst darauf vorbereitet hat, das Kreuz bringen. Gott wird uns einmal fragen, ob wir getan haben, was er uns aufgetragen hat; an diesem Auftrag werden wir gerichtet werden. Wenn ich den Doktor Sepulveda recht verstanden habe, so ist er mit mir derselben Meinung, daß dies unsere Aufgabe ist. Und nur weil wir in den Neuen Indien nicht Reiche gewinnen sollen, sondern Seelen, wage ich es, der ich schlichtes geistliches Gewand trage und oft mich herzlich nach der Stille des Klosters sehne, vor den Rat zu treten.

Einig sind wir, wie ich glaube, auch darin, daß Gott den Menschen frei geschaffen hat und vor ihm kein Unterschied zwischen den Menschen ist. Aber der Doktor meint, daß wir die Völker unterwerfen sollen, um sie zu bekehren und ihnen auf eine Weise, die ich mir nicht völlig klarmachen kann, nach der Unterwerfung die Freiheit des Christen bringen sollen. Wer aber von einem Apostel des Herrn getauft wird, der wird aufgenommen in den Neuen Bund und seiner Sünden ledig; der Irrtum, in dem er zuvor gelebt hat, kann ihm nicht mehr zur Last fallen. Nun ist er Christ, steht er unter dem Gesetz des Christen; er hat ein neues Menschentum empfangen, dem er treu bleiben muß, wenn er der ewigen Strafe nicht verfallen will. Darauf kommt alles an, daß die Taufe einen neuen Menschen macht. Wollten wir an einem Getauften das ahnden, was er als Ungetaufter getan, so könnten wir ebensogut für eine Untat einen Unschuldigen büßen lassen, der mit dem Täter nichts gemein hat. Unser Herr hat die Welt völlig verwandelt, als er kam; und er verwandelt einen jeden Menschen, zu dem er kommt. Taufen wir, so haben wir kein Recht, die Abgötterei zu strafen; taufen wir nicht, so haben wir kein Recht, nach den Indien zu fahren. Darum erachte ich die Kriege gegen die Indios für unerlaubt, die Sklaverei für unchristlich.«

Der Sprecher brachte diese Sätze wie unter einer schweren inneren Nötigung hervor; es war ihm an manchen Stellen anzumerken, daß ihm ein heftiges Wort auf der Zunge lag, das er niederzwang. Er danke, antwortete Sepulveda, dem Pater für seine Mäßigung und ganz besonders dafür, daß er das ihnen Gemeinsame hervorgehoben habe; seien sie doch, wie er zu seinem ehrlichen Schmerze bekenne, manches Mal in Gefahr gewesen, dieses Gemeinsame zu vergessen. Las Casas habe von sich selbst, seiner Sorge um die Erfüllung des Auftrages Gottes gesprochen; auch er müsse um der Sache willen ein Wort von sich selber reden. Nur mit großem Widerstreben habe er auf die Aufforderung des Kardinals von Sevilla in seinem Buche die Gründe für die Kriegsführung der Spanier in den Neuen Indien dargelegt, erhärtet und unter Beweis gestellt; er habe es getan in, der Überzeugung, damit dem Glauben einen Dienst zu leisten. Denn wie dem Glauben geholfen werden solle, wenn nicht durch einen geordneten Staat? Zugleich habe er es freilich auch getan, weil ihm die Ehre des Kaisers, der ihm mannigfache Gunst erwiesen und ihn zu seinem Historiographen erhoben habe, und die Ehre seines Volkes im Herzen brennten. Diese Ehre – er müsse das sagen, wiewohl er dem Vater Las Casas viel lieber die Hand reichen würde vor dem Throne des Kaisers – werde gekränkt durch die Behauptung, daß in der Neuen Welt unter der ehrwürdigen Fahne Kastiliens die Spanier vom Gouverneur bis zum Schiffsknecht – vielleicht mit der einzigen Ausnahme der Brüder vom Orden des heiligen Dominikus – kaum etwas anderes als schändliche Verbrechen beginnen. Was ihn selber angehe, so schätze er das Dasein eines Gelehrten höher als einen jeden Streit der Welt; und wenn es ihm in gewissenhafter Mühe gelänge, ein Geistesgut zu erarbeiten, das einem edlen und klugen Fürsten bei der Leitung seiner Völker von Nutzen sei, so habe er durchaus getan, was er begehre, und um so lieber, wenn es in der Stille geschehe. Für die Anerkennung seines Monarchen schlage er einen jeden Beifall der so rasch getäuschten Welt in den Wind; sie mache ihm das Dasein eines Gelehrten leicht, das seiner Natur nach doch immer ein verkanntes und ruhmloses Dasein sei, von den wenigsten geschätzt, den meisten nicht einmal verständlich. Er wisse, daß ein jeder, der ihn kenne, dieser Versicherung glaube.

Da er aber aus solchen Gründen gehandelt, so habe es ihn in der Seele schmerzen müssen, daß der Vater Las Casas, dessen müheereiches Leben er aus der Ferne wohl geachtet habe, sich mit einer solchen Erbitterung auf sein Buch geworfen und dessen schon gesicherte Wirkung hintertrieben habe; daß der Pater, in seinem Eifer bald die Sache mit der Person verwechselnd, ihn, den wohlmeinenden Verfechter spanischer Ehre, vor der Öffentlichkeit herabgesetzt, ja der Unaufrichtigkeit geziehen habe. Was geschehen, sei wohl nicht mehr gutzumachen, und auch der Schatten eines Makels, der auf den Namen eines Gelehrten gefallen, sei schwer zu tragen; aber es sei vergeben und vergessen. Verkenne er doch den uneigennützigen Eifer des Angreifers nicht, wenn auch dieser ihm bisher ein gleiches Zeichen der Billigkeit nicht habe zukommen lassen. Freilich sei – fuhr der Doktor mit einem Blick über die Versammelten fort – im Verlaufe der langen Disputation seine grundlegende Überzeugung nicht erschüttert worden. Der Pater glaube, daß vor allem das Recht vollzogen werden müsse, dem der Mensch von Geburt an, durch sein Menschsein unterstehe; er glaube, daß es kein Recht gebe, das sich nicht auf eine staatliche Ordnung beziehen müsse.

Das erste Gesetz sei, Ordnung auf Erden zu schaffen; erst wenn sie begründet sei, gelte die Forderung des christlichen Lebens, die er im übrigen in ihrem ganzen Umfange, im Glauben und in der Hoffnung anerkenne. Wolle man aber das Gebot Christi als ein Unbedingtes nehmen und seinen notwendigen Bezug auf die Ordnung des irdischen Lebens übersehen oder hintansetzen, so führe es seiner Einsicht nach zu einer heillosen Verwirrung der menschlichen Existenz, ja, wie der gegenwärtige Streit schon fast beweise, zur Gefährdung eines ganzen mächtigen Volkes. Das schlimmste aber sei, daß diese beziehungslose Hingabe, die von Gott dem Herrn keinesfalls gewünscht sein könne, am Ende der Erfüllung der Gebote Christi selbst widerstreite; denn es müsse sich herausstellen, daß mit der Gefährdung eines christlichen Staates dem Christentum selbst der schwerste Schaden drohe. Dagegen seien alle Mittel, die dem christlichen Staate dienten, auch dem Christentum selbst förderlich; was zur Festigung dieses Staates beitrage, sei gut; was ihm schade, müsse nicht unbedingt schlecht, aber doch wenigstens falsch und töricht sein. Sei der christliche Staat begründet, so auch das Christentum; und die Neuen Indien von Mexiko bis Peru, von den Lucayos bis zum Isthmus seien dann endlich dem Gesetze Christi gewonnen, wenn sie dem Zepter der spanischen Könige unterworfen seien. Maßnahmen, die dazu führten, dienten dem Glauben; und darum müsse er noch einmal auf das bestimmteste versichern, daß er die Kriege der Spanier, deren Ziel die Unterwerfung und Bekehrung der Indios sei, für eine gerechte, ja eine heilige Sache halte.

Las Casas hatte in wachsender Erregung zugehört; nun sprang er auf: »Im Namen Gottes erkläre ich die Eroberungskriege der Spanier, die bisher geschehen sind, für rechtswidrig, tyrannisch und höllisch; für schlimmer und grausamer als das, was Türken und Mauren getan haben!« – »Nichts«, rief Sepulveda scharf zurück, »ist ein größerer Greuel als Unordnung; niemand verderblicher als der Unruhestifter.« Auf dem schmalen Gesicht des Doktors stand tiefster Abscheu; aber die Blicke der Versammelten waren auf den Kaiser gerichtet in der Furcht, daß die rücksichtslose Heftigkeit der

Gegner seinen Zorn errege. Der Monarch saß noch immer in derselben leicht zurückgesunkenen, doch nicht nachlässigen Haltung in seinem Sessel; die Rechte riß zuckend an dem Handschuh der Linken, wortlos wandte er die Augen auf Sepulveda, der den Blick seines Herrn mit einer Verneigung erwiderte und dann fortfuhr:

»Es steht mir nicht an, in Gegenwart unseres kaiserlichen Herrn Spanien gegen einen solchen Vorwurf zu verteidigen; auch wäre Besseres zur Verteidigung nicht anzuführen als der uns allen bekannte hohe Sinn unseres Fürsten. Wider unsere Würde wäre es aber, zu beweisen, daß wir keine Mauren und Türken sind. Es muß einen jeden Wohldenkenden auf das bitterste betrüben, daß ein Träger des geistlichen Gewandes, ein Mann, der im siebenten Jahrzehnt eines vielbewegten, ja ruhelosen Lebens steht, sich von wirrem Eifer nicht allein zur Beschimpfung redlicher Männer hinreißen läßt – diese könnten die Beschimpfung im Vertrauen auf ihre Sache wohl verschmerzen –, sondern seine Nation seit langem vor der ganzen Welt herabsetzt.

Denn was könnte den Feinden Spaniens erwünschter sein, als aus spanischem Munde zu hören, daß wir jahraus, jahrein die abscheulichsten Verbrechen auf uns lüden? Und wie, wenn die Welt, die immer nach Gründen sucht, um dem Bevorrechteten und Besitzenden das Seine zu nehmen, aus solchen Anklagen einmal folgerte, daß wir unser Recht und damit unsern geschichtlichen Anspruch und unsere Macht verwirkt hätten? Die Anklagen des Vaters Las Casas sind zum unausdenkbaren Schaden des spanischen Namens und somit des spanischen Staates; es ist meine Pflicht, dies zu sagen. Mit Recht könnte auch ein Lehrer die Frage aufwerfen, ob nicht ein Mann, der auf so beharrliche Weise und mit Gründen, die von Staatsdenkern als unbestreitbar falsch erwiesen worden sind, sein Volk beschuldigt, nicht als Verräter angesehen werden müsse. Ich will schweigen von den maßlosen Übertreibungen, deren sich der Pater in so vielen Schriften schuldig gemacht hat; und ich will über die Grenze nicht hinausgehen, an der dieses Wort innehält. Ich will auch jene Frage nach der geschichtlichen Rolle des Anklägers, die ich mir manches Mal im stillen gestellt habe, nicht erörtern. Aber gewiß ist es doch, daß das Tun des Vaters Las Casas im Laufe der Jahre wie der böse Verrat wirken muß. Wie lange noch, dann werden unsere Gegner – wenn diesem Tun, wie ich als Christ und Spanier wünsche, nicht ein Ende gesetzt wird – seine Anklagen aufgreifen und verbreiten; wir haben weder die Heere noch die Schiffe unserer Feinde zu fürchten; aber zu fürchten haben wir die Zerstörung unseres Namens, der die Zerstörung unserer Herrschaft mit Sicherheit folgen wird.«

Las Casas wollte sich erheben; aber in diesem Augenblick hatte sein Gegner unter der leidenschaftlichen Teilnahme der Zuhörer, deren nur wenige sorgenvoll auf den Angeschuldigten blickten, die Oberhand offenbar völlig gewonnen; der erzene Blick des Staatslehrers schien den Mönch niederzuzwingen. »Solcher Gefahr gegenüber«, setzte Sepulveda seine Rede fort mit dem Ausdruck eines Mannes, der nicht mehr in einer Disputation, sondern vor dem höchsten Tribunal seine Sache vertritt, »ist es wohl angemessen, die Aufmerksamkeit der Person des Anklägers selbst zuzuwenden, um zu prüfen, bis zu welchem Grade seine Anklage und sein Leben zusammenstimmen.«

Er warf einen Blick auf die vor ihm geordneten Papiere, ehe er seine Schilderung aufnahm: »Da ist es denn merkwürdig, den jungen Lizentiaten Las Casas auf den Straßen Salamancas in Begleitung eines Sklaven anzutreffen, den ihm sein Vater aus den Neuen Indien mitgebracht hatte. Der Ritter Las Casas war ja mit Kolumbus auf dessen zweiter Reise nach Haiti gekommen und hatte dort reichen Besitz erworben, dessen Segnungen vielleicht auch dem Sohne zugute gekommen sind. Wenigstens trug der Lizentiat keine Bedenken, sich von einem Indio als seinem leibeigenen Knecht bedienen zu lassen. Erst als die große Königin Isabella es den Kolonisten auf das strengste verbot, solche Geschenke nach Spanien zu schicken, und die Rücksendung der mitgebrachten Sklaven forderte, mußte sich der Lizentiat von dem seinen trennen.

Bald darauf fuhr er mit Ovando, dem Dritten Admiral, über den Ozean; es ist mir nicht berichtet worden, daß er seine Goldminen mit geringerem Eifer und mit wesentlich anderen Mitteln – etwa mit gedingten Arbeitern statt der ihm vom Gouverneur überschriebenen Eingeborenen – als die anderen Landbesitzer betrieben hätte; dagegen wird mir von einem Jahresgewinn von so bedeutender Höhe geschrieben, daß ich an den Angaben zweifle und sie lieber nicht mitteilen will. Gewiß wird er sich vor Mißhandlung der ihm anvertrauten Indios gehütet haben, damit ein Beispiel gebend, das, wenn wir seine Schilderungen auf die Wirklichkeit übertragen dürfen, bis auf den heutigen Tag das einzige geblieben ist. Er nahm teil an dem Kriegszug gegen den Kaziken Cocabunò in Higuey, der Südostspitze Haitis; ob er sich auch bei diesem Anlaß von seinen Landsleuten unterschied und den Feind taufte, bevor er unterworfen wurde, ob er erst die Unterworfenen taufen ließ oder aber die Bekehrung noch nicht seine Sorge war, würden wir aus seiner Geschichte Indiens erfahren, wenn diese, was ich nicht wünschen kann, ans Licht treten würde. Denn der klare und scharfe, die Vergangenheit sichtende und ordnende Geist des Geschichtsschreibers würde einem solche Werke abgehn.

So lebte der ›Vater der Indios‹, wie ihn heute die westlichen Völker nennen, im vollen Genuß der Segnungen, die unter dem Zepter unserer erlauchten Könige und der weisen Leitung ihrer Beamten den Spaniern im Westen beschieden waren. Was ihn bewog, auf eine einzige Predigt hin, die der Dominikanerprior Pedro von Córdoba in La Confesión de la Vega vor dem Vizekönig Ovando hielt, den weltlichen Stand zu verlassen und Priester zu werden, weiß ich nicht; ich vermag nur anzugeben, was die Papiere vermelden, daß der Lizentiat Bartolomé de Las Casas aus Sevilla am Tage der Goldschmelze und in Gegenwart des Admirals Ovando in La Vega seine erste Messe sang und daß dies die erste Messe war, die ein neu geweihter Priester in den Neuen Indien gesungen hat. Indessen sagen die Berichte, die ich eingezogen habe, nichts von einem Wandel eines Innern aus; wir müssen annehmen, daß er nach der Priesterweihe blieb, was er war, und somit auch für Recht hielt, was seine Landsleute für Recht hielten. Dafür scheint die an sich nicht unwichtige, aber leider auch nicht nachprüfbare Mitteilung zu sprechen, daß einer der strengen Dominikanermönche, die unter den ersten Predigern das Evangelium in den Neuen Indien verkündigt, dem Las Casas als einem Sklavenhalter Absolution und Sakrament versagt habe und daß der Zurückgewiesene sich darauf von einem milderen Priester die Lossprechung habe erteilen lassen.

Um die Zeit, da der tapfere, aber unglückliche Velazquez Kuba eroberte und damit dem edlen und mächtigen Cortez den Weg nach Mexiko bereitete, durchstreifte der Priester Las Casas Kuba; dort ließ er sich in gesegneten Landstrichen bedeutenden Grundbesitz überschreiben, den er, wie wir kaum zweifeln können, ungeachtet seines geistlichen Kleides auf die übliche Weise bewirtschaftet und verwaltet haben mag. Den Ertrag jener noch völlig unberührten Goldfelder wage ich nicht zu beziffern; Las Casas besaß sie gemeinsam mit einem Freunde, Pedro de Rentería, und genoß in Gegensatz zu diesem, der weltfremd war, den Ruhm großer Erfahrung, Gewandtheit und Hartnäckigkeit in Geschäften.

Doch will es nicht gelingen, Ordnung und Ziel in seinem Leben zu finden; er wendete sich vom Weltlichen zum Geistlichen, vom Geistlichen zum Weltlichen zurück; da trat wieder eine Wendung ein, die ebenso unvermittelt und unerklärlich dünkt wie die erste. Der Priester und Landbesitzer hielt in Baracoa auf Kuba am Pfingstfest des Jahres 1514 die Predigt; von da an begann er den Kampf gegen das Leben der Spanier in den Kolonien; er erschien vor dem Gouverneur Velazquez und erklärte zu dessen nicht geringem Erstaunen, daß er auf seinen gesamten Besitz verzichte, gewann bald den Freund für seine Meinung, suchte mit diesem Schulen für die Kinder der Indios zu errichten, verband sich mit den tugendhaften, aber leider auch starrsinnigen Brüdern vom Orden des heiligen Dominikus, denen er, wie mir zu sagen erlaubt sei, besser Mäßigung als Feuer zugetragen hätte, und erschien in deren Gemeinschaft nicht lange danach in Spanien mit der Forderung nach Reformen, die er bis zum heutigen Tage aufrechterhalten hat, trotz allen ihm zugedachten Belehrungen und Einwänden. Wie oft er inzwischen nach Spanien und nach den Indien fuhr und zwischen den Inseln und dem Festland kreuzte, ohne Ruhe zu finden, erkühne ich mich nicht nachzurechnen.

Mehr als zwanzig Jahre sind es schon her, daß des Kaisers Majestät, in dem väterlichen Bemühen, einen jeden Vorschlag zu prüfen, der zum Wohl seiner Untertanen diesseits oder jenseits des Meeres gemacht wird, auf die großmütigste Weise auf einen Plan des Las Casas einging. Dieser wollte beweisen, daß er, sofern die Regierung sich nicht einmische, mit freien Eingeborenen in völligem Frieden leben und aus dem Ertrag des ihm anvertrauten Landes noch einen bedeutenden Zins nach Spanien senden könne. Aber was wurde aus den zweihundertsechzig Meilen wertvollen Küstenlandes in Paria, das des Kaisers Majestät dem Geistlichen zur Verfügung stellte? Unser Priester zog predigend durch die Dörfer Kastiliens und beredete die Bauern, in den Westen auszuwandern, wo zehnfache Fruchtbarkeit ihre Arbeit lohne; sie glaubten ihm und zogen in Haufen nach Sevilla und auf die Schiffe; als sie krank in Santo Domingo ankamen, mußten sie erfahren, daß ihr Werber noch in Spanien war und sie ihrem Schicksal überlassen hatte, das denn auch noch trauriger war, als wir es uns vielleicht ausmalen können.

Nur mit der größten Verwunderung aber nehmen wir wahr, wie der Priester Las Casas sich auf seine Statthalterschaft in Paria vorbereitete. Er hatte nichts Dringenderes zu tun, als für sich und die ausgewählten Kolonisten eine ritterliche Tracht zu entwerfen vom weißen Mantel mit dem aufgesetzten Kreuz bis zu den silbernen Sporen; also angetan wollte er den Indios, deren Tücke uns wohlbekannt ist, Vertrauen einflößen. Ob ihn dabei das Beispiel seiner ritterlichen Ahnen, die gegen die Mauren fochten, geleitet hat, wissen wir nicht. Freilich ist es zur Probe auf die Wirkung dieser Tracht gar nicht gekommen; denn unser Statthalter hat sein Amt gar nicht ausgeübt. In San Juan de Puerto Rico hörte er, daß die Bewohner Parias die unter ihnen lebenden Mönche auf die scheußlichste Weise ermordet hatten – der wackere Missionar Juan Garcés ist unter ihnen gewesen – und auf Befehl der Audiencia von Santo Domingo bereits eine Strafexpedition unter dem Kommando Ocampos unterwegs sei. Der weiße Ritter ließ die ihn begleitenden Kolonisten in San Juan und eilte nach Santo Domingo zurück, vielleicht um die Audiencia zur Abberufung der Strafexpedition zu bewegen und danach den Mördern den Frieden zu verkünden. Wohl kam er darauf nach Paria, aber die Kolonisten hatten sich verlaufen, und wer noch geblieben war, wollte dem Statthalter nicht gehorchen; bald tat er es ihnen nach und ging, und bis zu dieser Stunde ist er in seine Kolonie nicht zurückgekehrt. Vielmehr verschwand er zum tiefsten Erstaunen aller, die Hoffnungen auf ihn gesetzt, und zum geringen Erstaunen derer, die an ihm gezweifelt hatten, für lange Jahre im Dominikanerkloster zu Santo Domingo.

Erst nachdem der glorreiche Pizarro Peru eroberte, tauchte er wieder auf; die klösterliche Zurückgezogenheit hatte jedoch seinen Eifer nicht im mindesten gedämpft. Bald verbreitete er im Mutterlande, und zwar in immer lauterem Tone, die Anklagen gegen seine Landsleute, die Herabsetzungen des spanischen Namens, die einen jeden Patrioten erzürnen, ja zu seinem Feinde machen mußten. Was er außer dieser Tätigkeit leistete, ist schwerer zu bestimmen. Mit dem Vorsatze und der Ermächtigung, Klöster in Peru zu gründen, machte er sich auf die Reise durch den Isthmus, doch kehrte er in der Mitte um; er begann, die Indios im Gebirge Guatemalas auf friedliche Weise zu bekehren; doch auch dieses Werk, das vielleicht sein schönstes und verdienstlichstes ist, hat er, wenn wir nicht irren, verwaist zurückgelassen, um aufs neue den Streit und die Unruhe zu suchen, denen er sich nun einmal ergeben hat.

Was könnte besser den Zustand seines Geistes kennzeichnen,

als daß er, der die Rechte studiert hat und sein ganzes Leben damit hinbringt, das Naturrecht gegen das Staatsrecht auszuspielen, selber kein absolutes Recht kennt, vielmehr zweierlei Recht anwendet? Denn das hat er offenbar getan, als er riet, Neger nach den Neuen Indien zu verfrachten und sie statt der Indios als Arbeiter in den Bergwerken und auf dem Felde zu gebrauchen. Ich will nicht sagen, daß er der erste war, der diesen Gedanken hatte; aber er hat sich mit heißem Eifer für ihn eingesetzt; und er hat damit vor aller Welt zugegeben, daß für höhere Rassen ein anderes Recht gelte als für mindere; als höher muß er die Indios betrachtet haben und als geringer die Neger. Unmöglich kann er doch übersehen haben, daß die Neger sich nicht freiwillig auf die Schiffe der portugiesischen, genuesischen und holländischen Händler begeben; daß sie in demselben Sinne frei wären, wie es die Indios nach seiner Meinung sein sollen, wenn eben nicht ein höher geartetes und höher entwickeltes Volk – und das sind wir Spanier allein – zum Frommen der Welt ein Recht innehätte über tiefer stehende Völker, wie das schon Aristoteles und Plato gelehrt haben.

Dies ist das Leben des Mannes, der sich zum Richter seines Vaterlandes, zum Urteil über so viele ruhmwürdige Männer, deren Taten die äußerste Kühnheit griechischer und römischer Helden in den Schatten stellen, berufen fühlt. Ich zeihe ihn nicht schlechter Absichten; was er Einzelnen an Beleidigungen zugefügt, was er an offenbaren Unwahrheiten verbreitet, rechne ich, wie ich schon sagte, seinem Eifer an. Aber der Böswilligste ist nicht so gefährlich wie der gläubige Gefolgsmann einer falschen Idee; nicht nach ihren Absichten, sondern nach dem, was sie beitragen zur irdischen Ordnung und Wohlfahrt, müssen die Menschen gemessen werden; das Urteil über ihre Absichten und den Wert ihres Innern ist nicht unsere Sache, sondern Gottes.

Ich stehe hier für die Festigkeit des irdischen Gefüges, dessen Erschütterung es unserem Volke nach einiger Zeit unmöglich machen würde, seine Aufgabe diesseits und jenseits des Meeres zu erfüllen, ja das Heil seiner Seele zu suchen. Wenn dieses Gefüge fest ist und solange es das ist, sollen wir das Reich des Herrn erstreben; auf festem Grunde sollen die Geschlechter die Steine schichten, in der Hoffnung, daß es einmal gelänge, Gottes Haus zu vollenden; und soweit es immer der Boden erlaubt, auf dem wir stehen, sollen wir trachten, Gott näher zu kommen und seinem Gesetz zu genügen oder diesem Gesetz uns in wachsendem Maße anzugleichen. Der Staat dient dem Herrn, insofern er wohlgegründet ist; wankt aber der Grund, so müssen wir diesen erst sichern, bevor wir dienen können. Darum bekämpfe ich den Vater Las Casas, weil er die Fundamente aufwühlt, auf denen unser Dasein ruht, und Zerstörendes in unser Leben hineinträgt und dies noch zu einer Stunde zu tun wagt, da unserm Volke die Ordnung der Welt in die Hand gegeben ist und es für alle künftigen Zeiten zeigen soll, ob es zu ordnen und das Schicksal der Welt zu verantworten vermag. Weil wir vor dieser Entscheidung stehn, darum zeuge ich gegen den Vater Las Casas; ich tue es nicht um meinetwillen, sondern als Diener meines Herrn, den Gott zum Ordner und Verwalter der Welt gemacht hat; und ich tue es in tiefstem Widerwillen gegen die Hirngespinste, die das Notwendige vernebeln und die Klarheit irdischer Gesetze verschleiern wollen. Wir haben den gefährlichsten und ruhmreichsten Weg auf den letzten Gipfel der spanischen Geschichte betreten; lassen wir uns jetzt von Träumern, von Rittern im weißen Mantel, betören, so stürzen wir ab. In unserer Macht wurzelt unsere Aufgabe, und wir würden beides opfern und unser Leben dazu, wenn wir dem ›Vater der Indios‹ folgen wollten.«

Sepulveda hatte seine Rede und namentlich die letzten Sätze in schneidender Kälte vorgebracht, als ob der Beschuldigte gar nicht anwesend, sondern eine wohlbekannte ferne Person sei; die Wirkung auf die Zuhörer war eine unterschiedliche. Auf dem Gesicht des Bischofs von Burgos, eines alten Gegners des Las Casas, lag unverhohlene Zustimmung; er hatte einige Stellen der Rede mit heftigem Kopfnicken, andere mit einem Lächeln bestätigt, auch die meisten unter den Gelehrten und Räten, namentlich die Franziskaner, schienen die Schilderung des Doktors zu billigen, wenn auch einer wie unter peinigender Scham den Kopf senkte und schließlich die Hand vor die Augen legte, als wolle er keinen Anteil an seiner Umgebung haben. Die scharfgeschnittenen Züge des Kardinals drückten Mißstimmung aus; der Bischof von Segovia, der neben Las Casas saß, mußte sich mehrmals bezwingen, dem Redner nicht in das Wort zu fallen; dagegen konnten die Dominikaner sich offenbar einer niederdrückenden Wirkung nicht erwehren; sie warfen besorgte Blicke auf den Kaiser, der sich indessen, schon bald nach dem Beginn der Rede, wieder fester in seinen Mantel gehüllt hatte und keine Meinung zu erkennen gab; dann sahen die Mönche bald mitleidig, bald vorwurfsvoll ihren Mitbruder an. Sobald jedoch Las Casas das Vorhaben seines Gegners durchschaut hatte, schien er aufzuatmen; Demut, Ergebung und Erleichterung spiegelten sich in seinen Mienen; nur als Sepulveda den Handel mit Negern zur Sprache brachte, ächzte der Mönch wie unter einer schweren Verwundung auf. Doch gewann er während der letzten Sätze die Fassung wieder, so daß er sich in demütiger Gelassenheit zur Erwiderung anschickte:

»Der Doktor Sepulveda«, begann er, »hat mit großer Genauigkeit mein Leben erforscht und erzählt, und ich bin ihm dankbar dafür; denn keine Schwäche derer, die der Herr zu seinen Dienern macht, soll verborgen bleiben. Sind wir in Wahrheit doch nur das, was Gott von uns will. Auch darin hat der Doktor recht, daß er mir Unbeständigkeit und Verwirrung und närrische Handlungen oder doch solche, die vor der Welt als närrisch erscheinen müssen, zum Vorwurf macht. Ja, mein Leben ist mit Schuld beladen, die ich nie werde abtragen können; ich bin nun ein alter Mann und längst in den Jahren, da andere den Ertrag ihres Wirkens klar vor sich sehen, und es ist mir doch nicht gelungen, das Bild meines früheren Lebens auszulöschen. Es bleibt bestehen, und wo ich gehe und streite für Gottes Reich, da begegne ich dem Bartolomé de Las Casas, der wider Gottes Reich gestritten hat und noch immer stark genug ist, um mich alten Mann aus dem Felde zu schlagen. Schwerer liegt aber nichts auf meiner Seele, als daß ich, wie der Doktor wahrheitsgemäß geschildert hat, geraten habe, Neger nach Westindien zu bringen und sie an der Stelle der Indios arbeiten zu lassen. Eben dieses eine Mal bin ich nicht vom Rechte ausgegangen, das unverrückbar über uns hängt, sondern von meinem Mitleid. Ich glaubte, die Neger ertrügen mehr als die Indios, die ich an allen Straßen sterben sah, und wollte durch ein geringeres Leiden ein größeres aufhalten. Aber es war Irrtum und Schuld, und ich schwöre sie hiermit feierlich ab und erkläre, daß es wider alles Recht und wider den Glauben, daß es im höchsten Maße verdammungswürdig ist, die Neger an der Küste Guineas wie Wild einzufangen, sie in die Schiffe zu pferchen, in Indien zu verhandeln und dort so mit ihnen umzugehen, wie es täglich und stündlich geschieht. Ich habe schuld daran, weil ich Narr meinem Herzen nachgegeben habe, statt anzuraten, was Recht ist. Aber auch das Gold hat Gewalt über mich gehabt in meiner Jugend; ich bin ein Spanier und bin den Versuchungen erlegen, denen mein Volk unterworfen ist, und ich kämpfe mit diesen Versuchungen, um meinem Volke zu zeigen, wie ich sie überwinden kann.

Aber das Beste in des Doktors Rede war vielleicht, daß er erzählte, wie ich am Tage der Goldschmelze zum Priester geweiht worden bin. Denn ein Tag der Schmelze ist es gewesen, das kann ich versichern; damals ist mein Herz zum ersten Mal in die Schmelze gegeben worden, es war hart und bedurfte eines starken Feuers, eines heißeren, als Menschen anzufachen vermögen, und wollten sie uns auch auf das bitterste hassen, verleumden und kränken. Ein Feuer von oben ist es gewesen. Das eine kann ich freilich an des Doktors Rede nicht begreifen, daß er sagte, ich sei nach der Weihe geblieben, was ich vorher gewesen. Weiß er nichts von der Gewalt des Sakraments? Nichts davon, daß das Sakrament den Erwählten, auch wenn er nicht würdig ist, verwandelt, den Verworfenen aber verdirbt? Mich bat Gott gerufen mit der Stimme des Pedro von Córdoba.

Als ich den Prior sprechen hörte in der Stadt La Vega von der

Herrlichkeit des Paradieses, als ich ihn nach der Messe inmitten der unglücklichen Indios, ihrer Frauen und Kinder sitzen sah – er hatte sie eigens rufen lassen, denn wer hätte sie in die Messe geschickt? – und vernahm, wie er den Vergewaltigten und Entrechteten vom Himmelreich erzählte, auf das sie dasselbe Anrecht hätten wie ihre Unterdrücker: da zerrann das Gold, dem ich nachgelaufen war, und ich begriff, daß Edleres nicht gewonnen werden mag als die Seelen der Menschen. Aber mein Herz und Sinn verhärteten sich wieder; und es vergingen Jahre, bis sie aufs neue in die Schmelze gegeben wurden. Das geschah auf Kuba, als ich zur Aushilfe nach Baracoa gerufen wurde, um zu Pfingsten zu predigen; da traf mich, während ich mich auf die Predigt vorbereitete, das Wort der Schrift von den Gaben der Gottlosen, an denen der Herr kein Wohlgefallen hat; von dem, der des Armen Gut opfert und tut wie ein Mann, der den Sohn vor den Augen des Vaters schlachtet; von dem Bluthunde, der dem Arbeiter seinen Lohn nicht gibt; und nun begriff ich mit einem Male das ungeheure Unrecht, in dem wir alle lebten.

»Das wissen wir ja wohl alle«, fuhr Las Casas fort, indem er sich unmittelbar an seinen Gegner wandte, anders als dieser, der meist über seinen Widersacher hinweg gesprochen hatte, »daß wir mit dem gehörigen Fleiße aus den Papieren herauslesen können, was ein Mensch getan hat; was sich aber in ihm begab, wissen wir nicht; niemand kennt ein Leben von innen; und darum konnte der Doktor auch nicht ahnen, daß ich in jenem Augenblick zum unversöhnlichen Feinde der Sklavenbesitzer und Eroberer und aller derer wurde, die sich vom Unrecht ernährten und gar dieses Unrecht verteidigten. Denn dazu bin ich bestellt; und wenn Gott einen Narren zu seinem Werkzeug gemacht hat, so soll man auch den Narren um deswillen achten. Und nur von meiner Kolonie in Paria muß ich noch sprechen; denn mehr Anlaß, meiner zu spotten und meinem Werk zu schaden, habe ich der Welt nie gegeben als mit diesem Plane. Wie hätte ich aber in Paria beginnen sollen, wenn dort der Befehlshaber Ocampo, unter welchem Vorwand es auch sein mochte, die Indios eigenmächtig bestrafte? Und welche Gewalt hatte ich über ihn? Ich mußte nach Santo Domingo, seine Abberufung zu erwirken. Denn nicht mit einem Zettel des Kaisers in der Hand hätte ich einen Spanier von seinem Raube scheuchen können. Doch als ich endlich in Paria landete, war der Haß schon gesät, wo ich den Frieden pflanzen wollte; Spanier und Indios töteten einander; ein Bruder vom Orden des heiligen Franziskus beredete mich, noch einmal nach Santo Domingo zu segeln; ich gehorchte, vielleicht, weil meine Hoffnung schon vernichtet war.

Und dann«, Las Casas sah vor sich nieder, ein Schatten fiel über ihn, und er sprach so leise, als habe er keine Zuhörer, »verließ mich die Kraft. Der Sturm faßte mein Schiff und trieb mich an Santo Domingo vorüber, westwärts; ich konnte endlich Anker werfen lassen und wanderte durch die Insel nach der Hauptstadt. Unterwegs legte ich mich nieder; ich sehnte mich nach Schlaf. Nach langer Zeit wachte ich durch die Stimmen Reisender auf, die in meiner Nähe lagerten, aber mich wohl nicht gesehen hatten, denn ich lag unter einem Busche. In dem letzten Sturme, erzählte einer, seien viele Schiffe untergegangen; auch der Priester Las Casas sei tot. Früher wäre ich auf ein solches Wort aufgesprungen; jetzt blieb ich glücklich liegen, ich ließ die Reisenden weiterwandern und lag noch immer bis gegen den Abend; es war mir, als sei ich losgesprochen worden und müßte meine Last nicht mehr tragen. In Santo Domingo erfuhr ich, daß der Stellvertreter, den ich in Paria eingesetzt hatte, mit den beiden zurückgelassenen Schiffen die Küste des mir anvertrauten Landes an Menschen, Gold und Perlen ausplünderte; ich hatte etwas Reines gewollt, aber bei der ersten Berührung mit der Welt war es unrein geworden. Allein der Glaube der Menschen, daß ich tot sei, ließ mich noch leben; ich ging durch die Straßen der Stadt, als wäre ich nicht; sah ich einen Bekannten, so schritt ich an ihm vorbei, wie ein Schatten, so daß er zweifeln mochte, ob ichs auch gewesen sei. Endlich bat ich die Brüder vom heiligen Dominikus, mich aufzunehmen; dort lebte ich in Frieden. Aber langsam wurde das Gewesene wieder mächtig; was ich gesehen hatte, konnte ich nicht mehr vergessen; ich hörte wieder die Stimme des Pedro von Córdoba, ich vernahm das Wort der Schrift. Dann bedrängte mich alles, was geschehen war zwischen meinem Volke und den Indios, seit Kolumbus seine Schiffe in den Westen gesteuert hatte; die ganze furchtbare Tragödie Spaniens und der Neuen Indien fiel mir wieder aufs Herz. In einem kleinen Kloster am Meere fing ich an, sie aufzuschreiben; ich sah Schiffe kommen und gehn, Unrecht bringen, Unrecht mit sich nehmen. Aber ich schrieb weiter an meinem Werke mit furchtbar beschwertem Herzen, um zu zeigen, wie Gottes Wille die Schicksale der Völker lenkt, wie er sich die erlauchten Könige Spaniens und unser Volk und den Ersten Admiral zu seinen Werkzeugen wählte und auf welche Weise wir zu fahnenflüchtigen Soldaten Christi geworden sind. Auch wollte ich zeigen, wie das ewige Recht über die Zeiten hinweg die Schuldigen trifft und wie die Gnade dennoch zu einer jeden Stunde erreichbar ist. Da kam die Nachricht von dem ungeheuern Reich im Süden, in das Pizarro, ein Schüler des schändlichen Hojeda, eindrang; ich fühlte Tag und Nacht den namenlosen Jammer untergehender Völker und sah im Geiste das Bild unseres Herrn verspottet an allen Wegen; ich sah das Gebirge unserer Schuld in den Himmel wachsen, ließ mein Werk und das Kloster und begann den alten Kampf wieder, den ich werde führen müssen, solange mein Leben währt.

Ja, dies ist mein Leben gewesen und ist es noch, das Leben eines Unwürdigen und Unglücklichen. Aber dennoch glaube ich«, – die Stimme des Redenden wurde entschieden; er legte sein Bekenntnis fast im Tone der Herausforderung an seinen Gegner, ja an alle Feinde seiner Sache ab, »daß Gottes Walten in meinem Leben spürbar ist; meiner eigenen Kraft wird es auch der Doktor nicht zuschreiben wollen, daß ich das Dasein der Verbrecher – so *muß* ich die Spanier nennen, die sich Indios anbefehlen lassen und sie als Sklaven mißbrauchen – aufgab und das Kreuz ergriff. Und was wäre wohl am Leben eines Menschen und der Völker des Forschens wert, wenn nicht dieses Walten Gottes? Das hätte der Doktor erkennen müssen. Was er mir vorwirft, trifft mit vollem Recht den Bartolomé de Las Casas. Diesen habe ich nicht zu verteidigen. Ich stehe dafür, daß Gottes Stimme an die Ohren der Menschen dringt, die im Unrecht leben.

Und im Unrecht leben wir alle. Denn wer kann sagen, daß ihn die Gaben der Gottlosen nicht auf irgendeine Weise berührt und getragen hätten? Der Frevel dringt in alle Adern ein; unser Volk lebt davon, und selbst wenn wir die Altäre des Herrn und der Heiligen schmücken, so tun wirs mit erpreßtem, blutbeflecktem, von Tränen benetztem Golde. Oh, es kann ja nicht sein, daß ein König vom Unrecht weiß und es nicht abstellt! Aber die Könige wissen nichts davon. Freilich ruht das Recht nicht in der Brust der Könige, wie die italienischen Staatslehrer sagen, sondern der König ist der Hüter des Rechts; darum muß ihm recht berichtet werden, damit er in einem jeden Falle wisse, wie er zu entscheiden habe. Geschieht das nicht, so kann der König nicht sein, was er sein soll. Der erhabene König Ferdinand hat nach dem Tode der Königin Isabella im Namen unserer Herrin und Königin Johanna zu Burgos Gesetze erlassen, in denen er verfügte, daß die Indios, nachdem sie den Spaniern auf Lebenszeit zugeteilt waren, aus ihren Dörfern gerissen und nach dem Gutdünken ihrer Herren und in deren Nähe in großen Hütten zusammengedrängt werden sollten; daß man auch die Kaziken und Fürsten – deren Recht und Anspruch doch keine geringeren sind als die unserer eigenen Fürsten und Könige – wie die Untertanen aus ihren Ländern treibe.

Wie aber konnte ein König verfügen, was wider das Recht ist, kraft dessen er herrscht? Wie konnte ein König Königsrecht mißachten? Das ist geschehen, weil der edle König Ferdinand auf das schändlichste belogen worden ist von den Admiralen Bobadilla und Ovando und seinen eigenen Räten. Denn sie haben dem König vorgestellt, daß die Indios verbrecherischer Natur seien, allem Schlechten von Grund aus hingegeben und dem Glauben und der Arbeit abgeneigt; so hat der König geglaubt, sie wie verbrecherisches Volk behandeln zu müssen, und er hat darum das Gesetz zu einem Grundstein des Unrechts gemacht. Die Schuld trifft die Räte und Diener des Königs, und ich verklage sie darum und werde sie vor der Nachwelt verklagen, so weit meine Stimme reichen mag, wiewohl sie längst alle unter der Erde liegen und der Admiral Bobadilla mit all seinen Missetaten und den Goldklumpen, die er heimzubringen gedachte, in den Grund des Meeres hinabgefahren ist.«

Der Mönch wandte sich unmittelbar an die Mitglieder des Indienrates: »Seht ihr denn das Gericht nicht und seht ihr nicht, wie Gott den Sündern Land und Siege und Macht und Ruhm und Reichtum zuwirft, um sie damit zu verderben? Und hat Kolumbus nicht schon zu Lebzeiten dafür in Ketten gebüßt, daß er Menschenraub und Menschenhandel getrieben hatte? Wohl ihm, denn er war im Grunde seiner Seele ein wahrhaftiger und argloser Mann inmitten der Listigen und Rechner; und Gott erwies ihm die Gnade, ihn schon auf Erden büßen zu lassen, was er verbrochen hatte. Aber vergeßt nicht, daß er Bobadillas Ketten trug! So werden auch die schuldig, die das Gericht an den Schuldigen vollziehn.

Oh, daß es doch möglich wäre, den Königen zu einer jeden Stunde die Wahrheit zu sagen! Oh, daß doch die Stimme der Männer, denen das Geschick ihres Volkes im Herzen brennt, einen eigenen Ton hätte, so daß sie sich von allen anderen Stimmen unterschiede! Oh, daß die doch nicht schweigen müßten, die vom geheimsten Leiden wissen! Es sind ja so unbegreiflich wenige, die allein als Zeugen leben, um zu sagen, was wahr ist und in welchem Maße das Leben der Menschen der ewigen Wahrheit widerspricht. Ich habe einige heilige und tapfere Männer gesehn. Aber wohin ich kam, hörte ich die falschen Stimmen derer, die etwas wollten für ihre Aussage. Und wenn eines Königs Ohr auch geschärft ist vom Wächterdienste, wie soll er im Lärme erkennen, ob ein Mann spricht, dessen Wort sein Schicksal ist, oder ein Mann, dessen Wort seinen Kaufpreis nennt, seien es nun Amt oder Rang oder sei es auch nur die Erlaubnis, bleiben zu dürfen, was er bisher gewesen! Gelangte aber die Wahrheit an die Ohren der Könige, so wäre alles gut. Wer edlem Stamme angehört, kann sich ihr ja nicht verschließen. Und ist des Königs Herz getroffen von der Wahrheit, so muß sich sein Reich verwandeln; und einmal müssen die Geringsten und Fernsten, die unter dem Unrecht schmachten, vom Recht erreicht und befreit werden.« Der Mönch beachtete die an der Tafel Sitzenden nicht mehr; er näherte sich um einige Schritte dem Throne: »Denn«, fuhr er leidenschaftlich fort, »ich bin es lange müde, mit Gründen zu streiten. Die Gelehrsamkeit läßt sich an ein jedes Roß hängen und von ihm fortziehn. Mehr hatte ich nie zu sagen und werde ich nie sagen können als dieses eine: Wir können mit schlechten Mitteln Gutes nicht erreichen. Und unsere Mittel sind schlecht. Und wenn ich den Spiegel der Wahrheit hier emporhalten dürfte, hier, vor deinen Augen, Herr und Kaiser, so würde er tausendfach die falschen Mittel spiegeln, und es müßten alle schamrot werden, die hineinblickten.«

Der Kaiser hatte sich vorgeneigt und den letzten Teil der Rede mit verstärkter Teilnahme, aber ohne ein Zeichen der Mißbilligung angehört; nun machte er eine Geste, kaum hörbar sagte er dazu: »Sprich!«

Dieses leise Wort, das vielleicht nur dem Mönch vernehmlich war, wenngleich alle den Wunsch des Kaisers verstanden, traf Las Casas wie ein Schlag. Er bebte zurück; eine furchtbare Erschütterung durchrann seinen Körper; dann tastete er mit der Linken nach der Kante des Tisches, ergriff sie und stützte sich, tief Atem schöpfend. »Ich habe gebeten, daß ich sprechen darf von dem, was ich gesehn«, begann er, »und ich soll es tun. Ich weiß nicht, ob ich es kann. Ich habe gesehn, wie Völker untergingen.« Er schwieg lange, dann setzte er wieder an: »Wenn die Indios auf Kuba Papageien fangen wollen – von den grünen, die nur an der Stirn über dem Schnabel eine bunte Feder tragen und im Mai besser als Wachteln oder irgendein anderer Vogel schmecken –, so schicken sie einen Knaben mit einem lebenden Papageien auf einen Baum. Es braucht nur ein Knabe von zehn oder zwölf Jahren zu sein; er birgt sich in den Ästen und legt sich ein Büschel Stroh oder Gras auf das Haar; dann streicht er dem gefangenen Vogel über den Kopf, so daß dieser einen klagenden Schrei ausstößt, und alsbald schwirren die Papageien von allen Seiten heran und setzen sich auf die Zweige. Es sind deren so viel, daß der Baum zu einem einzigen Vogelhaus wird; der Knabe nimmt sachte einen dünnen Stab zur Hand, an dem eine leichte Schlinge befestigt ist, und schnellt diese dem nächsten Vogel um den Hals, zieht ihn heran, dreht ihm den Hals um und wirft ihn hinab; dann fängt er den nächsten auf die gleiche Weise, und der Schrei eines jeden zieht neue Vögel herbei, wenn deren noch Platz haben in den Ästen; und wenn der Knabe nicht müde wird, kann er in seiner Arbeit fortfahren, bis unter dem Baume sich ein grüner Hügel von Tausenden von Vögeln auftürmt; denn die Papageien weichen nicht von dem Baume, solange sie die klagende Stimme hören.

So habe ich die Bäume der Völker angetroffen auf den Inseln und dem Festlande; es waren Bäume, die seit vielen hundert Jahren in ihrer Erde wurzelten; ihre Äste hatten sich mächtig entfaltet, und es wimmelte in ihnen von unzähligen Geschöpfen, Volksstämmen, die alle ihre eigene Stimme hatten; denn sie sollten Gott den Herrn preisen, der sie zu seiner Freude geschaffen hatte. Es waren königliche Vögel darunter, den langgeschweiften smaragdenen gleich, die vom Volk in Guatemala verehrt werden und deren Leben in der Tat auf eine geheimnisvolle Weise verbunden war mit dem Leben der Könige; denn als der letzte König gegen Almagro um sein Reich kämpfte, fiel erst der Vogel wie ein Blitz grünen Feuers tot vor ihm nieder, und dann fiel der Fürst.

Ich habe noch das ungestörte Leben erblickt in den Bäumen des großen Gartens, den unser Herr inmitten des Meeres als das Wunder aller Wunder angelegt hat. Aber dann habe ich gesehen, wie die Äste leer wurden und wie der tückische Knabe mit der Schlinge nicht aufhören konnte zu morden; ich habe Tag und Nacht und Jahr um Jahr und wo immer ich ging und stand, ob ich arbeiten oder beten, ob ich ruhen oder predigen wollte, den Klagelaut der Sterbenden und Gefangenen gehört, der die Brüder in den Tod lockte oder doch den Tod der Brüder bedeutete, bis endlich die gewaltigen Bäume leer und stumm dastanden auf Haiti und Kuba und Puerto Rico, auf den Lucayischen Inseln und in Mexiko und Darien, an der Küste von Paria und auf den Eilanden, die sie umgürten; und wie lange noch, Kaiser, dann wird auch in den uraltehrwürdigen Wäldern Neugranadas und Perus und Chiles sich kein Vogel mehr auf den Zweigen wiegen, und die fremden, wundersamen Stimmen der Völker werden nie mehr zu hören sein. Und sie sollten doch Gottes Lob verkünden bis zum Jüngsten Tage; und die Welt wird ohne sie sein wie ein Kirchturm ohne Glocke.

Aber ich habe auch die Toten unter den Bäumen gesehn, Hügel und Berge von Toten. Es waren viele tausend Kinder darunter, die auf Kuba in wenigen Jahren Hungers starben, weil ihre Eltern nicht mehr Zeit haben durften, sie zu ernähren; denn die Eltern mußten mit erstarrten Herzen das Gold aus der Erde wühlen für ihre neuen Herren. Es lagen Könige unter den Bäumen, edel wie du, aber ohne ein Zeichen ihrer geraubten Würde; Könige, denen man die Ohren abgeschnitten hatte wie gemeinen Dieben; andere, deren steife Glieder noch von Fesseln umwunden waren, und wieder andere, die samt ihrem gefangenen Volke mit dem Sklavenschiff versanken und ertranken. Es lagen Greise darunter, die man wie Kehricht vor die Haustür geworfen, weil sie nicht mehr taugten; edelgestaltete Mädchen, deren Leiber geschaffen waren, die Seelen einer Heiligen zu bewahren, und die einem spanischen Zuchthäusler gedient hatten für seine verworfene Lust. Und wie viele sterbende Frauen hielten tote Kinder an der versiegten Brust! Andere sah ich liegen, die zu schwach geworden waren zu gebären, und ich hörte Männer klagen, daß die schwere Arbeit ihnen die Zeugungskraft genommen hätte und ihre Weiber bei den Spaniern lägen, und sah, wie sie fortliefen, um sich zu erhängen. Kriegshunde sah ich, die sich satt fraßen an lebendigen Menschen. Und wieviel verkrümmte, gedunsene Leiber habe ich gefunden, die Leiber derer, die Gift verschlungen hatten, um der irdischen Hölle zu entgehn. Und wieder sah ich Kinder, die von Schwertern durchbohrt waren; die Eroberer hatten sie von den Brüsten und Rücken der Mütter gerissen, damit diese das Gepäck und den Raub der Spanier über das Gebirge schleppten. Und dann fand ich die an der Straße verendeten Träger und Trägerinnen, deren letzte Lebenskraft die Sonne aufgesogen hatte. Und ich sah die Leichen der Perlentaucher, deren Brustkorb fast zersprungen war vom angehaltenen Atem; denn die Spanier stießen sie mit Spießen und Schwertern unter das Wasser, sobald sie heraufgetaucht waren und mit klammen Händen die Muscheln ins Boot geworfen hatten. Und ihr dunkles Haar war falb geworden von dem salzigen Wasser. Das alles habe ich gesehn, und ich konnte doch nichts tun, als in die Luft ein Kreuzeszeichen machen über Bergen von Leichen.«

Las Casas wankte; er stützte sich wieder auf den Tisch, aber die Worte kamen nur noch gebrochen von seinen Lippen:

»Und das alles ist doch nichts. Denn ich habe sie fluchen hören, denen ich das Evangelium der Liebe gepredigt hatte, und ratlos mit angesehn, daß Sterbende das Sakrament verweigerten, um nicht in das Paradies der Spanier zu kommen. Vor mir stürzten die Seelen der Unglücklichen in die ewige Verdammnis hinab. Und welche Schreie habe ich gehört! Die Schreie derer, die unter Peitschenhieben starben, und derer, die lebendig verbrannt wurden auf dem Kriegszug in Higuey, und derer, die in der Folter hingen. Und die Schreie sind noch nicht das Furchtbarste, viel schlimmer sind die Klagen und das Weinen und die stummen, von Tränen quellenden Augen; und das Schlimmste sind die Fragen in diesen Augen, die nicht begreifen können und emporblikken zum Himmel und suchen und nicht wissen, wer da oben wohnt. Oh, was habe ich gesehn! Ihr habt mich nach der Wahrheit gefragt; das ist die Wahrheit, und es ist sie doch noch nicht. Viel, viel Schlimmeres habe ich noch gesehn, was kein Gehirn zu denken wagt, keine Lippe nachspricht; was selbst den Teufel mit

Abscheu erfüllen müßte. Oh, was habe ich gesehn!« Er sank an dem Tische nieder, die Hände vor die Augen pressend und von entsetzlichem Schluchzen geschüttelt. Zwei Brüder seines Ordens faßten ihn sanft unter den Armen und führten ihn an seinen Platz; niemand wagte zu sprechen, das Weinen füllte den Raum. Der Kaiser hatte mit tiefer Bewegtheit auf den Niedergesunkenen geblickt; nun lehnte er sich zurück, das Gesicht mit seiner Hand beschattend.

Als Karl wieder aufsah, war sein Gesicht totenbleich, wie verzehrt. Er blickte den Kardinal an; dieser erhob sich. »Niemand«, sagte er, »wird an dem tiefen christlichen Erbarmen zweifeln, das den Vater Las Casas bewegt; dürften wir allein unseren Herzen folgen, so möchten wir mit dem Vater Las Casas die Elenden trösten, die Schuldigen verklagen und eine jede andere Verpflichtung vergessen über der Barmherzigkeit. Und wir werden es seinem glühenden priesterlichen Herzen gewiß nicht verargen, daß er vielleicht auch solchen Schuld aufbürdet, die keine tragen. Wir glauben an die Wahrheit seines Leidens; wir fragen aber, ob er dieses Leiden nicht überallhin mitbringt und ob es ihn nicht verführt, im Widerspruch zur Wahrheit in den Leidenden die unschuldig Verfolgten zu sehn. Daß er ein Herz hat für die Indios, wer wollte das noch bestreiten nach dem erschütternden Auftritt, den wir erlebt haben; ob er in gleicher Weise ein Herz hat für die Spanier, wissen wir oft nicht. Wie aber, wenn er, wie einige seiner Gegner geltend machen, sein eigenes Vaterland verkennen und darum als Zeuge wider Spanien auftreten würde? Und wenn er, wie die Gegner gleichfalls behaupten, sich für die Befreiung derer einsetzte, deren Unglück nur die Folge ihrer Verbrechen und ihrer Verstocktheit ist? Der Doktor Sepulveda, der auf Grund sorgfältiger Erkundigungen während der Disputation diese Meinung vertreten hat und sie noch aufrechterhält, billigt seinem Gegner ausdrücklich den Vorrang der Augenzeugenschaft zu; der Doktor ist ja nicht in den Neuen Indien gewesen. Aber er hat einen vertrauenswürdigen Zeugen gestellt: es ist der Hauptmann Vargas, der unserm kaiserlichen Herrn und seinen glorreichen Vorgängern in allen Breiten tapfer gedient hat und sich ebenso durch seinen Eifer wie durch seine Unbestechlichkeit ausgezeichnet hat.«

Da der Kaiser nicht widersprach, ließ der Kardinal den Hauptmann rufen, einen ernsten Mann, der festen Schrittes eintrat und den Kaiser ehrfürchtig grüßte: »Ich bin nur ein Soldat«, begann er, »und zeuge ungern gegen einen Mann, der geistliches Gewand trägt. Ich bin es auch nicht gewohnt zu sprechen; und wer gar, wie ich, aus den baskischen Bergen kommt, faßt wohl zur rechten Zeit zum Schwert; vom Wort mag er sich nichts Gutes erhoffen. Ich habe von den Schriften und Anklagen des Vaters Las Casas gehört, und sie haben mich geschmerzt. Der Vater hat als Priester die Neuen Indien durchzogen; ich habe sie als Soldat betreten unter dem Befehl meines Obern, und ich glaube, daß der Mönch uns Soldaten nicht versteht.

Wenn der große Cortez, unter dem ich eine Weile gedient habe, einem Priester begegnete, so sprang er vom Pferd und küßte ihm die Hand; er tat es aus Ehrfurcht vor dem Geweihten und um den Indios ein Beispiel zu geben, und sie sind ihm gefolgt. Als Pizarro mit dem Atabalipa Inka zum ersten Mal zusammentraf, reichte ein Mönch – er war vom Orden des Vaters Las Casas und hieß Vicente de Valverde – dem Inka ein Meßbuch und sagte, das Evangelium des Herrn sei darin enthalten. Der Inka wendete das Buch um und warf es zur Erde; aus Empörung darüber ergriffen die Spanier die Waffen, und die Indios sind nicht langsamer gewesen als sie. Damit begann der Krieg. So haben wir es gehalten; aber wo immer ich gefochten habe, sei es in Westindien oder in Mexiko oder in Neugranada, habe ich die Indios als einen höchst kriegerischen Feind erfunden, der bei Nacht noch mehr zu fürchten war als bei Tage. Weil die Nacht in den Neuen Indien viel finsterer ist als in Spanien und es dort keine Dämmerung gibt, mußten wir die Kriegshunde halten.

Der Pater mag die Indios kennen als Untertanen seines Klosters oder als Nachbarn spanischer Städte oder Arbeiter der Landbesitzer, kurzum als Unterworfene. Als solche erscheinen sie zahm und schwach und dienstwillig; als solche lassen sie auch von der abscheulichen Abgötterei nichts mehr merken, die sie getrieben haben, ehe wir kamen, und nur wer genauer auf sie achtet, wird noch ihr Zauberwesen spüren. Wäre aber der Pater wie wir, eh das Schwert den Weg gebahnt hat, mit dem Evangelienbuch in der Hand etwa auf das südliche Festland gekommen, so wäre es ihm ergangen wie den frommen Predigern, deren zu Tode gemarterte Leiber in der Gegend des Magdalenenstroms von den Wilden als Brücken über die Bäche gelegt wurden. Wir haben auf Kriegszügen in dem südlichen Festland, wenn es uns gelungen war, ein Dorf zu überraschen, menschliche Gliedmaßen in den Kochtöpfen gefunden. Wie die uns verbündeten Indios im Kriege ihre Feinde hinschlachteten und vertilgten, mag ich nicht beschreiben. Uns alten Soldaten sträubten sich die Haare; wir glaubten oft, Satan mit seinen Gehilfen am Werke zu sehn.

Niemals sagen die Indios die Wahrheit, niemals halten sie die Treue; es ist kein Laster denkbar, mit dem sie nicht behaftet sind; sie verkaufen ihre Weiber und mißbrauchen Töchter und Schwestern; Dinge, von denen ein Mann sich zu sprechen scheut, sind bei ihnen offener Brauch. Und das ist mein fester Glaube, daß Satan sie alle unter seinem Fittich gehalten und geheckt und ausgebrütet hat, bis wir Spanier kamen. Unter solchem Gezücht ist das Schwert der rechte Besen; ohne das Schwert wird die Welt nicht rein. Ich will die Mexikaner ausnehmen; sie sind lernbegierig und bildsam, und sie haben von uns Spaniern auch unter der weisen Fürsorge des großen Cortez vielerlei gelernt, wie Lesen und Schreiben, Fechten und Reiten; sie vermögen kunstreiche Bilder unserer Heiligen zu malen in ihrer Weise, und es kann einem zu Herzen gehn, wenn sie singen oder die Gitarre spielen. Darum ist es auch eine Erhebung, ihrem Gottesdienst zuzuhören; denn zur Musik haben sie eine besondere Neigung. Aber eh ich von dem Teufelsvolk zu Chile spreche, würde ich heute noch lieber eine Lanze nehmen und all diese Bestien niederstechen; Menschen sind sie nicht zu nennen. Mögen des Kaisers, meines Herrn, Waffen siegreich sein!«

Damit ging der Hauptmann. Las Casas hatte seinen Worten aufmerksam zugehört und sich anscheinend wieder völlig gefaßt. Ruhig antwortete er: »Es mag Völker geben, in denen die Dämonen hausen, und solche, in die sie zu gewissen Zeiten fahren, und ich glaube fast, wir Spanier müßten das wissen. Aber wer den Dämonen gegenübertritt mit dem Schwert, dem führen sie unversehens die Hand, und er tut, was er nicht tun wollte, und sieht, was die Dämonen wollen, daß er sehe. Denn nur mit dem Kreuz können wir ihnen begegnen, und wenn sie uns Märtyrer abfordern, so haben sie fast schon verloren. Auch lernen wir Völker nicht im Kriege kennen, sondern im Frieden; denn für den Frieden sind sie gemacht. Haben denn die Menschen schon verlernt zu schauen? Sehen Sie nicht mehr, wie Gott seine Welt geschaffen hat?«

Ein Lächeln glitt über seine Züge, die zuvor noch ein furchtbarer Gram gezeichnet hatte, ja es war, als ob ein Kind hervorschauen wolle aus dem Gesicht eines greisen Mannes: »Oft in meinen späteren Jahren, wenn die indianischen Arbeiter mir Goldklumpen zeigten, die sie unversehens in einem Felde gefunden hatten, habe ich gestaunt über das Gold. Was hat Gott wohl Schöneres erschaffen; und hat er es nicht recht zur Freude des Menschen in der Erde verborgen, damit dieser bei seiner harten Arbeit einmal überrascht und daran erinnert werde, daß der Herr aller Wunder über ihm wohnt? Wie edel und rein ist das Gold! Nur die köstlichsten Dinge sollten sich darin spiegeln, wie sich im Menschengesicht nur eine lautere Seele spiegeln sollte. Es ist so recht gemacht, um die Bilder des Herrn zu schmücken, denn es ist klar und sich selber gleich und in seinem Innersten, was es von außen ist.

Aber die Augen der Menschen erkennen das Gold nicht mehr, und je mehr sie davon aufhäufen, um so weniger wissen sie, was es ist. Können sie doch nicht einmal einen Baum anschauen, so wie Gott ihn geschaffen hat. Wie viele Spanier sind durch die gesegnete Insel Haiti gezogen und dort verdorben und gestorben! Aber wie viele ich auch fragte, keiner wußte sich an die Bäume zu erinnern, die im Süden gedeihen, wo die Küste nach Jamaika hinüberschaut. Sie tragen Früchte, die den Pfirsichen ähnlich, nur sehr viel größer sind, gleich den Kugeln, mit denen in Spanien die Männer spielen; aber das Wunderbarste ist der Baum selbst; denn er ist hoch und gewaltig und lebt und webt in sich selber, umhüllt von seinem Duft, und jeder Baum ist eine Welt. Die großen und kleinen Äste erheben sich wie Kreuze, und auch die Blätter stehen wie Kreuze zueinander; sie sind breit wie Handflächen und wie Herzen geformt und fest und glatt und von schönem dunklem Grün. Die Menschen sehen den Baum nicht, so wenig wie die Vögel, die doch auf einer jeden Insel ihre besondere Farbe haben und im hohen Gebirge einander locken und antworten und deren Rufe sich so schön und klar zusammenfinden, als ob sie mit drei Stimmen sängen.

Aber wer mit dem Schwert diese Welt betritt, der sieht sie nicht; er hat Gottes Welt schon verloren. Und was soll der bezeugen? Und wie kommt es, daß er mit allem, was er sagt, mir doch meine furchtbare Not nicht nimmt? Diese Not rührt daher, daß ich täglich fühle, wie Gottes Welt verdorben wird, weil falsche Gedanken in den Menschen wohnen und sie zu unfrommen Taten zwingen. Denn mit den Schwertern ihres Machtverlangens und den Grabhacken ihrer Gier zerschlagen sie den Spiegel im Menschen, in dem Gottes Antlitz steht; wer aber kann den Mißhandelten, in dem der Spiegel zertrümmert ist, noch einen Menschen nennen? Er ist Satans Gehäuse. Denn wo Gott flieht, da zieht Satan ein. Aber das Gewissen, das unter dem Gesetz der Wahrheit steht, zeugt wider sie und ihr Tun. Auf meiner letzten Reise nach Spanien traf ich einen Ritter aus dieser Stadt, Bernardino de Lares; er kehrte nach vielen Jahrzehnten heim aus den Indien, krank von einem giftigen Pfeile und krank an seiner Seele, wie unser ganzes Volk es ist. Er ist sehr krank, aber er hat sich mir als Zeugen angeboten, ohne daß ich ihn dazu nötigte; ich weiß nicht, was er aussagen wird. Da meine Gegner denken, mein Herz verfälsche mir die

Wahrheit, so darf ich vielleicht einen Zeugen stellen, wie der Doktor es getan; auf Erden kann der Ritter kaum mehr eine Gunst oder eine Strafe erfahren, und darum gilt vielleicht sein Wort.«

Auf ein Nicken des Kaisers führte Las Casas gemeinsam mit dem alten Diener den Ritter Bernardino de Lares in den Saal; er grüßte den Kaiser und ließ sich in einem Stuhl nieder, den die beiden Dominikaner herbeischoben. »Du hast dich erboten, mir beizustehen«, redete ihn Las Casas an, »und ich danke dir für dein großes Opfer. Du kennst meine Sache und kennst ihre Gegner. Heute vielleicht soll endgültig über sie entschieden werden. Ich habe gesagt, was ich konnte, und meine Gegner haben es getan; doch sind wir nicht einig geworden über Recht und Unrecht. Das Recht bedarf keines menschlichen Zeugnisses; es ruht über dem Menschen, nicht in ihm. Aber wenn die Menschen uneins sind, so können sie ihr Gewissen um Rat fragen; und wenn sie es ohne Haß und Eifer tun, so wird ihr Gewissen ihnen helfen. Und wenn du vor dem ewigen Richter stündest, was würdest du dann aussagen über das Leben der Spanier in den Neuen Indien?«

»Meine Zeit läuft ab«, antwortete Bernardino, »und es ist so, wie der Vater Las Casas sagt, ich habe Menschen nicht mehr zu fürchten. Doch erst wenn diese Furcht in uns gestorben ist, lernen wir die Furcht des Herrn. Ich habe in den Neuen Indien gelebt wie fast alle Spanier; müßte ich mich vor einem spanischen Gericht verantworten, sei es hier oder jenseits des Meeres, so würde ich wohl ohne Strafe ausgehen; denn ich könnte mich für meine Taten auf Kriegsrecht berufen und finde Glauben. Aber was soll ich tun, wenn an des irdischen Richters Stelle der Engel mit dem Schwerte tritt?« Bernardino rang nach Worten, während im Saal eine drückende Stille herrschte; dann brach dieses Bekenntnis aus ihm hervor: »Aus meinem ganzen Herzen bereue ich mein Leben; es ist ein verfehltes Leben gewesen, und alles Gut, das ich drüben erworben habe, ist unrechtes Gut. Wohl bin ich in eine Welt eingetreten, die verfinstert war; aber Gott hat mich gewarnt, und mein Gewissen hat es getan, und ich bin ihnen nicht gefolgt. Wir sind mit Menschen umgegangen, als seien sie da zu unserem Nutzen und zur Sättigung unserer Gier, geschaffen, uns oder Spanien zu dienen; und wenn wir auch an Spanien gedacht hätten, was wäre dadurch besser geworden? Haben wir doch Gottes edelstes Eigentum, die Seelen der Menschen, mißachtet. Und so haben wir Tag für Tag uns hundertfach versündigt; denn wir lebten auf falschem Grund. So bin ich des Teufels geworden und habe Verbrechen begangen, die ich selbst nicht mehr begreife; was sollte uns nicht gehören, da wir glaubten, die Menschen seien unser Besitz?« – Er schwieg, dann begann er noch einmal: »Ich schwöre mein Leben ab und mein Gut; der Vater Las Casas mag es zum Heile derer verwenden, denen ich es geraubt habe. Wolle Gott meine Bürde erleichtern, wenn ich den Weg antreten muß zu ihm! Wer noch zweifelt an dem Vater Las Casas, der mag ihn im Gebete Gott dem Herrn vorstellen; im Gebet erkennen wir den gottesfürchtigen Mann, und dem sollen wir folgen. Und da ich gute Taten nicht zu hinterlassen habe, so mag meine Schuld fruchten; vielleicht ist unser Übermaß an Schuld auch unsere letzte Hoffnung.« Damit suchte er sich zu erheben; Las Casas schien von seiner Aussage kaum weniger betroffen worden zu sein als die übrigen und dankte ihm bewegt; dann führten ihn die Mönche hinaus. »Um die Seele dieses Mannes«, sagte Las Casas, »habe ich lange Wochen gerungen, und es ist mir dabei manchmal gewesen, als ob es die Seele unseres Volkes sei, die edel war in ihrem Ursprunge, aber getrübt wurde von den Gewalten. Der Kardinal sprach vorhin von der Meinung, daß ich nur ein Herz für die Indios, nicht für die Spanier hätte; und in der Tat nennen mich jene ihren Vater und diese ihren Feind. Und doch kann ich vor Gott dem Herrn versichern, daß nichts mir schwereren Kummer bereitet als das Schicksal meines eigenen Volkes. Denn die auf Erden unschuldig leiden, können sich der Barmherzigkeit Gottes getrösten; und selbst, wenn sie nicht wahre Christen wurden oder sich wieder abkehren vom Kreuze, weil es das Zeichen der Spanier war, so ist vielleicht doch eine Hoffnung, daß Er in seiner unerforschlichen Güte ihrer manche annehmen wird. Aber wir?

Auf uns fallen alle Flüche, die unter Todesqualen wider unsern Herrn ausgestoßen worden sind. Auf uns fällt die Not der Seelen, die gefangen sind in einem sündigen Leben und unabwendbar der Verdammnis überantwortet werden.« Der Mönch wandte sich unmittelbar an den Kaiser: »Daß deines Volkes Seele verdirbt, erhabener kaiserlicher Herr, das ist es, was mich nicht schweigen läßt. Laß alles ungesagt und hinfällig sein, was ich vorgebracht habe, verwirf meine Gründe und Beweise und Zeugen, nur dieses eine nicht: daß wir zu einer jeden Stunde vor der Ewigkeit stehen und daß der Herr auf uns herabschaut in diesem Augenblick. Du bist kein Priester, wie ich Unwürdiger es bin, und kennst diese letzte Not um die verlorengehenden Seelen vielleicht nicht, aber auch du bist zum Statthalter über die Seelen gesetzt wie deine Vorfahren und mußt sie mit deinem mächtigen Arm schützen als Gottes Eigentum. Dein Volk soll ja nicht auf Erden, sondern es soll in Ewigkeit leben, und für diese Ewigkeit trägst du die Verantwortung in der Macht und den Grenzen deines Amtes.«

Las Casas näherte sich dem Throne. »Herr, dein Volk ist krank, laß es gesunden. Zerbrich das Unrecht, in dem es erstickt. Und was es immer kosten wolle, zögere nicht; denn das will Gott von dir. Vielleicht ist jetzt die Stunde da, da Gott ein sehr großes Opfer von dir fordert; bringe es, Herr; frage nicht, wie die Welt es dir entgelten wird und ob deine Feinde es sich zunutze machen, sondern vertraue auf Gott. Wir kennen seine Wege nicht; wir kennen nur sein Gesetz; dem müssen wir uns beugen. Und was den Menschen als Torheit erscheint, das ist vielleicht die letzte Weisheit. Du fürchtest die Folgen, Herr, wenn du das Unrecht ausrottest und das Recht wieder herstellst; fürchte sie nicht, vertraue nur und stütze dich auf das Gebet. Wir werden nicht aufhören zu beten; und wenn dein Volk wieder gesund wird, hast du dann nicht Gewinnes genug? Gib die Indios frei; setze ihre Fürsten wieder ein, deren Rechte ehrwürdig sind wie die deinen; laß dein Volk erkennen, daß sie Gottes Ebenbild sind und Achtung verdienen! Das soll deine Tat sein, und sie wird nicht vergessen werden und dir und Spanien ewigen Ruhm bringen; jetzt mußt du es tun und zeigen, daß du allein Gottes, nicht der Menschen und deines Reiches Diener bist und ein König, weil dein Sinn höher ist als der anderer Menschen. Frage niemanden, frage nur dich selbst; frage dein Leiden und deine Sorge und deine Not; frage deine Liebe und dein Gewissen. Menschenstimmen können dir nicht antworten; aber wenn du lauschen willst, Herr, so vernimmst du vielleicht die Stimme des Lenkers der Geschichte, der dich und deine Krone und dein Land in diesem Augenblick als Werkzeug gebrauchen und sein Reich ausbreiten will durch dich.«

Karl beugte sich vor, von der Stimme des Mönches ergriffen und wie geneigt, ihr nachzugeben. Da erhob sich Sepulveda im Rücken des Mönches: »Herr, wenn die Stimme der Notwendigkeit, der Fürsten und Völker unterworfen sind, ein Recht hat, dich zu warnen, so in diesem Augenblick. Sie verzeiht es niemals, wenn sie mißachtet wurde. Höre nicht auf den Träumer; er zerstört dein Reich!« »Wie willst du«, rief der Bischof von Burgos, der die letzte Rede des Las Casas mit kaum noch beherrschter Erbitterung angehört hatte, »dem Herrn dienen mit zertrümmerter Macht? Was soll ein zerbrochenes Werkzeug in Gottes Hand? Vergiß nicht, daß die Welt sich dir unterwerfen muß und du ihre Ordnung wieder herstellen wirst, wenn du fest bleibst. Das ist dein Auftrag!« Las Casas schien die Stimmen in seinem Rücken nicht zu vernehmen; er blickte unverwandt auf den Kaiser; höchste Erwartung lag auf seinem Gesicht. »Es ist die Stunde Spaniens«, sagte er leise; und er wiederholte nach einer langen Pause diese Worte, mit dem Untertone unterdrückten Schluchzens, der Ankündigung einer ungeheuren Enttäuschung.

Aber der Kaiser schwieg, und nun brach mit einem Male die alte Leidenschaft aus Las Casas hervor, mit der er in den Augenblicken höchster Erregung Sepulveda geantwortet hatte; doch wie zuvor seine letzten Bitten richtete sie sich unmittelbar an den Monarchen. »Was gehört denn«, fragte er, »von Rechts wegen der spanischen Krone in den Neuen Indien? Nichts als ein Auftrag.

Darum hat der Papst den Königen Kastiliens die Länder jenseits des Meeres anvertraut, daß sie dort Christen erweckten und die alten Ordnungen Indiens mit dem neuen Leben christlichen Glaubens erfüllten, aber nicht, daß sie diese Ordnungen umstürzten und austilgten. Die Völker Indiens unterstehen ihren Königen und Kaziken; keine Muschel im Meere, kein Körnchen Goldes, keine Frucht der Bäume und Felder ist unser; nicht ein Real ist unser Eigentum.

Christus, der Herr, wollte die Länder jenseits des Meeres betreten; und er hat unsere Schiffe des Fährdienstes gewürdigt; des Herrn Schiffsleute und des Herrn Apostel sollten wir sein, und aus den Fährschiffen haben wir Kaufschiffe und Piratenflotten gemacht und aus den Aposteln Mordbrenner und Räuber. Oh, wie hätten wir uns dieses Dienstes rühmen können, wenn wir ihn verstanden hätten! Nicht nehmen sollten wir, sondern bringen: das war nach Gottes Ratschluß unsere Aufgabe. Und wir haben gefragt, was uns die Schiffe kosten und was es kostet, Kirchen und Kreuze zu errichten! Denn so rechtfertigen ja unsere gelehrten Doktoren unsern Raub: zum Apostelamte, meinten sie, bedarf es der Mittel, und diese Mittel müßten die Indios liefern. Was hättest du Besseres tun können, als Spaniens Schätze hinüberzutragen? Und wenn Spanien arm geworden wäre über der Erfüllung seiner Aufgabe: welche stolzere Armut könnte es wohl geben?

Aber«, fuhr er in schwermütigem Tone fort, »die Schuld ist schon zu einem Teile unseres Lebens geworden, alle Warnungen sind vergeblich, Spanien hat seine Stunde verkannt, und die noch von Gottes Auftrag wissen, gehen als Narren hin, beladen mit aller Not der Welt. Oh, daß mich Gott doch fortnähme, daß ich nicht mehr zeugen müßte für ihn! Daß er mich doch mit der letzten Einsicht nicht geschlagen hätte und ich das letzte Wort nicht sagen müßte! Und doch«, rief er, sich aufrichtend und an den ganzen Saal sich wendend, »ist es wahr, daß das Gericht kommen wird über dieses Land! Denn wer den größten Auftrag verfehlt, der verfällt auch der schwersten Schuld. Und darum wird Gottes

Zorn auf dieses Land fallen, er wird seine Macht zerschlagen und sein Zepter erniedrigen und ihm Inseln und Reiche nehmen; und wenn die Menschen sich aufrichten aus den Trümmern und den Herrn anklagen und fragen, warum er dieses Unheil über das Land gebracht habe, so werde ich mich erheben aus dem Grabe und für Gottes Gerechtigkeit zeugen. Dann werde ich den Fragern antworten: Gott hat eure Väter für einen Dienst erlesen, und sie haben ihn nicht verstanden; sie hätten dem Heiligen gleich den Herrn durch das Meer tragen sollen auf ihren Schultern und haben statt seiner den Satan getragen. Darum tut Gott recht, wenn er dieses Landes Ansehen vernichtet. Für ungeheure Verbrechen erfolgt nun die ungeheure Strafe.«

Las Casas hatte, ganz hingegeben an den Geist seiner Worte, diese letzten Sätze noch nicht vollendet, als der Kaiser mit geballter Faust in äußerstem Zorne aufsprang, um den Saal zu verlassen. Geistliche und Gelehrte erhoben sich hastig, ihn zu grüßen, der Kardinal war bestürzt, der Bischof von Segovia tief niedergeschlagen, der Bischof von Burgos triumphierte. Entrüstung, die sich mit einer gewissen Genugtuung mischte, lag auf den Zügen der meisten übrigen; sie gingen zur Tür, die hinter dem Monarchen offen geblieben war. Erst als Sepulveda mit dem Ausdruck strafenden Zornes an Las Casas vorüberschritt, schien dieser aus seinem Fortgerissensein zu erwachen; er strich sich seufzend über die Stirn und sah sich um, aber in diesem Augenblick gingen auch die Dominikaner, die mit verzweifelten Mienen nahe der Tür stehengeblieben waren, aus dem Saal.

Der Mönch stürzte sich auf den Tisch und schleppte sich, wie wenn er plötzlich um Jahrzehnte gealtert wäre, an seinen Platz zurück, um sich niederzusetzen; wieder, wie vor Beginn der Disputation, lehnte er die Stirn an die gefalteten Hände, und so verharrte er, nach langem Stummsein immer insbrünstigere Gebete flüsternd, als wolle er den offenbar verlorenen Kampf mit der Aufbietung der innersten Kräfte noch einmal aufnehmen.

(1938)

Über den Selbstmord

Dulden muß der Mensch
Sein Scheiden aus der Welt wie seine Ankunft:
Reif sein ist alles.
Shakespeare, König Lear V, 2

Der Selbstmord scheint eine Handlung letzter persönlicher Freiheit zu sein, die dem Menschen nicht genommen werden kann. Er verfügt über sein Leben; er gibt, wie ein Jüngling in einem Romane Dostojewskijs einmal sagt, »seine Eintrittskarte zurück«. Aber schon die Wendung von der Eintrittskarte läßt uns stocken. Hat sie der Mensch denn bezahlt? Und von wem hat er sie empfangen? Ist das Leben eine Veranstaltung, die zu unserem Vergnügen unternommen wurde und die wir verlassen können, wenn es uns beliebt? Und wer hat sie getroffen? Und auf welche Weise wurden wir eingeladen, unter welcher Verpflichtung? Sind wir so ganz ohne Beziehung zu den Teilnehmern, daß wir sie verlassen können, wenn das Spiel uns langweilt oder wir es nicht mehr ertragen?

Alle Fragen des Daseins werden vom Selbstmord aufgeworfen. Es ist ein ungeheurer Vorgang, wenn ein Mensch Hand an sich legt, wenn er die Welt gleichsam aufhebt für sich. Es ist das entsetzlichste Nein, das gesprochen, getan werden kann, eine Empörung gewissermaßen gegen die Ursprünge selbst, gegen Vater und Mutter und die Vorfahren überhaupt, gegen einen jeden Lobpreis des Lebens, eine jede Sorge und Fürsorge, gegen alles, was besteht und was der Mensch bisher getan. Eine schrillere Dissonanz ist nicht denkbar: Dem Orte, wo ein Selbstmord geschah, haftet das Odium des Furchtbar-Unheimlichen an, das Gefühl, daß hier etwas geschehen ist, was niemals hätte geschehen dürfen. Welcher Art auch der Glaube oder Unglaube, die Überzeugung der Menschen sein mögen, sie werden die Scheu vor der Tat und dem Orte schwerlich verlieren.

Die einfachste Entgegnung wäre die: daß der Mensch sich abwendet aus unerträglichem Zwang, zerstörenden Leiden in die Freiheit, den Schlaf, die Leidlosigkeit, das Nichts. Aber wie, wenn diese Worte sehr vorläufig wären, den Worten ähnlich, wie der Satte vom Hungernden, der Behauste vom Flüchtling spricht? Auch im äußersten Falle kommen wir über den Einwand Hamlets – »wenn die Träume nicht wären« – nicht hinaus. Alles, was wir vom Entschluß zum Tode wissen, zu ergründen suchen, was uns die dazu Entschlossenen hinterlassen haben, rührt an das Geheimnis der letzten Sekunde nicht. Erst sie ist ganz ernst. Und eine letzte Sekunde kommt immer, sei sie der Augenblick, wo das Gift der zerbissenen Phiole in den Körper fließt oder die Mündung der Pistole an die Lippen rührt. Was geschieht dann? Was endet? Was beginnt? In welcher ungeheuren Entfernung vom eben noch gesprochenen, geschriebenen, gedachten Wort mag dieses Geheimnis geschehen!

Aber wir haben das Antlitz der Toten, das seine ergreifende Sprache spricht. Der Friede eines Lächelns verklärt sie, das kein lebendes Antlitz verklärt hat. Ist es das Lächeln des Freigewordenen – oder ist es das Zurücksinken der entschwerten Hülle, die nicht mehr von Bedeutung ist? Wenn es aber nur Hülle war, wo ist dann die Person, die den Tod getan, erfahren hat? Und wie hat sie ihn erfahren und angesichts welcher Dimensionen? Der Friede könnte wohl für den Schlaf sprechen; er könnte auch dafür sprechen, daß eine unbegreifliche Macht sich dessen erbarmte, der seine Form zerbrach; daß über dem Schrecken etwas beginnt und dieses andere im Sichtbaren, in den Zügen des Toten, seine Sprache nicht mehr finden kann. Hier hören Schmerzen auf, und es ist wie ein beglückendes Atmen vor dem Einschlafen. Aber der Schlaf und der andere Morgen? Und wer schläft wohl in solchem Frieden ein, der sich nicht beschützt fühlt, der nicht im letzten Versinken ahnt, daß Einer über seinem Schlafe wacht? Das befriedete Antlitz dessen, der Hand an sich gelegt, ist das Rätsel über allen Rätseln; denn das Lebende sinkt schwerlich in das Nichts ohne Grauen; es sinkt befriedet nur in den Abgrund der Liebe.

Doch wir wissen auch von Gesichtern, auf denen ganz anderes steht; es sind Masken der Schmerzen, einer Not, die das Irdische sprengt. Es mögen Gesichter unter ihnen sein, die wie die aufgebrochene Tiefe selber sind, verletzte, zertrümmerte Gesichter, die doch nur die Andeutung der zertrümmerten Seelen sind. Und wie viele Gesichter müßten wir fragen! Und wer mag sich vermessen, ihren Ausdruck zu deuten und ihnen eine Aussage abzulesen, die den Schleier hebt! Was wir auch sagen und denken mögen vom Geheimnis der letzten Sekunde, es ist alles vorläufig. Wir sollten bekennen: An die letzte Wahrheit und Wirklichkeit reichen wir nicht. Wir wissen nicht einmal, ob die Bezeichnung »Sekunde« noch zutrifft, noch redlich ist. Es könnte auch ein Anfang von Zeitlosigkeit sein, stehenden Schauens, Erfahrens, Leidens, für die wir keine Namen mehr haben. Und wie viele letzte Sekunden dehnen sich gewissermaßen ins Leben zurück! Es ist nicht jede Hand sicher, die sich gegen das eigene Leben erhebt. Das Bewußtsein, einen Frevel zu tun, könnte sie zittern lassen. Könnte nicht plötzlich der Gedanke die Tat durchkreuzen: Du gehst dorthin, wohin Du nicht gerufen bist? Wie wirst Du empfangen? Und die Verzweiflung wird dagegen sprechen: Tue es doch! Und das Widerstreben vor dem Frevel meldet sich wieder. Aber der Abschied ist schon vollzogen, oder die Not, die Schmach wüten an der Tür und können im nächsten Augenblick einbrechen, und die Verzweiflung erzwingt die Tat. In einer entsetzlichen Verwirrung, Erregung geschieht das Ende, und der Unglückliche flieht gleichsam atemlos durchs Ziel. Unsere Sprache hat die Tat ja eindeutig bezeichnet: es ist Mord (das Wort »Freitod« ist nicht wahrhaftig; im Tode ist das Bestimmtsein, das der Freiheit widerspricht). Ist nicht der Leib im ersten, ursprünglichsten Sinne der Bruder, nach dem wir gefragt werden könnten wie Kain? So kann die »letzte Sekunde« zum ungeheuersten Drama werden, in der die Tat vielleicht nur halb gelingt, so daß über den Qualen des verwundeten Bruders Leib das

Geheimnis, das im Fluge durcheilt werden sollte, über dem Verblutenden unerbittlich steht wie die Wüstensonne über dem todwunden Soldaten.

Lassen wir uns nicht täuschen mit den Worten unseres Berichts über einen Bezirk, von dem wir nichts in Erfahrung bringen! Der Entschluß zum Tod ist der Entschluß zu einer ehernen Wirklichkeit. Und ob wir nun glauben oder nicht, das eine müßten wir uns doch sagen: Wir haben kein Recht, das andere, zu dem wir uns entschließen, »Schlaf« zu nennen. Schlafen: das heißt wieder erwachen. Wir schlafen nur auf fester Erde, gesichertem Grund. Hier aber heben wir den Grund auf – von nun an wird alles ungewiß, ist Unerhörtes, Unausdenkbares möglich.

Freilich erwartet dieses Unausdenkbare alle; die sich zu ihm entschließen, gehen nur voraus. Aber das eine ist doch gewiß, daß wir das Leben, die Erde und das etwa mögliche Unausdenkbare nicht geschaffen haben. Und wenn es eine »Sicherheit« gegeben hat auf Erden und Leben und Tun und Leiden bis zu dieser Stunde uns möglich war, so gerade wohl deshalb, weil wir nicht Urheber sind, weil wir nicht tragen und steuern. Wir haben uns Gegebenem hingegeben, mag es in Vertrauen gewesen sein oder in Furcht und Zittern. In einer Wirklichkeit, die um vieles mächtiger war als wir, so rätselhaft sie auch gewesen ist, waren wir eingeschlossen. Nun aber stellen wir uns gegen sie, machen wir mit ihr ein Ende. Wir wagen den Sprung von der Mauer. Wo stürzen wir hin, wer wird uns auffangen? Welcher Macht werden wir, können wir verfallen? Wir sollten die Tatsache ausdenken, daß bisher unser Dasein ein Getragensein war – wenn vielleicht auch ein Getragensein schrecklicher Art – und die andern sich weiter tragen lassen und daß in dieser Wahrheit vom Überantwortetsein doch noch eine Festigkeit, ein Trost möglich ist dem Unausdenkbaren gegenüber. Wo wir unmächtig sind, da ist Ergebung vielleicht die höchste Weisheit. Aber nun geben wir diese Weisheit auf. Wir lösen uns, beginnen zu eilen und wissen nicht wohin. Das Unausdenkbare könnte tragbar sein, wenn wir ihm entgegengeführt werden, wie wir in dieses Leben geführt wurden. Wir aber fordern das Unausdenkbare heraus. Wie wird es antworten? Wir meinen die Brücke zu betreten, die ins Freie führt. Brechen wir nicht vielmehr die Brücke ab, die einzige Möglichkeit des Vertrauens gegenüber dem Unbekannten und Unausweichlichen? Und könnte der Schrecken des Sturms nicht schwerer wiegen als alle Qual der uns noch zugemessenen Zeit? Was uns in der Stunde der Verzweiflung das Herz umengt, daß wir meinen, nicht mehr atmen zu können, das wird morgen ein Traum sein, wie die Not ein Traum wurde für unzählige andere, die sich ergaben: Dann werden wir wieder vor dem Unbegreiflichen stehn, das uns jetzt zu zermalmen droht. Aber wir haben uns nicht dahin gedrängt, die Grenze nicht eigenmächtig überschritten; wir haben die Warnung, die das entsetzliche Wort »Mord« in einem jeden Falle ausspricht, nicht mißachtet. Wie wir dieses Leben nicht gewollt, seinen Anfang nicht getan haben, so haben wir dann auch das Ende nicht heraufgeführt, und um so verwirrender die Ungewißheit ist, um so eher werden wir Fassung und Mut finden in der Ergebung. Wir nehmen an, was über uns beschlossen ist, und lassen uns führen, wo wir nicht führen können. Wir werden dann zum mindesten die Würde des Leidens und den Stolz haben, daß wir aushielten auf einem nicht gewählten Posten. Denn Leben und Sterben sind uns offenbar auferlegt; darin werden sich Gläubige und Ungläubige einig sein.

Ist die Auferlegung sinnlos, so sind wir in Gefahr, von Schrekken zu Schrecken getrieben zu werden. Warum sollen wir auf der Erde dem Leid entfliehen, wenn es möglich ist, daß im Tode und jenseits des Todes uns größeres Leid erwartet? Das Leid der Erde ist uns zum wenigsten bekannt, und für das unbekannte Leiden könnte uns das Bewußtsein stärken, daß wir es nicht gerufen haben und ihm nicht ausweichen konnten. Denn der Schlaf, das Nichts sind unbewiesen. Wenn der »Prinz von Homburg« zweifelt an der Herrlichkeit des Jenseits, weil »das Auge modert, das diese Herrlichkeit erblicken soll«, müßten wir dann nicht auch am

Schlafe zweifeln, weil das Auge modert, das sich im Tode schließt? Und wenn das Nichts kommt, wie werden wir es erfahren? Als welche Erfahrung wird es uns zerstören, in der »Sekunde«, die nicht mehr Zeit ist, die Ewigkeit sein könnte? »Schlaf«, auf das Jenseits angewendet, könnte ein lügnerisches Wort sein. Wir haben kein Recht, diesen Zustand ruhenden Lebens jenseits des Todes zu erwarten.

Hat die Auferlegung aber einen Sinn, so könnten wir ihn nur in der Art finden, wie wir sie ertragen. Wir erfüllten ihn nicht, wenn wir auswichen. Offenbar sollen wir etwas leisten. Und selbst wenn dies Geforderte nicht geleistet werden könnte, weil es über unsere Kräfte, ja über unsere Ehre, unsere Würde geht, so ist es doch offenbar, daß ein anderer Tod uns erwartet als der, den wir uns jetzt bereiten wollen. Diesen anderen Tod zu erwarten ist uns offenbar das Schwerste. Wir aber wollen diesen Tod, den Mord, zu dem wir uns entschließen, den anderen wollen wir nicht.

Aber es ist der Charakter unseres Daseins, daß wir das Ungewollte vollziehen müssen, das ungewollte Leben, den ungewollten Tod. Erst mit ihm bestehen wir die Auferlegung ganz. Und im Bestehen ist eine Genugtuung – vielleicht schon eine Verheißung. Es ist der Anfang einer Befreiung darin, vielleicht sogar eines Anspruchs: »Dies alles habe ich erduldet, wie es mir auferlegt war.« Ehre und Würde aber, wie sie unter Menschen gelten, sind schwerlich Worte, die wir in den Tod und »hinüber« nehmen können. Eine Würde schimmert im Ertragen des Untragbaren auf. Von ihr haben – jenseits aller Verheißung – die griechischen Helden gewußt. Ödipus durchlitt die Schmach seines Blutes, die ungewollte Schuld am Tode des Vaters, den entsetzlichen Widerspruch mit sich selbst. Er hätte nicht sein dürfen, aber er trug dieses Sein. Er erduldete das Unwürdige, der Gatte seiner Mutter zu sein. So hatten es die himmlischen Mächte, nicht er gefügt. Er zerstörte die Augen, die den Greuel dieses Lebens gesehen – aber sein Leben nicht. Indem er sich in dies befleckte, widernatürliche Leben ergab, »maßlos duldend« – erlangte er ein Recht. Der vom nicht gewollten Frevel Vertriebene, durch die Fremde Irrende war König; er war König seines Leids. Am Ende nahm die Macht sich seiner an, die über ihm waltete, und hüllte ihn in das Geheimnis wunderbaren Todes. Sein verborgenes Grab aber wurde zum Heiligtum. Es wurde zum Gnadenorte vor den Mauern Athens. Segen ging von diesem verfemten, gescheuten Leben aus, das sich unvorstellbaren Leiden gebeugt. Da es den Tod nicht rief, selbst in der Schande nicht, so neigte sich endlich hernieder die Gnade der unverstandenen Macht.

Dies könnte der Sinn der Schmerzen sein, die uns versuchen, Hand an uns zu legen. Auf diesen Sinn verzichten könnten wir aber nur, wenn wir unumstößlich wüßten, daß das Nichts uns erwartet, ein befriedender Schlaf ohne Träume.

Wenn das Nichts gewiß wäre, dann schiene der Selbstmord möglich, vernünftig. *Ist* es aber gewiß, so ist das Leben ein Gut über allen Gütern, für das es keine Entschädigung gibt. Dann wäre das elendeste Leben noch kostbar – und wenn es nur einen Blick in die Sonne erlaubt, das Empfinden des Herzschlages, das letzte, von Wehmut verdunkelte Nachleuchten einer Erinnerung – wenn es nichts wäre als die Verzögerung des Sterbens, die Frist vor dem Nichts. Wer leidet, der lebt – und das Leben ist ein Abgrund an Schmerz, aber auch ein Abgrund an Hoffnungen. Verzweiflung ist blind; sie nimmt die Wende nicht wahr, die sich vorbereitet. Wie, wenn die letzte Vorbereitung geschehen wäre einen Augenblick – *nach* dem letzten Augenblick? Die vielen Sagen, Überlieferungen von Selbstmördern, die als Gespenster wiederkehren, deuten die Ahnung an, daß eine Aufgabe nicht gelöst, eine Möglichkeit nicht ausgeschöpft ist. Die Geister trachten dem versäumten Leben nach und müssen schweifen, bis die eigenmächtig gebrochene Kraft aufgezehrt ist, als ob der Tod die Unglücklichen auf die Erde zurückdränge, an die Stelle ihrer Flucht. Der Tod nimmt die nur an, die er gerufen; den andern ist kein Friede versprochen.

Das eine ist gewiß: der selbstgewählte Tod wühlt Frage um Frage auf; er heißt die ihm Entgegeneilenden schwerlich willkommen. Das Antlitz mag lächeln, der Leib beseligt sein, wenn die Schmerzen verebben. Allein, was sagen die abgelegten Kleider vom Geheimnis, den Erfahrungen dessen, der sie getragen? Doch die eigentliche Not kümmert sich um all diese Fragen nicht: die Schwermut der Jugend will hinunter in den grundlosen Tod; sie ist auf der Erde nie zu Haus gewesen und brennt danach, heimzukehren in uranfängliche Dämmernis. Einmal ist der Vertriebene jeder Herberge müd; es kommt ein Morgen, da er sich nicht mehr erheben wird. Auf diesem letzten Lager seiner Wanderschaft möchte er ruhn wie in Ewigkeit. Der Verfolgte, Verzweifelte sieht sich und die Seinen von allen Seiten umschlossen; er hat an zu viel Türen gebangt, sich erniedrigt, als daß er es noch an einer einzigen versuchen sollte. Vielleicht sind die Elenden schon unterwegs, die ihn und die Seinen voneinander trennen, den von der Not noch einmal geheiligten Lebenszusammenhang zerreißen sollen. Es wird nicht geschehen. Wenn die Verfolger die Türen aufbrechen, so wird man die Gehetzten vereinigt finden im Tod. Und auch der Kranke, dem sich in langen Nächten das grausige Antlitz seiner Krankheit entschleiert, wird vielleicht einmal nicht mehr fragen. Und was sollten wir zu sagen wagen von der erniedrigten Frau, die sich selbst nicht mehr ertragen, ihr Gesicht nicht mehr anblicken, sich nicht mehr erinnern mag an das, was sie gewesen; was von der Mutter, die ihr Kind und sich der Schande entreißt? Was auch von der Verzweiflung der Liebe, die ihr Blut verströmen muß, weil die Überfülle ihres Herzens vereinsamt ist für immer? Und doch hat der Entschluß zum Tode oftmals eine lange Vorgeschichte. Es mag Menschen geben, von denen es den Anschein hat, daß es ihnen eingeboren sei, von eigner Hand zu fallen. Diese Menschen können etwas Furchtbares haben; sie geben dem Selbstmord ein besonderes Gepräge. Eine Neigung zum Tode, ein Hingezogenwerden zu ihm, scheint das Innerste ihres Wesens auszumachen und von da heraufzudringen in ihr ganzes Empfinden und Handeln. Sind es Künstler, so erlangen sie eine eigentümliche, betörend-verderbliche Melodie. Sie *müssen* nicht Selbstzerstörer sein, aber sie sind es; irgendeinmal haben sie sich, hat sich ein Etwas in ihnen zum Tode entschieden. Vielleicht ist es ihnen nicht völlig bewußt, doch die Entscheidung, die verborgene »Hochzeit«, wirkt sich in ihrem ganzen Lose, ihrem Streben und Versagen aus. Selbstzerstörer, die sie sind, zeichnen sie die Bahn der Zerstörung mit ihren Schritten; ist ihnen ein geistiges Wirken gegeben, so bahnen ihre Gedanken dem Tode einen Weg. All ihr Dasein und Trachten hat etwas Abschüssiges. Wehe so manchem, der ihnen begegnet, sie können zur großen Gefahr werden! Die Gewichte des Todes in einer Seele haben eine anziehende Macht.

Es scheint auch eine Kraft hervorgehen zu können aus dem Entschluß zum Tode. Wer immer bereit ist, den Tod zu vollziehen, vermag fast Unmögliches zu tun, fast Untragbares zu bestehn; er scheint gefeit. Und doch haftet ihm etwas Segenloses an. Ein Mensch, der immerfort bereit ist, sich selbst zu vernichten, der in einer tödlichen Beziehung zu sich selber steht: wie sollte er in der rechten Beziehung zu den andern Menschen, der Umwelt sein? Wer kann erhalten, der sich selbst nicht erhalten mag? Wer wird vor der Zerstörung zurückbeben, da er sich selber zerstören will?

Aus solcher inneren Bereitschaft zum Selbstmord, zum Verbrechen an dem Bruder unserer Seele, kann geschichtliches Handeln werden. Daß Friedrich der Große in den schwersten Jahren des Siebenjährigen Krieges sich an der Bereitschaft zum Selbstmord stärkte und gewissermaßen dem Tode schon einen Teil des Geschickes auflud, das er sich selbst heraufgerufen hatte, ist wohl nicht zu bezweifeln. Ob er den Mord im Falle der Katastrophe begangen hätte, wissen wir nicht; vielleicht stand er doch noch zu fest im Zusammenhang seines Erbes und Amtes, als daß er – selbst wenn es der »Ehre« wegen hätte geschehen sollen – seine Verpflichtung abgeworfen hätte. Aber mit Schaudern rührte es uns an, als in der furchtbaren Rede, die den zweiten Weltkrieg eröffnete, der Schatten Friedrichs wiederholt beschworen wurde. Damit war im Grunde die Verzweiflung zur Herrschaft erhoben; unter dem Bilde des dämonischen Königs, der selber noch davor bewahrt blieb, Opfer seines Dämons zu werden, brach der Abgrund des Todes auf, in den in ungeheuren Wirbeln Heere und Völker gerissen wurden. Wohl hatte die Siegesgewißheit die Stimme; aber unheimliche Klänge mischten sich, wie an jenem Septembermorgen, immer wieder in die Fanfaren. Es waren die einzig wahrhaftigen Laute im Munde der Lüge und als solche auf das deutlichste von falschen Voraussagen unterschieden. Wenn sich irgendwann von Menschen sagen ließ, daß sie einen schrecklichen Tod in sich trügen, so von den Mächtigen der zwölf Jahre. Etzels Halle, eines der immer wieder heraufgerufenen, gefeierten Bilder war wie das Leitbild, das sie zog.

Wir wissen das ganze Geheimnis eines Menschen und seines Todes nicht. Unsere Urteile bleiben ins Irdische verwiesen. Die Toten erreicht kein gültiges Urteil mehr. Das eine aber ist gewiß, daß einem Volke und damit der Welt kaum Schlimmeres beschieden sein kann als die Herrschaft eines Menschen, der im geheimen, sei es bewußt, sei es unbewußt, entschieden ist, sich selbst zu vernichten. Von ihm geht der Tod fast unwiderstehlich aus. Die ihm begegnen, geraten in sein Gefälle; und die Todesgewalt wird um so furchtbarer, je größer die Macht dieses Menschen ist. Vom Tode her wächst sie, und was sie sich unterwirft, bringt sie dem Tode zu. Er verdirbt, die mit ihm sind; die ihn feiern, preisen, ohne es zu wissen, den Tod. Die Embleme des Todes erscheinen auf den Waffen, den Fahnen und werden zu Emblemen der Macht. Es ist, als ob die sich furchtbar auftürmende Todeswoge die Welt zerbrechen sollte – bis sie endlich an den ihr gesetzten Felsen schlägt und zurückstürmt und die heimholt, von denen sie ausgegangen, und endlich auch den einen, in dem die Verzweiflung mächtig war, von Anfang an. Wir wagen es zu sagen: Dies könnte die verborgene Geschichte der zwölf Jahre sein. Die Verneinung kleidete sich in Triumph; der Rausch der Vernichtung war die namenlose Gewalt, mit der sie zur Gefolgschaft hinriß, das

Innerste im Wirbel der Selbstsucht, der Gier nach Macht und Ruhm, nach Gut und Tat. Und wie der Selbstmord des einzelnen zumeist seine Vorgeschichte hat, so hat die geschichtliche Macht der Selbstvernichter eine bedeutende Vorgeschichte; sie setzt eine Konstellation voraus, unter der die erhaltenden, wohltätigen, ordnenden Bilder den Menschen verhüllt sind. Solche Macht tritt nur auf in einer zertrümmerten Welt.

Wir können hier nicht erörtern, wie es zu dieser Verhüllung kam und worin sie sich zeigte. Sicher ist: daß ein Mensch, der zu sich selbst im Mißverhältnis der Bereitschaft zur Selbstvernichtung steht, nicht mächtig werden darf. Er sollte nicht wählbar sein und würde wohl auch schwerlich gewählt werden, wenn ihn nicht der Glanz der Blendung umwitterte. Dieses Phänomen rückt den Selbstmord in einen neuen Aspekt. Er kann nur geschehen, wo mit der Ehrfurcht vor dem Leben und dem Urheber des Lebens – erst diese zweite Ehrfurcht wäre die rettende tragende Kraft – der Zusammenhang allen Lebens und die Verpflichtung an diesen Zusammenhang geleugnet wird. Der Selbstmord – scheinbar das persönlichste, nur gegen das Ich gerichtete Vergehen – ist in Wahrheit nicht auf das Subjekt beschränkt. Alles Leben ist eins; der sein eigenes Leben nicht achtet, verletzt das Leben überhaupt und empört sich gegen Den, der alles Leben gegeben hat. Der Selbstmörder trägt etwas Entsetzliches in die Welt, etwas, das nicht in ihr sein soll und das ihre Ordnung bedroht. Der einzelne Lebende hat kein Recht, auch nicht um den Preis seines Blutes, die Bindung aufzuheben, die alles Leben eint. Seine Haltung, sein Denken haben etwas Zerrüttendes. Niemand wird schuldig an sich allein, weder in diesem noch in irgendeinem andern Sinne. Denn das Gesetz der Ordnung, der Erhaltung, Verwaltung ist allen gegeben; darum frevelt ein jeder, der dieses Gesetz verletzt, an allen. Der Entschluß, an sich selbst zu freveln, erkauft in keinem Falle einen echten Wert. Es ist im Grunde eine Tat äußerster Überhebung, das Leben abzuwerfen, das alle behaupten, verwalten sollen, das allen teuer ist. Wo das Sein sich selber verneint, da wird ein verbotener Gedanke gedacht; eine Verwirrung der geistigen Sphäre geschieht, deren Folgen so wenig mehr aufzuhalten sind wie die Wirkung eines Steinwurfs auf eine Wasserfläche. Das Leben ist dem Leben verpflichtet; wo es sich nicht verwalten kann, nicht verwalten will, da gibt es ein zerstörendes Beispiel, zeugt der Tod sich fort.

So ist geschehen, was wir schaudernd erlebt haben und noch immer erleben müssen. Von dem innersten gräßlichen Todeskreise her – von Etzels Halle, der die Macht des Selbstvernichters entgegenstürmte und in der sie verzehrt wurde – wogt die Todeswelle fort; es hat sich offenbar so Grauenvolles begeben, daß diese Woge sich nicht mehr beruhigen will. Noch ist der Abgrund offen, sind die haltenden Kräfte nicht auf hinreichende Weise sichtbar, wirksam geworden. Die Not, die in den Tod treibt, ist furchtbar. Aber des Todes ganze Macht ist die Not nicht. Ihm hat sich der Geist der Verzweiflung und Verneinung, des Frevels an sich selber verbündet; es hat sich ein Klima, eine Ära des Selbstmords verdichtet, deren Ursprung ein geistiger Frevel ist. Dieser Frevel besteht in der Lossage; ein einzelner glaubt Macht, Ruhm, geschichtliches Wirken erkaufen zu können für den selbstgewählten Tod. Ausdrücklich haben sich der Mächtige der zwölf Jahre und die Männer seines Kreises darauf berufen, daß sie bereit seien, selber zu sterben, den Tod zu wählen, als sie ein beispielloses Opfer forderten. Wer – das ist das vernichtende Argument – sein eigenes Leben aufgeben kann, der hat ein grenzenloses Recht an das Leben aller.

Und doch gelangt solche Haltung, die todernst zu sein scheint, über das willkürliche Spiel mit dem höchsten Einsatz nicht hinaus. Echter Ernst ist in der Verantwortung dem Bestehenden gegenüber. Hier aber wirft ein Verzweifelter, der die Pistole schon in der Tasche, das Gift im Munde trägt, die letzte Karte auf den Tisch – um einen jeden, ein ganzes Volk zu zwingen, dasselbe zu tun. So kommt es freilich zu einem Spiele, dessengleichen noch nicht gespielt worden ist. Geht es aber verloren, so steht niemand dafür ein. Denn die es tun müssen, sind von Anfang an entschlossen, es nicht zu tun, sondern sich zu töten. Wäre das Spiel aber gewonnen worden, so hätte – fast wider Erwarten – der Tod gewonnen, und er hätte schwerlich lange gezögert, die nächste Runde zu beginnen. Alles, was Verzweifelte gewinnen, ist nicht erworben, nicht verdient; es kann nur wieder Einsatz sein. Der Tod aber ist es, der eigentlich ernst macht; er reißt alles an sich, was ihm versprochen, was dem Urheber und Bewahrer des Lebens verweigert worden ist.

Ehe aber das Spiel begann, hatten die Spieler die Achtung vor sich selbst verloren – und kein Gewinn hätte sie entschädigen, hätte sie heilen können. Machtsucht und Ehrgeiz können schwelgen in unwahrscheinlichen Schätzen, und doch kann der Mensch, der sie zu besitzen meint, unheilbar erniedrigt, das Bewußtsein der Erniedrigung, des Unwerts unverwindlich in ihm sein. Das Wissen vom Menschenwert war verloren; wir wissen nicht, auf welche Weise; vielleicht war es an einer Erfahrung gescheitert, die eine Erfahrung an sich selbst oder an andern sein konnte. Vielleicht aber war es schon nicht mehr auf die rechte Weise in den Seelen gegründet worden. Der Mensch war, wie es in »König Ottokars Glück und Ende« heißt, »Kehricht« vor dem Turmbau der Macht; und es war nichts anderes möglich, als daß dieser Turm wieder einstürzte. Denn wo der Mensch nicht geachtet wird und sich selber nicht achtet, da ist keine echte Macht.

Alles Denken des Nichts steigert die Macht des Verneiners, arbeitet an den Waffen des Todes; jede Neigung zur Selbstvernichtung vermehrt die Gegengewichte des Seins, die diese Welt in die Tiefe reißen wollen. Das Denken der Selbst- und Weltvernichtung ist eine konkrete Gefahr; wir haben durchaus kein Recht zu der Überzeugung, daß Kräfte *des Menschen* genügen, diese Gefahr zu brechen. Die Heraufkunft des Selbstvernichters auf den Gipfel der Gewalt ist schwerlich denkbar ohne eine lange Vorarbeit geistiger Kräfte, mögen diese nun in offenem Streite oder mit den aufs höchste verfeinerten Mitteln der Kunst und Kritik an den Geistern, den Seelen gearbeitet haben.

Ein Zug zur Tiefe, zum Nichtmehrsein ist vielleicht in jeder Seele und in den edlen von erhöhter Leidensfähigkeit zumal; die Frage ist nur, welche Kraft sich ihm entgegensetzt. Wenigstens seit der Werther-Zeit können wir im Schrifttum eine Glorifikation des Selbstmordes beobachten; bald tritt auch im Leben die lange Reihe berühmter Selbstmörder auf, die gerade um ihres Todes willen geliebt, bewundert wurden, mit der Kraft dieses Todes zur Nachfolge überredeten. Es genügt nicht, an den tatsächlichen Selbstmord zu denken. Welche Magie liegt in dem grausigen Spiel des Novalis mit dem Tode! Ein Kritiker von unbestechlicher Sittlichkeit wie Otto Ludwig nannte den Tod des Max Piccolomini einen Selbstmord, dessen Schein-Glanz der Tapferkeit überdies noch mit der »Veruntreuung« des besten Regimentes des Kaisers erkauft wird. Die Dichtung hat hier in der Tat eine Art militärischen Selbstmordes vorgebildet und verherrlicht, deren Fragwürdigkeit bald fast ganz übersehen werden sollte.

Den großen Tragikern galt der Selbstmord des Helden als unbefriedigender Schluß der Tragödie; die Umstände wären zu prüfen, unter denen sie ihn angewendet haben. Der Held soll gefällt werden vom Gegenspiel; er soll sich nicht fällen, wenn die volle Wucht des Tragischen erfahren werden soll. Dies ist ein Gesetz der Kunstform, dem das Gesetz irdischer Ordnung entspricht; soll doch die innerste Wahrheit des Seins vergegenwärtigt werden in den Gebilden der Kunst. Das moderne Drama, das der Form nicht mehr gerecht werden konnte, neigte mehr und mehr zur Katastrophe in Gestalt des Selbstmordes: das Verhältnis des Menschen zur Wirklichkeit hat sich verändert; er wird als Besiegter nicht mehr unerbittlich hinausgedrängt oder als Schuldiger gerichtet; er verneint sich und entzieht sich dadurch der Ordnung des Gerichtetwerdens, aber auch der letzten Möglichkeit, als Sühnender sich zu erheben.

Der Gang zur Richtstätte, auf dessen Sichtbarkeit das Mittelalter nicht verzichtete, bot eine wunderbare Möglichkeit der Sühne; er war, bei aller Furchtbarkeit, die menschlichste Einrichtung. Der Schuldige war nicht allein, und nur wenige werden nicht gebetet haben, wenn die Armesünderglocke anschlug; nur wenige werden ihr Gewissen nicht gefragt und es nicht gefühlt haben, daß der zum Richtplatz Schreitende einen Anteil an aller Menschenschuld trug. Vielleicht kann im verborgenen Gericht schon eine Art von Ermächtigung zum Selbstgerichte erblickt werden: Wer im geheimen gerichtet wird, ist ohne fühlbaren Beistand, außerhalb des Zusammenhanges, auf den gerade der zum Tode Verurteilte einen Anspruch hat. Soll ihn der Tod doch wieder in den Zusammenhang versetzen, über den er hinwegging. Als Selbstmörder aber stellt er sich selber zum letztenmal heraus. Der entsetzliche Schatten der Gnadelosigkeit liegt auf dem Toten in seiner Zelle.

Shakespeare hat einmal, im »König Lear«, die Heilung vom Selbstmord gestaltet. Gloster, der von der Tochter seines Königs und ihrem Gatten geblendet und aus seinem Schloß vertrieben wurde, will sich das Leben nehmen und sucht den Weg nach Dover, um sich von der hohen Klippe ins Meer zu werfen. Unerkannt unter der Maske eines Narren führt ihn sein Sohn Edgar, den der Vater für einen Verräter gehalten und widerrechtlich verstoßen hat; Edgar schildert dem Blinden die Todestiefe, in die er sich stürzen will:

EDGAR *Kommt, Herr, hier ist der Ort: Steht still! wie grau'nvoll*
Und schwindelnd ist's, so tief hinab zu schau'n! –
Die Kräh'n und Dohlen, die die Mitt' umflattern,
Sehn kaum wie Käfer aus – halbwegs hinab
Hängt einer, Fenchel sammelnd – schrecklich Handwerk!
Mich dünkt, er scheint nicht größer als sein Kopf.
Die Fischer, die am Strande gehn entlang,
Sind Mäusen gleich; das hohe Schiff am Anker
Verjüngt zu seinem Boot; das Boot zum Tönnchen,
Beinah zu klein dem Blick; die dumpfe Brandung,
Die murmelnd auf zahllosen Kieseln tobt,

Schallt nicht bis hier. – Ich will nicht mehr hinabsehn,
Daß nicht mein Hirn sich dreht, mein wirrer Blick
Mich taumelnd stürzt hinab.
GLOSTER *Stell mich, wo du stehst.*
EDGAR *Gebt mir die Hand! Ihr seid nur einen Fuß*
Vom letzten Rand. Für alles unterm Mond
Tät ich hier keinen Sprung.
GLOSTER *Laß mich nun los.*
Hier, Freund, ist noch ein Beutel, drin ein Kleinod,
Kostbar genug dem Armen. Feen und Götter
Gesegnen dir's! Geh nun zurück, mein Freund!
Nimm Abschied; laß mich hören, daß du gehst.
EDGAR *Lebt wohl denn, guter Herr.*
GLOSTER *Von ganzem Herzen.*
EDGAR *So spiel' ich nur mit dem Verzweifelnden,*
Um ihn zu heilen.
GLOSTER *O ihr mächt'gen Götter!*
Der Welt entsag ich, und vor eurem Blick
Schüttl' ich geduldig ab mein großes Leid.
Könnt' ich es länger tragen ohne Hader
Mit eurem unabwendbar ew'gen Rat,
So möchte wohl mein müder Lebensdocht
Von selbst verglimmen. Wenn mein Edgar lebt –
O segnet ihn! – Nun, Freund, gehab dich wohl!
EDGAR *Bin fort schon; lebt denn wohl!*
Gloster springt und fällt zur Erde
Und weiß ich, ob nicht Phantasie den Schatz
Des Lebens rauben kann, wenn Leben selbst
Dem Raub sich preisgibt? Wär er, wo er dachte,
Jetzt dächt' er nicht mehr. – Lebend oder tot?
He, guter Freund! – Herr, hört ihr? – Sprecht! –
So könnt' er wirklich sterben – Nein, er lebt.
Wer seid ihr, Herr? –

König Lear IV, 6

Der Sohn spiegelt dem Blinden vor, daß ihn ein furchtbares Unwesen zur Klippe geführt und er sich wirklich herabgestürzt habe; doch himmlische Mächte, die »zu ihrem Ruhme vollbringen, was Menschen unmöglich ist«, hätten ihn getragen. Glaubt es der Gerettete? Er vertraut der Himmelsmacht wieder und ergibt sich nicht anders wie ein antiker Held:

Ja, das erkenn' ich jetzt. Ich will hinfort
Mein Elend tragen, bis es ruft von selbst:
Genug, genug, und stirb!
König Lear IV, 6

Der Selbstmord mußte getan sein; zu tief hatte sich der Gram in die Seele des Unglücklichen gefressen. Nun aber wird er frei und stark genug, den ihm bestimmten Tod zu erwarten. Die Szene ist wie ein Symbol: Ist nicht ein jeder Verzweifelter blind wie Gloster, der nicht weiß, daß sein Sohn neben ihm steht, der sein Trost sein wird? Ist nicht in der äußersten Verlassenheit eine Hilfe möglich, die Rettung ganz nahe? Gewiß, der Geblendete wird sein Augenlicht nicht mehr erlangen, das Entsetzliche, das er erduldete, nicht verschmerzen; er wird auch künftig nicht bewahrt bleiben vom Grauen der Welt. Aber er hat wieder gelernt zu beten, zu tragen. Auf dem Wege nach Dover rechtete er:

Was Fliegen sind
Den müß'gen Knaben, das sind wir den Göttern;
Sie töten uns zum Spaß
König Lear IV, 1

Nun, da er vor seinem unseligen, irren König steht, fleht er um Beistand gegen die Versuchung:

Ihr ewig güt'gen Götter, nehmt mein Leben,
Daß nicht mein böser Sinn mich nochmals treibt,
Zu sterben, eh es euch gefällt.

Doch Lear und Cordelia werden von ihren Feinden besiegt und gefangen, und Gloster möchte aufs neue verzweifeln. Aber Edgar mahnt ihn:

Was? Wieder Schwermut? Dulden muß der Mensch
Sein Scheiden aus der Welt, wie seine Ankunft:
Reif sein ist alles.

Wie die Tragödie sich löst, das Recht wiederhergestellt wird, der Sohn sich zu erkennen gibt, zwischen Freud und Schmerz, im Übermaß, das diesem stürmischen Herzen eigen ist, »bricht es lächelnd«.

So ist die Versuchung ausgelebt, der Selbstmord überwunden mit diesem letzten Wort, das der Tragiker spricht beim Verlassen der von Leidenschaften zerklüfteten Welt, an der Schwelle der Gnade: Reif sein ist alles. Der Selbstmörder ist nicht »reif«, sein Ende nicht der ihm aufgetragene Tod, der sein Leben versöhnen soll. Auch Gloster hat unrecht, als er Edgar verstieß. Es gibt einen Frieden, der hinter unsäglichen Schmerzen aufgeht, in der Erkenntnis der Schuld. Ihm muß der Mensch sich bereiten.

Laudato si, mi Signore, per sora nostra morte corporale.
Hl. Franz von Assisi

Damit gelangen wir an die Tore des Glaubens. Dem Christen ist der Selbstmord nicht erlaubt. Er soll nicht allein dulden wie die antiken Helden; sein Tod soll viel mehr sein – ebenso wie alles Leiden mehr sein soll –: das letzte Vollbringen seines Glaubens. Er soll Christus an seinem Leibe verherrlichen, »sei es durch Leben, sei es durch Tod« (Phil 1, 20); darum muß er, wie der Apostel sagte, als er von seiner Sehnsucht nach Christus sprach, »im Fleische bleiben«. Der Christ soll Christus ähnlich werden im Tode (Phil 3, 10). Es kann nur geschehen, indem er den Tod leidet, den er nicht gesucht, nicht gewollt und den er, da er über ihn kommt, aus Liebe zu Christus annimmt und »will«. In diesem Tode ist die wunderbarste Verheißung des Ähnlichwerdens; an diesem Tode wird der Gerechte erkannt werden am Tage des Gerichts. Dem Menschen ist der Leib gegeben, daß in ihm die Seele sich bewähre und der Vollendung entgegenstrebe durch alle Aufgaben, Versuchungen, Schmerzen, die das Gefangensein im Leibe bereitet. »Weil er das Fleisch an sich trägt, muß er Schmerzen haben, und weil seine Seele noch bei ihm ist, muß er Leiden tragen« (Hiob 14, 22). Ohne den Leib könnte die Seele sich nicht läutern für Gott, und dafür soll die Seele den Leib verklären und mit emportragen; insoweit sie beide Christus ähnlich sind, werden sie gerettet werden. Der Leib trägt Christi Sterben an sich und wird den Herrn dadurch verherrlichen; auch die Schmach der Gefangenschaft und Verspottung, der Mißhandlung und Entkleidung hat Christus vorweggenommen, im voraus erlitten. Es kann keine Schmach mehr geben, die im Gedanken an Christus, in der Liebe zu ihm, nicht tragbar wäre. Eine jede Schmach aber, die vor dem Dornengekrönten erduldet wird, krönt den Erniedrigten. Der Mensch, der dem gekreuzigten König unbeirrbar angehört, im Elend der Krankheit und unter der Gewalt verbrecherischer Verfolger, wird zum höchsten Menschenbilde emporgehoben, von ihm mit einem Widerscheine beschenkt. Der Mensch, der zum Gottmenschen hingewendet ist, wird das Bewußtsein seines Wertes nicht mehr einbüßen. Wie könnte er, der sich verantworten muß für seinen Leib, vor Gott erscheinen unter den Malen der Zerstörung, die er sich zugefügt? Solche Wunden und Narben nehmen den Glanz der Ähnlichkeit nicht an. Aber aus den dunkelsten Leiden noch können die weißen Kleider gewirkt werden, die der Seher von Patmos erblickte; es sind die Gewänder derer, die aus »großer Trübsal« (Offb 7, 14) kommen vor Gottes Thron: »Sie werden nicht mehr hungern noch dürsten, es wird nicht auf sie fallen die Sonne noch irgendeine Hitze.« Das weiße Kleid wird die Gebrochene, tödlich Gekränkte umschirmen, und »Gott wird abwischen alle Tränen von ihren Augen«.

Im Tode neigt sich Christus zu uns; mit unserem armen Sterben wollen wir Ihn. Damit ist der Tod nicht Vernichter, sondern Vollender, Wandlung ins Unvergängliche. Er ist der letzte Ruf Christi an uns, seiner Liebesmacht, die alles an sich ziehen will. Wie dürften wir gehen, ehe wir den Ruf vernehmen? Und erst von dieser Wahrheit vom Tode her festigt sich das Leben: es gibt keine Flucht, keine Ungewißheit, keinen »Schlaf«, keinen Augenblick des Lebens, der nicht höchsten Wertes wäre, weil ein jeder die Möglichkeit der Entscheidung umschließt. Das Verlangen nach Zerstörung ist die Abkehr von Christus und damit die Abkehr des Menschen von sich selbst, seinem eigensten Kleinod, von der Krone, die ihm aufbehalten ist. Der Selbstvernichter kann nicht herrschen, nicht ordnen, weil er dem Grund widerstreitet, der von Anfang gelegt ist, und dessengleichen niemand mehr legen kann bis zum Ende der Zeiten. Aber die Herrschaft des Selbstvernichters verbreitet die große Gefahr, den Menschen abzuziehen vom christlichen Tod, vom Rufe, der alles Zerstreute sammeln und vereinen will für die Ewigkeit. Der Selbstmörder frevelt an der heiligen Einheit unsterblichen Lebens, an Christus, der auferstehen will in unser Aller einigem Leben. Er frevelt an dem Leibe, seinem Bruder, und an einem jeden Menschenbruder, in dessen ewiger Lebensfülle der Anteil am Leben des Bruders ist.

Und doch sahen wir im Schatten dieser Jahre Menschen verzweifeln, deren Glauben wir bewunderten, und einen Tod suchen, der diesem Glauben widersprach. Wir können nicht urteilen, nicht rechtfertigen. Wir ahnen unerhörtes Leid und möchten es ehren. Aber dieses Leid ist ein Vorwurf, und es trifft uns alle. Hätte sich der Bruder gelöst von uns, wenn wir uns von ihm nicht gelöst hätten? Darauf, daß wir eins sind, eins sein wollen, gründet Gottes Gebot und Ordnung. Kein einzelner wird es erfüllen. Wie aber, wenn nun doch einzelne sind, wenn sie verlassen waren im schrecklichsten Augenblick? Haben nicht wir sie verlassen? Wo waren wir – und wo war unser Gebet? War es stark genug? Half es dem ihren, sie stark zu machen gegen die Verführung? Wer richtet die Frau, die sich barg hinterm Tod, weil sie allein war gegenüber der Gewalt? Wer den Erben und letzten Verfechter einer Tradition, der mit dieser Tradition die Welt zerbrechen sah und nicht mehr leben wollte, weil er kein Rittertum mehr fand? Niemand sagte ihm in der dunkelsten Stunde, daß Gott waltet über der Schöpfung und in ihr unendlich viel mehr beschlossen ist, als Menschen jemals vollbracht, jemals vererbt, verwaltet, in Ehren gehalten haben? Wer wies ihn an Gottes Reich, als die Trauer um das Irdische zu mächtig in ihm war? Und wo ist die Liebe, die die Drohung der Not entkräftete tausend und tausendmal? Als die Angst einen Einsamen überwältigte, hätte es vielleicht nur eines geringen Zuspruchs bedurft, der Gegenwart ruhigen Mutes, männlicher Zuversicht, um ihn zu retten. Und es mag schon unsere Schuld sein, daß er niemanden rief oder zu müde geworden war, um zu rufen. Der überall Unrecht antraf, nahm die Seinen bei der Hand und eilte zu Gott, um Recht zu erlangen von der Gerechtigkeit selbst. Es mögen viele Tode gestorben worden sein, die nur ein Hungern und Dürsten nach Gerechtigkeit waren. Und wie viele sind aus der Welt geflohen, weil wir mitgeholfen haben, die Welt zu verderben! Der Prozeß um all diese Schicksale ist nicht zu Ende; wir sind in die Verantwortung für sie gerufen.

Und so geben wir die scheinbar verlorenen Glieder des einen Lebens nicht auf. Wir wissen, es waltet eine Barmherzigkeit, die über unser Begreifen ist. Es ist möglich, daß ein Gepeinigter sich über den Tod hinweg hinwirft vor Gottes Thron; daß eine Zertretene von Menschen, von sich selbst keine Wiederherstellung ihrer Würde mehr erwartet und sie unmittelbar erfleht von Gott; daß im Düster der Schwermut dieser Jahre unter so vielen Schatten der Gewesenen und den Schatten der Edlen selbst einige abscheiden, um bei Christo zu sein. Vielleicht reicht das Gebet so weit wie das Totenreich. Im Gebet ist das Leben aller, die Gegenwart aller, die starke Hoffnung auf die Rettung der Toten.

Aber hier auf Erden, im Diesseits des Gebets, muß eine Kraft sich entgegensetzen dem Zug zum Tode, der Versuchung zu sterben. Es ist die Kraft des Geistes, der entschlossen ist, das Sein zu denken statt des Nichts, und die Kraft der Liebe, die zum höchsten Menschenbild sich wendet und von ihm über die Menschheit, vom Nächsten zum Nächsten, sich verteilt. Sie wäre unsäglich arm und völlig ungenügend, wenn ihr eine Kraft nicht entgegenkäme: Gottes Macht, der uns das Leben überantwortet hat, auf daß wir es verwalten im Wirken und Leiden und im Tode noch. Er führt uns, wohin wir nicht gewollt, als wir uns noch selber gürteten: Gerade das ist die Verheißung des uns auferlegten Todes, die mit einem jeden Sterben gewonnen, bestätigt werden will für alle. Der Selbstmord ist das sichere Zeichen der Verwirrung aller Ordnungen, die Sünde, die Empörung selbst. Mit dem Heiligen von Assisi dürfen wir den Tod grüßen als unseren »Bruder« und die Schmerzen als »Schwestern«. Der Tod, in den wir uns ergeben in Christi Namen, wird uns retten, uns alle vereinen für immer.

(1947)

IV. Weltfrieden im Zeitalter der Atombombe

Der Friede der Welt

Indem ich für die hohe Ehre danke, die mir der deutsche Buchhandel erweist, möchte ich an die Worte erinnern, die Albert Schweitzer an dieser Stelle vor fünf Jahren gesprochen hat. Er sagte, man könne diesen Preis nur als neue Verpflichtung entgegennehmen. Denn niemand werde von sich behaupten wollen, daß er genug für den Frieden getan habe. Gewiß, es kann ja niemand genug für ihn tun. Und daß bis heute nicht genug für ihn geschehen ist – oder geschehen konnte –, kann niemand bestreiten. Wir leben ja nicht im Frieden, sondern im Waffenstillstand. Ich möchte damit die scharfe Unterscheidung anwenden, die Kant gelehrt hat in dem an lügenhaften Vertrags- oder Friedensschlüssen ertragreichen Jahre 1795. Ein Friedensschluß, erklärte er, bedeute, daß zwischen den Vertragschließenden alle Ursachen zu einem künftigen Kriege, auch die ihnen nicht bekannten, *vernichtet* seien. Von dieser Definition geleitet, kam er am Ende seiner Schrift zu dem Schluß, daß die Geschichte bisher keinen Friedensschluß gesehen habe, sondern eigentlich nur Waffenstillstände.

Nun ist das im einzelnen nicht ganz richtig, wohl aber, was den Frieden der Welt angeht. Einzelne Kriegsherde sind ausgebrannt oder für immer gelöscht worden: die zwischen den Schweizer Kantonen, also Zürich und Luzern, zwischen Oldenburg und Bremen, Meiningen und Sachsen-Gotha, den Staaten der USA und südamerikanischen Republiken, den deutschen Bundesstaaten, zwischen England und Schottland, Dänemark und Schweden, Spanien und Portugal und hoffentlich deren noch weit mehr, für immer. Das Ergebnis solcher Friedensschlüsse aber, darin hat Kant recht, besteht zu einem Teil – die Schweiz ausgenommen –

darin, daß sich die Mächte zu vergrößern suchten, um nicht behobene Hostilitäten auf ausgedehnteren Schlachtfeldern auszutragen. Ich will auf Urteile verzichten. Man kann in diesem Prozeß einen Zwang des Geschichtlichen sehen, der bisher unüberwindlich war. Ich möchte hier überhaupt nur sprechen von der furchtbaren, fast ausweglosen Not, die die Sache des Friedens heute ihren Verfechtern bereitet, vorausgesetzt, daß sie diese Sache nicht als Devise, nicht in irgendeinem pragmatischen Sinne im Dienste einer Macht oder als fromme, unverbindliche Phrase nehmen, sondern todernst um ihrer selbst und der unteilbaren Welt willen, im Sinne Immanuel Kants und als eine Aufgabe, die, wie er sagt, »nach und nach aufgelöst« werden muß. Wir sind ja in eine Phase eingetreten, in der Friede nur noch im Sinne Kants als Vernichtung jeder möglichen Kriegsursachen verstanden werden kann. Die Gnade dieser Stunde ist, daß eine Bedrohung ohne Beispiel die Welt als ein Ganzes erweist und die Räume, in denen sich Kriege und die ihnen vorausgehenden Experimente abspielen, nicht mehr abgegrenzt werden können. Friede kann nur noch Friede der Welt und Ewiger Friede sein; ist er das nicht, nun, so hat Kant, darin Leibniz folgend, sein ironisches Vorwort bereit von dem Schilde eines holländischen Gastwirts, auf dem, über dem Bilde eines Friedhofes, das Wort Ewiger Friede steht. Ausdrücklich meint der Königsberger Philosoph, der den modernen Ausrottungskrieg und den Todeskampf der Erdteile miteinander vorausgesehen hat, damit den »großen Kirchhof der Menschengattung«, um deren Bestand er also ernstlich in Sorge war, nachdem er die Entdeckung gewisser »höllischer Künste« gemacht hatte, die sich nicht lange innerhalb der Grenze des Krieges halten, sondern in den Friedenszustand übergehen, und nachdem er sich auch über den Zusammenhang zwischen Krieg und Wirtschaft klargeworden war.

Es handelt sich also um das Existenzproblem der empirischen Welt. Nun ist dem Frieden mit nichts weniger gedient als mit gewissen, wenn auch wohlgemeinten pazifistischen Verheißungen und Programmen, die meinen oder vorgeben: die Regierungen brauchten nur ihre Völker anzuhören und ihren Willen zu tun und die Waffen niederzulegen, dann werde ewiger Friede sein. Daneben aber gibt es einen starken, männlichen, wissenden, mit der Geschichte vertrauten Pazifismus, der eine Auszeichnung europäischer Tradition ist, von Erasmus und Sebastian Franck über Crucé, Penn, Sully, Leibniz, Kant, auch Saint-Pierre und Rousseau, und weiter zu Friedrich Wilhelm Foerster, zu der Botschaft Hermann Hesses und dem Denken Leopold Zieglers und zu Albert Einstein, und es ist gar nicht einzusehen, warum Europa diese Überlieferung, die eine Ehre seiner Freiheit ist, verleugnen soll. Denn ohne sie erschiene Europa in der Entscheidung über eine brennende Menschheitsfrage nicht frei. Größere Bilder stehen dahinter: Dantes Weltmonarch, der Papa Angelicus des Joachim von Floris und der Spiritualen, die das mittelalterliche Reich krönende, seinen Sinn aussagende Friedensverkündung Kaiser Heinrichs III. im Münster zu Konstanz im Jahre 1043, sein Friedens- und Vergebungsgelöbnis vor dem Kreuze auf dem Felde der Ungarnschlacht an der Raab – er erschien barfuß als büßender Sieger –, endlich der tragische Friedensstaat des Gotenbischofs Ulfilas, der sich nördlich der unteren Donau immerhin erstaunliche Zeit gehalten hat.

Wer sich ernstlich mit den Taten und Lehren solcher Männer und ihren Schriften befaßt, der wird kaum einem den Vorwurf machen können, daß er welt- und geschichtsfremd gewesen sei: nicht einmal ganz wird es für den vielverspotteten Abbé Saint-Pierre zutreffen, der zum mindesten das Verdienst hat, das Problem im achtzehnten Jahrhundert neu aufgeworfen und Rousseau und Kant zur Äußerung herausgefordert zu haben. (Wer den Frieden will in der Geschichtswelt, kann dem Vorwurf der Torheit nicht entgehn. Es ist fast unvermeidlich, daß er in Gesellschaft von Narren gerät. Aber besser, auf einem Narrenschiff zu reiten als auf einem Flugzeugträger.) Nun, der Abbé Saint-Pierre, immerhin Beichtvater des Herzogs von Orléans, Mitglied der Akademie, aus der ihn erst der Zorn Ludwigs XIV. hinausjagte, Teilnehmer am

Kongreß zu Utrecht, hatte, wie Kurt von Raumer in seinem wichtigen Buch über den Ewigen Frieden erzählt, um das Jahr 1708 auf einer Reise in Frankreich einen Wagenunfall. Die Achse war gebrochen, und er konnte sich an die Straße setzen und warten und nachdenken: Warum ist die Achse gebrochen? Weil die Straße miserabel ist. Warum ist die Straße miserabel? Weil der König Krieg führt. Das ist doch eine symbolische Situation. Wir sitzen neben dem verunglückten Wagen. Denken wir wirklich nach? Wir reparieren zu schnell. Und dann rasen wir weiter, auf der miserablen Straße mit der geflickten Achse. Wir müssen uns klar sein, daß der Wagen nur noch einmal verunglücken kann. Und dann tödlich. Eine Aussicht auf den dritten Unfall besteht kaum.

Nun hat es mit den genannten Zeugen des Friedens eine eigentümliche Bewandtnis: Dante etwa forderte Kaiser Heinrich VII. auf, erst einmal Florenz zu bestrafen, bevor er die Weltmonarchie vorbereite, Leibniz suchte die kriegerische Kraft europäischer Völker nach außen zu wenden, nach Ägypten oder gegen die Türken, nach Nordamerika, Penn verdankte seine Kolonie den kriegerischen Verdiensten seines Vaters, des Admirals, der die Holländer schlug. Kant bestritt es keineswegs, daß der Krieg an der Ausbreitung der Kultur einen bedeutenden Anteil hat: ja, er gestand, immer in seinem leise ironischen Ton, der Krieg scheine auf die menschliche Natur gepfropft zu sein und sogar als etwas Edles. Ein so radikaler Antimilitarist wie Albert Einstein antwortete einem ihn befragenden jungen belgischen Pazifisten, es verstehe sich von selbst, daß sie ihr Land, wenn es überfallen werde, verteidigen müßten. Tolstoi, den wir in diesem Zusammenhange nicht vergessen dürfen, legte einem jungen Pilger das Ja oder Nein auf sein eigenes Gewissen. Dostojewski hat in der ganzen Sache vielleicht das tiefste Wort gesprochen, nämlich, daß nicht der sich als stark erweise, der Blut vergieße, sondern der, dessen Blut vergossen werde. Das sei das Gesetz des Blutes auf Erden. Aber die ganze Wertwelt Dostojewskijs, eine radikalere Umwertung als die von Nietzsche erstrebte, ist, nach allem Anschein, entschwunden, jedenfalls ohne jegliche erkennbare Auswirkung; und seine Prophetie schwebt in den Wolken. Aber auch der Prophet des russischen »neuen Worts« an die Welt hat den russisch-türkischen Krieg des Jahres 1877 als eine heilige Sache leidenschaftlich bejaht. Er konnte es Tolstoi nicht verzeihen, daß er diesen Krieg, von dem er selber die Wiedergeburt des Slawentums erwartete, verwarf, weil er nicht eine Sache des russischen Volkes sei. Doch auch Tolstoi stellte den echten Soldaten, den er ja kannte, über den Heuchler und ließ das Nein an der Waffe nur gelten als personale Fatalität.

Krieg und Frieden sind auf eine wahrhaft tragische Weise ineinander verschlungen, und ohne den Einsatz für den Krieg ist der Gang menschlichen Forschens und Denkens unbegreiflich. Ich möchte erinnern an die Statue der heiligen Felicitas in Lüdinghausen: als Beschützerin ihrer sieben Söhne stützt sie sich mit der Rechten auf das Schwert; in der Linken hält sie den Palmzweig. Auch dient niemand dem Frieden durch Beleidigung oder Herabsetzung des Soldaten. Ich liebe und verehre die großen Feldherren, die ihren Namen wirklich verdienten; den portugiesischen Kronfeldherrn Nun'Alvares, der seine Tradition behauptete und dann, nachdem seine Tat getan war, ein Kloster baute in Lissabon; und ebenso teuer ist mir spanischer Rittersinn und Wagemut, sind mir die schwedischen Feldherrnkönige und Marschälle, Turenne, Prinz Eugen, Clausewitz, der Graf zur Lippe, Friedrich, Scharnhorst, Radetzky, Moltke, Schlieffen. Höhere Ehre vielleicht gebührt dem Namenlosen, dem unbekannten Soldaten, der die Schuld dieser Welt mitgetragen und Blut vergossen hat und dessen Blut wieder vergossen worden ist: das Opfer der Geschichte, das keinen Ausweg fand. Mit dem Generaloberst Beck aber erscheint eine neue Gestalt: der Feldherr, von dem ein unverantwortbarer Befehl verlangt wird: dem sein Gewissen befiehlt, auch die Ehre zu opfern. Er steht nicht allein, sondern für eine Gruppe edler Männer, die in den bisher gültig gewesenen Ehrbegriffen erzogen worden waren. In einer ganz bestimmten Situation mußten sie erkennen, daß die Pflicht nicht mehr heilig, der Sieg nicht mehr Ruhm, der Befehl nicht mehr gültig war; daß die Darstellung äußerster Freiheit von ihnen gefordert wurde. Die höchste Freiheit des Menschen aber ist die: sich zu opfern. Wohl denen, die glaubten! Sie gehorchten verheißungsvoller Notwendigkeit. Sollte man aber die nicht noch mehr bewundern, die nicht glaubten; die nur das Gesetz hatten in ihrer Brust, das Preußentum Immanuel Kants?

Wer wollte denn ernstlich griechische Kultur verstehen können ohne Angriff und Abwehr der Perser und die heillosen Bürgerkriege; wer die Römer unter der Verleugnung Cäsars, des Pompejus, des ungeheuren Kampfes mit östlichen Völkern, der unserer Kultur Thema und Inhalt gegeben hat bis zu diesem Tag; wer sollte wünschen, daß Karl Martell und Karl der Große und Otto I., Heinrich der Fromme nicht geboren worden, daß Wien nicht verteidigt worden wäre? Wer verzichtet auf die Ära Ludwigs XIV., den ehernen und zugleich betörenden Versklang ihrer Tragiker, dessen Resonanz Ludwigs Kriege sind, wer auf die Tragödie zwischen Kaiser und Papst, in der letzte Menschheitsfragen dramatisch gegeneinanderstanden – wer auf den Hohenfriedberger Marsch? Zu unserem großen Unglück gehören die terribles simplificateurs. Europa verdankt seinen Feinden fast ebensoviel als eigener Kraft. Was die Türken wider ihren Willen zur Erweckung und Festigung europäischen Bewußtseins und Gemeinschaftsgefühls getan haben, ist kaum zu ermessen. Mit den Arabern steht es kaum anders. Übrigens verhält es sich mit dem Schriftsteller an seiner bescheidenen Stelle ähnlich, sofern er, was ja nicht immer der Fall ist, sich als soziale Existenz empfindet und der Öffentlichkeit gegenüber ein Gewissen hat: er verdankt nächst seinen Freunden seinen Feinden das Beste, und ich möchte nicht vergessen, auch diesen Dank abzustatten.

Mit all dem möchte ich sagen, daß der Verfechter des Friedens einer Geschichte, einer Kultur, einer Leistung gegenübersteht, die ihm durchaus widersprechen. Die zum Frieden strebende Tradition, von der ich zuerst sprach, und die kriegerische sind gar nicht auseinanderzuwirren. Aus dieser Verstrickung folgt namenloses Leid, und dennoch Größe und eben: Europa: das heißt, die Welt, die wir lieben, das Klima, außerhalb dessen wir nicht atmen können. In Europa stellte sich bisher dar: der Mensch zwischen unvereinbaren Forderungen, der Mensch, der sich immerfort anficht und zerstört und in dieser Zerstörung wissender, böser, verwegener, europäischer wird: ein tragisches Phänomen.

Es ist durchaus zu verstehen, daß sich der Lebensinhalt der heute lebenden europäischen Generation auf die Spannung zwischen Westen und Osten zusammenzieht: das ist ein uraltes Motiv, und vor hundert Jahren etwa hat ihm Mommsen prophezeit, daß es ebensoviel Zukunft vor sich habe wie hinter sich Vergangenheit. Europa aber wird sich, wie ein jeder Kulturzusammenhang, eine jede große geistig-geschichtliche Form, nur behaupten aus dem Ganzen seines Wesens, seiner Existenz. Die zweite Komponente ist im Augenblick fast aus unserem Bewußtsein geschwunden; ich meine die Spannung zwischen Norden und Süden, die sich in den Zügen Karls des Großen nach Katalonien, der Normannen nach Byzanz und Sizilien, im Kampfe zwischen Kaiser und Papst ausgetragen hat. Innozenz III. erbebte noch vor dem Sturm aus Mitternacht, der Macht Heinrichs VI., und Gustav Adolf war der selbst den Papst schreckende Löwe aus Mitternacht. Die Mittelmeerkultur fühlte sich vom Norden wie von der Vernichtung bedroht. Natürlich haben wir es in diesem Zusammenhang nicht mehr mit kriegerischen Aufgaben zu tun; aber etwas ist doch geblieben: Kant und Thomas von Aquin oder gar Bonaventura, Kierkegaard und die spanische Mystik, Wittenberg und Rom und Genf. Das ist ein unschätzbares, ein unvergängliches Erbe. Europa besteht nicht allein in der Defension, in Abwehr des Ostens; es trägt die Fülle fruchtbarer Konflikte in sich selbst; und wenn es dieser nicht bewußt bleibt, wird es die Kraft seiner Existenz in der Geschichte nicht vollziehen. Und wie soll es sich dann behaupten? Man kann Europa ganz anders sehn. Ich denke nicht daran, andere Perspektiven zu bestreiten. Für mich, von dem Sie ja wohl nicht mehr als ein Bekenntnis erwarten, hat es die Gestalt des Kreuzes.

Die zwei Strömungen aber, geistiger, geschichtlicher Kräfte – nicht wir haben das so gefügt –, kreuzen sich in Deutschland; man könnte, wenn man es wagen wollte, einen geographischen Ort zu suchen, sagen: in der Gegend der Wartburg, wo die Heilige aus Ungarn ihr verzehrendes Liebeswerk übte und Martin Luther sich dem Teufel stellte und dem deutschen Wort. Nicht weit davon, in Hochheim bei Gotha, ist Meister Eckhart geboren worden, und von Eisenach und Weimar brauche ich nicht zu sprechen. Dieser immense Gehalt muß sich doch noch auf irgendeine Weise existentiell in der Geschichte vollziehen lassen – sonst ist ja die Felge aus dem Rad geschleudert und die Achse gebrochen. Mit nationalen Prätentionen hat das nichts zu tun. Es sind nur noch existentielle. Wenn man von einem Volke einen neuen Einsatz verlangt, so muß man ihm ein Bild geben, das es führt, was auch vorausgegangen sein mag. Die meisten westeuropäischen Völker haben noch solche Bilder kontinuierender Geschichte. Wie weit sie berechtigt sind, kann und darf ich nicht entscheiden. Das deutsche Volk aber hat, soweit ich sehe, und es ist ja sehr schwer, Zerrissenes zu übersehen, ein solches Bild nicht mehr. Was soll denn nun den schlichten Mann, der Blut vergießt und dessen Blut vergossen werden wird, begeistern? Für ihn ist doch Europa, das wir inständig ersehnen, noch gar nicht da.

Ein Schriftsteller kann sich nicht damit abfinden, daß er nur für einen Teil seines Volkes, die Hälfte oder zwei Drittel, schreiben kann. Natürlich denkt er nicht daran, daß alle ihn lesen. Aber er möchte doch aus allen den und jenen erreichen, dem er vielleicht etwas sagen kann. Das Gebiet der Sprache ist doch für ihn geschlossen: unteilbar. Und nun bemerkt er, daß die Sprache sich teilt; daß diesseits und jenseits etwa die Wörter: Person, Freiheit, Staat, Macht, Volk, Arbeiter und Arbeit, Glaube, Geschichte, Kunst, Forschung, Erziehung, Freude, Natur, Spiel, Erholung, deutsch, europäisch wenigstens in offiziellen Verlautbarungen eine widerspruchsvolle Bedeutung erlangen. Und unabwendbar – wir haben das ja schon erlebt – kommen die von den Machthabern oder ihren Beauftragten geprägten Münzen in Umlauf: Es ereignet sich eine Entfremdung, die unannehmbar bleibt. Unter der väterlichen Aufsicht gewisser deutscher und nicht-deutscher Stellen, die um meine geistige Selbständigkeit besorgt waren, habe ich mir erlaubt, eine Zeitlang in östlichen Zeitungen diese Akzentverschiebung zu verfolgen, und zwar mit tiefem Kummer. Was aber ist schmerzlicher, als an einem Herbstabend – wenn man etwa aus den glänzenden nordischen Hauptstädten kommt – im kalten, regenschweren Nebel durch das Brandenburger Tor zu fahren, von dem die *andere* Fahne weht, über den Platz, wo das Schloß stand und unter dem noch immer, wer weiß wo, die alten Kurfürsten begraben liegen, in fremdes Land, das doch Heimat ist!

Eine Macht wie diejenige, in der sich heute, in einem gewissen Grade, die Ideen Feuerbachs, des Karl Marx, Hegels darstellen, manifestiert sich nicht ohne geschichtliche Berufung und Legitimation, ganz abgesehen davon, daß sie von uns in die europäische Geschichte zurückgerufen worden ist. Ich meine nicht die sittliche Legitimation. Ich trenne diese so scharf von der geschichtlich-politischen, wie Kant sie getrennt hat, der ausdrücklich forderte, daß der Staat »moralische Person« sei, und als moralischer Politiker, nicht politischer Moralist, unnachgeblich verlangte, daß das Recht des Menschen heiliggehalten werde und alle Politik vor ihm die Knie beuge. Auch wird keine Idee so in der Geschichte vollzogen, wie sie gedacht wurde, und keiner der genannten drei für die heutige Lage mitverantwortlichen deutschen Denker, unter denen Hegel einen ganz eigenen hohen, selten verstandenen Rang hat, würde sich mit der gegenwärtigen Gestalt seiner Auswirkung einverstanden erklären. Ich möchte mich genau ausdrücken: die Legitimation, die Berufung scheint mir in der Durchführung der Technisierung und der mit ihr zusammenhängenden Regelung der Arbeits- und Lebensverhältnisse zu liegen, die, wie ich glaube, unumgänglich war und von einem jeden anderen System auch vollzogen werden mußte. Das hier Erstrebte, Geleistete oder Erwartete kann nicht ignoriert werden. Es ist Weltgeschichte und ist wahrscheinlich die Grundlage bisheriger Konstanz.

Aber unsere Vorstellung von Freiheit, vom Sinn des Lebens ist eine völlig entgegengesetzte. Und die Frage ist also nun: wie die beiden konträren Machtgestalten sich einigen können über den Frieden der Welt. Die Einigung ist in der gegenwärtigen Phase in hohem Grade unwahrscheinlich, und es wäre ganz verkehrt, sie mit heiterer Zuversicht zu erwarten. Wenn wir uns aber hier versammelt haben, so doch wohl, um den Glauben an die Macht geistiger Veränderungen zu bezeugen, die Johann Gottfried Herder aus Mohrungen in Ostpreußen – als führende Kraft der Geschichte erkannt hat.

Herder? Geschichtsbetrachtung? Philosophie? Aber die Führung liegt ja gar nicht mehr in solchen Händen. Die führende Geistesmacht dieser Epoche ist die Naturwissenschaft. Sie entscheidet nicht allein die künftigen Lebensformen, sondern auch das Denken, und um dieselben Dimensionen, um die sich unsere Vorstellung des Kosmos von der des Mittelalters entfernt hat, wurden auch die Möglichkeiten geschichtlich-politischen Handelns in neuen Raum, ins Unbekannte versetzt. Nun aber ist es eine Fiktion, daß die im höchsten Grad bewundernswerte Leistung der Naturwissenschaft, die eigentlich geniale, in der Sternstunde stehende dieser Jahrzehnte, eine freie sei, also wirklich führen könne. Frei ist nur das sittliche Bewußtsein. Und der Preis dieser Freiheit ist immer der Tod, die Bereitschaft dazu. Die Proteste der Forscher, ihre Angst und ihre Warnungen vor den Folgen ihrer Entdeckungen sind ergreifend und gewiß durchaus ernst gemeint. Es fehlt ihnen aber in gleichem Maße die Durchschlagkraft wie den Warnungen der Kirche: weil nämlich die Bereitschaft oder auch nur die Möglichkeit unbedingten Neins in ihnen nicht enthalten ist. Sie liegen im Kraftfeld moderner Staatsmacht, weil ohne diese moderne Forschung gar nicht durchgeführt werden kann. Das ist keine Anschuldigung, zu der ich in keiner Weise berechtigt wäre, sondern nur Bezeichnung eines tragischen Zusammenhangs. Die Forscher, die, fast unausbleiblich, auch Konstrukteure sind, tragen nur die Kontinuität der Geistesgeschichte aus. Und es ist mit Recht gefragt worden, ob und wo die Forschung auf ihrem Heranzug von der Antike her denn hätte haltmachen sollen. Niemand ist ganz frei. Auch die Forscher sind es wahrlich nicht. Das auszusprechen, den Mut hatte Albert Einstein, im Jahre 1950 in einer nach Lucca gerichteten Botschaft, die »Zur Erniedrigung des wissenschaftlichen Menschen« überschrieben ist. Er gesteht darin, daß der moderne Forscher selber – ich zitiere – »die Mittel zu seiner äußeren Versklavung und zu seiner Vernichtung von innen her geschaffen hat«. Er muß sich – wörtlich – »von den Trägern der politischen Macht einen Maulkorb anhängen lassen«. »Er erniedrigt sich«, wörtlich, »sogar so weit, daß er auf Befehl die Mittel für die allgemeine Vernichtung der Menschheit wieder zu vervollkommnen hilft.« Er wird gezwungen, als Soldat sein eigenes Leben zu opfern und fremdes zu zerstören, auch – wörtlich – »wenn er von der Sinnlosigkeit solchen Opfers überzeugt ist«. Dieser Feststellung setzt der große Forscher und Mensch das Bekenntnis entgegen, daß man einen *innerlich* freien und gewissenhaften Menschen zwar vernichten, aber nicht zum Sklaven machen kann; daß doch Aussicht ist, die gegenwärtige gefahrvolle internationale Situation wesentlich zu verbessern: kraft unvernichtbarer sittlicher Freiheit. Aber der hier von einem Berufenen und Bewährten aufgedeckte Sachverhalt, der durchaus einleuchtet, sollte inständig beherzigt werden. Er bedeutet eine nicht unerhebliche Einschränkung aller Erklärungen der Sachverständigen über die Wirkung moderner Waffen, welche Erklärungen einmal aufwühlen, dann wieder einlullen, meisterlich stilisiert, fast von kurialer Vollkommenheit, was die Kunst gleichzeitigen Gebens und Nehmens angeht. Aber dahinter ist entsetzliche Not: die des zwischen Ja und Nein gekreuzigten Menschen unserer Tage, unseres Westens, des Menschen, der tut und tun muß, was er nicht will und was doch nicht wegzudenken ist, dessen Wertwelt – zu seiner Ehre! – immerfort sein Gewissen beunruhigt.

Die These aber, daß der Feind mit der böseren Waffe niedergehalten werden könne oder müsse, ist entweder Wahn oder Unaufrichtigkeit. Denn die Welt ist ja längst ein Ganzes geworden; Erfindungen teilen sich lautlos mit, und namentlich die Gedanken des Teufels sind kaum mehr auf die ihnen von Verrätern oder Spionen gebotene Reisevermittlung angewiesen. Sie laufen ungehemmt um die Welt.

Geschichtlichen Katastrophen pflegen Devisen voranzulaufen oder vorangeschickt zu werden, die die Situation entstellen, indem sie diese vereinfachen. Eine solche ist die Alternative: Freiheit oder Leben? Ein jeder Mündige hat das Recht, seinen Tod der Versklavung, einer ungemäßen, unwürdigen Lebensweise, vorzuziehen – sofern er in dieser Sache mit seinem Gott in Frieden ist; ein jeder das Recht, sein Leben für die Verteidigung der Seinen, der geliebten Heimat, der Kultur, der er verdankt, was er ist, hinzugeben. Diese Alternativen beleben aber nur den Vordergrund der Bühne, auf der das Drama dieser Zeit spielt. Der amerikanische General James Gavin hatte das Verantwortungsbewußtsein und den Freimut, auf eine Frage zu erklären, daß in einem totalen Atomkrieg mit mehreren hundert Millionen Toten zu rechnen sei. Wo? Nun, das wird in einem gewissen Grade die Windrichtung entscheiden. Dort eben, wohin der Wind weht. Das würde doch wenigstens den Tod von hundert Millionen Kindern bedeuten, die nach Freiheit und Unfreiheit nicht gefragt werden können. Und diese entsetzliche Last bedrückt heute diejenigen, die sich in Wahrheit verantwortlich fühlen und mit Geschichte vertraut sind; das heißt, die wissen, daß ein Staat, eine Ideologie, die am äußersten Rande um ihre Existenz kämpfen, mit sehr geringer Wahrscheinlichkeit auf die letzte sie vielleicht noch verteidigende Waffe verzichten werden. Der Herr der zwölf Jahre hätte es gewiß nicht getan.

Natürlich geht es in der ganzen Sache nicht um das Getötetwerden, sondern um das Töten. Und der Fall ist doch immerhin denkbar, daß eine Frau, eine Mutter weniger zittert vor dem Ausbleiben des Mannes, des Sohnes, als vor seiner Heimkehr mit vom Gebrauch der modernen Waffen befleckter Hand, zerstörter Seele, zerrüttetem Geist. Der Mensch, der auf diese Weise tötet, zerstört sich selbst. Die Welt, wie wir sie vor uns sehen, ihre Arbeit, ihre Tendenz scheint bereits einen Befehl, einen Gehorsam vorauszusetzen, die nicht verantwortbar sind und also mit unserer überkommenen Vorstellung vom Soldaten und seiner Ehre nichts mehr zu tun haben. Es kann ja sein, daß künftig Abmachungen diese Tatsache in Frage stellen. Heute kann davon keine Rede sein.

Es wäre einfach, wenn wir zwischen Freiheit und Leben zu entscheiden hätten. Aber es ist nicht so. Ich selber – nehmen Sie das bitte nicht als subjektive Anmaßung, sondern als bescheidenen Versuch, Irrtümern und Mißdeutungen zu begegnen, die die Folge oberflächlicher Beschäftigung und Kenntnis sind –, ich wäre sehr froh, wenn ich Pazifist sein könnte. Aber ich bin das nicht und habe das, ich weiß nicht wie oft, erklärt: Für mich spielt alles Geschichtliche unter einem Gewitterhimmel, und die furchtbaren Worte, die im Evangelium von den Letzten Dingen dieser Welt gesagt sind, dröhnen mir in den Ohren. Wie inständig wünsche ich, es werde nicht so kommen! Aber es ist eben gesagt – und wir haben die Welt nicht gemacht –, und in der Erschütterung darüber möchte ich gerne einen Ort halten in der Nähe der Gefolgschaften des heiligen Toren von Assisi, der bekanntlich auch den ihm sich anschließenden Laien Eid und Waffe verboten hat. Das ist eine rein personale Entscheidung, aus der nichts für meine Mitmenschen folgen kann. Aber ich neige mich in dieser Frage der demütigsten und – für mich – zugleich größten Autorität der den Aposteln folgenden Zeit; sie steht mir höher als alle Abschwächungen, die ein so bedenklicher Radikalismus später erfahren hat; höher als die ihr widersprechende herrschende Lehre und Moraltheologie, von der es ein jeder, der Geschichte und die Stellung des repräsentativen Christentums in ihr kennt, gar nicht erwarten und fordern kann, daß sie sich dem Heiligen von Assisi anschließen werden. Denn die Welt, wie sie ist, würde darauf antworten mit erbarmungslosem Haß und zugleich der Vernichtung aller religiösen Repräsentationen und Darstellung, auch der Liebeswerke, weil nämlich damit ihrem ganzen Gefüge, dem politischen wie dem wirtschaftlichen, ein unerträgliches Nein entgegengesetzt würde.

Aber auch wer sich in diesem Sinne entschließt, kann sich in keiner Weise entlastet fühlen. Er lebt ja doch in einem Staatsverbande, der anders gesonnen ist und vielleicht sein muß und dessen Schutz er genießt. Er ist immer Bruder seiner Brüder und immer unter der Schuld seiner Welt und Zeit.

Auf dem Radarschirm in der Kapitänskajüte ist deutlich der Umriß des Todesschiffes zu sehen, das von seinem Kurse nicht abweichen wird. Biegen wir aus? Was soll denn nun getan werden? *Es müßte geschehen, was noch niemals geschehen ist, wenn die Welt, die wir kennen und lieben, gerettet werden soll.* Das heißt: es müßte zum ersten Mal seit Anfang Friede geschlossen werden im Sinne Kants. Aber Kant machte eine Vorbedingung, nämlich die, daß mitten im Kriege ein Vertrauen auf die Denkungsart des Feindes übriggeblieben sein müsse; sonst könne kein Friede geschlossen werden, und die Feindseligkeit müsse in Ausrottungskrieg ausschlagen.

Nun, dann also Waffenstillstand. Der läßt doch noch eine Hoffnung. Wir können ja noch arbeiten im Vertrauen auf die Macht geistiger Veränderungen. Solche Veränderungen realisieren sich in der Geschichte in Existenzen, als Menschen, die Gedanken des Friedens leben, erleiden, an ihnen scheitern. Kaiser Heinrich III., von Schlachtfeld zu Schlachtfeld getrieben, bekannte den Frieden vor dem Kreuz. Das heißt: ohne Opfer ist kein Friede. Und das echte Opfer allein würde dafür zeugen und die Friedenslüge vernichten, oder den Willen zum Frieden glaubwürdig machen. Wir können in dieser unserer Zeit noch Natur empfinden. Ob das künftigen Geschlechtern beschieden oder zugänglich sein wird, weiß ich nicht. Wir können noch eine Mondnacht an den unberührten Schilfufern des Mälar erleben oder über die im Sonnendunst schwelende Stille finnischer Kiefernwälder fliegen; uns einen Abend gönnen in einem rebenüberdachten Garten des nördlichen Portugal beim Rascheln der Palmen und sanftmütigen Schritt der hoch bejochten Ochsen oder einen Morgen im Angesichte des Schwarzwalds, wenn die Bauern die Ställe offenhalten und der Hauch durch die Täler herunterweht in die Stadt: auch das steht auf dem Spiele mit allem, was lebt und webt, mit der schuldlosen Kreatur. Und also, in Gottes Namen, wollen wir versuchen, den Frieden zu tun. Kein Schriftsteller, der seine Sache ernst nimmt, wird sich einbilden, daß er Staaten und Völkern etwas vorschreiben kann. Auch weiß er wohl, daß für die Lenker der Staaten und Völker Gesetze gelten, von denen er frei ist: er ist nun wirklich, in seiner geistigen Entscheidung, nicht in seiner Beziehung zur Öffentlichkeit, eine einigermaßen freie Existenz. Als solcher kann, möchte er nur, aus der ganzen Kraft seines Herzens ein Zeichen sein, und zwar der Liebe: gegen alle Wahrscheinlichkeit muß an der Stelle, wo wir angelangt sind, eine Hoffnung sich erheben, ein Bemühen entfacht werden, die den heute gedachten, vollzogenen Gedanken des Todes entgegen sind. Alle Katastrophen der Geschichte haben sich im Geistigen und Sittlichen ereignet, ehe sie sich in materiellen Machtkämpfen dargestellt haben. Sie sind also angewiesen auf ein bestimmtes Klima des Denkens, Glaubens, Wünschens; wo sie dieses nicht spüren, brechen sie nicht vor. Um dieses Klima geht es in dieser Stunde unheimlichen Waffenstillstandes. Wir sollten der drohenden Katastrophe dieses Klima verweigern. Wer seiner Sache sicher ist, kann opfern, ausharren, hoffen. Geschichtliche Berufungen, Legitimationen wechseln, zerfallen, wenn ihr Ziel erreicht ist; nicht das Sittliche, das personaler Freiheit anvertraut ist. Es könnte eine Gnade sein, daß uns Deutschen, uns allein, die nationale Geschichte in Scherben vor den Füßen liegt. Vielleicht sollen wir anfangen in der Richtung auf einen neuen Gedanken, in der Richtung auf das Leben der Welt. Wer erwartet, daß sich die Geschichtswelt mit einem Schlage verändert? Aber eine Änderung ist überhaupt nicht zu erwarten, wenn sie nicht in einzelnen plötzlich geschieht, wie der Sturz des Paulus vom Pferde, wie im Abbé Saint-Pierre, dem sein Reiseunfall Stoff und Zeit zum Nachdenken schenkt. Wenn der Krieg im Kriege nicht aufhörte, woher dann Friede kommen solle, hat Schiller gefragt. Nun, der Krieg hat im Kriege nicht aufgehört. Aber in gewisser Weise haben wir ja noch Krieg: das heißt, wir können noch immer versuchen, ihn in uns und vom Menschen zum Menschen zu beenden. Voraussetzung im Innern ist soziale Gerechtigkeit, die Achtung vor einer jeden reifen Überzeugung, die Würdigung der Arbeit und jeder echten Leistung.

Der deutsche Buchhändler, der deutsche Schriftsteller sind dem Geistesleben eines Volkes verpflichtet, das, wider Willen geteilt, sich auf den Brückenköpfen der abgerissenen Brücke gegenübersteht. Es gibt ohne Zweifel noch viele nicht genutzte Möglichkeiten, der drohenden geistigen Entfremdung und Sprachentzweiung entgegenzuwirken. Zum mindesten auf privatem Wege könnte und muß sehr viel mehr geschehen, wie auch die geistige Isolierung und drohende Stagnation West-Berlins vom einzelnen noch viel ernster genommen werden müßte. Das ist nicht Sache der Regierungen allein, sondern eben eines jeden.

Freilich ist es wahr: Friede als solcher ist nicht der höchste Wert; sittlich-personale, geistige, religiöse Werte sind ihm übergeordnet. Friede aber als geschichtliche Darstellung glaubensstarker Liebe zu Gott, der Menschheit und aller Kreatur könnte wohl der höchste Wert sein. Wir sind hier nicht weit vom Grabe Arthur Schopenhauers, und heute ist der 23. September, der Tag, an dem vor vierundneunzig Jahren der Tote im Schmuck eines Lorbeerkranzes hier zur Leichenkammer getragen wurde. Er war übrigens mit Kant der Meinung, daß man einen jeden Krieg mit einem Bußtag beschließen müßte. Er hat Liebe als Mitleid definiert, und was das Kreatürliche angeht, so hat er recht. Wir haben Grund zu einem grenzenlosen Mitleid mit der gegenwärtigen Welt und aller Kreatur.

Unsere Aufgabe ist: durch unser ganzes Sein und Wirken eine

nach Tyrannis strebende Ideologie, eine höchst unzureichende, auf längst überholten Voraussetzungen ruhende Auffassung von Mensch und Geschichte durch eine überlegene Erkenntnis und Haltung zu beantworten. Die Antwort finden wir leicht, und sogar in Rußland selbst, in dem Geiste, der es vor einem Jahrhundert ahnend und freilich auch irrend geführt hat: in dem, was Dostojewskij als Ergründer der Menschenseele von der ins Metaphysische reichenden Tiefe, dem Ankergrund der Menschenseele, gesagt hat: Es ist der Abgrund der Liebe und des Bösen, dem kein Programm beizukommen vermag. In diesem Sinne ist Geschichte Manifestation des Menschen, des sich wandelnden und bleibenden, in Abhängigkeit und Freiheit zwischen Himmel und Hölle.

Und mit dem letzten Wort komme ich abschließend zu dem Königsberger Lehrer der Völker zurück – wie sehr wünschte man, daß er unser Lehrer wäre! Er hat seiner von ungeheurer Anstrengung ermüdenden Kraft ein Jahr nach Veröffentlichung der Friedensschrift ein letztes Wort vom Frieden abgerungen. Da er ihn, wie er wohl wußte, in der Welt nicht herbeiführen konnte, so versuchte er es wenigstens auf seine ironisch-gütige Weise, in der Anmut seiner Humanität, mit der Verkündigung eines ewigen Friedens in der Philosophie. Hier spricht er am Ende von der Lüge, die er ausdrücklich vom Vater der Lüge, also dem Fürsten der vorhin erwähnten Hölle – aber, nach dem Evangelium, auch der Welt – ableitet. Der Friede, sagt er, wäre nicht nur bewirkt, sondern für alle Zukunft gesichert, wenn das Gebot »Du sollst nicht lügen« Grundsatz werden würde. Und somit bleibt einem jeden von uns das wichtigste Friedenswerk überlassen – und es steht einem jeden frei, die Resonanz zu beobachten, die das Geschehen in uns und um uns, in der ganzen Welt, im Raume solchen Ernstes, solcher Sittlichkeit hat.

Und das ist ja der Inhalt der uns von dieser Stunde auferlegten Einsicht, daß geschehen muß, was noch nie geschehen ist, wenn die Welt, die wir vor uns sehen, die wir lieben, der wir dienen möchten, gerettet werden soll.

(1956)

Europa als Lebensform

Wie das Wort »Friede« erweckt der Name »Europa« sofort ein Widerstreben. Dieser Name ist, aus durchaus verständlichen Gründen, in den letzten Jahren so oft genannt worden, daß er seine ehrwürdige mythische Bedeutung und seinen hohen Geschichtsgehalt mehr und mehr zu verlieren droht. Europa ist im wirkenden Bewußtsein kaum noch die phönikische Königstochter, die der Gott in Stieresgestalt geraubt hat, Mutter der Heroen, die in den Mysterien Kretas göttliche Ehren genoß. Europa ist nicht mehr die Verdunkelte, die dem dunkelnden, gegen Sonnenuntergang gewendeten Festland den geheimnisvollen Namen gab – während sie unter neuem Namen fortstrahlte in uralt östlich-griechischer Kultur; sie hat also uns ihren ersten dunkeln Namen hinterlassen und sich gleichsam als Mutter und Göttin im Osten verjüngt: sie hat Untergang und Aufgang verbunden. Was bedeutet das uns? Wir geben uns alle Mühe, unsern Namen loszuwerden – was freilich eine schwierige Sache ist. Denn der Name haftet am Selbst. Nicht allein die Umgestaltung der Macht und ihrer Ausübung, die in diesen Jahren sich durchsetzt, vielleicht auch das Verlangen nach einem neuen Geschichtsgehalt an Stelle des alten, gezeichneten, scheinen es zu bewirken, daß die Bezeichnungen »Euratom« oder gar »Euromarkt« den Namen »Europa« verdrängen möchten. Der mythische Name und die Benennung des geplanten Unternehmens bedeuten eine Unterscheidung, wie sie kaum schärfer sein kann. Euratom weist auf eine politische Zielsetzung unter dem Zwange der aus der Wissenschaft entwickelten Technik, die mit elementarer Gewalt ihre Bahn beanspruchen möchte; sie erhebt sich ohne Zweifel aus geschichtsbildender Kraft und hat das Forschen, Denken, die Geschichtserfahrung des Abendlandes seit der Konzeption des Kosmos durch die frühgriechischen Denker zur Voraussetzung; die Pause, die das frühe Mittelalter setzte, hat diese Entfaltung nicht abgelenkt. Europa hingegen bedeutet eine Lebensform, eine bestimmte Art zu sein und zu denken, geschichtliche Auswirkung dieses bewegten Innern unter der Einwirkung weltlicher und überweltlicher äußerer Mächte, ein Dasein, könnte man zu sagen wagen, zwischen Aufgang und Untergang, in ihnen beiden. Es ist von tiefsinniger Bedeutung, daß eines der ersten verbürgten Fakten unserer Geistesgeschichte die Voraussage der Sonnenfinsternis ist, die Thales von Milet, einer der frühesten Denker und Frager, für das Jahr 585 gewagt hat.

Ich möchte diese europäische Lebensgestalt nicht auf eine Formel bringen: sie hat noch immer das Elementare lebendiger Überlieferung. Ich möchte versuchen, mit konkreten Beispielen auf sie hinzuweisen, denn das Konkrete eines Geistigen ist nach Kierkegaard das Historische. Vor allem will ich mich zu dieser Lebensgestalt bekennen. Was ich sagen möchte, ist also leider ganz subjektiv, eine Art Zusammenfassung dessen, was mich lebenslang als Aufgabe beschäftigt hat; ich bin unfähig zu systematisieren und kann dem unergründlichen Thema natürlich auch nicht entsprechen. Meine Absicht ist allein, nach den erschütternden Erfahrungen der letzten fünfzig Jahre einen geringen Beitrag zum Verständnis der Zeit zu leisten; auf eine Haltung hinzuweisen, eine Selbstbehauptung, eine in sich gegründete echte Existenz. Überzeugen will ich nicht und wollte ich nie; ich kann nur bezeugen. Keine Sensation! Ich kann nur in sich verengender Bahn eine Lebensgestalt umkreisen, deren innerste Glut ich nicht erreichen werde. Nach dem Versuch, die Geistesgestalt zu umreißen, will ich über die Staatsidee zur Wirkung der Außenmächte übergehen, dann auf das Leben gewisser Traditionen in der Gegenwart und weiter zur Gefahr der Stunde und der sie aufnehmenden Haltung. Alle Einzelheiten, die vielleicht etwas Verwirrendes haben, möchten nur in stellvertretendem Sinne angesehen werden als Hinweise auf eine widerspruchsvolle Einheit: eben auf die Lebensgestalt des unzerreißbaren europäischen Zusammenhangs.

Alles kommt darauf an, daß »Euratom«, wenn diese defensive Organisation unvermeidlich ist, nicht Inhalt werde, sondern

Helm auf einem edeln, denkenden Haupt, Schild vor einer lebendigen Brust, und daß die Börse des umstrittenen europäischen Marktes nicht mehr gilt als das Herz, Euromarkt nicht mehr als Europa. Von der Verteidigung nämlich und vom wirtschaftlichen Zusammenschluß kann man nicht leben, und es muß Besorgnis erregen, daß diese Devise fast in der gesamten Presse des Westens an erster Stelle steht. Damit überläßt man an der wichtigsten Stelle die Führung dem, gegen den man sich verteidigen möchte und der, paradoxerweise, ich meine den sich technisierenden Osten, in der Forschung wie in der einseitigen philosophisch-soziologischen Dogmatik von uns geführt worden ist. Unser Leben, unser Dasein kann nur die innere Kontinuität europäischer Tradition sein. Wie eine europäische Einheitssprache der Tod wäre, wie die Herrschaft einer Weltsprache keineswegs zu wünschen ist – es sei denn das Latein kirchlicher Feier –, so würde auch mit dem Bewußtsein volkhafter Geistigkeit und Geschichte Europa untergehn. Denn Europa ist ein Bündel widerstreitender Kräfte. Freilich muß das fesselnde Band stärker sein als der Widerstreit. Aber immer wieder bedeutet Europa das Hervortreten Gottes aus dem Stier.

Ende des vorigen Jahrhunderts starb in Brügge, im Hause der Englischen Fräulein, der vlämische Dichter Guido Gezelle. Brügge war sein Geburtsort. Er war Priester. Auf dem greisen Gesicht haben sich sehr viel Kummer, Enttäuschung, Empfindsamkeit und doch Festigkeit ausgeprägt. Er ist eine der reinsten Gestalten des neueren gesamteuropäischen Schrifttums, dem er durchaus angehört. In seiner herzensreinen Sprache von kindhaft-männlicher Frömmigkeit, seinem Vlämisch, dankte er der Sonne, aber auch der Nebeldüsternis, in die er sich ergab. Er besang mit Vorliebe das Geringgeschätzte: die Distel, die Winden, das Hasenkraut, das Moos zwischen Steinplatten, die Knospen, die ihm lieber waren als Blüten und Früchte, die vom Menschen mißhandelten Bäume, die müden Tiere; das Rauschen des Korns und des Rieds waren sein Glück, Widerhall seiner Dankbarkeit und seiner Trauer, kurzum: er war ein Dichter, ein armer Gärtner in der Schöpfung; Franziskanisches war in ihm, umwölkt von nordischem Dämmer. Nach drei Jahrhunderten hat mit ihm die niederländische Dichtung noch einmal in Sprache, Formenreichtum und Innigkeit den Rang des goldenen Zeitalters [gouden eeuw] erreicht. »Ein altes Wort ist kostbarer als altes edles Gestein«, sagte er kurz vor seinem Tode – und dann dankte er noch einmal den Vögeln für ihren Gesang. »Ich habe die Vögel so gerne singen hören«, soll eines seiner letzten Worte gewesen sein. In seinem Nachlaß fanden sich 150000 Zettel, auf denen er alte Wörter, den Kronschatz seines Volkes, rettete und erklärte. Aber als Lehrer im Seminar hatte er schon in jungen Jahren seine Schüler vertraut gemacht mit den Werken der norwegischen, englischen, italienischen, spanischen, deutschen Literatur: der bescheidene Mann hat gewiß den ganzen Westen überblickt und in ihm gelebt. Es versteht sich, daß er mit Homer und Aeschylus, mit Virgil und Horaz begann. Mit Dante und Tasso hatten Franziskus, Jacopone da Todi, Maria de Liguori sein Herz gewonnen.

Eigenständigkeit und Universalität sind komplementär. Wir können nicht gesamteuropäisch empfinden, wenn wir nicht eigenständig sind. Aber der Eigenständigkeit muß die Erfahrung der Universalität vorausgehen: die Basis zwischen Athen und Rom. Zwischen der Lehre des Parmenides vom Sein und der des Heraklit vom tragischen, sich erneuernden, in der Selbstverzehrung *stehenden* Feuer, vom Weg hinauf, der ein und derselbe ist wie der Weg hinab; zwischen dem Geisteskosmos des Pythagoras und dem atomaren Materialismus Demokrits über den Konflikt in der Realitätenfrage zwischen Platon und Aristoteles bis zur grausamen Fragelust der Sophisten und dem sittlichen Bewußtsein des Sokrates, das ihnen entgegentrat – in diesem Zwischen spielen alle wesentlichen Probleme.

Christus hat im europäischen Bewußtsein die ihm vorausgegangenen Frager und Entdecker keineswegs entmachtet; das in der Alten Welt in Erscheinung getretene tragische Verhältnis zwischen Geist und Geschichte, dem Denker und dem Mächtigen keineswegs aufgehoben. Das Scheitern Heraklits an Ephesos, Platos an dem Tyrannen von Syrakus, des Sokrates an der Polis, des Aristoteles an Alexander; der Zusammenstoß der Macht mit unabhängigem sittlichem Bewußtsein, der Ordnung mit dem Zweifel an der Erkennbarkeit einer Grundlage überhaupt, des Denkers mit dem Kult, der Justiz mit der Fragwürdigkeit eines jeglichen Urteils setzt sich, wie das Echo von Felswand zu Felswand, durch das ganze Gebirgstal europäischer Geschichte fort: Nero und Seneca, Theoderich und Boëthius verkleiden sich in die Kostüme aller Völker und Jahrhunderte – und die Konflikte sind nur ernster, nur schmerzhafter geworden, fester der Anspruch auf Freiheit, herber die Gefahr, seit die Stiftung Jesu Christi in der Geschichte steht. Denn nun ist die Verantwortung für das Seelenheil, vor geglaubter göttlicher Beauftragung, Autorität. Aber das Denken, das dieser Voraussetzung widerstreitet, ist von ungebrochener Tradition. Der zugleich fruchtbare und zerstörende Widerstreit intensiviert sich noch einmal mit der Aufspaltung der religiösen Autorität in Bekenntnisse, mit der Erneuerung der Konzeption des Kosmos um dieselbe Zeit. Das alles: Frage gegen Frage, sich immer höher aufbauend, Einsicht die Einsicht übersteigernd, Opfer das Opfer und Irrtum den Irrtum, ist in uns, und wenn es nicht in uns wäre, so wäre es nicht da. Wir haben die Freiheit, uns zu fragen, ob wir es wollen oder nicht; wollen wir aber Europa nicht in seiner eigentlichen Gestalt, so ist die Frage erlaubt: welchen Sinn hat die Bereitschaft, im Notfall und natürlich gegen unsern Willen, in den schaurigsten Totentanz einzutreten, den die Menschheit unter der Führung des Weltgeistes, dem Gesetz des Denkens und der Geschichte, jemals vorbereitet hat? Durch die ganze europäische Geschichte geht ein Drängen über sich selbst hinaus; eine Antwort kann in uns sein, im Glauben, der das heilige Soll ergreift, ohne eine Wirkung zu erwarten. Wer die Wirkung erwartet, gelangt schon an eine Stelle, wo die Geschichte ihn wahrscheinlich widerlegen wird, wo vor allem der Glaube sich selbst verlieren muß. Was in zweitausend Jahren auf dem nach der phönikischen Königstochter benannten Festland errichtet wurde, ist kein babylonischer Turm. Es sind Pfeiler, Mauern, ansetzende Gewölbebogen einer Kathedrale, nicht ein Denkmal der Empörung, sondern des Suchens über sich selbst hinaus. Und da dieses Suchen über sich selbst strebt, werden wir den Bau nicht vollenden. »Plus ultra«: das ist die Devise Karls V., Mittelschild der Ordenskette vom Goldenen Vlies in der Wiener Schatzkammer.

Dieses tragende Motiv erweist sich, wie in der Geistesgeschichte, in inneren und äußeren Spannungen des politisch-geschichtlichen Lebens. Ich erinnere nur an den Zusammenhang zwischen Tyrannis und Freiheit, Diktatur und Demokratie. Die Freiheitsidee der Griechen hätte sich schwerlich in der überlieferten Form ausgebildet und ausgewirkt, wenn sie nicht gegen die Tyrannei des sechsten Jahrhunderts hätte kämpfen müssen. Die weltpolitische Stellung Griechenlands wurde von einem Tyrannen, Peisistratos, vorbereitet, der zum Hellespont vordrang. Unter seiner Herrschaft erhob die Tragödie ihre Stimme. Der Überlieferung nach soll er die Homerischen Gesänge ordnend zusammengefügt haben. Bis zuletzt blieb die Tragödie in einer monarchisch-sakralen Ordnung beheimatet, während der Zweck des Staates, wie ihn Aristoteles formulierte, sittliche Lebensgemeinschaft war in Familien und Geschlechtern zur Verwirklichung eines in sich geschlossenen und selbständigen Daseins. Aber Platos Staat, in dem die Jugend zur Tragödie nicht zugelassen werden sollte, der die Frauen zum Wehrdienst verpflichten und ihnen die Kinder entreißen sollte, wäre ohne Zweifel die unbarmherzigste der Tyranneien gewesen.

Hätten die Römer nicht in Notzeiten einen Diktator ernannt, so hätten Staat und Kultur ihre Aufgabe in weit geringerem Grade erfüllt. Freiheit als geschichtliche Erscheinung kann sich nur in der Bindung an echte, entschiedene Herrschaftsformen behaupten; das heißt: Freiheit ist in einem wesentlichen, aber nicht abzugrenzenden Grade Freiheit des Opfers. Es gibt dafür kein Gesetz.

Daß der Freiheitsanspruch die ordnende Macht gefährdet, daß diese den Freiheitsanspruch verletzt; daß hier, auf seiten der Freiheit, eine entweder bedenkenlose oder der Einsicht ermangelnde Subjektivität sich erhebt; von seiten der regierenden Macht aber ein zu großes Opfer an Freiheit verlangt wird, ist ganz unvermeidlich. Es ist ein Widerspruch, auf den die Geschichte, nach bisheriger Erfahrung, gar nicht verzichten kann, der ebenso tragisch wie fruchtbar war und die Entfaltung getragen hat. In diesem Bezirk ist alles offen, und das eben scheint mir kennzeichnend für unser Erbe und Wesen zu sein. Offen ist das Maß, dem Vermögen, der Einsicht, den Möglichkeiten überlassen; fest stehen die Werte als solche: die Herrschaft und die Freiheit.

Als sich die Athener zur Zeit des Krieges und der Pest gegen Perikles auflehnten, hat er diesen Widerspruch formuliert: »Mit dieser eurer Herrschaft ist es bereits dahin gekommen, daß sie der Gewalt eines Tyrannen ähnlich sieht; dabei scheint es ebenso ungerecht, sie an sich zu reißen, als es gefährlich ist, sich ihrer zu begeben.« Das komplizierte Ineinanderspiel der tragenden Instanzen der römischen Verfassung beruhte auf derselben Einsicht. Hans Delbrück nannte sie die wirksamste aller Verfassungen der Welt und hat den Grund dieser Einzigartigkeit darin gesehen, daß »sie aus lauter Widersprüchen zusammengesetzt war«. Ein Konsul kann den andern hemmen, der Oberbefehl über das Heer ist geteilt, der Tribun kann alle Beschlüsse verhindern, sogar den Konsul verhaften, aber weder Konsul noch Senat können über den Tribun verfügen. Einem jeden Recht stand ein Recht gegenüber, die Möglichkeit einer Gegenwirkung, einer Korrektur.

Wenn Shakespeare echte Ordnung bezeichnen wollte, berief er sich auf Musik, die Harmonie der Gegensätze: der Bienenstaat, der Musik für ihn ist, organischer Widerstreit und Zusammenklang, ist sein Bild der Herrschaft. In Musik beruhigt sich die Macht, gelangt sie ins Gleichgewicht: das ist das Ziel der Geschichte, das freilich nur in der Erkenntnis erreicht wird, Stern, der leitet, ohne daß wir jemals zu ihm gelangen, die Weisheit des echten Herrschers und Staatsmanns. Was wir an modernen Verfassungen noch lieben oder bewundern, beruht auf demselben Prinzip; freilich wurde es in Rom, trotz aller Verwirrungen und Katastrophen, von einem Staatsvolk getragen, das sich zur Universalität berufen wußte. Auch dieser Gedanke – die Universalität – ist griechisch, vielleicht schon von Tyrannen konzipiert, von Perikles ausgesprochen, von Alexander nach Indien getragen, wo er nach Alexanders Tod unter dem Kaiser Asoka eine Art Reichsbildung mit bewirkte. Es wäre – nur im Vorübergehen gesagt – aufschlußreich für europäische Selbsterkenntnis, den toleranten Wohlfahrtsstaat des buddhistischen Kaisers, der selbst die Tiere in die Wohlfahrt einbezog, wie seine Säulenedikte verkünden, mit der Struktur des westlichen Imperiums zu vergleichen. Freilich sind wir noch immer in Gefahr, die volkhaften Machtzusammenhänge und Kulturen des Ostens im Licht unserer Vorstellungen zu sehen. Sie gleichen weit eher dem Bienenstaat als dem Machtstaat.

Aber das bleibt das Unerhörte: daß in Rom die universale Idee mit beispielloser Stärke den Streit der Gewalten zusammenhielt, aus ihm ihre Kraft nahm, aus ihm sich erneuerte; und, was die Welt von Rom empfing, diesem so oft ins Tragische schreitenden Zusammenspiel zu danken hat. Alle europäischen Lebensformen, Machtgestaltungen waren und sind unvollendbar: sie tragen das Neue im Herzen, das ihnen den Tod bereiten wird. Gott ist Tag und Nacht, Licht und Finsternis für den Dunkeln von Ephesos wie für den Psalmisten. Und das Bild Gottes ist es ja, dem die Geschichte zu folgen sucht und das sich in ihr reflektiert. Das ist kein Plan, sondern Lebensnotwendigkeit oder Plan eines Andern, Entfaltung eines eingesenkten Keims. Und nichts widerspricht dieser Wesensart entschiedener als der Versuch, die Perspektive zu schließen, zu proklamieren, daß das Ziel erreicht sei, und statt des nach oben offenen Baues ein Kraftwerk zu errichten – für immer. In diesem können sich freilich Macht und Leistung auf unerhörte Weise verdichten, und es ist ja, wie ich es schon andeutete, keine Frage, daß auch dieses Kraftwerk und hinter seinen undurchsichtigen Wänden das Volk sich auf die Arbeit westeuropäischer Denker berufen können. Aber sie zweigten ab. Die Herzader der Überlieferung schlägt für das tragische Wagnis der Freiheit, für die nicht abschließbare Perspektive, für Aufgang und Untergang in ihrer Einheit. Erich Przywara hat den Satz des Heraklit vom Weg hinauf und hinab, der derselbe ist, für das Christentum gewonnen, womit der geheimnisvolle Satz natürlich nicht seinem Urheber genommen werden oder den von diesem ausgedrückten Sinn verlieren kann: daß aber die Aufnahme ins Christliche doch möglich ist, zeigt die Stärke der Kontinuität. Sie wäre nicht da ohne eine echte Beziehung zwischen Antike und Christentum.

Es ist gar nicht möglich, die Staatsbildungen, ihre Umwandlungen und Geschicke zu betrachten, ohne immer wieder zum Innern zurückzukehren, zur Seinsgestalt und zum geistigen Prozeß. Darin liegt die immense Schwierigkeit der Geschichtsdarstellung überhaupt. Ich maße mir wahrlich nicht an, die Akzente richtig gesetzt zu haben. Ich will, um eine Formel Federico Garcia Lorcas zu gebrauchen – des Andalusiers, der sich selbst den letzten Dichter der Welt nannte, und in einem gewissen Sinne mit Recht, lassen Sie mich noch einmal auf ihn zurückkommen –, ich will nicht definieren, sagte er, sondern nur unterstreichen.

Über der inneren Dynamik können wir die äußere geschichtlich-geographische nicht übersehen, weil ohne den Ansturm äußerer Mächte, immer neuer Kräfte in das Lebenszentrum die innere Gestalt sich so, wie wir sie sehen, nicht ausgebildet hätte. Es ist erschütternd, mit welcher Produktionskraft das antike wie das moderne Europa sich gegen die Völkerstürme einsetzte, die es zerstören wollten, selbst in scheinbar schon hoffnungsloser Lage, wie etwa unter Theodosius und Justinian. Man könnte es diesen Herrschern kaum verdenken, wenn sie sich Untergangspropheten gebeugt hätten, statt noch einmal das Imperium zu einen, es noch einmal auszubreiten über Italien, Afrika bis nach Spanien, noch einmal, nachdem die Völker längst in eine in dieser Epoche nicht mehr zu bannende Unruhe gekommen waren, der Welt Gesetze zu geben: das heißt, das Bild des Imperiums und das Gesetz zu hinterlassen. Nun, Sie wissen es längst: ich brauche nicht einzugehen auf das, was Europa seit den Perserkriegen der Griechen und Römer als Aufgabe, Forderung von seinen Feinden empfangen hat, auch nicht auf das, was es von ihnen übernahm. Denken wir an die Kultur der iberischen Halbinsel, an das mongolische Element des mittelalterlichen Rußland! Das Einheitsbewußtsein, seine Verstärkung, Intensivierung, Verinnerlichung ist das Geschenk solcher Gefahr. Zur europäischen Lebensform gehört ein positives Verhältnis zu den Feinden: positiv im Sinne des sich selbst Suchens und Findens, der Leistung, der Antwort, nicht als Nein, sondern als Gestalt, als höhere Form: wie sie uns Aeschylos auf unvergleichliche Weise in den »Persern« vorgebildet hat: Griechenland wäre nicht, was es ist und bleiben wird ohne sie.

Aus Vernichtungsstürmen haben sich immer wieder Formen erhoben, dank dem europäischen Gesetz, das sich im Vorbild Roms auf einzigartige Weise als Einheit von Dynamik und Statik ausgedrückt hat. Es verbindet sich mit der tief eigentümlichen Erfahrung der Zeit, die den indogermanischen Völkern eigen ist: sie wissen vom Ende, von der Dämmerung der Mächte und Werte, von der Unmöglichkeit, das Irdische aus dem Irdischen zu befreien. Alles Göttliche verfällt, und in diese Verfallenheit tritt nun Gott ein einziges Mal, der Erlöser und Richter, mit dem die letzte Zeit beginnt. Er zieht den Lichtbogen über die Geschichte, der auf das Ziel weist, auf die Wiederkunft. Von nun an ist Geschichte Advent, Erwartung der Schrecken und des Heils. Von nun an ist es gewiß, daß ein einziges Volk, das jüdische, sicher sein kann, mit einer einzigen Person, der dieselbe Verheißung wurde: dem Nachfolger Petri, das Ende zu sehn. Die Worte vom wirbelnden Fall der Sterne, vom Kreuz am Himmel sind von so einzigartiger Wucht, daß sie auch heute noch, wo unbedingter Glaube soviel verloren, pragmatischer Glaube und Unglaube soviel gewonnen haben, in weiten außerchristlichen Bereichen in verworrenen Vorstellungen und Ängsten nachschwingen; die Seele bewahrt sie noch, obgleich kein Glaube sie widertönt. Vergegenwärtigen wir uns, was Shakespeare in seinen Tragödien und Sonetten, Calderón in den Fronleichnamsspielen, Lorca im Drama und in der Lyrik von der Zeit gesagt haben!

Wann bricht die Dämmerung an
Aller Uhren?
Die Zeit hat schon
Horizonte.

Die Gefahr drängt zur Einheit; schwindet sie, so treten die Volkspersönlichkeiten wieder eigenmächtiger hervor. Das Drama zwischen Westen und Osten wird von dem zwischen Norden und Süden durchkreuzt. Es erscheint nun, im streng Geschichtlichen, als Lebensform eine Kreuzung der Ströme, das Kreuz. In den Kämpfen zwischen Kaiser und Papst stellten sich letzte Inhalte geschichtlichen Daseins dramatisch dar. Das Problem des Verhältnisses zwischen Weltreich und Gottesreich, wahrscheinlich ein innerhalb des Geschichtlichen unlösbares Problem, wurde Geschichtsgehalt, Handlung. Der Kampf bildete im Süden wie im Norden Persönlichkeiten höchsten Ranges heran, die die Krone der Heiligkeit oder die Krone der Tragik erlangten, indem sie einander vernichteten. Darüber spielt das Drama des Geistes, ein Wesensunterschied nordischer und südlicher Frömmigkeit, des Denkens, der Forderung an die Welt, der ebenso schwer an Leid wie an Erkenntnis, an Selbstfindung und Selbstbehauptung ist. Ich erinnere nur an Birgitta von Schweden. Niemand hat Rom mit größerer Ehrfurcht betreten als sie. Wenige wurden so von Rom verletzt. Sie lebte hier von Jahrzehnt zu Jahrzehnt, wartend auf die Bestätigung ihrer Sendung, von Gesichten und düstern Ahnungen heimgesucht, im Geiste meist in der nordischen Welt, auf den Herrenhöfen Västergötlands, Prophetien sprechend, in den letzten Tagen selbst in die dunkle Nacht der Verlassenheit sinkend, aus der sie die Sterbestunde befreite. Sicherlich: Herrscherlich-Ungestümes lebte in der Frau aus schwedischem Königsblut, aber auch erschreckende Glut der Passionsmystik. Im Dezember 1373 führten Sohn und Tochter ihren Sarg auf einem Maultier durch die Porta del Popolo, nordwärts an den Vättersee, nach Vadstena. Dort stand eine kleine Kirche aus Holz zwischen unfertigen Gebäuden. Der Sohn trug den Sarg in das Heiligtum. In der Nähe lebte eine große Sünderin, die nicht an die Vergebung der Sünden glaubte. Nachts erschien ihr eine strahlend-schöne Frau und befahl: »Sage dem Teufel, daß Gottes Barmherzigkeit offen ist für alle, gehe hin und sündige nicht mehr!« – »Wer bist du, Frau?« – »Ich bin Birgitta, die heimgekommen ist von Rom.«

Shakespeares Weltdramatik spielt zwischen London und Rom. Cäsars Adler, von Süden aufflügelnd, entschwindet im Sonnenglanz des Westens. Am Ende, in »Cymbeline«, werden die römische und die britische Fahne vereint dem nach London ziehenden Heere vorangetragen. Aber der Adler ist wieder auf dem Fluge – über den Sonnenuntergang hinaus. Er horstet nicht mehr auf dem Tower.

Sie werden mich, ich bitte Sie darum, verstehen. In solchen Szenen bekundet sich ganz Unaussprechliches, europäische Lebensform. Denken wir an den Schrecken, den Gustav Adolfs Zug gegen die Alpen am Hofe Urbans VIII., eines der großen Bauherrn Roms, erregte. Und was ist erschütternder als die Antwort: das Grab Christinens in der Krypta der Peterskirche und die Gräber der entthronten schottischen Könige. Noch immer suchen die Schweden nach ihrem Kriegsschiff »Wasa«, das vor mehr als dreihundert Jahren auf rätselhafte Weise in der Salzsee von Stockholm gesunken ist. Der Klang der Vinetaglocken verlorener Reiche geht den Völkern nicht aus den Ohren. Und welch seltsames Echo der Geschichte, daß August Strindberg auf dem Wege nach Damaskus das nackte Kreuz entdeckte, das Kreuz der Karmeliten!

Wer könnte es wagen, mit wenigen Sätzen das geheimnisvolle

Leben ineinandergeschlungener europäischer Traditionen zu beschreiben! Ich will nicht von den großen Völkern sprechen, die heute eine fast verzweifelte Anstrengung machen, wieder Weltmacht zu werden. In den sogenannten kleinen Völkern, den Mächten, die ihre Kulmination überlebt haben und darüber weise geworden sind, ist heute das europäische Erbe klarer zu erkennen als in denen, die sich noch in der Mitte des Schwungrades festzuklammern suchen und sich unaufhaltsam amerikanisieren. Denken wir an die Dänen, Norweger, Schweden, Portugiesen, Holländer, deren Weisheit und Erfahrung sich oftmals in stolzer Selbstironie bekundet! Ich möchte somit erinnern an die Abwandlungen, die das Drama zwischen Herrschaft und Freiheit in diesen Geschichtsräumen erfahren hat: an den strengen Platz vor der weißen Kirche in Helsinki, wo sich – zugegeben oder nicht – Formen des zaristischen Empire mit an Potsdam erinnernden Formen und einem ganz eigenen Raumgefühl verschmelzen; an die Rote Kathedrale auf einem der Schärenfelsen davor, wo die orthodoxe, die vertriebene Kirche noch immer den Glanz ihrer Mysterien enthüllt, die Beter erschüttert; wo sie Glauben bezeugt, dicht an der Grenze. Und ich möchte erinnern an die ungebrochene Eigenständigkeit, an das Selbstbewußtsein des finnischen Volkes und seine auf diese Eigenschaften gegründete Freiheit; an Sibelius in seinem Herbstwald, eine bis zuletzt aufrechte, fast herrscherliche Gestalt. Der Meister, dessen Lied über dem Lande schwebt als dieses Landes Lied, sprach von den sagenhaften Zeiten, aus denen er kam, von Moltke, den er noch in Berlin gesehen hatte. Als er die Güte hatte, mir durch einen Freund einen Gruß nach Lissabon bestellen zu lassen, sagte er: »Wer Finnland liebt wie er, der versteht das Herz Portugals.« Es ist eine Bemerkung, die von sensibelster Vertrautheit mit Volkspersönlichkeiten zeugt, von europäischer Universalität: sie verbindet Rand mit Rand, die Gegenstände in ihrer Einheit. Sie weist auf die Dimension, in der wir nachgerade alle leben sollten.

Sicherlich! Wir wissen das alles. Es ist in tausend und aber tausend Photographien, in Zeitschriften, in Büchern, auf der Leinwand, dem Fernsehschirm an uns vorübergeglitten. Und der ständige Druck dieses immerwährenden Gleitens hat unsere Sinne, unsere Seele mit einer Hornhaut überzogen – und das arme verhaltene Lied eines portugiesischen Straßensängers in einem Lissaboner Hinterhof, einer Holländerin an einer Amsterdamer Gracht, unter dem nassen Schnee, sagt uns nichts mehr von Völkern. Was wissen wir nicht! Und was können wir nicht nachschlagen! Blättern wir aber im Buch unseres Lebens und Bewußtseins: so fliegen die leeren Seiten vorüber. Länder seien Seiten im Buch der Natur, meinte der große Wanderer Paracelsus: man müsse sie »treten«, also nicht lesen, sondern erfahren und erleiden, in sein Leben nehmen: und so ist der Wanderarzt aus Einsiedeln, eine europäische Existenz wie Erasmus, »weiter gewandert gen Granada, gen Lissabon, durch Spanien, durch England, durch die Mark, durch Preußen, durch Litauen, durch Poland«. Er ist, wie vermutet wird, auch durch Stockholm und Upsala gestreift und wieder durch Ungarn, Rumänien, und überall hat er »fleißig nachgedacht und geforscht«; er hat die Seiten Europas »mit Füßen getreten«.

Europa ist kein Friedensreich gewesen. Es hat sich immerfort selbst zerstört, wie es die Griechen getan haben. Und es wurde immerfort wieder geboren. Das ist das Lebensgesetz der ersten Zelle, und die Zelle kann nur sich selbst wieder hervorbringen, wenn auch Mutationen eine gewisse Chance haben: sie sind aber eher Todes- als Lebenschancen. Griechenland war eine streitende Einheit – und selbst in der schlimmsten Gefahr waren nicht wenige auf seiten der Perser. Zwischen Kreta, Athen, Sparta, Korinth, Theben, Elea und Kroton, den kleinasiatischen und sizilischen Kolonien, endlich Makedonien spielte das Lebensdrama. Unser Geschichtsbewußtsein hat mit der Furchtbarkeit fast tödlicher Gegensätze zu rechnen. Der Kampf zwischen Westen und Osten – und ihr Zusammenwirken – haben so wenig eine Aussicht auf Versöhnung wie die Spannung zwischen Norden und Süden,

Rom und dem Sturm, dem Löwen aus Mitternacht, die so lange europäische Dominante war. Und daraus bildet sich – vielleicht – ein Kreuz: Zeichen jeglichen Daseins und Wirkens, der Erscheinung Gottes, überrationaler europäischer Existenz, ausgetragen, wie sich versteht, nicht mehr mit innereuropäischen Kriegen, die absurd geworden sind, sondern im Seelenraum und auf den Schlachtfeldern des Glaubens und des Geistes. Unsere Aufgabe – unsere etwa mögliche Rettung – ist die Übertragung des Gesamtgeschichtlichen in unser Bewußtsein, seine Bergung und Verdichtung in beseelter Geistigkeit und Schicksalsbereitschaft. Unsere Bestimmung ist: das Gesamtgeschichtliche anwesend zu erhalten. Das ist die Voraussetzung der heute gebotenen Haltung.

Ich muß gestehen, daß ich in den letzten Tagen zum erstenmal mich nach Wien wagte, während fast alle andern Hauptstädte des Westens und Nordens mir vertraut sind. Wohl ist man gewöhnt, an Gräbern zu stehn, aber die wuchtige Platte, unter der Eugens Reste ruhn, des »größten Österreichers«, wie Hofmannsthal sagte, und die gewaltige Totenklage der Kaisergruft gehen weit über die mir mögliche Resistenz. Und doch fühlte ich mich getröstet, wie man eben nur in Österreich getröstet werden kann. Maria Theresia und ihr hoher Gemahl, einander anblickend über all dem Totengebein mit Augen der Liebe, thronend gleichsam in einem unendlichen Augenblick: dies ist das unvergängliche Bild der Einheit von Liebe und Macht, endgültige Lösung des Problems, um das Grillparzer, der ja in der Spiegelgasse, oben im vierten Stock, fast Nachbar der toten Kaiser war, in seinem letzten Werke gerungen hat. Das ist die höchste Form geschichtlicher Existenz, erreichbar wahrscheinlich nur im Kraftfeld der Reichsinsignien, die nicht Symbole, sondern Wirkkräfte sind und als solche verstanden wurden. Was will es sagen, daß ein deutscher Kaiser, Heinrich II., die Stadt Basel gab für die heilige Lanze! Daß diese Kräfte, die Insignien, wenn auch in höchst würdiger Aufstellung, am Strande liegen, dem Strom der Geschichte entzogen, bedeutet unermeßlichen Verlust an Geschichte bestimmender Substanz. Ich verbinde das nicht mit einer politischen Pragmatik, zu der ich gar nicht befugt bin, aber um die gesellschaftliche Existenz, die Lebensform steht es schlimm, wenn sie keine Zeichen mehr haben, deren Besitz Weihe ist, Zeichen, die notwendige Ordnung an das Ewige binden, die die Träger der Staatsmacht zur wahren Autorität erheben und ihnen zugleich sagen, daß sie nur Diener eines Andern sind. Nun aber, abseits der Geschichte, unter Glas strahlen sich die Insignien aus, die nur innerhalb der Geschichte, an ihrem Ort, im lebendigen Vollzug der Bestimmung, hätten bleiben können, was sie waren. Nicht die sorgfältigste Pflege, sondern einzig die Strömung des Völkergeschicks erhält Steine und Gold in der Kraft ihres Feuers, die Perlen in ihrem Glanz. *Unser* Amt ist bescheiden: wir können die Kleinodien nicht wieder der Geschichte übergeben: wir können nur versuchen, sie ins Herz zu nehmen als die höchsten, die unabdingbaren Zeichen des Abendlandes. Wie sehr aber hat sich der Tiefgang der europäischen Geschichte, hat sich ihr Lebensgehalt, verringert, seit die Kleinodien am Strande liegen!

Die Stellung Österreichs ist, wie sie immer war, außer Vergleich, wie eben ein Geweihter nicht mit einem Ungeweihten verglichen werden kann. Das Problem der Macht hat hier einen durchaus eigenen Aspekt; sie kann hier gar nicht konzipiert werden ohne das Bewußtsein der Erlesenheit, ohne existentiellen Wert, so wie das Geschichtliche hier nicht ohne Stolz, mit dem sich liebenswerte Ironie vereint.

Alles – das fühlen wir wohl – steht auf dem Spiel. Wissen kann über Nacht umschlagen in Tod; dem Einbruch des Verbrechens ist die Geschichte jederzeit offen – aber auch dem Erscheinen einer tödlichen Notwendigkeit, des Weltgeistes selbst, der den Sturm wilder Völker und frischen Blutes aufrührte, Haß und Irrtum und die Gedanken des Todes, um die sich die Gedanken des Friedens schlingen, um sie festzuhalten. »Ich muß mitspielen«, sagte mir vor einem Jahr einer der bedeutendsten Staatsmänner des Westens. »Ich sehe die Fehler wohl, die meine Mitspieler machen. Aber ich vertrete keine große Macht. Ich vertrete ein kleines Volk, das ich liebe, und das ich bisher vor Krieg bewahren konnte. Ich muß mitspielen, unter Gefahren, auf die ich kaum wirken kann: nur die Freiheit meines Urteils, meiner Gedanken habe ich mir erhalten.« Nun, das ist keine exzeptionelle Situation, sondern eher die für viele Länder und Menschen kennzeichnende.

Vergegenwärtigen wir uns die geschichtliche Situation der Wissenschaft; sie ist die Situation des Geistes, Europas, der Welt. Es gab nie echte Philosophie ohne Stellung zum Kosmos, zu dem, was wir von ihm wissen, zu seinen Rätseln. Auf jede Frage antwortet eine Frage, ja eine jede echte Frage schüttet wie eine reife Samenkapsel ihre Körner, eine Fülle von Fragen aus. »Jedes erlangte große Verstehen«, sagte Philip Lenard mit Bezug auf Keplers Gesetze, »offenbart sofort ein neues großes Nichtverstehen.« Doch hat sich, etwa mit Nietzsche, eine Wandlung angezeigt in der Beziehung der Philosophie zur Naturwissenschaft: er sah die Naturwissenschaft in der Perspektive der Macht, also der Geschichte. Wahrscheinlich war er nicht der erste, der sie so sah, aber die Intensität seiner Einsicht war vielleicht neu: er wollte sich in die Schule der Wissenschaft geben und ihr zehn Jahre opfern. Und es bleibt freilich eine seltsame Vorstellung: Zarathustra als Student in Leipzig. Wenn es auch dazu nicht gekommen ist, so hat Nietzsche doch das Kardinalproblem richtig gesehen: den unzerreißbaren Zusammenhang von Macht, Wissen und Tod. »Denken hat dieselbe Macht wie Tun« nach Aristophanes. Denken, Denkkraft sind »Herzblut« nach den Fragmenten des Empedokles. Aber Tun des Menschen ist niemals eindeutig gut, und eine jede »Wohltat«, einc jede Entdeckung wirft ihren Schatten.

Die genialen Physiker und Chemiker des 16. bis 19. Jahrhunderts stellten sich, oft in gemieteten Zimmern, ihr Werkzeug und ihre Versuchsanordnungen her, und meist auf eigene Kosten: Leeuwenhoek [1632-1723] entdeckte mit von ihm selbstgeschliffenen Gläsern Bakterien, Protozoen, die menschlichen Spermatozoen, die er genau beschrieb und zeichnete; zunächst wurde er von den Herren der Royal Society in London für einen Narren gehalten. 247 Mikroskope und 172 Linsen sollen sich vorgefunden haben, als sich endlich die Tür seines Arbeitsraumes auftat, den er lebenslang verschlossen gehalten hatte. Liebig, Wöhler, Bunsen, Helmholtz, Robert Koch begannen nicht im staatlichen Laboratorium. Georg Simon Ohm, Erforscher des elektrischen Widerstandes, dessen Einheiten seinen Namen tragen [1787-1854], sah es als einen Vorzug an, »wenn man seine Instrumente selbst besorgen oder wohl gar machen muß«. Der junge Fraunhofer, dem sein Lehrherr das Studium untersagte, arbeitete in einer fensterlosen Kammer an seinen Gläsern, Bunsen schuf sich einen Photometer aus einem Papier, auf dem er einen Fettfleck anbrachte; Faraday untersuchte ein gewisses Verhalten des Sauerstoffs an Seifenblasen. Es ist ein humoristisches Element in dieser ursprünglichen Genialität, das nicht übersehen werden sollte. Eben das ist Freiheit.

Heute spielt sich folgendes ab: Naturwissenschaftliches Forschen ist Experimentieren, Tun, und zwar in diesem extremen Sinne, daß die theoretische Physik, wie Erwin Schrödinger gesagt hat, dem Experiment »nachhinkt«, nachdem sie ihm einst vorauseilte. Das Experiment aber ist nur möglich in Institutionen, die allein der Staat bestreiten kann: die Ergebnisse fallen also dem Staate zu, sind von Rechts wegen sein Eigentum. Der Staat wie der Forscher proklamieren die Freiheit der Forschung, als ob sie vorhanden sein könnte; beide sind ehrlich überzeugt, daß uneingeschränkte Freiheit allein Leben der Wissenschaft ist, und es ist gewiß richtig, daß der echte Forscher, der eigentlich geniale, absichtslos, kindhaft seine Versuche anstellt und seine bunten Muscheln aufliest wie Newton. Denn nur die Kinder, die fragen, ohne besitzen zu wollen, werden schauen.

Aber sofort muß es sich erweisen, daß Staat und Forschung in ihrer Wechselbeziehung sich nicht so verhalten können, wie sie erscheinen möchten: die Kinder finden verschüttete Granaten und liefern sie dem Staate ab. Der Staat kann sich die Machtchance, die das von ihm ermöglichte Wissen anbietet, nicht entgehen lassen; er würde sonst nicht für die Forschung aufkommen. Erkenntnis, die ihr eigene Gefahr und Problematik steigern einander. Schon Ernst Mach hat bemerkt, daß der »Schwerpunkt« unserer Kultur in den Bereich der »mathematisch-naturwissenschaftlichen Aufklärung« abgewandert ist. Die Naturwissenschaft baut der Geschichte die Straße: eine andere ist nicht zu ermitteln. Mit treffender Ironie beginnt Weizsäcker seine Revision der Fakultäten in ihrer Beziehung zur Ära »von hinten«, nämlich mit den Naturwissenschaften, den Letzten, die die Ersten geworden sind. Mehr und mehr gleitet auch die Medizin in der Perspektive des Friedens wie des Krieges ab in die Abhängigkeit, den Machtkampf, in die Geschichte.

Der Forscher baut die Welt, in der der Staatsmann handeln soll. Es gibt keine andere. Im Grunde operieren Forschung und Staat mit Kräften, die sie nicht kennen, nicht anders als die Medizin: der Zwang der Geistesgeschichte, des Gestaltwandels der Macht hat dahin geführt. Auch wenn der Forscher nicht Techniker ist, arbeitet er doch für die Technik; eine Grenze zwischen Forschung und Technik ist kaum zu ziehen. Das Paradoxe ist: daß der Staat zugleich von ihnen abhängt und sie sich dienstbar macht – nach dem Gesetz. Das erinnert an das Kreisen der Gefangenen im Gefängnishof van Goghs. Wenn nicht das Fragen selbst schon Schuld ist – und Fragen ist Tun, ist Experimentieren, Verändern, Eingreifen, Zerstören –, so liegt doch eine eigentümliche Tragik über den größten Leistungen der neueren Zeit. Die Urheber der modernen Entwicklung sind, nach Schrödinger, »weit entfernt«, sie wirklich zu verstehn. Weizsäcker definiert unsere Zeit »als eine Zeit, die sich selbst nicht versteht«. Sie versteht sich nicht, aber die ganze Energie dieser Zeit ist gerichtet auf Umgestaltung, auf Vernichtung. Es mag bald kein Werkzeug, keine Kraft ohne »Atomspitze« geben. Ein jeder ist Gefangener dessen, der von ihm abhängt. Ein jeder sucht den andern mit der Qual zu belasten, die sein Gewissen nicht zu tragen vermag. Da die Verantwortungsbezirke einfach nicht abzugrenzen sind, hat die Katastrophe leichten Zugang. Wir haben auf diesen Gebieten kein kontemplatives Wissen mehr: diese von der Theologie geschätzte Vorstellung ist unhaltbar geworden: Wissen ist Tun und führt zum Tun. Auch Denken ist Tun: das Ganze unterliegt somit einer Ethik, die wohl noch in keiner Epoche schärfer formuliert worden ist, die, es ehrlich zu sagen, an das Unmögliche streift: sie ist ein tragisches Soll. Die *Daily Mail* hat in einer Titelzeile vortrefflich formuliert, was heute vor sich geht – sofern sich noch Macht bilden kann: Sir Atom joins Lord Power. Am Anfang aber steht der Geist. Und wenn von einem notwendig-schuldhaften Ursprung die Rede sein kann, so trifft den Gedanken der Vorwurf zuerst, wie das Kant, gerade in der Beziehung zur Geschichte, gelehrt hat: »Die Wurzel des Bösen geht als intelligible Tat vor aller Erfahrung vorher.« Die intelligiblen Taten sind die entscheidenden.

Uns bleibt im Augenblick nichts, als das Kreuz ererbten Widerspruchs zu erleben; leidenschaftlich zu sein, was wir sind, und leidenschaftlich einer Sünde an Menschheit, Kreatur, Schöpfung, am eigenen Selbst zu widerstreben, für die es kein Beispiel gibt: weil eben die unsere Zeit regierende Machtgestalt ohne Beispiel ist. Der Radarschirm ist unzuverlässig: die Bilder der einander entgegenfahrenden Schiffe schieben sich übereinander. Verläßlich noch immer ist das Gewissen, aber niemals unfehlbar. Vielleicht ist in unserer Epoche eine Lösung gar nicht möglich. Herder hat die geschichtliche Macht geistiger Veränderungen beschrieben, die in der Tat allen umwälzenden Veränderungen vorangehen; sie sind aber keineswegs die einzige wandelnde Macht. Eine Macht ist auch die des geschichtlichen Zusammenhangs, der Zeit inne gewordene, vor der Welt sich verantwortende Existenz; eine Macht ist, innerhalb des Glaubens, das Gebet. Der Glaube scheint, wie gesagt, Geschichte nicht zu führen. Die Frage ist, ob er je wirklich führend gewesen ist, außer vielleicht im Aufgang des Frankenreichs, erster westlicher Formation christlicher Herrschaft. Es kommt aber hier weniger auf Autorität an als auf Durchdringung von innen: die Beeinflussung der Wertwelt, die Wachheit des Gewissens, die Steigerung seiner Inhalte. Vielleicht hat der Glaube – im Widerspruch zu der von ihm ausgeübten Repräsentation – in fast jeder Epoche nur stellvertretende Rechte und Aufgaben gehabt. In der Stellvertretung sah ja Kierkegaard eine wesentlich christliche Idee. In jedem Fall bleibt, innerhalb des religiösen Sonderbereichs, die Hoffnung auf Gebet und Opfer, auf das Dasein der Unbekannten, die Fortwirkung der Gewesenen und ihrer Stiftungen, wenngleich sofort zugegeben werden muß, daß Gottes Gedanken nicht die unsern sind und er oftmals auf eine andere Weise erhört, als wir erhört werden wollen; daß unser Sieg so oft nicht Sieg nach seinem Sinn ist und also Niederlage. Er, nicht der Bittende, unterscheidet zwischen Stein und Brot. Aber der Entschluß zu stellvertretendem Opfer und Gebet ist ein Akt der Freiheit, der überhaupt nicht beeinträchtigt werden kann, und insofern vielleicht die höchste menschliche Möglichkeit. Auch dürfte immerhin die Frage erlaubt sein, ob und wie lange politische Freiheit noch möglich ist, wenn die religiöse nicht vollzogen wird; ob die politische leben kann, wenn die religiöse sie nicht durchblutet.

Ein noch nicht ausgeschöpfter Trost ist die Überzeugung östlicher – in diesem Falle chinesischer – Überlieferung, von der Wirkkraft sittlicher Existenz: sie vereint himmlische Kräfte mit der Erde, schützt die Bahn der Gestirne, die Harmonie der Jahreszeiten, regelt den Gang der Ströme, macht, daß die Obern erleuchtet werden, die Untertanen gehorchen. Das »bloße Dasein« des Kaisers als der Verkörperung des Weltgesetzes, das verleiblichte Sittliche hat eine »ordnende Wirkung auf die Welt« [H. v. Glasenapp]. Unglück im Reiche rührt von sittlicher Unvollkommenheit des Kaisers her; er muß sich reinigen, wenn das Reich genesen soll. Mit dem Kaiser ist das welterhaltende Sittliche anwesend in seiner Beziehung zur Geschichte, die nur innerhalb des Kosmos und in Wechselwirkung mit ihm verstanden werden kann. – Das ist das Vermächtnis, das Claudel uns zurückgewann, es ist die Überzeugung, die Shakespeare im »Sommernachtstraum« und in den späten Romanzen, ja in seinem ganzen Werk ausgesprochen hat: immer ist das Sittliche im Zusammenhang mit dem Kosmos. – Mit Gesetzen, fährt der chinesische Weise fort, regiert man ein Land, mit List führt man Krieg. »Mit Nichttun gewinnt man das Reich«. – »Je mehr Waffen aber im Volk, desto unruhiger wird das Land.« Das ist die Macht des Heiligen: »Ich tue nichts, und das Volk wandelt sich von selbst . . . Ich bin ohne Wunsch, und das Volk wird von selbst einfach.« Denn das Sein ist über dem Tun. Agere sequitur esse.

Keine Programme! Keine Thesen! Keine gewaltsamen Vereinfachungen! Das Nervengeflecht und sein Zusammenspiel mit allen andern Geweben ist viel zu kompliziert. Fragen wir unser tiefstes Selbst, was wir als weiterstrebende Überlieferung empfinden und erkennen; übertragen wir diese in unser Dasein, in sich steigernder Intensität! Wagen wir, die Zeit herauszufordern, ihr entgegenzustehen, gerade mit den höchsten Werten, die immer widersprüchlich sind in sich selbst, Verheißung und Gefahr, Leben und Tod, doppeltgesichtige Notwendigkeit! Die Wahrheit nämlich wird Widerspruch im Medium der Geschichte. Das entspricht dem gleichzeitigen Alles und Nichts des heiligen Johannes vom Kreuz, der Lehre des Dunkeln von Ephesos, daß der Weg hinab und hinauf ein und derselbe ist. Daß die tragische Gesetzmäßigkeit europäischen Geschichtsverlauf abbrechen wird, ist im höchsten Grade unwahrscheinlich – es stürbe denn Europa selbst, dessen edelste Geister zum Frieden emporblickten, ohne ihn stiften zu können. Und doch ist keine entmutigende Prophetie erlaubt – so wenig wie ein billiger oder oberflächlicher Trost. Wir haben nur diesen gegenwärtigen Augenblick und haben vor uns und in uns ein Erbe von unerhörter Fülle, nicht abgeschlossene, wahrscheinlich nicht abschließbare Geschichte, verhüllte Gegenwart des Kreuzes, tausend und aber tausend Zeichen im Menschen- und Völker- und Geistesgeschick in der Richtung auf ein jenseitiges Ziel. Immer wieder brechen die einander haltenden Widersprüche auseinander, und das Angewiesensein auf ein ganz anderes wird offenbar: das ist Europa. Wir sind nicht Herr, auch die Lenker der mächtigsten Staaten sind es nicht: sie haben im besten Falle die Freiheit, das eben notwendig Gewordene zu tun. Aber im Widerspruch zu diesem Zwang, dieser Gefangenschaft, sind wir verantwortlich auf Leben und Tod. Eine jede Existenz beeinflußt das Klima der Zeit, das Klima des Geschehens, Wachstum oder Mißwachs der Taten und Verbrechen. Eine geschichtsbewußte Existenz ist in der Freiheit innerster Haltung, der Hoffnung und des Opfers, ein geschichtlicher Wert, wenn auch auf unerkennbare Weise. Geschichte als ausreichender Bericht vom tatsächlich Geschehenen und Gewesenen kann überhaupt nicht geschrieben werden. Aber jenen personalen Wert gilt es zu realisieren, zu verdichten, nicht mit überanstrengter Kraft, sondern als das in Ernst und innerer Freiheit ergriffene Gesetz unserer Art. Es ist der heilige Widerspruch, dem wir verdanken, was wir sind.

Brunnenstube gegenwärtiger europäischer Geschichte ist der Platz auf dem Kapitol, den Michelangelo gefaßt und der Stadt zugewendet hat. Man versteht ihn nur bei Nacht, wenn Marc Aurel, der erste unter den großen Toten Wiens, einsam reitet im gedämpften Licht, dessen von den Brunnen geworfener Widerschein über die Säulen rinnt. Ein winziges bißchen Gold der alten Zeit, des Friedensreiches, hängt noch an der Rüstung des Kaisers, aber es wächst, nach dem Glauben des römischen Volkes, und wenn es den Kaiser bedeckt, der sein Leben in Lagern, auf Zügen, in Schlachten verzehrte, so wird Friede sein: so ist Europa Gestalt geworden in dem Stadt und Welt segnenden und beschützenden Kaiser. Aber flüchten wir uns nicht in die Träume leidender Völker; das wäre nicht im Sinne Marc Aurels! »Wer das jetzt Vorhandene gesehen hat, der hat alles überschaut, was von jeher war und was in alle Ewigkeit sein wird.« Die Gegenwart also hat den Gehalt aller Geschichte, der Welt überhaupt. Und wenn Europa in uns ist, in der Fülle gegensätzlicher Vielfalt, unendlicher Aufgabe, so ist Europa jetzt da, als Schickung und Geschick; und wenn diese

Gestalt nicht unser Innerstes ist, unseres Lebens Leben, unseres Herzens Herz, wie Hamlet zu Horatio sagt, so ist Europa nicht mehr da – und seine Erde ist nur noch Schlachtfeld ins Widermenschliche technisierter Gewalten.

(1957)

V. Das Drama des Papsttums

Der Glaube des Petrus

»Und Petrus stieg aus dem Schiffe«
Mt. 14, 24-33; Mk. 6, 47-51; Joh. 6, 16-21.

Zu tief hat sich uns vielleicht das Bild des in den erregten Wogen des Sees von Genezareth versinkenden Apostels eingeprägt, als daß wir uns noch recht vergegenwärtigen könnten, welcher Mut und Glaube diesem Versinken vorausgegangen sind. Als die Jünger fast die ganze Nacht über vergeblich mit dem mächtigen Gegenwind gekämpft hatten, und der Herr gegen Morgen, über die Wogen schreitend, sich dem Schiffe näherte, schrien sie auf vor Furcht in der Meinung, daß ein Geist auf sie zukomme. Und da Jesus sich zu erkennen gab, faßte sich Petrus ein Herz mit den Worten: »Herr, wenn Du es bist, so heiß mich über die Wasser zu Dir kommen«. Der Herr sagte: »Komm!« »Und Petrus stieg aus dem Schiffe und schritt über die Wasser auf Jesus zu«. Die Gestalt Petri ersteht aus den Evangelien mit einer besonderen Eindringlichkeit: wir fühlen, wie ein unerschütterlicher Glaube in ihm wächst, ein Glaube, der so mächtig ist, daß Petrus der Mensch nur langsam diesem Glauben zu entsprechen vermag. Freilich: erst nach dem Tode des Herrn scheint das Feuer über Petrus zu kommen, das seine Zunge löst und ihn zum glühenden Einsatz und in den Tod treibt; bis ihn aber das Feuer erreicht, geht er einen schweren Weg, muß er in bitterer Reue seine Schwäche und Unzulänglichkeit erfahren, und doch wächst während dieser Zeit der Glaube in ihm wie ein Fels, und der Herr erkennt diesen Felsengrund seines Glaubens und vertraut in der großen Stunde auf der Straße nach Cäsarea Philippi diesem Felsengrund Sein Vermächtnis an; eben weil dieses Vermächtnis nicht in den Händen eines irrenden Menschen ruht, sondern in dem Glauben, der diesen ganzen Menschen einmal ergreifen und umwandeln wird, ist es wohl bewahrt.

Einer der entscheidenden Augenblicke dieser inneren Geschichte des Apostels ist die Morgenstunde auf dem sturmbewegten See; Petrus spricht für die vom Schreck gebannten Jünger. Und welch ein Glaube an die Macht des Herrn gehörte zu der Bitte: »Herr, wenn Du es bist, so heiß mich über das Wasser kommen . . .« Was heißt es anders als »Dein Wort wird gleichsam eine Straße über die Wogen bauen, eine feste Straße, auf der ich sicher gehen kann.« Und da nun Jesus das einfache Wort spricht: »Komm!«, so geschieht das Größte: »Und Petrus stieg aus dem Schiffe . . .« Es ist, als ob der Herr und der Apostel allein wären, getrennt voneinander durch die Wogen; Petrus steht in der Macht des Herrn; die Gefährten, das Schiff kümmern ihn nicht mehr, auch die Gefahr und Mühe der Nacht sind von ihm abgefallen; es geht jetzt um etwas ganz anderes: um das Zeugnis, das er geben soll, das abzulegen er sich vielleicht schon lange gesehnt hat. Es geht um die letzte, die entscheidende Probe und Prüfung. Gewiß will er nicht die Macht des Herrn erproben; er wollte erfahren, ob die wunderbare Erscheinung der Herr sei, und er hat die Antwort vernommen mit dem Wort: »Komm«. Es ist der Herr. Und da sich Petrus vor Ihm weiß, so weiß er sich auch von Seiner Macht gehalten. Aber er will durch sein Tun seinen Glauben endlich bezeugen, schwerlich um der andern willen, die auf dem Schiff geblieben sind, sondern um Christi willen, um nun wirklich durch eine Tat, die nur der unbedingte Glaube vollbringen kann, hinüber zu Christus zu kommen. Würde er zögern, so würde er Zweifel verraten. Aber wir können uns nicht denken, daß Petrus gezögert hat: er ist augenblicklich auf die hochgeschwellten Wogen getreten und auf Christus zugeschritten. Dies muß mit völliger Sicherheit geschehen sein, nicht in einer Art magischer, traumwandlerischer Sicherheit, sondern in einer über das Irdische erhobenen Wirklichkeit: in der Gegenwart Christi. Wie lange diese Sicherheit währte, wieviele Schritte Petrus getan, wissen wir nicht; es ist einer der wunderbaren, in der Vorstellung kaum mehr vollziehbaren Augenblicke, die sich so oft zwischen den Worten der Heiligen Schrift öffnen. Wir wagen kaum die Augen zu erheben, wir wagen es nicht, uns ein Bild zu machen; wir fühlen nur, im Sturm und Wogenschlag geschieht etwas Stilles, Ungeheures: Petrus schreitet über die Wellen. Petrus ist endlich vor dem Herrn, was er sein möchte: der unbedingt Glaubende und aus dem Glauben Handelnde, der sein Leben an seinen Glauben an sein Zeugnis setzt. Petrus wird getragen von der Kraft des Herrn, an den er glaubt; er geht im Lichte Christi. Aber da scheint er plötzlich des Sturmes wieder inne zu werden; doch der Sturm verwirrt ihn nicht – wie hätte er den forttobenden Sturm nicht spüren sollen, da er doch nicht als Träumer handelte! Das Zeugnis, das er ablegen wollte, konnte allein im Angesichte des Windes und der Wellen, im vollen Bewußtsein der zu überwindenden Gefahr erbracht werden. Verwirren konnte ihn nicht die Wut der Elemente, sondern allein die Furcht. Aber die Furcht erlangt nur Gewalt, wenn der Glaube wankt; wenn das Band der Liebe zum Herrn zerreißt und sich die Liebe wieder festklammert am Ich. So »verspürte« er den mächtigen Wind in seinem versagenden Herzen. Und sofort beginnt er zu sinken.

Wunderbar, daß er in diesem Augenblick, da er den Glauben an die tragende Macht des Herrn zu verlieren scheint, doch noch das Wort ruft: »Herr, rette mich!« Wie sollte der Herr retten können, wenn Er nicht mächtig wäre? Und der Herr steht vor ihm auf den Wellen, sichtbar erhoben über das Gesetz der Elemente; es ist keine Veränderung geschehen, nur die Glaubenskraft des Herzens hat versagt. Aber in diesem von Furcht befallenen Herzen war doch schon der Glaube an die Macht des Herrn auf unerschütterliche Weise gegründet, und mit dieser letzten Kraft des Glaubens, die in größere Tiefe reicht als seine Angst, erfleht er Rettung. Der Herr kann retten; vor dem Versinkenden steht kein Traumbild, sondern Gottes Sohn, der über die Mächte der Erde gebieten kann. Und der Herr zieht ihn empor: »Kleingläubiger, was zweifelst du?« –

So ist der Glaube Petri wieder klein geworden, und es ist doch ein großer, ein vielleicht unvergleichlicher Glaube gewesen, mit dem er aus dem Schiff stieg; es war eine Handlung aus jener Unbedingtheit, die der Anfang des Martyriums ist. Und wenn wir nun selbst im Schiffe wären im Sturm und zum anderen Ufer strebten, ohne es zu erreichen, und der Herr erschiene auf den Wellen, würden wir dann aus dem Schiffe steigen wie Petrus? Es müßte ja leichter für uns sein als für ihn, weil wir seine Geschichte kennen und wir besser wissen, als er damals wissen konnte, was der Herr erwartet und wie Er uns beistehen wird. Und vielleicht würden diejenigen, die mit uns im Schiffe sind, die Erscheinung wieder für einen Geist halten wie die Jünger, und von uns würde eine Tat verlangt, die unseren Glauben an die Macht des Herrn bezeugt. Unser Leben strebt vom Ufer unseres Ausgangs zum Ufer des Todes über die Geschichte hinweg, die aufgewühlt wird vom Sturm. Sind wir bereit, auf die Wellen zu treten, wenn die heilige Gestalt über ihnen erscheint? Wenn wir uns nur ein wenig besinnen, so wissen wir: darum ward dem Sturme die Macht gegeben, damit wir ein Zeugnis ablegen. Alles ist in des Herrn Hand, Sturm und Wellen, das Schiff und die Gefährten und wir. Nicht darum geht es, daß das Schiff gerettet wird; – wir können es dem Herrn anvertrauen, Er kann es retten zu einer jeden Stunde, und es wäre doch eine törichte Antwort am Tage des Gerichtes, daß wir für das Schiff hätten sorgen müssen und daß wir es nicht verlassen konnten. Es geht vielmehr um das Zwiegespräch, das einst Petrus mit Christus geführt hat, um des Apostels gläubige Frage und um das einfache, mächtige Wort »Komm!«

Wer hätte dieses Wort nicht gehört? Darum steht die Gestalt vor uns im Morgendämmer, daß wir ihrem Worte fester vertrauen als einer Brücke und ohne den Sturm zu fürchten hinausschreiten auf die Wellen der empörten Zeit. Christus kann seine Macht jeden Tag offenbaren und dem Sturme gebieten; aber diese Seine Macht bleibt noch verborgen in ihrer Gegenwart. Offenbar soll eine andere Macht werden: die Macht unseres Glaubens an

Ihn. Es genügt nicht, daß wir in eine Kammer des Schiffes hinuntersteigen und beten, oder daß wir es offen oder heimlich auf dem Verdeck tun. Wir sollen das Schiff verlassen; wir sollen hinaus. Wir sollen zeigen, daß eine unerschütterliche Brücke über die Wellen führt. Wohin wollen wir denn, an welches Ufer? Nicht die Ufer sollen wir suchen, sondern den Herrn, der mitten in der Zeit steht. Das Ziel ist immer da; es ist das Wagnis. Das Glück, das Petrus empfunden hat, als er über die Tiefen schritt, steht uns offen. Wieviel leichter als er können wir es erringen, die wir vom Auferstandenen wissen, von Christi Sieg über den Tod! Und wenn unser Herz doch versagen würde im Tosen des Sturms und vor den Abgründen zu unseren Füßen, und wir im Versinken das einzige Wort rufen könnten: »Herr, rette uns«, wäre das nicht doch besser, als auf dem Schiffe zu bleiben? Denn auf dieser Überfahrt wird ein jeder einzelne angerufen und ein jeder soll, sobald er das Wort vernimmt, hinaustreten auf die Wellen. Diese Freiheit ist unser; alles andere ist Gottes, der Seinen Sieg verheißen hat. Jahrtausende lang treiben Schiffe vorüber, tobt der Sturm; Jahrtausende lang steht der Herr auf den Wellen. So sind die Mächtigen mit ihren Kronen und Zeichen, so die Völker vorübergefahren. Wir wissen nicht, was mit denen geschah, die dem Ruf nicht folgten, an welches Ufer sie getrieben wurden und was dort mit ihnen geschah, oder ob sie schon untergingen auf dem Wege, dem Retter fern und als Schiffbrüchige vielleicht doch noch um Hilfe rufend. Wir wissen nur, daß in dem Gehorsam gegen das Gebot, auf die Wellen zu treten, der Sinn der Zeiten und des Lebens beschlossen ist. Wir wissen von den Schicksalen, die auf unserem Wege geschahen, nur wenig; wir wissen aber: jetzt ist unsere Stunde.

Noch einmal sah Petrus vom Schiffe aus die Gestalt des Herrn. Es war nach Christi Auferstehung in der Gegend von Tiberias (Joh. 21, 2-17); vergeblich hatten die Jünger die Netze ausgeworfen: »Und wie dann der Morgen graute, stand Jesus am Ufer; die Jünger aber erkannten ihn nicht«. Erst als Christus ihnen die Stelle gewiesen hatte, wo sie die Netze auswerfen sollten, und sie dann das Netz kaum emporziehen konnten, sprach Jesu Lieblingsjünger zu Petrus: »Es ist der Herr. Und Simon Petrus, wie er das gehört, nahm und gürtete gleich sein Oberkleid, das er abgelegt hatte, und warf sich in den See.« Nun bedurfte es keines Wortes mehr, um den Apostel über das Wasser zu rufen: der Herr war da, und Petrus mußte zu Ihm. Wieder ließ er die Gefährten zurück, die das Schiff an das nahe Ufer steuerten und das übervolle Netz nachschleppten; was Petrus mit dem Herrn gesprochen in der kurzen Weile, die er durch seinen Gehorsam gewonnen, wissen wir nicht. Aber wir dürfen es vielleicht ahnen; die letzte, unbesiegbare Sicherheit mag sich nun in Petrus gebildet haben; er sollte fortan nicht mehr Fischer sein, sondern Hirte und als Hirte der Herde Christi sein Schicksal finden. Denn nach dem geheimnisvollen Mahl, das die Jünger an einem vorgefundenen Kohlenfeuer am Seeufer einnahmen, fragte der Herr den Apostel dreimal, ob er Ihn liebe; dreimal beteuerte Petrus seine Liebe, und dreimal empfing er den Auftrag, die Schafe seines Herrn zu weiden. Dann aber kündigte ihm Christus das Los vollkommenen Gehorsams an: »Da du jung warst, gürtetest du dich selber und gingst, wohin du wolltest. Doch bist du alt geworden, wirst du die Hände ausbreiten, und ein anderer wird dich gürten und führen, wohin du nicht willst. – Folge mir!«

Über dem See im Lande Galiläa erschien eine große Ferne; der Herr wies in sie hinaus, und es ist uns, als ob sich in diesem Augenblick das letzte für Petrus entschieden habe: er war aus dem Schiffe gestiegen um des Herrn willen; er sollte diesen See und sein Handwerk, die Seinen und sein Land verlassen und sich rüsten zu einer Wanderschaft, deren Ziel er nicht kannte. Immer wieder würde er auf seinem Wege die Gestalt des Herrn sehen, würde er, von seiner glühenden Liebe hingerissen, dem Herrn entgegeneilen. Wie er an jenem stürmischen Morgen über die Wellen schritt, so würde er durch die Welt gehen müssen, mit ausgebreiteten Händen, den Blick auf den Herrn gerichtet, gerufen von dem einen schon längst gesprochenen Wort, das Brücken baute über die Meere und Straßen durch die Lande und ihre Völker hindurch; von dem Worte, das die Kerker öffnete, die Wächter blendete, die Hände der Mächtigen lähmte. Wie der See ihn einst getragen, so würde die Welt ihn tragen, die noch viel abgründiger war als der See und von noch gefährlicheren Stürmen aufgewühlt: das Unmögliche würde möglich mit einem jeden Schritte, den er tun würde, denn ihn sollte die Kraft des Herrn tragen, an den er glaubte, und an den ihn seine Liebe band.

So wurde des Apostels Wanderschaft durch die Welt und die Zeit zu keinem geringeren Wunder als sein Schreiten auf den Wellen, zu keinem schwächeren Zeugnis seines Glaubens und zugleich zum Zeugnis der Kraft dessen, der ihn gesandt. Sein ganzes Wirken muß im Angesichte Christi geschehen sein, getrieben von dem Glaubensmut, der ihn bewog, auf den ersten Ruf des Herrn seine Netze zu lassen (Mk. 1, 16-18) und dann zweimal vor Christi Augen aus dem Schiffe zu steigen. Und als der Apostel, wie die Überlieferung erzählt, aus der Ewigen Stadt hinauswanderte und der Herr ihm entgegenging, sich noch einmal kreuzigen zu lassen, da muß Petrus erkannt haben, daß der Herr noch einmal über der Tiefe erschienen war: über dem Tode, den er besiegt. Der Apostel kehrte zurück und schritt durch den Tod dem Herrn entgegen. Zum letzten Male schwang er sich aus dem Schiffe. Vielleicht aber ist dies ein Geheimnis des christlichen Lebens, daß wir immer wieder aus dem Schiffe gerufen werden wie der Apostel, und daß wir dort schreiten sollen, wo kein Weg zu sein scheint. Denn die Welt baut keine Straßen und Brücken für Christus, aber Er baut sie. In dem Augenblick, da Sein Wort unser Herz entzündet und uns die Gewißheit Seiner Kraft überkommt, wölbt sich ein Brückenbogen über den Abgrund zu Ihm hin. Er ist immer da und immer erreichbar. Aber der Apostel möge für uns bitten, daß kein Schiff uns gefangenhalte und kein Sturm uns schrecke; daß wir vielmehr die Kraft finden, uns hinauszuschwingen, wenn der Herr im Morgendämmer über dem empörten Abgrund steht und uns ruft!

(1946)

Tagebuch: Rom 1931

29. März 1931. Pensione Quisisana; Piazza Esedra; gegenüber den Thermen des Diokletian. Grundlagen der Stimmung: nach einer Woche Gesellschaft bin ich wieder allein. Sofort nach dem Eintritt in Italien habe ich mir eine Halsinfektion geholt, für mich die eigentliche Krankheit des Südens, ohne die ich noch kaum je eine Pinie auf blauem Himmel gesehen habe. Kälte- und Wärmeschauer unter den mächtigen Steingewölben, in den Schattenbereichen der Kolosse. Seit einigen Tagen auch Mattigkeit; trotz langer Behandlung in München heftige Zahnschmerzen.

Hohes, aber dunkles Zimmer unter den schweren Arkaden der Piazza. Ich sehe mich unter ein Pygmäenvolk versetzt und werde wie ein Museumsstück betrachtet. Höllischer Lärm in den Straßen; treibende Benzinwolken. Heller Himmel, kalte Abende. Tiefe Melancholie. Der Innozenz wurde mir durch die Reisetage entrückt und hängt nun wie eine nachtschwarze Wolke über mir. Er erscheint mir wie die Geburt eines Fremden, die ich beleben soll. Heimweh nach Florenz.

Hier wirken die Kolosse. Alles ist im Stil der Imperatoren gebaut oder es hat sich aus ihrem Stil entwickelt; sie sind, obschon der Palatin in Trümmern liegt und der Efeu in den zerbrochenen Bogen grünt, noch immer die Herren der Stadt; ja es scheint mir, sie regieren auch über den Vatikan. Denn daß die Kirche original sei, kann man schwerlich behaupten. Ich ahne die Größe von Sankt Peter, doch fehlt die Mystik, die Dichtigkeit der Atmosphäre; dieser Bau ist ein Abschluß mit allen seinen Konsequenzen. Nachdem er da war, konnte nicht mehr viel geraten; es ist ein allzu großer Raum, in dem der Glaube verlorengeht. Heute, am Palmsonntag verhallte der Gesang der Geistlichen im Uferlosen; am Hochaltar drängten sich die Menschen zusammen, in den Hallen fluteten die Scharen der Neugierigen: wie viele von diesen Tausenden hatten wirklich ein religiöses Erlebnis? Es sind so erschreckend wenige, daß man den gewaltigen Fundamenten von Sankt Peter nicht mehr traut: denn ein Bau, der nicht erfüllt wird, kann gewiß nicht mehr lange bestehen. Ich halte das Ende: eine wachsende Erschlaffung, eine sehr langsam sich vollziehende Umgestaltung für unabwendbar. Daß Sankt Peter vollendet wurde zu einer Zeit, da von Deutschland aus der entscheidende Schlag schon getan war, sagt genug: das nicht mehr zu Übertreffende steht immer am Abgrund; es kann nur am Abgrund gedeihen; und auch Michelangelo ist, wie alle Großen, der Siegelbewahrer einer Vergangenheit.

Kurz, ich empfinde Sankt Peter nicht als Ausdruck einer überwältigenden Gegenwart, sondern durchaus als Grabmonument einer machtvollen Vergangenheit: das Ewige war ohne Zweifel in jener Zeit beschlossen; uns aber offenbart es sich in einer andern Form. Vielleicht gibt Ostern noch einen andern Eindruck; jetzt scheint mir alles leer; wie die Hallen, so auch die Gesichter der Geistlichen und Gläubigen. Auch die Kunst wird nicht mehr erlebt: in den ungeheuren Galerien im Vatikan wälzt sich eine tote Menschenmasse hin, die gerade noch die Verpflichtung fühlt, sich diesen Dingen flüchtig zu widmen. Vielleicht kommt einmal eine Generation, die auch diese Verpflichtung nicht mehr anerkennt.

Würde uns das Ewige immer in der selben Form befriedigen: wie könnten wir schaffen? Denn wir schaffen nicht mehr als die neue Form des Unveränderlichen; und alle Zeiten haben den selben Auftrag.

Bauwerke von der Größe Sankt Peters sind immer Grabmäler; sie sind Versteinerungen des Vergehenden. In den Grüften steht der gewaltige Sarg Ottos II. unter den vielen Sarkophagen der Päpste; schmucklos, nur mit der verhängnisvollen Aufschrift Imperator Augustus, dem Kaiser den Titel zusprechend, dessen Autorität die Päpste für sich forderten.

Der antiken Statue eines Philosophen hat die christliche Zeit das ernste und etwas derbe Haupt des hl. Petrus aufgesetzt; auch die Hände wurden vertauscht: nun trägt eine den steinernen

Schlüssel. Aber die Sicherheit des Faltenwurfs, die ruhevolle Machtgebärde sind antik; und so steht in den Grüften von Sankt Peter das eigentliche Gleichnis des Christentums: ein neuer Geist regiert den unveränderten Körper der Institution. Die Ansatzstellen sind nie ganz verheilt; und der Widerspruch zwischen antiker imperatorenhafter Gebärde und christlicher Demut zwischen Schlüsselgewalt und Zeptergewalt, dieser Widerspruch, der das ganze Christentum aufspaltet wie ein Keil einen Baumstamm, dauert bis zum Ende der Kirche fort.

Mein eigentliches Erlebnis wird das Alte Rom sein, die antike Aera; von hier aus muß ich den Zugang zum Innozenz suchen; das ganze Buch wäre dann ein später Epilog auf die römische Zeit: an der Macht seines späten Schattens soll man Rom erkennen.

Denn Rom, das römische Imperatorentum erzeugte die ganze europäische Geschichte: vom deutschen Kaisertum über das Papsttum, über das portugiesische und spanische Imperium bis zum englischen der Vorkriegszeit und dem amerikanischen der Gegenwart, bis zur letzten, von Mussolini ausgehenden italienischen Renaissance brachte Rom alle ins Universelle strebenden Machtformen hervor: der Gedanke der Universalität als solcher ist römisch, und römisch ist die Organisation, die als einzige die Universalität zu ermöglichen scheint. Die europäischen Staaten und Herrscher sind nur die Epigonen Roms; sein tragischer Same aber war so fruchtbar, daß er ewig Gegnerpaare erzeugte, und keine Verwirklichung zuließ außer der römischen: so widerstreiten sich Kaiser und Papst, verschlingen sich die Kolonialmächte; stellt sich der englischen Weltmacht das letzte von Rom gezeugte Kaisertum, das der Hohenzollern, entgegen; und ehe noch die beiden Gewalten einander zerschlagen, nimmt schon Amerika den gefährlichen Keim auf. Alle wiederholen den römischen Schicksalsweg unter dem Zwang der unsterblichen römischen Machtform.

Unheimlicher ist nichts als eine Machtform und ihr eigenwilliges Leben: es wäre Zeit, ihre Geschichte zu schreiben. Vielleicht ist sie allein selbständig im Sklaventum der Völker.

Ich ging über die Piazza Barberini, wo Nietzsche einst, nach der Vollendung des »Zarathustra« im Rauschen des Brunnens den schwermütigen Refrain hörte: tot vor Unsterblichkeit. Nach einem Werke wie diesem nichts zu vernehmen als den Fall des Wasserstrahls auf die Muschel des Tritonen: das ist der düsterste Tod. Was für ein merkwürdiges Bild: der Dichter des »Zarathustra« auf dem Petersplatz. Diesem Triumph wollte er sich doch nicht entziehen: während noch kein Beben durch die Steine lief und das gewohnte Leben durch die Hallen ging, verwahrte er in seinem Tische das Werk, das er als vernichtend empfand, das in der Tat als Abbruch und Durchbruch vernichtend ist. Nun, nachdem der Schlag geführt war und der Donner nicht mehr ausbleiben konnte, genoß er die Stille vor Sankt Peter. Was konnte es Dämonischeres geben! Und in welcher Szene spricht die Macht des Geistes stärker als in diesem Weg des einsamen Müßiggängers über den Petersplatz!

Auf dem Palatin hebt sich die Kalla auf den Brunnenbecken, und die gelbe Sumpfblume blüht. In den zertrümmerten Kammern weht rasch aufgesprossenes Gras. Im Zypressengeviert waren Soldaten abgestiegen und ließen ihre Pferde in den hohen Kräutern weiden; die roten Aufschläge der Mäntel flammten in der Sonne. Unten, die zerschlagenen Statuen und zersplitterten Säulen, die gestörten Gebärden der Vestalinnen, das Stammeln der Inschriften und die Beharrlichkeit zerschundener Pfeiler zeugen auch jetzt noch für Rom. Denn diese Geste des Stolzes, diese Sicherheit auf der Erde, diese unwiderlegliche Natürlichkeit des Stehens und Haltens gehören für immer dieser Stadt und diesem Volk; sie treiben ewig zur Nachfolge und werden in Ewigkeit nicht erreicht.

Man versteht, welche Tragik in dem Versuch der Kirche liegt, das Erbe eines solchen Volkes als Behältnis für metaphysischen Sprengstoff zu gebrauchen; und welche Gefahr, wenn ein treibendes, ewig werdendes Volk (wie die Deutschen) des eigenen Wesens müde, die Hand ausstreckte nach dem römischen Vermächtnis. Rom hatte die Unterordnung alles Metaphysischen, den bedingungslosen Glauben an die ewige Gültigkeit der Prägung zur Voraussetzung. Einteilung der Sonette: Jugend (an meinen Vater). II. Einsamkeit. (Das Männliche.)

30. März 1931. Die Voraussetzung aller Philosophie bleibt die Bedrohung des Lebens, ihre Grundfrage: wie ist das Leben möglich? Das Leben wird offensichtlich als etwas Unveräußerliches, der Erhaltung Wertes angenommen: keine Philosophie, auch der Pessimismus nicht, kann mehr geben als eine Lebenshaltung, das heißt also: die Kunst lehren, wie man das Leben hält. Die Verpflichtungen und Forderungen, die sich nun ergeben, spielen tatsächlich nur eine Rolle von Strebe- und Stützpfeilern, die so mächtig ausgebildet sind, daß sie Selbstzweck scheinen, wie es an manchen Kathedralen der Fall ist. Nicht der Wunsch nach Steigerung, sondern schlechtweg die Not steht am Anfang: ein Halligbewohner wird vom Meer angegriffen und wirft ihm entgegen, was auch immer dämmen kann. Nun zeigt es sich, daß die Abwehr nicht genügt, daß nur das Positive schützt, daß allein der Bauende sich rettet. Das ganze Gebäude steht also immer auf dem schwankenden Grund der einen, ignorierten Frage: was ist das Leben wert? Mit dem Recht einer realen Kraft setzt sich das Leben über diese Frage hinweg. Oder es macht schon diese Frage zu seiner Dienerin. Schließlich kann eine Kraft sich nicht selber aufheben; sie kann im Höchstfalle eine andere Richtung wählen. Das Leben ist auf eine tragische Weise der Gefangene seiner selbst.

In welcher Nähe des Lebens wurde eine Treppe erdacht wie die auf der Piazza di Spagna! Sie steigt nur an, um immer wieder eine Möglichkeit der Entfaltung zu geben, Schauplätze zu schaffen, Massen zu gliedern, Gruppen zu beschwören, zusammenströmen zu lassen und zu trennen. Das Ganze hebt sich für einen mächtigen vielgegliederten Chor, eine große römische Szene, in der sich das Volk bei scheinbar freier Entfaltung einem dekorativen und imperatorischen Willen unterwirft. Viel Größe, aber ebensoviel

Schaustellung; das faschistische Pathos ist ja gewiß nicht ohne Tradition.

Unten, der Brunnen, eine wunderbare Einheit von Wasser und Stein, von Schwerem und Fließendem, Dauerndem und Flüchtigem. Das Schwierige an einem Brunnen ist, die Rollen recht zu verteilen, dem Wasser die lebendige Linie zu lassen, ihm im Springen, im Fallen, im Fließen und Ruhen sein Recht zu geben. Ein Brunnen muß leben, aber nur durch das Wasser. So wäre auch der Triton auf der Piazza Barberini tot ohne den schmalen hohen Strahl, in dem seine unbändige Freude aufspringt und niederstäubt. Das Wasser ist das Blut solcher Figuren, und erst sein Kreislauf macht sie lebendig.

31. März 1931. Albergo Colonna; Via Due Macelli 14. Rom erscheint mir ganz unmystisch; erst wenn man diese Stadt gesehen, begreift man die gewaltige Kluft, die das Christentum zerteilt. Daß ein Eckhart, ein Franz von Assisi, eine Teresa diese Stadt als Oberhaupt anerkennen, wird immer schwerer verständlich, weist immer nachdrücklicher auf die Notwendigkeit der christlichen Katastrophe hin. Die Situation Luthers in Rom erklärt genugsam seine spätere Tat: er handelte ganz und gar als nordischer Christ. Denn was ihm hier auf Schritt und Tritt begegnete, war das Heidentum, das römische Heidentum; eine Welthaltung, in der die Bejahung des Diesseits exuberant ausgebildet, die Ehrfurcht vor dem Künftigen verkümmert war wie ein in seiner Entwicklung stecken gebliebenes Organ.

Erst langsam versteht man, wie heidnisch das Papsttum seinem Wesen nach ist. Auf den Trümmern einer so gewaltigen Gestaltung wie es das römische Imperium war, kann man nicht ungestraft bauen: wie man sich auch drehen und wenden mag: man wiederholt; und mit dem alten Stil beschwört man auch den alten Gehalt.

Die römische Art regiert durch das Mittelalter und bis in die moderne Zeit: sie wird zu Geburten zwingen, solange die Stadt noch auf ihrem alten Platze steht. Innozenz ist durchaus nur als Römer faßlich: nicht nur seinem Ziele nach, das die Wiedererrichtung des Verlorenen ist; nicht nur in seinem Impuls: die von Rom durch die nordischen Barbaren erlittene Schmach zu rächen; sondern auch in seinem ganzen Handeln: er ist römischer Organisator; statt über Heere verfügt er nun über Mönche; statt des Kaiseradlers dienen ihm das Kreuz und der Schlüssel; der Machtanspruch ist nur, der Wendung der Zeit zum Religiösen entsprechend, anders gegründet; die Verwirklichung aber läuft parallel zur alt-römischen Leistung.

Das Charakteristische an den römischen Plastiken ist, daß sie nie die Grenze des Irdischen überschreiten; die Schönheit erhebt sie im höchsten Falle auf die oberste Stufe einer Treppe, die an unsern Füßen beginnt. »Hinüber« will keine; man denke, wie stark doch Christus und seine Jünger, vor allem Johannes hinüberdrängen. In diesem Sinne ist auch das Papsttum römisch: Innozenzens Tragik besteht darin, daß er sich als christlicher Führer von diesem Römischen nicht befreien konnte; er wollte es als Stufe nutzen; als es dann aber Zeit war, den Fuß aufzusetzen, mußte er hinüber; und so hat er, trotz seines christlichen Verlangens, ein römisches Leben gelebt.

Christlich sind ohne Zweifel die Katakomben; als aber die Christen ans Licht durften, und sie nichts mehr hinderte, im Freien zu bauen, wurden sie von ihrem Weg abgezogen und von Rom überwältigt. Wie durchaus modern ist dagegen Florenz! Mystik und Tragik entwickeln sich in gleicher Weise; das Mittelalter findet seine europäische Form. Aber Rom war jahrhundertelang tot; neues Leben fand keine Heimstätte. Als es sich endlich zu regen begann in dem Trümmerberg, war es der alte Stamm, der sich in der langen Erstarrung erholt hatte, und nun wieder dieselben Blätter trieb wie früher.

Der Norden nahm den »zersprengenden« Gehalt des Christentums mit unverbrauchter Lebenskraft auf, in allem Negativen etwas Positives entdeckend, und das Nein so tief aufgrabend, bis das

Ja sich zeigte. Diese Haltung reichte tief in den Süden; Florenz scheint etwa die Grenze, San Gimignano gehört ihm noch zu, Siena nicht mehr in diesem Maße; Spanien hat schwerlich Rom jemals verstanden, noch wollte es Rom verstehen: Philipp II. stritt sich bis zu seinem Tode mit dem Papst; Ignatius konnte, nachdem er sich Rom übergeben, nicht mehr nach Spanien zurück.

Rom hat die Kälte der großen Linie. Was ihm fehlt, ist die Schwingung, das Streben, der Wunsch zu gipfeln: flache Dächer, Kuppeln, keine Türme. Florenz charakterisiert der Turm. (Alle nördlichen Stadtbilder werden vom Turm determiniert.) Neue Werte bringt Rom nach seinem ersten Sturz nicht mehr hervor: es wiederholt, oder es sammelt.

1. April 1931. Sankt Peter ist ein Grabmal, das Pantheon des Glaubens; Bauwerke dieser Art können nur am Ende stehen. Es führt kein Weg mehr weiter. Eine Steigerung ist nicht möglich; Vertiefung bedeutete Umkehr, Einschränkung, Verzicht auf diese Maße. Tatsächlich hat sich ja auch nach dem Barock kein Kirchenstil mehr entwickelt. Michelangelo, der in seiner Jugend den heidnischen Christus meißelte, wölbt die Kuppel über dem Grab. In der Wölbung selbst ist noch etwas Religiöses: Das Ausstrahlen, der herabsinkende Strahlenstern der Gottheit; die Fenstergalerie der Trommel ist unsäglich kalt. Von außen vollends, hauptsächlich bei Betrachtung der Apsis, ist gar keine andere Deutung möglich: solche Kolosse umschlossen zu allen Zeiten zerfallendes Gebein, erkaltetes Leben. Es ist zu Ende! Schon im 16. Jahrhundert war es zu Ende: eben in dem Augenblick, da man den letzten Stein in die Kuppel setzte. Im 18. Jahrhundert war dieses Ende ein offenes Geheimnis; die Franzosen entdeckten es zuerst; aber die Erschütterung, die dieser Entdeckung folgte, war so stark, daß man zurückzukehren suchte. Die Romantik bemühte sich, in den zerfallenen Hallen noch einmal zu leben: die Klassik floh noch weiter zurück: in das Heidentum; und selbst Nietzsche schlug noch einen ähnlichen Weg ein, weil er dieselben Voraussetzungen hatte. Heute ist die Erkenntnis wesentlich, daß keinerlei Rückkehr möglich ist, wohin sie sich immer richte: wir können weder in die christliche Zeit noch in das antike Heidentum zurück; wir müssen die Entscheidung »Christlich oder Unchristlich« überhaupt fallen lassen. Als ob nur diese zwei Lebensformen möglich wären: die christliche und die unchristliche! Damit überschätzen wir die Bedeutung des Christentums bei aller Größe seiner Vermächtnisse gewaltig. Was hat es hinter sich? Eine Existenz von zweitausend Jahren, auf einem sehr begrenzten Raum; eine Existenz, der fast in allen Jahrhunderten heftig widersprochen wurde: Rom, die Kapitale, hat überhaupt nie einen christlichen Stil gefunden; denn nur die Gotik, die in Rom fast völlig fehlt, drückt das eigentlich Christliche aus: das Fortstreben von der Erde, die Askese im Namen des Geistes. (Selbst ein Fra Angelico wird in Rom römisch: man betrachte die von ihm ausgemalte Kapelle im Vatikan; den Verzicht auf Innigkeit; die Umwandlung seiner gotischen Architektur in den vatikanischen Pomp.)

Ebenso verfehlt ist es, in das germanische Altertum zurückzuwollen: als ob wir in der Lage wären, uns ein zweitausendjähriges Intervall zu gestatten und uns nun wieder gemächlich vom Ruhebett erheben könnten. Es bleibt keine andere Möglichkeit als die umwandelnde Fortbildung des Christentums, die Fortbewegung auf eine Metaphysik ohne Verneinung. Novalis machte mit seiner dionysischen Metaphysik einen Anfang; Goethe mit seiner symbolischen Durchleuchtung und Hinübernahme des Irdischen geht eine breitere und sichere Straße; Nietzsche kam als endgültiger Zertrümmerer: von ihm bleibt als stärkste Forderung das Ja unter jeder Bedingung: nach ihm ist ein Nein überhaupt nicht mehr möglich.

Man darf sich auch hier nicht von den Oberflächenbewegungen der Zeit bestimmen lassen, sondern man muß auf ihre Tendenzen sehen, die Jahrhunderte durchziehen. Gegenwärtig überschätzt man die Macht des Papsttums ungeheuer. Die vor zwei Jahren erfolgte Wiedererrichtung der päpstlichen Herrschaft ist eine Farce, wie sie nur aufgeführt werden kann, wenn die Tragödie zu Ende ist. Daß im Zusammenhang damit in den letzten zehn oder zwanzig Jahren das Ansehen und vielleicht auch der Einfluß der Kirche zunahm, ist eine Tatsache ohne jede Bedeutung; sobald man den Blick auf die große Entwicklungslinie richtet, wird man dies erkennen.

Eine gewaltige Rolle spielt auch in diesen Szenen der Schatten des alten Rom. Ohne die römische Tradition wäre gewiß die Einigung Italiens nicht zustande gekommen (ebensowenig wie die Neugründung des deutschen Kaisertums). Die Idee entfernte sich also vom Papsttum und ging wieder zum Fürstentum über, das sich nun, kraft der Idee, gegen den alten Träger, das Papsttum wandte und ihn stürzte. Rom verschlingt Rom; dies ist der große europäische Prozeß seit mehr als zweitausend Jahren. – Nach allem Geschehenen, und nachdem der Versuch, die päpstliche Macht auf weltliche Mittel zu gründen, nun endgültig gescheitert ist, wäre diese Macht nur möglich als eine Herrschaft über das Gewissen; diese aber setzt den Glauben voraus. Der Papst kann nur regieren, solange er der Schlüsselbewahrer des Himmelreichs ist. Für wen aber ist er das noch? Man prüfe die Staatsmänner und die Regierenden und Mächtigen von heute; man überschlage jene, die vielleicht ihre Nachfolge antreten: der Anspruch des Papstes ist völlig illusorisch; ja er hat auch in Zukunft keine Aussicht auf Erfüllung. Heute ernährt die Kirche noch ihre Priester; es fehlt ihr deshalb an Priestern nicht: es ist aber sehr die Frage, wie lange sie das noch kann. Von eigentlicher Religiosität hat man heute selbst in den eingeweihten Kreisen keinen Begriff mehr.

In Summa: das Christentum ist für mich ein rein historisches Problem. Aber seine Ausdeutung, die Darstellung seiner Fragwürdigkeit, die Enthüllung des Zukünftigen in ihm: das sind die wichtigsten Aufgaben. Die Blüte ist tot; der Same ist gefallen; es gilt, die Kapsel zu öffnen.

Als tiefstes Verhängnis des Christentums erscheint es mir nun, daß es Rom als seinen Sitz wählte und wählen mußte; daß es, unter dem Verzicht auf eigene Bauwerke, sich einem Parasiten gleich im Vorhandenen einnistete. Das Grabmal Hadrians: die Burg der Päpste! So versinkt die ganze Religion in einem Grab römischen Stils, und Rom treibt weiter. Denn soviele Vorteile die Ehe der neuen Wahrheit mit dem Imperatorentum versprach, der innere Widerspruch kostete diese Wahrheit in jungen Jahren schon das Leben. – Wie wird sich das alles wohl in der Perspektive späterer Jahrtausende ausnehmen? Sehr klein, wie mir scheint.

Ja, diese Ehe blieb unfruchtbar: Rom gebar keine Künstler; es war nur reich genug geworden, diese Künstler zu berufen und ihnen Aufgaben zu stellen. Die hellsten Blitze ihrer Genialität aber sparten sie für Florenz. Denn dies ist schlechtweg die Stadt des Genies. In Rom machte das allzu reiche Erbe unbeholfen; die Trümmer, das allzu Große störten bei jedem Schritt.

Heute auf der Engelsburg; mächtiger Blick. Die Abruzzen im Schnee, weiß und rötlich blitzend. In tiefster Finsternis schraubt sich der Gang um die Grabkammer zu dieser großartigen Freiheit hinauf. Oben sind Kammern, durchzogen von langen Herden, in die tönerne Öltöpfe eingebaut sind: hier kochte das Öl, das aus der unheimlichen Finsternis auf die Eindringenden niederzischte. In höchster Höhe hatten die Päpste ihre Gemächer: schwere Sessel, lange Tische, goldene Insignien auf mächtigen Kaminen. Um die dreifache Krone flattert das Band; die erhobenen Schlüssel ragen tief in den Himmel.

9. April 1931. Zu gewissen Zeiten braucht die Welt Lebensläufe, die nicht in allem nachgelebt werden können. Wäre das mein Fall? Einen gläubig bejahenden, der Abstraktion entrückten, von Weihrauch und Priestertum nicht getrübten Durchbruch ins Metaphysische zu schaffen: im Grunde nichts anderes zu tun, als hinüberzuleben und zu sagen solange es möglich ist, wie das geschieht . . . Dies grenzt schon an Wahn: an den Wahn der Größe, der historischen Aufgabe. Wenn ich diesen Wahn aber brauchte, des Lebens, immer wieder des Lebens wegen? Rücke ich einmal ganz von mir ab und betrachte das Problem als solches, so wird es offenbar, daß die Welt von solchen Lebensläufen lebt, die die Forderung der Nachfolge in sich tragen, ohne je wiederholbar zu sein; Christi Leben erscheint am gigantischsten in dieser Perspektive, dann das Leben Cäsars; bezwingend auch das Leben des Novalis, für den, der es begreift; ebenso Nietzsches. Ja, alle politischen und historischen Verschiebungen und Ereignisse haben nur die Aufgabe, eine Lebenshaltung zu erzeugen. Dies ist das eigentlich Bleibende und Wirkende; die Kunst hat ihren höchsten Wert als Übermittlerin dieser Lebenshaltung; als schöpferischer, fordernder Ausdruck des Verhältnisses zum Bestehenden und Vergangenen, Gegenwärtigen und Künftigen. Alle Überlieferung ist deshalb für den, der die Chiffre nicht kennt, tot; sie hat aber auch für den Verstehenden nur einen sehr bedingten Wert: hat er die Lebenshaltung der Vergangenen, so hat er alles: das ewig Zukünftige.

Eben darin zeigt sich die Größe, die entscheidende Bedeutung eines Lebens, daß es zugleich die Wiederholung verlangt und sie unmöglich macht; nicht etwa, weil es von Fähigkeiten bedingt ist, die nur in seltener Stunde verliehen werden, sondern weil das in ihm waltende Lebensgefühl als solches unerreichbar bleibt. Man könnte wohl alles verstehen, aber »man kann nicht so leben«. Dies ist ein wichtiger Begriff: der Begriff des exemplarischen und nicht wiederholbaren Lebens. Das ist das Problem der großen Durchbrüche, die unentbehrlich sind in der Ökonomie der Welt.

Von all dem führt, nach vielen Erlebnissen, über Rom hinweg, eine Brücke zum Innozenz: die beiden größten Lebensformen stehen wie fordernde Götterbilder über dem Buch: Christus und Cäsar – Papst und Kaiser. Aber der Papst will Christus und Cäsar sein; auch der Kaiser bedient sich des Namens Christi, während er doch nur Cäsar folgen darf. Die Unerreichbaren stehen über den Schicksalen und zerbrechen allein durch ihr Sein Menschen und Reiche.

Rom selbst krankt an dieser dämonischen Herrschaft zweier Lebensformen: an Cäsar und Christus. Denn die von der doppelten

Nachfolge Entzündeten stürzen alle Gebäude, wühlen alle Gräber um, entreißen einander hundertmal Erde und Bausteine und versuchen zu formen. Aber auch ihr Beginnen stören sie einander wieder; sie vollenden nichts; jeder greift nach beiden Kronen; und wie ihre Hände die Reifen umklammert halten, die sie doch nicht besitzen können, schwindet die Zeit, fallen die großen Werke Cäsars und Christi in Trümmer. – Die Großen müssen sich selber als eine Wende betrachten; das scheint zuerst ein Extrem der Macht, eine Übersteigerung. Und doch ist nichts natürlicher. Nur an Biegungen und Kreuzungen bedarf es des Führers, des Weisers; alle Größe wird durch die Stelle deutlich, wo sie erscheint. Verheißung ist nur in Krisen.

Der Rücktritt des Papstes: Cölestin V.

Großer Thronsaal des Papstes im Schloß zu Neapel: Tafel seitlich des Thrones; in der Mitte der Rückwand hohe Fenster und Türen, die auf eine Terrasse führen, unter der die Straße angenommen wird. Die Kardinäle und ihr Gefolge versammeln sich. Die Gespräche gehen, in Erwartung des Papstes, in Schweigen über.

Petrus [Papst Cölestin V.] betritt den Saal, die Krone auf dem Haupte, auf einen Stab sich stützend, eine Schriftrolle in den Händen haltend. Er geht auf den Thron zu und wendet sich an Benedetto Gaëtani [Kardinal, Gegenspieler und Nachfolger Cölestins als Papst Bonifaz VIII.], der dem Throne zunächst steht.

PETRUS *sehr leise, den Arm ein wenig ausstreckend, als sollte Gaëtani ihm helfen:* Ich bitte dich, Bruder, willst du mir ein wenig helfen?

Benedetto Gaëtani ist auf Vorgänge auf der Straße aufmerksam geworden und hat die Geste des Papstes nicht bemerkt.

PETRUS Nicht? Nicht? Ist denn niemand? So muß ich es allein versuchen. *Er steigt empor und steht vor dem Throne.* Im Namen des Heiligen Geistes! Wohl ist niemals, solange diese Krone leuchtet, ein unwürdigeres Haupt mit ihr belastet worden. Ich habe das in Wahrhaftigkeit zu sagen versucht, als das heilige Kollegium mich für diese Krone ausersah. Ihr habt mich damals nicht angehört, und das ist meine Schuld; denn ich hätte viel mehr, ich hätte etwas Furchtbares euch entdecken sollen. *Bewegung unter den Kardinälen.* Ihr seid betroffen, und ihr habt recht, euch auf Unerhörtes vorzubereiten. Was ich nun zu sagen habe, das ist noch niemals gesagt worden vom heiligen Throne des Apostels aus, dessen ehrfurchtgebietender Name mir nun zum Gerichte wird. *Zu Mattheo Rosso.* Du, Kardinal von Santa Maria in Porticu und du *(zu Benedetto Gaëtani)* Kardinal von San Martin, ihr werdet euch noch erinnern, mit welcher Furcht ich am ersten Tage meines Pontifikats in Sulmona einzog; und ihr werdet nun auch begreifen, warum es mich so tief erschüttern mußte, daß ich bei meinem Einzuge einen Sterbenden vorfand, den nun in Gott ruhenden Kardinal von Ostia. Der Herr stehe mir bei in dem, was ich jetzt zu sagen habe. Ich werde schwerlich die rechten Worte finden, auch ist mein Leib so hinfällig geworden, daß es mich Mühe kostet, zu stehen und zu sprechen. Und doch habe ich eine Sicherheit erlangt. Sie wird mich stärken, bis ich getan habe, was ich tun muß, und wird mir helfen, solange die geweihte Wucht der Apostelkrone vor euch zu tragen. Jene Furcht, von der ich sprach – vergebt mir die Umschweife, liebe Brüder, ich bin es nicht gewohnt, zu reden –, rührte her von einem verletzten Gewissen. *Bewegung.* Ja, es ist nicht so, wie ihr glaubt, daß ihr einen einfältigen unschuldigen Einsiedler erwählt habt; Petrus von Murrhone war es nicht. Es gab einen Augenblick, da wünschte ich mir die Krone, die mir nun mit Fug und Recht zum Gerichte wird.

BENEDETTO GAËTANI Er! Auch er! Sollte ich in jener Nacht meinen Rivalen versucht haben? Und was habe ich dann getan?

PETRUS Meine Schuld, meine Schuld, meine überschwere Schuld! *Gaëtani flüstert die Worte nach.* Seht, ehrwürdige Brüder, als ich im Gebete lag auf meinem Felsen und die Geschicke der Welt überdachte, so gut ich sie verstand und wie es mir wieder dieses alte, schwache Herz bedrückte, daß die Kirche kein Haupt hatte und daß offenbar kein würdiges Haupt zu finden war; – ich hatte ja kaum einen unter euch jemals gesehen und wußte nicht, wieviele würdige Diener die Kirche hatte, – da quoll mir der Seufzer aus dem Herzen: Herr, da kein Würdiger zu erkennen ist, so nimm den Unwürdigsten, den Schwächsten und Einfältigsten, einen zum mindesten, der lieber sterben würde, als daß er ein Unrecht täte und sich an Deinem heiligen Frieden versündigte: Nimm diesen Unwürdigsten, Herr, laß ihn stark werden durch Deine Gnade und laß ihn ein Opfer sein vor Dir! So habe ich an der Krone gefrevelt, indem ich sie begehrte, denn ich mußte ja wissen – und wußte es auch –, daß mein Geist arm, mein Wille schwach, mein Körper siech war; daß ich die Welt nicht kannte. Denn ich stamme von höchst ehrenwerten Eltern, die aber in großer Dürftigkeit lebten. Also mußte ich auch wissen, daß ich den mancherlei Ränken und schlimmen Gedanken – seht mir dieses Geständnis nach! –, die den Menschen ihr gefährliches Trachten und der Weltlauf eben eingibt, nicht würde auf die rechte Weise begegnen können: daß solche Gedanken und Anschläge eindringen würden in den Frieden meiner Seele und meine Kräfte zerrütten müßten ... Meine Schuld, meine Schuld und abermals meine Schuld! Ich vermaß mich des Glaubens, in all meiner Schwachheit rein bleiben zu können in dieser Welt und ohne schuldig zu werden das höchste Amt in ihr zu versehen. Und also bin ich schuldig geworden, vorab an euch, liebe Brüder. Widerstände es dieser heiligen Krone nicht, so fiele ich hier auf meine Kniee, um eure Vergebung zu erlangen. *Bewegung.*

Jacob Colonna *leise:* Und er ist doch der Heilige, an den wir einmal glaubten.

Pedro Colonna Wäre er uns das Wunder nicht schuldig geblieben, wir glaubten noch.

Petrus Ja, Pedro Colonna, du hast recht. Ich habe deine Worte gehört; warum soll ich es nicht sagen? Und ich habe viele Worte gehört, die mich verletzten. Das hat dazu beigetragen, daß mich Körper und Seele schmerzen und ein jeder Atemzug mir wehe tut. Es ist auch noch immer wahr: daß ein Wunder hätte geschehen müssen; nur habt ihr darin sehr geirrt, daß ihr es von mir erwartet habt. *Sich aufrichtend.* Das aber weiß ich mit Bestimmtheit: eine andere Zeit muß und wird beginnen; ich weiß nicht, ob es heute oder morgen geschehen wird. Aber einmal wird es doch geschehen, daß der Amtswalter des Apostels lieber stirbt, als daß er Mordwaffen segnet, und daß er sich lieber wird vertreiben lassen, als daß er flucht. Das Unerhörte muß und wird kommen. Der muß und wird den Thron Petri besteigen, der die Wahrheit unseres Erlösers lebt; der diese Wahrheit selber ist, soweit ein Mensch das sein kann. Dann, ehrwürdige Brüder – laßt den großen Traum mich einmal aussprechen, denn dieser Traum muß weltbeherrschende Wirklichkeit werden –, dann erst werden alle Ämter, Kronen, Herrschaften auf Erden gefesselt sein an die Krone des ewigen Wortes, der Wahrheit; dann wird das Lamm neben dem Löwen ruhen, die Völker werden einander nicht mehr schaden, und der Herr wird herstellen die Wüste zu einem Garten, wie es der Prophet gesagt hat. Dieses Wort besteht, denn es ist nicht unser Wort, sondern Gottes. Und wenn *(mit einem erschreckten Blick durch das Fenster)* das Volk sich auf den Straßen zusammenfindet und uns bedrängt und bedroht und der Aufruhr die Sitze der Könige erschüttert: so ist es nur darum, weil die Weltnot uns nicht umgeschmolzen hat und wir bisher dem Worte Gottes nicht gerecht zu werden vermochten. Ich wurde es nicht; ich habe nichts getan, die Zeit heraufzuführen, die angezeigt ist, und darum richte ich mich, liebe Brüder. Ich habe diesen Thron bestiegen, ohne erwählt zu sein; das ist der entsetzliche Spruch meines Gewissens, der mich wie Sturmesheulen durchrüttelt hat. Wäre ich erwählt gewesen, so hätte ich die Kraft empfangen, die Erwählung zu tragen. Aber ich wurde als ein Unreiner versucht und bin der Versuchung erlegen. Darum will ich jetzt herabsteigen vom Thron des Apostels.

Man hört Gesang von der Straße.

STIMMEN EINZELNER KARDINÄLE Das Volk! Das Volk auf der Straße! Ist es Aufruhr? Was wollen sie? Man soll sie fragen, was sie wollen.

Man hört einen Bittgesang. Glocken.

MATTHEO ROSSO, *dessen Kaplan von der Straße heraufkam:* Heiliger Vater, das Volk Neapels wogt durch die Straßen, Priester und Mönche ziehen mit Kerzen voraus; sie flehen dich demütig an, sie nicht zu verlassen.

PETRUS *der herabsteigen wollte, bleibt stehen, erschüttert:* Sie bitten – und bitten mich. Es sind arme Menschen, wie es mein Vater, meine Mutter gewesen, Unwissende, die meinen, ich könnte ihnen helfen und sie beschützen vor der Geißel der Könige. Und sie werden enttäuscht wieder heimkehren mit leeren Augen, und sie werden diese Enttäuschung nie überwinden.

MATTHEO ROSSO Sie bitten um deinen Segen.

Das Portal nach der Terrasse wird geöffnet.

PETRUS Ich sie segnen, ich? Während diese Krone an meiner Stirne brennt, als sei sie mit glühenden Nägeln befestigt? Ich will sie segnen, ja. Aber erst entsage ich dieser heiligen Krone.

STIMMEN DER KARDINÄLE Heiliger Vater!!

PETRUS Ist es recht, ein Amt zu verwalten, das man zu Unrecht empfangen hat? Ist das zum Heil unserer heiligen Kirche? *Das Schriftstück zeigend.* Seht, ich habe, nachdem mein Gewissen mich verurteilt hat, fromme Männer, die wegen ihrer Gelehrsamkeit in hohem Ansehen stehen, gefragt, ob es möglich ist, daß ein Unwürdiger, der sich Petri Krone hat aufs Haupt setzen lassen, diese Krone niederlegte; die Antwort wurde mit großer Sorgfalt und Gewissenhaftigkeit ausgearbeitet. Es war meine Absicht, sie euch vorzulesen samt den Gründen, die ich hinzugefügt habe. Aber ihr wißt ja, ich bin des Lateinischen nicht hinreichend mächtig. *Zum Kaplan Gaëtanis.* So habe die Güte, nimm mir das Schriftstück ab und übergib es deinem Herrn, damit er es dem heiligen Kollegium bekannt mache und dann verwahre. Ich zweifle nicht, er wird unter den ersten sein, die mir zustimmen, wenn ich jetzt diese erhabenen Stufen niedersteige. *Noch einen Augenblick stehen bleibend; für sich.* Petrus von Murrhone? War das dein Traum, dein überschwenglicher, flüchtiger Traum vom Heil der Welt, von der Macht deines Geistes? Petrus von Murrhone, meinst du, du könntest wieder werden, was du warst? Meinst du, die goldenen Strahlen hätten dich nicht verletzt?

BENEDETTO GAËTANI Heiliger Vater, das Volk will sich nicht länger vertrösten lassen. Es verlangt, dich zu sehen.

PETRUS Sie sollen mich sehen. *Rasch mit festen Schritten niedersteigend; an der Tafel.* Doch erst nehme ich diese Krone mir vom Haupte, die unbegreiflich heilige, die gebieten wird bis zum Ende der Welt. *Sie unter großer Bewegung der Kardinäle haltend.* Wunderbares Licht! Ob du mir vergeben kannst? Vergib! Ich bitte dich von meinem ganzen Herzen: vergib! Heiliges Gold! Heilige den, der dich tragen wird nach mir! Er soll reineren Sinnes sein als ich. Du sollst ihm nicht zum Gerichte werden, wie du es mir geworden bist. Und so lege ich die Krone vor euch nieder, geliebte, ehrwürdige Brüder, auf daß ihr nach strengem Rechte den erwählt, der erwählt ist von Gott.

MATTHEO ROSSO Das Volk stürmt gegen die Tore.

ANDERE Rette uns! Rette!

PETRUS So wäre ich Herr? Diesen einen, einzigen Augenblick?

MATTHEO ROSSO Der König bittet dich, daß du dich des Volkes annehmen möchtest.

PETRUS Der König bittet? Mein königlicher Kerkermeister? So spricht er doch einmal die Wahrheit? Und da er die Wahrheit einmal spricht – so wäre Karl von Neapel doch König? Wunderbar! König, der lügt, König, der Unrecht tut – König von Gnaden der Angst, von deren Gnaden ich Papst bin – *noch einen schweren Atemzug* – Nein! Sie sollen mich sehen als der, der ich bin: nicht Papst Petrus Cölestin, nur der Schatten des Petrus von Murrhone. Und diesem Schatten sollen sie gehorchen. *Er geht aufrechten Schrittes auf die Terrasse; niemand folgt ihm; zum Volke.* Es segne euch der allmächtige Gott!

STIMMEN VON UNTEN Er trägt die Krone nicht! Heiliger Vater! Zeig uns die Krone!

PETRUS Die Krone ist nicht mehr mein. Sie ruht zu Füßen des Apostels. Ich habe sie zu Unrecht getragen.

VOLK Trug! Trug! Dich hat der König betrogen! Nicht der König! Benedetto Gaëtani! – Benedetto Gaëtani!

BENEDETTO GAËTANI *für sich:* Ungebärdiges Roß, fühlst du den, der dich meistern wird?

PETRUS Glaubt ihr mir?

VOLK Du bist der einzige, dem wir glauben.

PETRUS Ich danke euch. Und ich versichere euch, daß ich die Krone niedergelegt habe, weil ich erkannt habe, daß ich ihrer nicht würdig bin. Ich habe es freien Willens getan.

VOLK Nein!!

PETRUS *ruhig:* Also glaubt ihr nicht? Glaubt ihr, daß ich euch belüge, euch? Ich, Petrus von Murrhone? Nein, das glaubt ihr nicht. Die Priester werden es euch von den Kanzeln erklären, was geschehen ist. Ihr wißt, das heilige Kollegium verwaltet die Kirche; und die Kirche steht, seit unser Herr sie auf den Felsen gegründet hat, unversehrt und unversehrbar. Ich bin nur vor euch getreten, um euch zu bitten, in eure Häuser zu gehen oder noch besser, vor die Altäre, und für die Kirche und eure Brüder zu beten.

VOLK Wir gehen nicht ohne deinen Segen.

PETRUS So wollt ihr den Segen dessen, der die päpstliche Krone sich vom Haupte nahm, weil er ihrer nicht würdig war?

VOLK Segne uns, Petrus von Murrhone!

PETRUS So segne euch der Dreifaltige Gott, der Vater, der Sohn und der Geist! Es herrsche in euch der Geist! Er trete an seine Herrschaft in der Welt!

Er segnet sie und kehrt langsam in den Saal zurück.

DIE KARDINÄLE *knieen nacheinander nieder, während Petrus zur Tür schreiten will:* Segne auch uns!

PETRUS *stehen bleibend:* Nein, das könnt ihr nicht wollen. Seht, ich bin ja ganz arm, ganz frei. Viel weniger als ich war, da die große Versuchung mich traf. Ich eile fort, denn ich habe mit meiner Schuld zu reden – mit Menschen nicht.

JACOB COLONNA *aufstehend:* Heiliger Vater, woher hast du das Recht, allein von Schuld zu sprechen? Sind wir nicht schuldig geworden mit dir? Wir alle sind schuldig. Wenn du uns aber segnest, so wissen wir, daß du uns vergibst. Und wenn du es tust, so tut es auch Gott!

PETRUS *sich hoch aufrichtend, dann zusammensinkend:* Er segne euch! – Das, dieses Letzte – war zu schwer ...

Er kniet nieder.

Und nun vergebt, daß ich annahm – und vergebt, daß ich verzichtet habe.

Er geht zur Tür.

LUDWIG *in den Saal stürzend:* Heiliger Vater!

PETRUS Du? Mein Sohn! Mein innig geliebter Sohn! O daß du mich führen könntest an das Ende der Erde, über die Erde hinaus.

DIE KARDINÄLE *betend:* Und vergib uns unsere Schuld.

BENEDETTO GAËTANI *fest:* In Ewigkeit!

(1950)

VI. Gottesverdunklung

Winter in Wien

An meinem Arbeitsplatz sehe ich den Reflex des Weihnachtsbäumchens in der rückwärtigen Glastür. [Der Reflex ist schöner als der Baum.] Der Heilige Abend ging gnädig, ganz ohne Schwermut vorüber, gegenüber dem Adler. Hans Fronius kam am Nachmittag in seiner strahlenden Kraft, die so vieles verdeckt, was sein Werk aussagt. Er brachte mir ein Blatt, das ich erst am Abend enthüllte: die Pietà, Klage ohne Trost um den in Todesfinsternis erlegenen Sohn. Ich glaube, Fronius erfährt dieses Jahr wie ich, als düsterste Prophetie, letzte Szene auf dem Hradschin; er hat das Antlitz dieser Zeit in seiner Graphik gefaßt: trauervolle Besessenheit, und er hat visionär die kranke Genialität erblickt, von der diese Ära stammt, deren Erbe in ihrem Blute kreist; in dieser Sicht schwindet das Bild Gottes immer tiefer in die Todesnacht, vereinsamt die Klage der Mutter zwischen unerbittlichen Felswänden. [Wo wäre sonst Hoffnung?] – Es regnete Eis; ein jeder Pflasterstein war davon überzogen und ebenso das Geländer der Treppe, die hinter der Postsparkasse, dem Daseinsreservoir der Stadt, zur Dominikaner-Bastei führt. Dunkel und leer die Straßen, ausgeliefert dem Wind, dem bei der Berührung mit der kalten Erde in Eis sich verwandelnden Regen. Zum Stephansdom reichte es nicht.

Im 15. Jahrhundert sangen die Mönche in St. Gallen:

Cognovit bos et asinus,
Quod puer erat dominus,

und draußen sang das Volk:

Der stier ond der esel kantent das,
das Jesus Krist ein herre waz.

Die Kreatur beglaubigte ihn – und er hat ihr dieses Wort kaum gedankt, noch weniger haben es die Christen getan; ihn beglaubigten die wenigen ihm Entgegengesandten an der Krippe, das Volk, zu dem er kam, beglaubigte ihn wider Willen durch seinen Widerspruch und durch maßloses Leid. Und noch immer das alte Wort:

Er ist gewaltic unde starc,
der ze wihen naht geborn wart,
der herre Krist.

Wir haben dieses Wort nicht und nicht seinen streitbar herausfordernden Jubel: uns bleiben die zwei Gestalten, die nicht überwunden werden können, an Weihnachten also die Pietà, die Vollendung der Menschwerdung, Gottes letzter Schritt in sein Geschöpf, in die Erdennacht.

Die Gletscher, heißt es, weichen beharrlich zurück; der Nährboden oben wird vom Himmel dürftig versorgt. Aber das Eis rückt vor, in den Völkern, in uns. Das gilt von der Mitte wie von den Rändern. Im südlichen Grönland kann die Heilige Nacht milde sein wie eine Septembernacht; das Nordlicht flackt, und die Hunde lärmen. Stunde um Stunde um Stunde, vielleicht aufgewühlt vom Eingang Gottes in die Kreatur, dem Ereignis der Nacht, dessen Ungeheuerlichkeit der Mensch nicht mehr spürt. In den Hütten werden zu Weihnacht die Tapeten gewechselt, wohl nach altem, tiefsinnigem Brauch. Und die neue Tapete? Abgegriffene Blätter aus Illustrierten, Micky Mouse, die Fürstin Grace, andere Damen zwischen Leinwand und Thron, Shells Reklame: ein wenig grelle Farbe in der Finsternis, buntes Nichts. Allenfalls scheuen die Armen noch den Teufel. Ganz, so wird versichert, seien die Spuren der Lebensordnung noch nicht erloschen, die vor langer Zeit Herrnhuter unter dem Schutze der dänischen Krone hier gestiftet haben. Die Alten im Altersheim sammeln sich um den Wacholderstrauch und grüßen ihn nach der Melodie: O Tannenbaum:

Ka kit dlarnagut, ka kit dlarnagut.

Und da und dort leuchten Kerzen in aufgestecktem Heidekraut über Kaffeefluten, durch Zigarrenrauch – und die Kinder draußen singen um die Weihnachtsspeise, Gerste, Keks, Kaffee und Zukker, deren bescheidene, bis auf das Gramm festgesetzte Menge einem jeden Einheimischen zukommt.

Schrauben wir uns unvermittelt empor in die dünnste Luftschicht hoher Kultur: »Tu ne me perdrais pas, si tu ne m'avais pas perdu«, schreibt Henry de Montherlant in seinen Carnets, damit die etwas vorwurfsvolle und auch nicht ganz glaubwürdige Behauptung zurücknehmend, daß er als Knabe durch »Quo vadis«, als Jüngling durch die »Pensées« den Glauben verloren habe. Diese Umkehrung des berühmten Wortes Pascals läßt sich nicht entkräften; sie besteht wie der Satz, dem sie entgegentritt. Sie könnte uns sagen, was eigentlich sich ereignet: daß Heilige Nacht zur Karfreitagsnacht wird.

Periissem, nisi periissem. Es ist wahr: das Verhältnis zu Gott ist eine fundamentale Gegebenheit, Element der Person, feststellbar oder nicht: im Ja oder im Nein Substanz, von der aus das Experiment des Daseins erst aufgenommen werden kann. Die Substanz kann – im Ja oder im Nein – der Substanz nicht widersprechen. Das Korn will Erdreich, in dem es sterben kann, um aufzuerstehen. Wenn der Mensch das ewige Leben weder ersehnt noch fürchtet – und dieser Zone sind wir sehr nah –, verdorrt das Korn für immer. Der Glaube an Auferstehung setzt den Wunsch nach Auferstehung voraus – oder die Angst vor dem Nichts. Aber weder dieser Wunsch noch die Angst verstehen sich von selbst; in der Definition des Menschlichen, soweit sie überhaupt möglich ist, sind sie nicht eingeschlossen. Menschentum kann sich darstellen, formen, ohne von der Frage nach Unsterblichkeit beunruhigt zu werden: hier ist die Grenze der Verkündung, der Mission, des Wortes, des Christentums. Es ist nicht das Wort an alle, sondern an die Erwählten unter allen.

(...) Für die einsamen Arbeitsstunden, früh am Luegerplatz, wo die Dominikaner angriffsfreudig vorbeiwallen und wo ich die Freundschaft stummen Einvernehmens mit dem immer aufmerksamen Ober geschlossen habe, des Nachmittags in einem melancholisch-stillen Café strenggläubiger Zeitungsleser in einer dunklen Straße am Aspernplatz – für diese Stunden also, die langen und flüchtigen, hat sich mir zur Gesellschaft ein variables Kartenspiel aus Bildpostkarten zusammengefunden; längst hat sich die Bedienung daran gewöhnt, daß ich es vor meinen Schulheften und Büchern ausbreite: das sind die Zweifler und Frager von der Kanzel des Stephansdomes; das ist die von einem spiegelnden Saphir und Perlen gekrönte Krone Rudolfs II., des Mannes, der sich an Sterne und Geschmeide, an die Geheimnisse der Welt und Herrschaft verlor; gerne lege ich neben den schmalen goldbereiften Kristall des burgundischen Hofbechers, ein Kleinod des Ordens vom Goldenen Vlies, Brueghels Babylonischen Turm: noch träumt der König unten, zur Linken vor dem wahnwitzigen Bau, er sei ein König, und schon weht eine dünne Wolke um die oberste Galerie, in fernster Höhe über dem unglücklichen Sklavengewimmel, das nichts zustande gebracht hat als einen Steinbruch der Macht. Es fehlt nicht an den tückischen Stechmücken des Hieronymus Bosch, an dem Irren, dessen Helmzier einen Fisch verschlingt, dem Narren, der mit verbundenen Augen gegen die Hölle zu Felde zieht, dem nackten Weib, das sich von krötenhaften Teufeln im Gesang unterrichten läßt. Leider habe ich keine Abbildungen der Gemälde Bassanos, des unvergleichlichen Malers der Mystik, gefunden: nicht Franziskus und nicht Juliana Falconieri, die vom Strahle heimgesuchten Beter in der dunklen Nacht, die dahinsterben in Gott; sie wären das Gegengewicht gewesen. Und schon der kraftvoll-herbe Franziskus Cranachs [welche Überraschung, wie eben die Meister immer überraschen!], den der furchtbar geflügelte Gekreuzigte kreuzigt [aus der Galerie der Akademie], könnte das Teufelsgewimmel in Schach halten. Brueghels Seesturm, ein spätes Bild, ist das Porträt meiner Seele;

der Himmel bricht nieder in das Meer, und dieses wirft sich auf und will keine Schiffe mehr tragen, ein Rachen klafft schon der sicheren Beute entgegen, und Möwen jagen wie weiße Blitze durch die Hochzeit der Nacht mit der Nacht. Schiffbruch war ja die Chance der Stoiker, Anfang ihrer Philosophie. Trumpf aber im Kartenspiel, dem, wie es sich versteht, auch der Reichsapfel des Kaisers Matthias angehört, das Kreuz auf dem von Perlschnüren umgürteten Erdball – Trumpf ist Maestoso Alea, der Schulhengst der spanischen Reitschule, ein unerhört kluges, zuchtvolles, an Takt und Schritt hingegebenes Haupt, dem der heiße Atem seines Blutes aus den weiten Nüstern weht. Sein Bild liegt stets in der Mitte. Ich füge noch ein Gesicht hinzu, das von unheimlicher Größe der Rätselhaftigkeit geprägt ist: es ist der Porträtkopf des Eutropios aus Ephesos [aus dem 5. Jh. n.Chr.]; zu sagen weiß ich von ihm nichts, als daß er wissende Frage ist, nicht unwürdig der Nähe des Dunklen von Ephesos, der ihm um ein Jahrtausend vorausging, und des Sehers von Patmos, der in der Mitte zwischen ihnen steht. Zur Versöhnung am Ende, zur Heimkehr nach Österreich: Maximilians I. Porträt auf einer Münze, der Weltkaiser, bewußt, skeptisch und hart, ein Machiavelli, aber nicht Diener wie dieser, sondern Majestät, und endlich das Unwahrscheinlichste dieser Erde: Franz I. und Maria Theresia, ein Doppelporträt auf einem Medaillon, beide lorbeergeschmückt, beide von männlich-weiblichen Zügen, in denen sich die Dominante nur leise verschiebt; es ist ein Bild imperialen Glücks, die Liebe, die Ehe, die geweihte Einheit von Mann und Frau auf dem Throne, Vorzeichen des Sarkophags in der Kapuzinergruft, wo über Asche und morschem Gebein Auge in Auge auf Ewigkeit blickt.

Aber das edle Haupt Maestoso Aleas nickt, ernst, nach der Gangart, die ihm aufgetragen ist, und sein warmes Leben weht mich an. Es geht nicht um den Reiter, sondern um das Pferd, um das Edle, das mich hier, wie nirgends sonst, mit haltloser Trauer beschenkt. Edel ist der Zweifel – edel, unerreichbar das herrscherliche Glück:

Numina Bina Thronum Fermant.

Auf der meist abends beginnenden Wanderschaft sind die Raupen des Prozessionspinners durch feine Fäden miteinander verbunden; die Bewegung geht von der Spitze der Kolonne aus und kann von ihr angehalten werden: der Zug ist ein einziges Lebewesen auf Nahrungssuche. Biegt die Spitze – vielleicht vor einem Hindernis – scharf um, so kann es geschehen, daß sie auf das Ende trifft; dann kreist die Kolonne pausenlos tagelang bis zur Erschöpfung auf der Stelle [G. v. Natzmer: Lebensgeheimnisse der Natur]. Die geistige Spitze, die Forschung, ist auf das Ende gestoßen, auf die Macht, und läuft ihr nach wie die Macht der Forschung; wir kreisen im Todeszirkel; wir wissen nicht, was Spitze und Ende ist.

Statt der Kaiser residiert die Atombehörde in Wien. Doch beschweren sich die Herren darüber, daß man sie »wurze«, für mittelmäßige Wohnungen unverschämte Mietpreise fordere; die Staaten werden helfen; das Schwanzende wird die Spitze nicht im Stiche lassen: es zieht sie ja hinter sich her.

Man muß beten, auch wenn man es nicht kann. Ich kann sehr wohl beten für andre, die Priester, Forscher, Staatsmänner, die Völker, die Kreatur, die Erde; für die Kranken zuerst, wie es sich versteht, und für die Toten; das ist die stille Betätigung eines rätselvollen Zusammenhangs. Ich habe ein tiefes Bedürfnis danach; es ist das, was mich hält, was mich morgens in die Kirche ruft; für mich kann ich nicht beten; und des Vaters Antlitz hat sich ganz verdunkelt; es ist die schreckliche Maske des Zerschmeißenden, des Keltertreters; ich kann eigentlich nicht »Vater« sagen. Marc Aurel und Epiktet beteten, ohne an Unsterblichkeit zu glauben, ohne an sie zu glauben, ehrten sie die Toten. [Von einem Wiedersehen in irgendeinem Sinne steht auch nichts in der Schrift.] Ihnen genügte der Kosmos, in den sie sich fügten. Aber unser Bild des Kosmos, das unabweisbare, kannten sie nicht. Wir brauchen nicht weit zu gehen, benötigen weder Fernrohr noch Mikroskop.

Lesen wir nur ein Kapitel über Parasiten [bei Natzmer, K. v. Frisch, der doch wahrlich mit Augen der Liebe noch Läuse, Wanzen und Flöhe betrachtet, ein fast einzigartiger Fall, oder bei L. v. Bertalanffy.] Erinnern wir uns nur der alltäglichen, schon oft erzählten Geschichte von den im Gedärme gewisser Vögel lebenden Schmarotzern, deren Eier durch den Kot sich in Schnecken einschleichen; in diesen wachsen sich die Keime zu Schläuchen aus, die in die Fühler vordringen; in den aufdunsenden Fühlern entwickeln sie ein anreizendes Farbenspiel und ebensolche Bewegungen; das lockt die Vögel an, die Fühler abzureißen; so kommen die Parasiten wieder an ihren Platz. Und immer wachsen der Schnecke wieder Fühler, und immer werden sie abgerissen; die Schnecke ist nur Herstellerin der Zerstörer, die sie und die Vögel zerstören; ohne Myriaden von Zerstörern zu beherbergen, ohne von ihnen sich bedienen zu lassen, könnte kein höherer Organismus bestehen; ohne sie also könnte auch der Geist sich nicht aussagen. Und was sind nun Liebe und Schönheit? Es bedarf äußerster Kraft, sie niemals zu verletzen. Wenn man die Visionen des Hieronymus Bosch im Irdischen läßt, woher sie stammen, so ist er unwiderlegbar.

Am klarsten sagt sich die Zeit in ihren Absurditäten aus; ich kann es nicht lassen, sie zusammenzutragen: in Holland wurde ein vierjähriges Mädchen mit einem radioaktiven Stoff behandelt; die Spitze der Nadel brach ab und blieb unbemerkt stecken; von dem erkrankten Kind geht eine Verseuchung aus, die die wackre Familie Haanschoten aus ihrem Häuschen in Putten vertreibt; auch der Garten ist verpestet und der daran vorbeiführende Weg zur Kinderschule. In Wien stirbt eine Achtjährige, der ein Zahn gezogen wurde, an der Schockwirkung im Behandlungszimmer; in Oakland in Kalifornien hat das Gericht den Eltern zweier Kinder recht gegeben, die nach der Impfung mit Salkserum nicht heilbare Lähmungen und Rückgratsverkrümmung erlitten; in der Nähe von Bari sind vier Kinder gestorben, die auf Anordnung des Gesundheitsamtes mit einem bisher noch nicht verwendeten Serum gegen Diphtherie geimpft wurden; fünfzehn Kinder liegen im Spital. In der Münchner Universitätsklinik hatte eine Schwester das Unglück, einem jungen Mädchen statt eines narkotisierenden Mittels Benzin einzuspritzen; die Patientin stirbt. Das kann man, die Zeitungen durchblätternd, am selben Tage lesen.

Begreifen wir, daß wir nicht wissen, was wir tun und womit wir umgehen? Und welcher absurde Glaube an die vom Staate inthronisierte Wissenschaft! Man ist, so wird uns versichert, auf dem besten Wege, den Krebs, die Zeitkrankheit und Zeitangst aus der Welt zu schaffen – und damit auch die Zeit [denn die Zeit und die Krankheit gehören zusammen]. Ein so kluger Mann wie H. E. Sigerist hält es für möglich, daß in einigen Jahrhunderten »die Krankheit ganz vom Erdboden verschwunden sein wird«. Was würde dann aus dem Christentum? Denn als Arzt ist Christus gekommen. [Aber wir haben vermutlich diese Jahrhunderte nicht, die uns erlauben würden, auf den Arzt zu verzichten.] Mit welchen Mitteln, mit welchen Folgen treiben wir Boschs Giftspinnen aus – und in welcher Maskierung werden sie sich wieder einstellen? Die Wissenschaft ist guter Hoffnung, befruchtet vom Staat: sie wird eine Tyrannis zur Welt bringen, die Ketzergerichte übertrifft. Nur immer grandioser erscheint die Tragik des forschenden, suchenden Menschen vor der Ganzheit der in Selbstvernichtung sich fortgebärenden Schöpfung – vor der Unendlichkeit des Großen wie des Kleinen. Die Zahl der den menschlichen Körper bildenden Zellen wird, unter heftigen Schwankungen, zwischen fünfzig und hundert Billionen gesucht; ein Kubikzentimeter Blut enthält fünf Millionen roter Zellen, ein Gen eine oder einige wenige Millionen Atome [Schrödinger]. Zweihundert Millionen Samenzellen werden in einem einzigen Akt verschwendet. Man ist dem Leben auf der Spur: immer unfaßbarer wird die Beschaffenheit einer Zelle, wird die Struktur des Protoplasmas, in dem wir das Geheimnis vermuten. Was bedeutet die Unsumme der Mitochondrien und Plastosamen andres als eine Unsumme von Fragen, Leben unter dem »Übermikroskop«?

Laue Luft, fahlgelbe Risse in den Wolken, in denen sich der Regen von morgen sammelt:

Regenduft von den Gewittern der Welt. [L.-H.]

Und noch einmal der in der Burg eingemauerte Dichter:

Siehe dein Schicksal!
Nicht unbegreiflich, aber nicht begriffen.
. . . . .
Aber das Schicksal
weiß die Stelle genau, wo dich das Tödliche trifft.

Nun, vermutlich in Wien: ein irrer vieleckiger Treppenturm am Sonntagabend, Kasernenbauten des starren Staatswillens der Metternichzeit; hinter jeder blinden Scheibe wohnt leere Nacht; über die Wände spinnen sich Schwären, Flechten des Verfalls, und die Höfe sind Brunnen der Finsternis, wie die Keller in der Tiefe dreier Etagen darunter. Wir leben im Durchhaus. Zwar ist der Durchgang verboten. Aber Geschlechter flüchten spurlos durch das Durchhaus der Geschichte.

Es ist wahr: es wird früher, wie es auch für F. García Lorca, den Gefährten des vergangenen Winters, immer früher wurde. Was wäre auch noch zu erwarten? Die Zeiger laufen rastlos zurück.

Warum sollte es nicht erlaubt sein, *in* der Kirche zu beten um die ewige Ruhe? Sie verheißt sie doch. Aber Ruhe ist nicht Leben; denn Leben wendet sich immer gegen sich selbst. Es ist doch gar nicht möglich, in *einem* Atemzuge um die ewige Ruhe und das ewige Leben zu bitten. Gilt aber die zweite Bitte nicht, so gelangt die Brücke nicht ans andere Ufer – und alle Wagen stürzen ab.

Man muß die museale Leistung der gefährdeten Monarchie bewundern; was unter Franz Joseph, von Unglück zu Unglück, geleistet wurde, hat Größe. Aber man gehe nur einmal durch das Naturhistorische Museum – und Gott ist ebenso nahe wie fern. Es ist unmöglich, ihn vor dieser unübersehbaren Gestaltenwelt, dieser entsetzlichen Fülle der Erfindungen zu leugnen; ihn zu leugnen vor der absurden Architektur des Dinosauriers – eine Kathedrale der Sinnlosigkeit, des Lebenswillens, der nicht leben kann; vor den bösen Gespenstern japanischer Krabben, eines hochbeinigen Liebespärchens aus dem Inferno; vor dem Octopus, dem achtfachen Kopffüßler, den man, wenn ich mich recht erinnere, im Hamburger Aquarium zur Erbauung der Besucher mit einer Riesenlanguste konfrontierte: der Verlauf der Begegnung war überraschend; der Octopus umschlang die Scheren des Gegners, zerbrach sie und saugte das Leben aus der Schale. Und der Seestern bricht die Muscheln auf, stößt den Magenschlauch hinein und trinkt sie leer wie ein Ei. Von den Haien, die sich über die Walrosse werfen – von der Seite her; von der Wehrlosigkeit der Seehunde und Delphine ist nichts zu sagen, und nichts vom Kampf der Riesenquallen mit den Walen; vom Frosch, der, aufrecht stehend wie ein Mensch, von dem ihn umschnürenden Egel ausgesaugt wird; nichts von der Verdammnis der Haie und dem geheimnisvollen, aber gewiß nicht schmerzlosen Untergang der Saurier und der Mammute. [Wenn aber des Menschen Fall Anfang dieses sich zerfleischenden Elends war, so müssen wir die noch ausstehende Entdeckung menschlicher Fossilien in paradiesischen Formationen abwarten.] Das Schaurige ist, daß menschliche Formen durch die Ungetüme spielen; das Knie des Dinosauriers erinnert an ein menschliches Knie, und die Fünfzahl der Finger und Zehen verbirgt sich noch in den Stützflossen der Elefantenrobbe. Der schönste Vogel hascht im Fluge den schönsten Schmetterling; er pflückt die Schwingen ab und läßt sie dahinwehen und verschlingt den zarten Leib, der sich für seine kurze Dauer mit ein wenig Nektar begnügte und schutzlos das Farbenspiel der Flügel, ein Blitz aus den Händen des Vaters, an die Welt verschenkte. Auch ist zur Zerstörung der Rose, wie es scheint, eigens ein grüngoldschimmernder Käfer erschaffen worden. Ich sah ihn bei der Arbeit in Muzot. Er hat, unreiner Widerspruch, keine Rose verschont.

Und das Antlitz des Vaters? Das ist ganz unfaßbar. Ich möchte nicht länger leben als Maestoso Alea. Und vielleicht ist der schon tot. Ich habe ja nur sein Bild.

(1958)

VII. Das Christentum der Zukunft

Das Schweigen der unendlichen Räume

Nacht für Nacht fechten uns die Räume an. Wir verlassen die Erde auf irgendeinem Fahrzeug der Phantasie; der Widerschein des Mondes verlischt; wir treiben im Dunkel. Bald hat es keinen Sinn mehr, nach Zeit zu fragen; denn ihr Maß, die Drehung der Erde, gilt hier nicht. Wenn noch Zeit ist, so ist sie völlig anderer Art. Wie sollen wir unser Lebensalter bestimmen? Wir wissen auch nicht, wo wir sind.* Denn wir wissen nicht, wo die Erde kreist. Sie ist weitergewandert um die Sonne. Und die Sonne schwingt sich um die Mitte ihres Systems und zugleich in einem Zyklus von mehr als zweihundert Millionen Jahren um die Mitte der Milchstraße, und die Milchstraße eilt mit 300 sec/km durch den Raum.

Wie sollten wir diese mit rasender Schnelle durch den Raum schießenden Spiralen errechnen? Auch läßt sich nicht sagen, ob wir sinken, steigen oder gleiten. Und doch bleiben wir gefangen in einer äußeren Spirale der Milchstraße, deren Radius 50000 Lichtjahre beträgt. Weit kommen wir nicht, selbst wenn wir uns mit Lichtgeschwindigkeit bewegen könnten.

Unsere Lebensfrist, wie wir sie auch beziffern mögen, ertrinkt im All. Das nächste System, den Andromeda-Nebel, gewahren wir, wie er vor 720000 Jahren war; so lange ist sein Licht zu uns auf dem Wege. Wo er heute steht, wissen wir nicht. Unsere Fernrohre blicken um vielleicht 500 Millionen Jahre zurück. Könnte in dieser Ferne das Bild unseres Systems aufgefangen werden, so stammte es, auf die Erdgeschichte bezogen, aus der Triasperiode, da die Saurier die Erde beherrschten. Fernste Prähistorie ist dort

* Arnold Hildesheimer: Die Welt der ungewohnten Dimensionen. Leiden 1953. Einzelheiten von Werner Heisenberg.

Gegenwart – wenn es eben einen Sinn hätte oder zulässig wäre, was wir ›Zeit‹ nennen, in ein anderes System zu übertragen. Die 1000 Millionen Milchstraßen, deren jede wohl wenigstens 100 000 Millionen Sonnen vereint – ausgestreut in ungeheuren Abständen in einem Universum von 7000 oder 8000 Millionen Lichtjahren Durchmesser, dessen Alter 6 bis 8 Milliarden Jahre nach unserer Rechnung nicht überschreiten kann: das ist die Wirklichkeit, in der wir treiben.

Nichts scheint absurder, als den Menschen in irgendeine Beziehung zu ihr zu setzen. Sie ist eine ungeheuerliche Überforderung, nicht allein des menschlichen Geistes und der Vorstellungskraft, sondern der Existenz. Sie steigert sich von Augenblick zu Augenblick. Denn je weiter die Milchstraßen von uns entfernt sind, um so rascher scheinen sie zu fliehen; das Licht fliegt ihnen voraus, der Raum expandiert mit Lichtgeschwindigkeit.

Wenn der Feuerschein unserer Versuche in Nevada oder im Pazifik die uns noch sichtbaren Fernen erreicht, so ist, nach allem Ermessen, das Feuer der Geschichte auf Erden ausgebrannt; von den heute gebietenden Mächten ist dann nicht mehr der Schatten eines Namens; die Signale unserer Tragödie irren weiter, wenn Schauplatz und Spieler längst nicht mehr sind. Nach 200 Milliarden Jahren kehrt im gegenwärtigen, schwerlich endgültigen Bild der unendlich-endlichen Welt ein Lichtstrahl an seinen Ausgangspunkt zurück. Wen werden nach dieser Zeit unsere Flammenzeichen suchen und antreffen? Vor unseren Augen wird unser geschichtliches Dasein aufgezehrt von den Dimensionen, denen wir nicht gewachsen sind. (Wenden wir uns an den Mikrokosmos, so sind wir kaum weniger ratlos.) Die Dimensionen drohen uns zu vernichten. Das ist keineswegs allein im materiellen, räumlich-zeitlichen Sinne gemeint.

Neigendes, steigendes Leben,
Riesenhaft fühle ichs weben,
Welches das meine verdrängt.

Hebbel hat in diesen Versen das Drängen und Geschehen in den Räumen als Leben empfunden, wie es die Denker von Milet aufgefaßt haben – aber als feindliches; wenn die Wissenschaft von einem pulsierenden, sich nach dem Massengehalte ausdehnenden oder wieder zusammenziehenden Raum spricht, oder, den antiken Philosophen wieder begegnend, vom ›Leben‹ eines Sternes, so ist sie dieser Auffassung nah. Aber das ist doch eine fragwürdige Vermenschlichung. Wer, der sich den kosmischen Perspektiven wirklich stellt, sollte sich nicht bedroht, vernichtet fühlen! Pascal, der den Schauder der um uns aufgebrochenen Räume als moderner Mensch empfand, behauptete sich in der Selbstgewißheit des Geistes.

Der Mensch erhebt sich im Antlitz der Abgründe und Welteninseln, indem er denkend das ›All zusammenfaßt‹. Er bleibt Herrscher, denn er ist übergeordneten Ursprungs. Aber er lebt nicht im Geiste allein, nicht einmal wesentlich. Die Erosion unserer Existenz währt fort. Welche Erkenntnis ist sicher, ist nicht Übergang? Sicherlich gehören die Entdeckungen und die Weltsicht unseres Jahrhunderts zu den großen Leistungen der Menschheit (wahrscheinlich sind sie die entscheidenden unserer Epoche). Aber wer will die grundlegenden Einsichten von den nicht haltbaren abgrenzen? Und ist die Methode unserer Forschung unangreifbar? Wir wissen auch heute nichts vom Bau des Atoms, sondern nur von seinem Verhalten gegenüber unseren Versuchen. Ebenso gewiß wie die Wissenschaft auf einer schmalen oder breiteren Kontinuität fortarbeitet (gewissermaßen auf der Keimbahn gegenüber der Produktion der Körper, dem Soma): so gewiß ist es auch, daß die Weltbilder in einem tiefen Zusammenhang mit ihrer geschichtlichen Epoche stehen und daß die Menschheit am Grunde eines jeden ihr eigenes Gesicht erblickt. Forschung und geschichtlicher Ablauf, Machtkämpfe und Technisierung steigern sich gegenseitig und müssen mit dem Wirtschaftlichen als ein Ganzes gesehen werden. Alle Forschung, auch der Abschuß scheinbar harmloser Satelliten, stürzt in das Kraftfeld der Macht. Die Waffe ist Magnet; ein jeder Gedanke, eine jede Entdeckung fällt ihr anheim; jedes Experiment wird in die Beziehung zu ihr transportiert. Das ist das Gefälle der Welt. Für die ungeheuren Gefahren, die der Geist heraufruft, entschädigen sich die Mächte und Mächtigen, indem sie ihn nutzbar machen und in Ketten an den Staatswagen schließen. Die Relativitätstheorie in ihrem unheimlichen, ungewollten Zusammenhang mit der modernen Form der Macht (allein schon durch die Gleichung zwischen Energie und Masse) ist gewiß in demselben Grade von historischer Bedeutung wie das Weltbild Newtons in seiner tiefen Beziehung zur Philosophie Kants, zu der das achtzehnte und neunzehnte Jahrhundert bestimmenden Auffassung von Staat und Mensch. Vielleicht haben Einstein und andere führende Physiker unserer Zeit mehr von der Situation der Menschheit gesagt als Künstler und Philosophen. Die Frage an den Weltraum ist geschichtsbestimmend geworden, wie sie es vielleicht noch niemals gewesen ist. Forscher und Forschung sind unsere Sprecher, und zwar aus ihrer geschichtlichen Existenz; das ist ihr Ruhm und ihr Fluch. Alle Entdeckungen konnten allein im Kraftfeld der Geschichte gemacht werden; sie fallen mit der ganzen Wirkkraft der Genialität in dieses Kraftfeld zurück. Von den unendlichen Räumen geht, da der Mensch ihnen schutzlos gegenübersteht, Geschichte aus – aber sie selber scheinen der Geschichte nicht erreichbar zu sein. Anteillos geben sie deren Zeichen weiter ins Nirgendwo.

Nun hat Einstein nachdrücklich ein religiöses, ja mystisches Element seiner Wissenschaft postuliert; sie ist die erkennende Verehrung ›höherer Denkkraft‹; in einem 1930 veröffentlichten Aufsatz zitierte er zustimmend die Meinung eines Zeitgenossen, daß in unserer im allgemeinen materialistisch eingestellten Zeit die ernsthaften Forscher die einzig tief religiösen Menschen seien. Lenin empfand ihn und seine Lehre denn auch als gegnerisch; schon bald nachdem er zur Macht gekommen war, forderte er seine Propagandisten auf, die Wirkung Einsteins zu überwachen. Einstein kann nicht glauben, daß ›Gott Würfel spielt‹. Gott ist die regierende Denkkraft, das allumfassende Weltgesetz, nicht ›nach dem Bilde des Menschen gedacht‹. Aber ›wer von der kausalen Gesetzmäßigkeit allen Geschehens durchdrungen ist, für den ist die Idee eines Wesens, welches in den Gang des Weltgeschehens eingreift, ganz unmöglich‹.* Und, zehn Jahre später, noch schärfer: ›Die wesentlichste Ursache unserer heutigen Konflikte zwischen der Religion und der Naturwissenschaft liegt in dem Begriff eines persönlichen Gottes.‹** Weder ein menschlicher noch ein göttlicher Wille kann ›als unabhängige Ursache von Naturereignissen anerkannt werden‹. Das Naturgesetz ist kein Würfelspiel. Gott ist nicht Person. Wie sollte es der Mensch sein! Es ist verständlich, daß Einstein mit Ehrfurcht und Liebe von buddhistischen Schriften und von Schopenhauer spricht.

Diese Sätze wurden nicht aufgegriffen, um gegen sie zu polemisieren; ganz im Gegenteil, sie bekennen überzeugend eine ›kosmische Religion‹, echte Frömmigkeit. Wir machen uns, vielleicht gerade als Christen, nicht genügend klar, welche Dimensionen der moderne Forscher aushalten muß; – unter welchem Druck der Räume er lebt; der Abstand zwischen dem wissenschaftlichen Weltbild und dem Lebensbewußtsein der Menschen und Völker konnte zur Zeit des Kopernikus und Cusanus kaum größer sein als heute; die Ergebnisse der Forschung sind nur auf unzulängliche Weise zum Daseinsinhalt geworden. Sie werden im täglichen Leben nicht realisiert. Wir schützen uns ab: um so besser können wir in der Tragödie irdischer Verhängnisse spielen. – Vertreter der jüngeren Generation haben, im Gegensatz zu Einstein, im Zuge der Atomforschung die Unbestimmbarkeit mikrokosmischen Geschehens, einen Anschein der Freiheit anerkannt: es hat keinen Sinn, nach Kausalität zu fragen, wenn es unmöglich ist, einen gewissen Tatbestand zu erforschen, ohne ihn zu verändern; denn das Kausalitätsgesetz sagt Künftiges voraus auf Grund vollständi-

* A. Einstein: Mein Weltbild. Zürich 1933.
** Philipp Frank: Einstein. München 1949.

ger Kenntnis der Gegebenheiten und der auf sie geschehenden Einwirkung. Allerdings hat Niels Bohr, der Meister dieser Forschung, es offengelassen, ob man den von ihm geprägten Begriff der Komplementarität auf Freiheit und Notwendigkeit anwenden mag oder nicht: das heißt, ob dasselbe Phänomen unter einer bestimmten Fragestellung in der Perspektive der Freiheit, unter einer andern in der Perspektive der Notwendigkeit erscheint, so wie das Licht bei wechselnden Experimenten als Korpuskel oder Welle angesehen werden muß. Freiheit und Notwendigkeit könnten also als Erscheinungen desselben nicht bestimmbaren Phänomens angesehen werden (wie es in der griechischen Tragödie geschieht). Die Person wäre möglich – aber in welchen Räumen!

Und doch ist hier auch eine christliche Hoffnung. Im Mikrokosmos wie in dem von Einstein gesichteten begrenzt-unbegrenzbaren Makrokosmos sind gewisse religiöse Möglichkeiten aufgegangen. Wo die unübertretbare Grenze ist – jenseits der Lichtgeschwindigkeit –, ist nicht erfahrbar; der Raum fließt in sich selbst zurück; wo Künftiges nicht determiniert ist, gar nicht determiniert werden kann, findet der Glaube vielleicht einen Standort. Und es ist vielleicht die größte geschichtliche Tat Pius XII. gewesen – und eine große der Seelsorge –, daß er sich in seiner Ansprache über das moderne astronomische Weltbild zu den unvorstellbaren Dimensionen des Raumes und der Zeit, zu der unfaßbaren Vielheit der Welten bekannte. Der Nachfolger Urbans VIII., unter dessen Pontifikat Galilei verurteilt wurde; der es verbot, dem einst von ihm bewunderten Mann ein Grabmal zu setzen: der Nachfolger Urbans beugte sich, hundert Jahre nachdem die Schriften Galileis aus dem Index gestrichen worden waren, vor einem das bisherige christliche Geschichtsbewußtsein sprengenden Weltbild. Er tat es in felsenfestem Glauben an Anfang und Ende, den Schöpfungsakt und das Ziel – das freilich eine allen bisherigen Vorstellungen und Lehren der repräsentativen Kirche entfliehende Weltbahn abschließen wird. Es erschien als religiöser Triumph, daß das All in seiner Unvorstellbarkeit nicht mehr ›alles‹ ist.

Hat die Christenheit diese Wendung mit vollzogen?

Oder wird sie es sich in diesem Kosmos schon bald zu leicht machen? Liegt nicht eine Gefahr darin, ihn verstehen zu wollen, auf unsere Vorstellung von Gott abzustimmen? – auch auf eine mächtig gesteigerte? Wer will behaupten, daß die Menschheit in einigen hundert Jahren nicht wieder an die Unendlichkeit des Raumes, der Zeit, der Materie glauben wird wie die Weisen des Ostens, die Vorsokratiker und Stoiker, der Kardinal Cusanus und der Ketzer Giordano? Galilei hatte recht gegen seine Zeit, aber doch keineswegs in dem von ihm gemeinten Sinne und unter Berufung auf im wesentlichen unhaltbare Beweisführungen; die Sonne steht nicht fest; sie führt vielfache Bewegungen aus; vom Monde gesehen steht die Erde. Ein jedes System kann als ruhende Mitte angesehen werden.

Wachsendem Wissen breitet sich wachsendes Nichtwissen entgegen. ›Je tiefer wir den Dingen auf den Grund gehen, desto besser lernen wir ihr Verhalten kennen, aber desto weiter entfernen wir uns von ihrem Wesen‹ (Hildesheimer). Wir beobachten und beschreiben. Wir erkennen nicht. Und das Christentum, das wir doch in gewissem Grade zu verstehen glauben, wird um so unfaßbarer, je weiter wir uns von der Erde entfernen. Was ist unwahrscheinlicher, als daß unsere Sonne als einzige unter Trillionen ein Planetensystem beherrscht? Was wissen wir von der Geschichte unseres Planetensystems? Keine Theorie seiner Entstehung ist gesichert. (Wieviel weniger eine Kosmogonie!) Wir können die wirkenden Ursachen der Erdgeschichte nicht hinreichend durchdringen; schon unsere nächste Vergangenheit, die Eiszeit, bleibt rätselhaft – und wie sollen wir als Christen die ungeheure Tragödie der Tierwelt, den Untergang der Saurier, das mysteriöse Ende der Mammuts, die Greuel der Tiefsee, die unsagbaren Entbehrungen und Schrecken, durch die sich der Mensch in den Eiszeiten emporgekämpft und emporgelitten hat, ohne Beschwernis dem Vater der Liebe unterstellen! Wir haben keine anerkannte Theorie der Entstehung des Mondes. Und wer entsiegelt die Zeichen der schweigenden Räume? ›Mag auch der nächtliche Sternenhimmel‹, schrieb Pascual Jordan, ›unserer Kurzlebigkeit als ein Sinnbild erhabener ewiger Ruhe erscheinen – in Wahrheit ist er der Schauplatz unerhörter Geschehnisse, Schauplatz des großen Dramas der Weltschöpfung, das sich unserem staunenden Blick allmählich zu enthüllen beginnt.‹ Die Schöpfung ist das schreckliche Wort des Gottes, der größer ist als unser Herz. Christus aber ist das fleischgewordene Wort Gottes an die Geschichtswelt der Erde. Wo ist der Einklang des Schrecklichen und der Liebe? Er ist da. Aber in welcher Dimension? Auf Golgatha erzeigte er sich: Gott in Gott von Gott geopfert und sich opfernd bis zur letzten Frage.

Der Kosmos ist Wort eines außerdimensionalen Gottes. Das heißt: ein jedes Ding ›bedeutet‹, aber die Bedeutung weist ins Dunkle. ›Die Natur‹ sagte Viktor von Weizsäcker,* ›ist nicht Geist, aber sie hat Geist, sie zeigt ihn in der Fülle ihrer Formen.‹ Doch – sprechen wir eine einzige Silbe nach, gar als Christen? Auf dem Gleichnis des Kosmos liegen Schatten einer Wesenheit, vor der unser Geist versagt, unser Herz erstarrt. Auch das den Kosmos zusammenfassende Denken Pascals (welche Anmaßung der Größe!) schützt nicht; es bleibt immer fragwürdig, und endlich kommt es auf das Fühlen an, auf die empfindungsmäßige Existenz. Das Wort ›Am Anfang‹ gilt nur von unserer Welt (im weitesten Sinne). Gott aber ist anfanglos – die 6 oder 8 Milliarden Jahre unseres Alls sind nur, was sie mit Bezug auf ihn bedeuten, aber nichts als Zeit. Gott als der Schaffende war unendliche ›Zeit‹ vor diesen Räumen und wird nach ihnen sein, in der Folge von Welt auf Welt, in saecula saeculorum. Wenigstens zu den ›Weltjahren‹ des Origenes sollten wir zurückfinden; wenigstens zum Nachdenken über die Frage, ob der Abfall wieder möglich ist, wenn die Zyklen der Schöpfung durchlaufen sind. Origenes verwarf diese These; aber er hielt ihre philosophische Erörterung für erlaubt.**

* Viktor von Weizsäcker: Am Anfang schuf Gott Himmel und Erde. 1954.

** Urs von Balthasar: Origines. Geist und Feuer. Salzburg 1938.

Dostojewskij hat es vermocht, seinen christlichen Glauben mit der ewigen Wiederkehr zu vereinen; er spricht von ihr, unberührt von Nietzsche, mit radikaler Bestimmtheit. Christus ist die Mitte unendlichen Kreisens. Das Drama ohne Ende, nicht als materiell-geschichtliches Geschehen, aber als Aussage des Unfaßbaren: ob diese Rede der Gottheit durch die Räume weht? Alles ist *ein*mal, aber nicht im materiellen Sinn, vielmehr im Gehalt des Geschehens immer wieder, Bild des in sich selber ruhenden kreisenden Feuers.

Wo die beiden Worte, der Kosmos und das Wort im Fleisch, aufeinanderstoßen, ist der Schauplatz eines zerstörenden Kampfes. Wir können die Ankündigungen des Weltendes in den Evangelien, den Apostelbriefen, der Apokalypse als eine Katastrophe des Milchstraßensystems oder einer von größerem oder geringerem Radius begrenzten Gruppe der Milchstraße verstehen: auch dann bleiben die Vorgänge von unvorstellbarer Wucht, ausgehend von göttlichem Willen, nicht von Menschenwerk. Aber wir verrücken das Wort nicht, daß in Christus alles geschaffen ist; daß er das Haupt ist des Weltalls und daß in ihm alles erneuert wird: die Materie selbst. In den Abgründen des Weltalls müßten wir, statt unseres eigenen verwirrten Gesichts, das Antlitz Jesu Christi erkennen. Es geht nicht darum, daß die Wissenschaft den Glauben aufheben könnte oder müßte, nicht um den Konflikt zwischen Glauben und Wissen. Der Glaube ist Tatsache des Innern. Es geht um die Auseinandersetzung mit einer nicht ablehnbaren Wirklichkeit, mit Geschaffenem. Die wissenschaftliche Theorie von Anfang und Ende kann außer der Diskussion bleiben. Aber auch theologische und philosophische Spekulationen helfen uns nicht.

Uns bleibt nur das Gebet. Wir müssen uns in den Räumen verlieren und Christus anrufen, den Herrn der übergeschichtlichen, außergeschichtlichen Dimensionen – die Wirklichkeit über den unendlich vielen Geometrien, die wir heute für möglich halten. Es kann wohl sein, daß wir ohne Antwort bleiben. Aber in den letzten Jahrhunderten sind so gewaltige Veränderungen geschehen, daß wir uns, unser Lebensgefühl in den Arsenalen der Geschichte nicht mehr gefangengeben dürfen. Sicher wird hier über unser Dasein entschieden, aber nicht über unsere geistige Existenz. Gelingt es uns als Christen nicht, uns in den unendlichen Räumen zu beheimaten – so verfehlen wir die Ära, aber auch die Kontinuität europäischen Fragens und Denkens seit Milet, Kroton und Elea. Und das ist nur eine Frage des Betens oder Betenwollens, des Ausharrens in den tausend Augen der Finsternis.

Wie sollten wir erwarten, daß eine Generation oder einige wenige Generationen eine Antwort finden? Wir haben uns ja lange genug gewehrt gegen die Tatsache, daß die Vorhänge gefallen, die bebilderten Schleier vor den Tiefen zerrissen sind. Oder glauben wir etwa, daß es Aspekte der Welt gibt, auf die das Christentum keine Antwort hat? Das ist das einzige, das nicht geschehen dürfte. Und es ist besser, zu sterben mit einer brennenden Frage auf dem Herzen, als mit einem nicht mehr ganz ehrlichen Glauben: besser in der Agonie als in der Narkose. Die Hoffnung bleibt, daß die Menschheit einmal Christus wandeln sehen wird durch die Räume, wie ihn Petrus sah auf dem Meere. Ist es ein ›Gespenst‹, ein Widerschein der Erde? Ist es der Herr? Fast so groß wie diese Hoffnung ist die Gefahr, daß wir aufschreiend versinken in den unendlichen Räumen.

(1955)

Simone Weil oder das Christentum der Zukunft

In der Mitte des Jahrhunderts bedrücken uns heute seine ungelösten Probleme mit ihrer ganzen Wucht. Es sind: die Bewertung und Einschränkung der Macht, ihr Recht und Unrecht; es ist das Verhältnis zum Bösen, dem die Erkenntnis und gültige Bezeichnung des Bösen vorausgehen müssen. Es ist die Frage, wie wir Menschen miteinander, füreinander leben sollen, also auch die Frage, wie der Feind sich verhalten soll gegen seinen Feind. Wir fühlen, daß keine theoretische Antwort befriedigen wird. Wir suchen die Antwort des gelebten Lebens, des ganzen Menschen, der insofern eins wird mit seinem Schicksal als er eins wird mit dessen Sinn. Und indem wir nach solchen Haltungen forschen, nach Zeugnissen, die in sich selber glaubwürdig sind, müssen wir uns an die Jahre wenden, in denen die Not am größten war; denn eben in der äußersten Not vollendete sich das Versagen, von dem wir spüren, daß es auch heute nicht behoben ist.

Zu den wenigen echten Verheißungen, die aus dunkelsten Jahren auf uns gekommen sind, gehört Simone Weil, die während ihres kurzen Lebens nur wenigen Freunden bekannt war. Sie wurde im Jahre 1909 in Paris geboren und ist im Jahre 1943 in Kent gestorben. Langsam nur tritt, was sie wirklich war und zu sagen hat, ans Licht; 1948 erschien in Paris ein Band Aphorismen, der nun, mit der Einleitung des mit Simone Weil befreundet gewesenen katholischen Schriftstellers Gustave Thibon unter dem Titel »Schwerkraft und Gnade« in der Übersetzung von Friedhelm Kemp bei Kösel in München veröffentlicht wurde; ihm folgten drei Publikationen, deren Übersetzung – wie das zureichende Lebensbild – noch aussteht.

Uns geht es hier um die Einsichten, die Simone Weil zuteil wurden, und die sie gelebt hat – denn Leben und Erkennen sind in ihrem Falle eins – um die Überwindung, die sie geleistet hat, um das Beispielhafte und Zukünftige ihrer Erscheinung. Es kann nicht

Zufall, sondern es kann nur Fügung sein, daß Simone Weil wie die ihr in mancher Hinsicht verwandte, hinsichtlich des religiösen Schicksals aber entschieden von ihr getrennte Edith Stein dem Judentum entstammt. Edith Stein war auch in der Verlassenheit des Martyriums geborgen in Kirche und Ordensstand; Simone Weil ging einen gänzlich einsamen Weg, Christin, ohne in der sichtbaren Ordnung Christin zu sein: Vertreterin jenes radikalen Christentums, dem die Erfahrung vorbehalten ist, daß es seinen Ort hat zwischen allen Fronten der gegenwärtigen Geschichtswelt. Daß sie dem verfolgten mißhandelten Volke angehörte, bestimmte den Gang ihres Lebens und Denkens: es ist ihre Sendung, daß sie denen zum Licht werden sollte, die die Ihren vernichteten.

Sie studierte Orientalistik, bestand mit glänzendem Erfolg ihr Philosophieexamen und unterrichtete an verschiedenen höheren Lehranstalten; fortgerissen von politischer Leidenschaft kämpfte sie im Spanischen Bürgerkrieg auf der Seite der Roten, doch ohne von der Waffe Gebrauch zu machen; – wir werden ihre politischen Abenteuer erst verstehen, wenn wir das Ganze ihres erstaunlich folgerichtig verlaufenden Lebens und Denkens kennen. Niemals gehörte sie irgendeiner politischen Formation an; das Bewußtsein einer durchaus personalen Aufgabe und Freiheit muß sie früh geleitet haben. Die unvermeidlichen Konflikte mit der Obrigkeit schreckten sie nicht. Ein Bekannter nannte sie in ihrer Studentenzeit eine »Mischung von Anarchistin und Pfaffenknecht«; es ist damit, freilich auf oberflächliche Weise, das tief Widersprüchliche ihres Wesens angedeutet. Sie war weder das eine noch das andere; aber sie lebte in einer Welt und gab sich ihr hin, der das reine Gute wesensgemäß verweigert ist. Dem reinen Guten aber gehörte ihre Leidenschaft; dem Reinen, dem wir nur mit unseren Absichten, nicht mit unseren Taten dienen können. Sie schrieb:

> »Alles Handeln nicht unter dem Gesichtspunkt des Gegenstandes, sondern des Antriebs betrachten. Nicht, in welcher Absicht? Sondern: aus welchem Antrieb?«

»Ich war nackt, und ihr habt mich gekleidet. Diese Gabe ist einfach das Merkmal des Zustandes, in welchem jene sich befanden, die derart handelten. Sie befanden sich in einer Verfassung, daß sie nicht anders konnten, als die Hungrigen speisen, die Nackten kleiden; sie taten dies keineswegs um Christi willen, sie konnten nicht anders; sie mußten so handeln, weil die Erbarmung Christi in ihnen war.«

Das Wort Jakob Böhmes: »Wo der Weg am härtesten ist, da gehe hin«, steht über ihrer Wanderung. Sie glaubte, dort sein zu müssen, wo kein Licht war. Ein Jahr lang arbeitete sie, unter Verzicht auf die großen Möglichkeiten, die Begabungen und Kenntnisse ihr eröffneten, als Fräserin in den Renault-Werken, im Widerstreite mit ihrer körperlichen Kraft, die durch Migräne und eine chronische Brustfellentzündung aufgezehrt wurde. Was das physische Leiden ihr abforderte, läßt diese Aufzeichnung erkennen:

»Kopfschmerzen. In gewissen Augenblicken läßt der Schmerz nach, wenn man ihn in das Weltall hineinprojiziert, aber das Weltall wird entstellt; der Schmerz wird heftiger, sobald er wieder an seinen Ort zurückgenommen wurde, aber etwas in mir leidet nicht mehr und bleibt in Berührung mit einer unentstellten Welt. Ein gleiches Verfahren gegenüber den Leidenschaften anwenden. Sie herabzwingen, sie auf einen Punkt zurücknehmen, sich von ihnen abkehren und ihrer nicht mehr achten. Namentlich alle Schmerzen derart behandeln. Verhindern, daß sie den Dingen nahe kommen.«

Unter den Arbeitern, in der Gemeinschaft mit ihnen, formte sich für Simone Weil jene Verpflichtung, die ihr mit anderen, noch zu erörternden Motiven, den Verzicht auf die Taufe auferlegte; sie sollte sich niemals entschließen, durch den offiziellen Eintritt in die Kirche, sich zu trennen von den Anderen.

»Ich habe das wesentliche Bedürfnis, und glaube zu sagen die Berufung, durchzugehen durch die Menschen und die verschiedenen menschlichen Umgebungen, mich mischend mit ihnen, annehmend dieselbe Farbe – ganz in demselben Maß wenigstens, als mein Gewissen sich nicht widersetzt – verschwindend unter ihnen, auf daß sie sich zeigen, so wie sie sind und ohne sich zu verkleiden für mich. Denn wenn ich sie nicht liebe, so wie sie sind, sind nicht sie es, die ich liebe, und meine Liebe ist nicht wahrhaftig.«

Nach dem Einmarsch der Deutschen von der Hochschule ausgeschlossen, versuchte sie sich in der Landarbeit; es ist die Zeit, in der Gustave Thibon sich ihrer annahm, nicht ohne Widerstreben und nicht ohne anfangs befremdende Eindrücke von ihr empfangen zu haben. Aber eben dieses Befremdende, die mit monotoner Stimme geführten »ausweglosen Diskussionen«, war eine Hülle, Scheu, die sich über die jetzt in ihr geschehende Entscheidung für das Christentum legten; der »Geist einer makellosen Mystik« ging nach Thibons Zeugnis von ihr aus, während sie in einem offenbar nie gestillten Hunger nach Verzicht schon auf die Bequemlichkeit des ihr gebotenen Hauses verzichtete und in ein halb verfallenes Anwesen übersiedelte.

»Jeden Tag kam sie zur Arbeit und, falls sie zu essen geruhte, zu den Mahlzeiten zu uns. Schwächlich und kränkelnd bearbeitete sie den Boden mit einer unbeugsamen Energie, und zu ihrer Nahrung begnügte sie sich oft mit einigen Brombeeren, die sie von den Sträuchern am Wege pflückte. Jeden Monat schickte sie die Hälfte ihrer Lebensmittelkarten an politische Häftlinge. Ihre geistlichen Güter aber verschwendete sie noch großmütiger. Jeden Abend, nach der Arbeit, erklärte sie mir die großen Texte Platos – ich habe niemals Zeit gefunden, gründlichere Kenntnisse der griechischen Sprache zu erwerben – mit einem pädagogischen Genie, das ihrem

Unterricht die Lebendigkeit einer Schöpfung verlieh. Mit dem gleichen Eifer und der gleichen Liebe übrigens widmete sie sich irgendeinem zurückgebliebenen Dorfbuben, um ihm die Anfangsgründe des Rechnens beizubringen.«

Aber auch hier sollte ihres Bleibens nicht sein; sie war »entwurzelt« und gerade in der Annahme der Entwurzelung sollte sie eine ihrer Aufgaben erkennen. Über Marseille folgte sie den Eltern nach Amerika; von da reiste sie nach England, in der Absicht, am französischen Widerstand teilzunehmen oder nach Rußland zu gelangen, immer getrieben von der Eigentümlichkeit ihrer Natur, die sie dorthin wies, wo die Bedrückung am schwersten, die Not am quälendsten war. Aber nicht das im Sinne der Welt heroische Opfer war ihr auferlegt; es war das verborgene; sie opferte die Hälfte der ihr zugeteilten Lebensmittel für die in den Lagern Schmachtenden; einer jeden Fürsorge sich entziehend, auch im Krankenhaus, wohin Hunger und Lungenschwindsucht sie gebracht, jede Sonderbehandlung abweisend, erschöpfte sie sich unaufhaltsam.

»Sie fühlt sich nur wohl, wenn sie sich auf der untersten Sprosse der sozialen Leiter befand, durch nichts unterschieden von der Masse der Armen und Enterbten dieser Welt. Aufs Land gebracht, starb sie dort, nachdem sie noch einige Freude über dieses Wiedersehen mit der Natur bezeigt hatte.«

Vor der Abreise nach Amerika, im Mai 1942, hatte sie Thibon eine mit Papieren vollgestopfte Aktentasche übergeben: sie enthielt zehn dicke Hefte, in die sie täglich ihre Gedanken eingetragen hatte, »untermischt mit Zitaten in allen Sprachen und mit streng persönlichen Aufzeichnungen«. Auf diesen Heften beruht der Band »Schwerkraft und Gnade«, den Thibon nach den tragenden Ideen und Gesichtspunkten in kurze Kapitel gegliedert hat; es ist also noch nicht ihr letztes Wort. Das Buch gehört zu den unausschöpfbaren Fragmenten im Sinne der »Gedanken« Pascals; der Vergleich ist im Falle dieser Ausnahme erlaubt, wenn es auch Simone Weil nicht um ein apologetisches System geht.

Es ist, als habe Simone Weil völlig allein, unter den Erschütterungen ihrer Zeit, sich den Sinn des Christentums errungen.

So erscheint die Offenbarung in ihrem Leben, in ihren Aufzeichnungen in einem erschreckenden Aspekt, und zwar, wie Erich Pryzwara in einem in der »Besinnung«, Nürnberg, veröffentlichten bahnbrechenden Aufsatz sagt, als die »innerlich gemäße Antwort« auf die Häresien des Jahrhunderts.

Man kann Simone Weils ganzes Bemühen verstehen als das Bestreben eines Menschen, in einer Wirklichkeit, die den Forderungen des Glaubens radikal widerspricht, den Glauben zu retten. Welche Gestalt muß dieser annehmen unter der besonderen Voraussetzung, daß eine jede Halbheit, eine jede Ausflucht verworfen, daß die Schäden der Tradition unbestechlich erkannt werden? Diese Bekennerin konnte sich nicht abfinden mit den Verbrechen der Inquisition und Conquistation; nicht damit, daß Karl der Große als Seliger verehrt wird, nicht mit dem Satze, daß außerhalb der Kirche kein Heil sei. Gerade als Jüdin beanspruchte sie das Recht der Kritik an der im Alten Testament überlieferten Welt; sie sah in Israel »das religiöse große Tier«, wie sie in Rom »das atheistische, materialistische große Tier« sah – es schied sie vom Katholizismus, daß die Kirche den Zusammenhang zwischen Altem und Neuem Testament lehrt. Mit dem großen Tier meinte sie, in Anlehnung an Plato, den Anspruch des Staates auf Totalität, die verderbliche Anmaßung eines Teiles, das Ganze zu sein; und sich vergötzen zu lassen; eben jenen Totalitarismus, der das Verhängnis unseres Jahrhunderts ist.

»Ein Mensch, dessen sämtliche Angehörigen unter der Folter umgekommen wären, der selbst lange Zeit in einem Konzentrationslager gefoltert worden wäre. Oder ein Indio des sechzehnten Jahrhunderts, der als einziger der völligen Ausrottung seines ganzen Volksstammes entgangen wäre. Wenn solche Menschen an die Barmherzigkeit Gottes geglaubt haben, so glauben sie nun entweder nicht mehr daran oder ihre Vorstellung davon hat sich von Grund auf verwandelt. Ich habe dergleichen nicht durchgemacht. Aber ich weiß, daß es vorkommt: folglich, welcher Unterschied?

Ich soll danach trachten, von der göttlichen Barmherzigkeit eine Vorstellung zu haben, die unauslöschlich ist, die sich nicht ändert, was auch das Schicksal über mich verhängen mag, und die sich jedem beliebigen menschlichen Wesen mitteilen läßt.«

Wir erinnern uns, daß die von den Konquistadoren gefolterten Indios bekannten: sie würden lieber in die Hölle fahren, als daß sie eingingen in den Himmel der Spanier. Wir wagen es zu sagen, daß die Unglücklichen in dieser Hölle, die sie auf ewig von den Verbrechern scheiden sollte, Gott gefunden haben würden.

In einem ähnlichen Sinne gilt für die Welt, die Simone Weil erfahren hat, das Wort des 138. Psalms: »Stieg ich hinauf zum Himmel, Du bist da, stieg ich hinab zur Hölle, Du bist da.« Aber das gilt nicht in einem temporären Sinne; es gilt absolut. Denn hier herrschen die Leere, das Nichts, das Böse von Ursprung an; sie herrschen auch in der Seele. »Alle natürlichen Bewegungen der Seele sind Gesetzen unterworfen, die denen der stofflichen Schwerkraft entsprechen.« Schwerkraft aber ist die von Gott fliehende Kraft: die Deifugal-Kraft. Ihr wirkt die Gnade als eine »herabsteigende Bewegung« entgegen; aber das geschieht, ohne daß die Struktur der Welt verändert wird, so wie das Wasser durch das Gestein sikkert, wie Licht durch Glas dringt. Schwerkraft und Gnade sind also gleichzeitig.

Wie werden wir fähig, Gnade zu empfangen? Darum geht alles. Die Antwort ist die der Mystiker: wir müssen »entschaffen« was geschaffen ist; wir müssen die Leere ohne Vorbehalt annehmen, schonungslos erleiden; »so entsteht etwas wie ein Luftzug, und ein übernatürlicher Lohn fällt uns zu«. Diese revolutionäre Verkünderin steht in einer großen Tradition. Angelus Silesius weist dahin mit den Versen, die er »Alles kommt aus dem Verborgenen« überschrieb:

Wer hätte das vermeint! Aus Finsternis kommt's Licht
Das Leben aus dem Tod
das Etwas aus dem Nichts.

Die große Teresa von Avila antwortet mit dem leidenschaftlichen Lobpreis der Zerstörung dieser Welt, ihrem Eingang in das Nichts, das Nada. Es ist der religiöse Nihilismus der Spanier, den Unamuno der modernen Welt wieder zum Bewußtsein brachte und der vielleicht seinen klarsten Ausdruck fand mit diesem geistlichen Rat des heiligen Johannes vom Kreuz: »Willst du dahin gelangen, alles zu wissen, verlange in nichts etwas zu wissen; willst du dahin gelangen, alles zu besitzen, verlange in nichts etwas zu besitzen; willst du dahin gelangen, alles zu sein, verlange in nichts etwas zu sein . . .«

So lehrt Simone Weil: »Man besitzt nur das, worauf man verzichtet. Das, worauf man nicht verzichtet, entzieht sich uns. In dem Sinne kann man nichts, was es auch sei, besitzen, außer durch Gott hindurch.«

Das bedeutet den »negativen Weg«, die Annahme der Leere ohne Trost. »Es gibt Menschen, für die alles, was sie hienieden Gott näher bringt, heilsam ist; für mich hingegen alles, was von ihm entfernt.«

In einem Zeitalter religiöser Kompromisse, immer neuer Versuche, Welt und Wahrheit zu verschmelzen, die nur die Zerstörung der Wahrheit zur Folge haben können; *gegen* die Meinung, daß es die Aufgabe der Religion sei, zu trösten, auszugleichen, fordert Simone Weil die Zerstörung des Ich als Weg zu Gott:

»Wir besitzen nichts auf der Welt – denn alles kann der Zufall uns rauben – außer dem Vermögen, ich zu sagen. Dies ist es, was wir Gott geben, das heißt: zerstören sollen. Es gibt durchaus keinen anderen freien Akt, der uns erlaubt wäre, außer der Zerstörung des Ich.

Opfer: man kann keine andere Gabe darbringen als das Ich, und alles, was man Opfer nennt, ist nur ein Etikett auf etwas, das man an Stelle des Ich darbringt.«

Das Christentum verheißt also nicht die Überwindung des Leidens, sondern dessen »übernatürlichen Gebrauch«. Wir müssen dahin kommen, daß wir die »Abwesenheit Gottes« in ihrer Härte erfahren. Jede Rückwendung ins Vergangene, jede Hoffnung auf das Künftige, jede Einmischung der Einbildungskraft bedeutet Flucht. Darum verwirft Simone Weil jeden Glauben an Fortschritt und mit ihm die Ideologie der Revolutionen, aber auch jede Angleichung der Vorstellung vom Ewigen Leben an das Irdische. Solche imaginäre Gebilde berauben uns der Gnade dieser unserer geschichtlichen Existenz, die sich allein im Augenblick, im brennenden Jetzt, erfüllen kann.

Ihr letzter Sinn ist unser Anteil an der Verlassenheit des Erlösers am Kreuze. Die Worte »Mein Gott, mein Gott, warum hast du mich verlassen?« rücken damit in die Mitte des Christentums: Gott hat Gott verlassen, so wie er sich selbst in der Welt verlassen hat. Unamuno hat, kurz vor dem Ersten Weltkrieg, diese Worte übertragen in das Gebet des modernen Christen: »Christus, unser Christus, warum hast Du uns verlassen?«

Es wird auf die Dauer nicht an Einwänden gegen diese Gestalt des Christentums, gegen diese Ablehnung des Weltlichen und des Trostes, fehlen; man wird fragen, ob man den Ruf äußersten, sich vollendenden Leidens, wirklich in die Mitte der ganzen Verkündigung stellen darf. Aber von einem jeden Wort Gottes, das wir wirklich vollziehen, gelangen wir in die Mitte. Das Christentum Simone Weils hat den Anschein, Züge östlicher Überlieferung zu tragen, so daß man es ein buddhistisches Christentum nennen könnte, einen Buddhismus mit positiver Zielsetzung, sofern ein solcher möglich wäre. Es trägt auch den Anschein der Verzweiflung: ein in die äußerste Finsternis geschleuderter Mensch sagt sich, daß diese Finsternis nur der Mantel des Lichtes, ja das Licht selber sei. Aber hat nicht auch Johannes vom Kreuz so gesprochen, so geglaubt? In Wahrheit kann von Verzweiflung keine Rede sein.

Für Simone Weil ist ja nichts so gewiß wie die Liebe Gottes, ihr an sie ergangener Ruf. Diese Liebe ist in ihr; es bedarf keines Beweises. Diese Liebe ist so stark, daß sie einen Gottes-Beweis nicht mehr zuläßt.

Aber es ist Gottes Gegenwart in der Abwesenheit; es ist der »erlösende Schmerz«.

> »Was ist diese Abwesenheit Gottes, die das äußerste Unglück in der vollkommenen Seele bewirkt? Was ist das für ein Wert, der damit verbunden ist und den man den erlösenden Schmerz nennt?
>
> Der erlösende Schmerz ist derjenige, wodurch das Übel wirklich die Fülle des Seins hat, nach dem vollen Maße, in dem sie es empfangen kann. Durch den erlösenden Schmerz ist Gott in dem äußersten Übel anwesend. Denn die Abwesenheit Gottes ist der Modus der göttlichen Anwesenheit, die dem Übel entspricht – die empfundene Abwesenheit. Wer Gott nicht in sich hat, kann seine Abwesenheit nicht empfinden.«

Diese Gleichzeitigkeit des Daseins und Ferneseins, dieses der heiligen Agonie der Mystiker verwandte Leben im Sterben, dieser Atheismus des Glaubens, ist der rettende Widerspruch unseres Daseins.

Eine Mystik des Schmerzes wird entdeckt:

»Wenn Schmerz und Erschöpfung jenen Punkt erreichen, wo sie in der Seele die Empfindung der Unaufhörlichkeit wecken, und es gelingt, diese Unaufhörlichkeit in Liebe zu betrachten und hinzunehmen, dann wird man bis in die Ewigkeit entrissen.«

Vielleicht ist damit das Äußerste gesagt von der Gotteserfahrung unserer Zeit. Für Simone Weil ist dies alles nicht Lehre, sondern Leben; es ist auch nicht im persönlichen Sinne gemeint. Wie einsam sie war, so bejahte sie doch immer ihre Bestimmung in Zeit und Menschheit. Das Böse hat die Antwort des Glaubens herausgefordert. Welcher Art soll diese Antwort sein? Aber in dieser Welt, in diesem Dasein des Widerspruches, in der Geschichte, ist kein Gutes, das nicht den Schatten des Bösen wirft, kein Böses, das nicht mit einem Guten verbunden wäre.

»Das Böse ist der Schatten des Guten. Jedes wirkliche Gute, das Festigkeit und Dichte besitzt, wirft als seinen Schatten Böses. Nur das eingebildete Gute wirft diesen Schatten nicht.

Daher schließt das Verlangen nach einem gänzlich reinen Guten die Hinnahme des äußersten Unglücks für einen selbst ein.«

Was wir auch tun, wir tun Böses in jeder Lage. Aber wir sollen darum beten, daß es einzig auf uns selber fällt. Das Leiden am Kreuze war unendlich viel mehr als Opfer: es war zugleich »Strafleiden« für unsere Schuld.

Und noch einmal werden wir – welches Paradox radikalen Christentums! – in der Sünde Gottes Liebe spüren. Wir werden »Gott lieben als den Urheber des Bösen, das zu hassen man im Begriff steht«. Denn dies ist »das Geheimnis der Geheimnisse«: »Diese Welt, insofern sie Gottes gänzlich leer ist, ist Gott selbst.« Diese gänzlich verworfene, vom Bösen übermächtigte, von der Notwendigkeit umschlossene, von der Schwerkraft hinausgeschleuderte Welt ist der Ruf göttlicher Liebe an uns.

Von da aus, vor dem in der Mystik des Leidens emporsteigenden Glauben, verändern sich alle Werte. Die Macht entbehrt jeden absoluten Wertes; sie ist darin dem Gelde gleich, diesem »Passe-Partout der Macht«. Darum ist sie das höchste Ziel derer, die den Sinn dieser Welt nicht begriffen haben.

Das Soziale, das heißt das Staatlich-Politische im umfassenden Sinne, ist »unaufhebbar« der Bereich des Teufels. An ihm hat das Gute »keinen Anteil«. Der Gewalt dieser Welt müssen wir die *wirksame Gewaltlosigkeit* entgegensetzen; unser ganzes Bestreben muß, nach dem Beispiel Gandhis, darauf gerichtet sein, daß wir *gewaltlos* handeln können: es kann nur geschehen aus innerer, gnadenhafter Macht, auf dem Wege unerbittlicher Läuterung. Über Krieg und Kreuz schreibt Simone Weil diese ehernen Sätze, in denen Offenbarung und Geschichte zusammengeschlossen sind:

> »Wer das Schwert ergreift, der wird durch das Schwert umkommen. Und wer das Schwert nicht ergreift (oder es fahren läßt), der wird am Kreuz umkommen.«

Die linksradikale Militantin gelangt unter solchen Einsichten zur Rechtfertigung der Monarchie: das wahre Königtum wäre der »vollkommene Staat«. Denn der vom echten Königtum gemeinte Landesherr ist ein Mensch, »den keine andere Hoheit schmückt als die des Eides, und dessen Hoheit in nichts dem ›Großen Tier‹ entlehnt« ist; er verkörpert reine Legitimität, die einer jeden Gewalt entblößte Idee.

Das aber ist die Botschaft dieser Heimatlosen, die, während sie durch die Fremde irrte, die Worte schrieb: »Und dennoch eine Heimat.« Wir finden ihr Bild in diesem Bekenntnis:

> »Die Sünde, die in uns ist, tritt aus uns heraus und verbreitet sich draußen, indem sie die andern für die Sünde gleichsam anfällig macht. So wird, wenn wir gereizt sind, unsere Umge-

bung reizbar. Oder auch, vom Vorgesetzten zum Untergebenen: wird der eine zornig, wird der andere furchtsam. Wird aber ein vollkommen reines Wesen getroffen, so findet eine Umwandlung statt, und die Sünde wird Leiden.«

Sie bekannte sich entschieden zu dem Worte Dostojewskijs, daß nichts, was man ihm auch bieten würde, die einzige Träne eines einzigen Kindes aufwiegen könnte. Mit diesem Herzen ging sie durch die Hölle des Jahrhunderts. Wenn heute Theologen meinen, daß man unter Mongolen und der organisierten Macht des Atheismus als Christ nicht leben könne, so werden sie von Simone Weil widerlegt, und zwar vom ursprünglichen Christentum her, das die Probe, Senfkorn zu sein, in der radikal feindlichen Welt glorreich bestanden hat. Eine solche Erscheinung kommt nicht von ungefähr; sie läßt sich nicht in die Schrecken der Vergangenheit verbannen. Als Zeugin wider die Macht der Finsternis ist sie Zeichen, *Verheißung.* Sie weist auf eine Glaubensgestalt und die ihr entsprechende Geschichtszeit, für die sich mitten unter uns eine neue, aller Glorie der Welt entrückte Antwort an das Mysterium der Finsternis vorbereitet.

Simone Weil war Christin in einem heute noch kaum faßbaren Sinne, verzichtend, frei, gänzlich allein zwischen allen Mächten und Stellungen, ausgeliefert jedem Mißverständnis, Herausforderung an Gläubige und Ungläubige, überantwortet der Beschränktheit, dem Haß aller, die unsere Zeit nicht vollziehen können. Ihre Tat ist die christliche Antwort schlechthin: aus dem Abgrund der Sünde, der den Abgrund des Himmels ruft; sie ist das dieser unserer tragischen Welt angemessene tragische Christentum, das ausdrücklich darauf verzichtet, zu richten und seine Selbstbehauptung, statt in der Verteidigung, in schrankenloser Hingabe, im vernichtenden Opfer sucht.

(Entstanden 1953)

Petrus, wohin?

Anno santo 1950

1

Wenn Er herabsteigt mitten im Verderben,
Das ihr vom Himmel werft; wenn sich im Blut
Entsetzlich spiegelt seines Zornes Glut
Und die Posaune sucht des Reiches Erben:

Wem wird das Wort nicht auf den Lippen sterben,
Da Tod bei Tod in fahlen Garben ruht?
Er aber wird euch fragen, was ihr tut,
Und euer keiner kann das Reich erwerben.

Und unerschöpflich aus Vergangenheiten
Quillt wüstes Strandgut einst verehrter Werte:
Befleckt sind Kranz und Krone, Ring und Stab.

Der Heilige schaudert, der entflammt zum Streiten.
Die Welt des Schwertes unterliegt dem Schwerte
Des Heiligen Wortes, das ihr Leben gab.

2

Wenn ihr euch selbst im Herzen würdet richten,
Entrinnt ihr dem Gerichte. Schmach und Grauen!
Da ich es wage, in mein Herz zu schauen,
Schlägt mich die Schuld mit tödlichen Gewichten.

Dann drängt die Welt mit quälenden Gesichten:
Verruchte seh' ich Heiligtümer bauen;

Ich höre Priester der Gewalt vertrauen,
Die Liebe preisen und aufs Wort verzichten.

Das Zeugnis bleibt. Vor meeresgrauen Scharen,
Die sturmdurchwühlt schon aus den Ufern treten,
Das Land ins Joch uralten Zorns zu beugen,

Ergreift das Kreuz und steht! Was wir bewahren,
Ist nur im Opfer, Handeln nur im Beten.
Ins Wort verwandelt sollen wir's bezeugen.

3

Die Ketten löst der Heilige in der Nacht
Des römischen Kerkers; durch der Wächter Mitte,
Durch blutige Straßen flüchten seine Tritte,
Bis Rom verschwimmt in fahler Mondespracht.

Noch rauscht die Erde von vertobter Schlacht,
Aufdröhnend neu von apokalyptischem Ritte;
Vorüber fliehen unhörbare Schritte,
Bis überm Meer sich milder Glanz entfacht.

Und Indiens Rosenapfelbäume rauschen
Um des Apostels Antlitz und versöhnen
Den tief gefurchten Gram in Licht und Schweigen.

Und Ost und West erkennen sich und tauschen
Die Seele aus; der Geist wird sie bekrönen,
Das Amt der Welt sein höchstes Antlitz zeigen.

(Entstanden 1950)

VIII. Künstler und Christ zugleich?

Kunst und Wahrheit

Allein der Wahrheit Stimme will ich sein;
Was Menschen nicht erdichtet und erfahren,
Das möcht' ich treu im Erdenstreite wahren,
Um seinetwillen ist die Stunde mein.

Die Wahrheit will sich uns im Widerschein
Geformter Bilder streitend offenbaren,
Dringt ihr ein Leben nach in schweren Jahren,
So werden auch des Lebens Bilder rein.

So breitet sich die Macht gesandten Lichtes
In Bildern aus, das Wort wird sie ergreifen,
Wenn Wort und Wahrheit tief im Leben gründen.

Es rührt die Kunst von Gnaden des Verzichtes
An tiefste Not, die Stunde wird sie reifen,
Doch kann die Herzen nur ein Herz entzünden.

(1943)

Vorspruch

Such ich das Meine, laß es nicht gelingen
Und laß mein Wort zerscheitern und mein Trachten
Und die Gewalten, die Dein Reich umnachten,
Auch mich hinunterreißen und verschlingen!

Nicht ich, mein Gott. Mir soll das Wort nicht klingen.
Den Zeugen gleich, die weltverloren schmachten,
Und Betern über unsichtbaren Schlachten
Laß mich ein namenloses Opfer bringen!

Das Eigne sterbe gleich mir selbst dahin.
Doch trage Du das Licht, das ich getragen,
Den ärmsten Funken in empörte Zeit.

Ich bin vor Dir, mein Gott, nur, was ich bin,
Ein schwaches Wort in wilddurchstürmten Tagen,
Zum Streite rufend, brenn ich hin im Streit.

(1944)

Soll die Dichtung das Leben bessern?

Von einem Dichter können wir allein das erwarten, was er selbst als seine Berufung ansieht. Es hat doch wohl keinen Sinn, von ihm, wie das Herr Lernet-Holenia in seinem Briefe an Herrn Benn vor einigen Jahren getan hat, zu verlangen, daß er die Engel des Vaterlandes singe, wenn der Dichter diese Berufung nicht hat. Das ist ebenso unsinnig wie das Christentum zu suchen in den Regionen des verborgenen oder sich entziehenden Gottes. Nun hat es aber mit diesem Abend noch eine besondere Schwierigkeit. Ich habe dankbar die Möglichkeit ergriffen, neben Herrn Dr. Benn zu sprechen. Aber ich habe nichts zum ewigen Vorrat deutscher Poesie beigetragen, nichts zu dem Kronschatz weniger unzerstörbarer Gedichte, die sind, auch wenn sie nicht mehr zu sein scheinen. Wenn das Volk, wenn auch die ganz wenigen eines Volkes, die es im verborgenen stellvertretend repräsentieren, den Klang nicht mehr im Ohre, nicht mehr im Herzen haben – so wie es schon vor Jahrzehnten Oswald Spenglers Befürchtung war, daß Mozarts Ton stirbt über den katalogisierten Partituren. Ich bin ganz zufrieden damit, ein Schriftsteller in dieser Zeit zu sein, wenn es möglich ist, ein christlicher Schriftsteller – damit hat es schon eine neue, große Schwierigkeit –, und hier sollte nun ein Gespräch zwischen Potentaten stattfinden. Ich gebrauche den Titel, mit dem Herr Dr. Benn einmal Thomas Mann angeredet hat. Für den Christen ist jedes Fortleben unsinnig außer dem in den Geheimnissen der Himmel, jeder Ruhm Torheit gegenüber den Schrecken des Sterbens und des Gerichts. Zwei Meister der Lyrik sollten also hier miteinander sprechen, das hieße also zwei absolute Einsamkeiten, ich selber fühle mich einsam genug, aber in der Geschichte. Nun müßten aber zwei Potentaten sich auch als solche anerkennen, und das ist, in den Bereichen, in denen wir uns befinden – verzeihen Sie, verehrter Herr Dr. Benn! –, ungemein selten. So oft grüßt der Meister den Meister von der anderen Straßenseite, im Vorübergehen, wie Hebbel Grillparzer gegrüßt hat.

Ich hoffe, daß es nun keine Mißverständnisse gibt. Nur von meinem Ort aus will ich sprechen, als ein Mensch, der von Dichtung beglückt worden ist, der nicht aufhören kann, nach ihrem Wesen zu fragen, und die Erfahrung macht, daß es von Jahr zu Jahr schwerer wird, eine Antwort zu finden. Wer könnte sich denken, daß etwa Eduard Mörike – ich kann ihn doch nicht mit dem Idylliker von Cleversulzbach oder dem Lehrer am Stuttgarter Katharinenstift identifizieren, so wenig wie Storm mit dem Husumer Amtsrichter und Mitglied des dortigen Gesangvereins, ein jeder litt an einer unheilbaren Wunde –, wer könnte es sich denken, daß Eduard Mörike die Verse seines kleinen Frühlingsgedichtes vor sich hingesprochen habe in der Absicht, das Leben zu bessern? Das ist ja absurd. Und so steht es mit jedem reinen lyrischen Gedicht. Die großen Hymnen Hölderlins sind befohlene Aussage, Inspiration. Aber die Inspiration ereignet sich nur in dem Menschen, der ihr entspricht, der fähig ist, sie zu empfangen. Nun haben Hölderlins Hymnen ohne Zweifel auf das Geschichtsbewußtsein der Deutschen gewirkt und damit auch auf ihr Tun und Leiden in der Geschichte. Und zwar wirkt eine solche geistige Gewalt nicht allein erhebend oder vertiefend, sie strömt nicht in Menschen und Völker ein, ohne sie zu gefährden, fast zu zerrütten: Die Sehnsucht nach dem Untergang, der Zug nach dem Kaukasus haben einen unheimlichen Widerhall gefunden. Mit solchen Klängen bahnt sich Geschichte an. Einem jeden Mächtigen oder Besessenen flog ein Adler oder ein Geier voraus. Aber der Ort des Ursprungs eines Gedichts, eines geistigen Vorfalls und die Ebene solcher Wirkung sind um eine Dimension voneinander getrennt. Die Auswirkung in der Geschichte sagt gar nichts über das Gedicht, sein Wesen, seinen Bestand, seinen Wert. Sie ist, da sie in einem dem Gedichte fremden Medium geschieht, Trübung und Brechung, immer mit einem Mißverständnis und Mißbrauch beschwert. Das ist ja wohl der Grund, warum Herr Dr. Benn die historische Wirkung geistiger Größe nicht anerkennen will. Es ist die Stelle, wo unsere Bekenntnisse wohl am entschiedensten differieren, das des lyrischen Dichters und des Schriftstellers, der ein Christ sein möchte. Für mich ist der Dichter eine geschichtliche Erscheinung, selbst wenn er kein Wort von Geschichte sagt, wenn er sich entschließt, sich von keiner Welle bewegen zu lassen. Eben diese Haltung steht im Bezug zu einer besonderen geschichtlichen Situation. Unabänderlich steht der Dichter in einem Bezug, einer Kontinuität. Sein Gedicht ist in irgendeinem Sinne – er soll nicht leichthin definiert werden – Antwort. Als geistige Potenz beeinflußt sein Gedicht, mag es nun gelesen werden oder nicht, das geistige Klima und dieses die Geschichte. Geben wir dem Lied die Freiheit, die Ferne eines Sterns! Aber auch er hat die Stunde seiner Geburt, und die von ihm ausgesandten unsichtbaren Schauer kürzester Schwingung sind von solcher Härte, daß sie den Bodensee durchschlagen bis auf den Grund und in die Tiefe der Bergwerke dringen, daß eine Bleischicht von anderthalb Meter Dicke sie erst um die Hälfte schwächt. Sie jagen ohne Pause durch unseren Körper.

Denken wir an Nietzsche, in dem auch ich die Nova unserer Stunde sehe. Gewiß: er griff nicht ein, nicht der Dichter, nachts, auf der Brücke in Venedig oder vor Winter, unterm Krähenschwarm, nicht der unbekannte pensionierte Professor, nicht das »Untier«, der »Unbehauste«, er hatte die Größe seines Scheiterns für sich allein. Erst im Wahnsinn erteilte er Kaiser und Königen Befehle – nachdem er die neuen Tafeln im verborgenen gemeißelt hatte. Aber er glaubte die Last von Jahrtausenden, *für* Jahrtausende auf sich zu fühlen und empfand sich selbst als eine eminent geschichtliche Existenz, als einen im Sinne der Umwertung, in der er seinen Auftrag sah, die Sache seines Gewissens, in schicksalhafter Bedeutung Verantwortlichen. In Wahrheit ist er in weit höherem Grade eine geschichtliche Gestalt gewesen als etwa Bismarck oder Moltke oder der arme Wilhelm II., den er füsilieren lassen wollte. Hebbel war vielleicht der erste, der sich ganz auf sich selbst stellte, oder vielmehr auf den Dienst an der Form, am Gedicht. Ihm haben Sie ja die schönen Verse gewidmet:

Unerbittlich ist der Kampf
und die Welt starrt von Schwertspitzen.

Aber alle Gestalten, die er als Symbole seines Innern beschwor und belebte, durchglühte, erleiden ihre Konflikte unter dem geheimnisvollen Wechsel der die Stunden der Geschichte führenden Gestirne; sie sind ganz Hebbels Innerstes, Eigenstes und doch von der Geschichte beauftragt, manchmal fast nur ihr Ort. Sie tun schon nicht mehr, was sie wollen, sondern was Geschichte will. Dietrich von Bern spricht das Wort vom Kreuze, das Schlußwort der Tragödie, weil das Kreuz nun da ist, weil er muß. Zum mindesten der Tragiker Hebbel hat Geschichte ausgekämpft, deutend vorbereitet. Aber das Ich des Tragikers, dieses Ich ohne Du, für das Hebbel lebenslang Symbole suchte, ist auch das Ich seiner lyrischen Monologe. Man wird ihm das Ethos einer Beziehung des einzelnen zur Geschichte nicht nehmen können.

Die Bedeutungsschwere der Geschichte beruht darauf, daß Gott in ihr Person geworden ist, daß er im Gespräch mit Pilatus die irdische Macht in Frage gestellt hat, daß er gegenwärtig ist in der Geschichte, im Sakrament, aber auch in einem jeden Bettler, Wanderer und Kranken, daß er sie aufheben wird mit dem Kosmos, dessen Sein also – unausdenkbares Paradox und Ärgernis – von dieser armseligen Erde aus entschieden werden soll, und daß er unter dem Einsturz der Sphären und dem Niederwirbeln der Sterne alle Spieler des Stücks vor den Richterstuhl rufen wird – auch die Beleuchtungsmeister und Souffleusen, den Programmverkäufer, die Haarkräusler und Garderobendiener, die Schneiderinnen und alle, die mit Masken etwas zu tun hatten, und, wie es sich versteht, die Zuschauer, die entweder die rechte oder die falsche Partei ergriffen oder sich mit der Sünde der Indolenz beladen haben. Es ist wohl klar, daß die Autoren sich vergeblich verstecken werden. Sie sind ja geschichtliche Personen. Ich will nun, was ich längst hätte tun müssen, eine Umschreibung des Wortes »Dichtung« versuchen, nicht eine Definition, und einfach sagen: Dichtung ist die zur Gestaltung erhobene, an das Gemüt sich wendende Aussage oder Vergegenwärtigung eines Innern durch das Wort. Wenn nun dieses Innere erfüllt ist von der Überzeugung, daß Christus König und Erlöser ist, König in einem tief widerspruchsvollen Sinne, der keineswegs mit politischen Vorstellungen etwas zu tun hat, auch wenn sie klerikaltheologischer Prägung sind, dann entsteht vielleicht ein christliches Gedicht.

Ich will der Problematik des Phänomens nicht ausweichen. Erinnern wir uns an Dichter, die an der Schwelle unserer Ära vor dem Kreuze standen oder vor das Kreuz gedrängt wurden! Die religiöse Bedeutung des »Geistlichen Jahres« steht wohl nicht in Frage. Aber die eigentümlichsten, die vollendeten Gedichte der Annette von Droste entsteigen einem Bereich, der von Christus kaum oder nur schwach durchlichtet ist, einer schwermutdurchwehten, zwielichtigen Wohnung unerlöster Toter, der Heide, dem Moor: Die Droste drückt, noch den Kirchenduft in ihrem Kleide, die Stirne fester ins Hünengrab hinab, wollüstig saugend an des Grauens Süße.

Lenau rang sein Leben lang darum, das ungehobene Leid der Natur, dessen Sprecher er sein sollte, als Kreuz zu verstehen und dem Vogel auf dem Friedhofskreuze sein Leid nachzusingen. Vielleicht ist es doch beim Gesang der Naturgeister geblieben, die einen schwermütigen Selbstmörder bestatten:

Das Lied, das dumpf wir klagen,
wenn wir den Wildbach jagen
und wenn wir Blitze flechten
in schwülen Sommernächten.

Oder bei der trunkenen Todesfeier unter dem Taumel der Möwen, dem Flattern der Blitze, bei dem den Katarakt hinabschießenden Indianer oder bei der Antwort des wiedergekehrten erschossenen Raubschützen auf die Frage nach dem Jenseits:

Es ist halt nichts.

Brentanos betörende Melodie begann zu verstummen nach seiner Wende, Novalis, der Dichter des »Totenlieds«, das ich für eines der großartigsten deutschen Gedichte halte, Novalis, dessen Verse noch der Vater in der Kirche singen hörte, ohne zu wissen, von wem sie waren, brachte seinen eigensten Klang aus untergründigen Gefilden, der Stätte bacchantischer Totenhochzeit herauf. Leidbezirk, der von Verheißung nicht erreicht wurde, der sie vielleicht gar nicht annehmen kann, ist der Resonanzboden solcher Dichtung. Die tiefen Töne, tragenden Schwingungen, das Unwiderstehliche, Verzaubernde sind nicht widerchristlich: sie berühren sich mit dem Christentum nicht. Vielleicht nur Eichendorff ist es, nach Hebbel, gelungen, ein starkes Erlebnis der Naturmächte und Geschichte mit christlicher Hoffnung zu beseelen. Kunst hat eine Neigung, der eindeutigen, greifbaren Wahrheit sich zu entziehen. Shakespeares Tragödie und sein Lied schweben im Dämmer. Ihre Gewitter könnten sich nicht entladen im Licht. Im Neuen Testament ist kaum ein Wort zu finden, das die Kunst rechtfertigt, auf dem sich eine Theologie der Kunst aufbauen ließe. Der Christ soll danksagen und loben. Mancherlei Gaben des Geistes wurden verliehen, die aber verwaltet werden sollen. Es sind mancherlei Stimmen in der Welt (1. Kor. 14), aber wenn die Posaune einen undeutlichen Ton gibt, wird sich niemand zum Streite rüsten. Es war konsequent, daß Kierkegaard die Kunst verworfen hat, auch den Maler, der Christus malt. Denn in Christi Antlitz könnte das nicht geschehen.

Und doch! Wir haben die »Göttliche Komödie«, den »Standhaften Prinzen«, Racines »Athalie«, die Gesänge des Johannes vom Kreuz, die Karfreitagsgedichte des Camoes. Was kann der Künstler tun, Auge in Auge mit Christus, das heißt eben als

Christ? Die Antwort hat nur er selbst. Christus hat ihm gesagt, daß er Rechenschaft fordern werde über jedes unnütze Wort, Jakobus, daß die Zunge ein Übel voll tödlichen Giftes ist. Ohne Schein, den Rausch, die Bezauberung ist keine Kunst. Die Frage ist nun: Ist der Schein Lüge, eitles Spiel? Ist er von der Wahrheit durchmächtigt, in ihrem Dienst, ohne seine Zaubermacht zu verlieren?

Wir wollen uns doch nicht verbergen, daß eben das Christentum, die christliche Kunst und das christliche Leben ein Bezirk des Scheiterns ist. Nietzsches Größe war sein Scheitern. Aber ohne Beziehung zum Christentum kann es nicht verstanden werden. Die der antiken Helden, Athens selber ist ihr Scheitern. Das ist ja das unsterbliche Echo des Theaters von Syrakus. Diese Kategorie ist also verbindend, menschlich-geschichtlich überhaupt. »Wir sind ein Fluch der Welt und ein Fegopfer aller Leute«, heißt es im Korintherbrief (1. Kor. 4, 13), und an die Römer: »Ich sage die Wahrheit in Christo und lüge nicht, wie mir Zeugnis gibt mein Gewissen und der Heilige Geist, daß ich große Traurigkeit und Schmerzen ohne Unterlaß in meinem Herzen habe.« Der Apostel wünscht, von Christo verbannt zu sein für seine Brüder – wie Christus verbannt war vom Vater für seine Brüder.

Und damit kommen wir, wie ich glaube, nahe an unsere Zeit, auf die sich ja die Erörterung dieses Abends beziehen soll. Ich behaupte gar nicht, daß das christliche Gedicht heute da ist. Persönlich glaube ich es wohl, aber ich möchte hier nicht in einen Streit der Urteile eintreten, der gar nicht entschieden werden kann. Ich wage nur eine doppelte Verneinung und behaupte: Man kann nicht sagen, daß dieses Gedicht heute nicht dasein kann. Denn es ist doch immer möglich, daß ein Künstler heute erfüllt ist vom Christentum, dieser tragischen Wahrheit, die nur deshalb nicht sterben kann, weil ihre Agonie nicht endet, die deshalb nicht endgültig besiegt werden kann, weil sie innerhalb der Geschichte immerfort unterliegt, die nichts ist als ein Nach-Sterben, und dieses als Leben verstanden, die unsterbliche Frage: Wo ist das Reich

Gottes? Und die Erschütterung über die Antwort: In euch. In dir. Es ist das Tragen der Todes- und Schandmale Jesu Christi an unserem Leibe, die Karfreitagsnacht auf dem Grabe dessen, der kommen soll, die äußerste, zerbrechende Anstrengung des Glaubens, gegen die ganze Welt, nicht allein gegen den niederrauschenden Schotter zerborstener Welten, sondern auch gegen die unauslotbaren Raumtiefen und gegen die moderne Erkenntnis und die unendlich vielen Geometrien, die acht Milliarden Lichtjahre und tausend Millionen Milchstraßen sich zu behaupten mit dem verzweifelten Aufschrei, nein, mit dem Gebet: Hier ist Gott geschritten als Armer im Fleische. Hier ließ er sich schlagen und fesseln. Auf dieser Erde ist er erstanden und aufgefahren. Hier, auf diesem, in einer äußeren Spirale einer Milchstraße hinwirbelndem Staubkorn – welche Milchstraße sich in nichts von tausend Millionen andern Milchstraßen unterscheidet – ist die Entscheidung gefallen, das Ende verkündet, die Fessel des Todes zerrissen worden. Ist diese ungeheure Torheit, diese unüberbietbare Verwerfung der Weisheit der Welt, nicht Ausdruck unserer Existenz, unserer kosmischen Verlassenheit und der geheimnisvollen Kraft in uns, die dieser Verlassenheit sich im Geiste stellt? Dies alles aber müßte der christliche Dichter leisten, ehe er dichtet. Er muß das Antlitz der Geschichte aushalten, der vorchristlichen wie der christlichen, das schöne Schlangenhaupt, das Perseus abschlug, und das behelmte, das vor Macbeth aus dem Kessel der tanzenden Hexen stieg. Der Dichter kommt also wohl mit erschöpfter Kraft in die Werkstatt. Denn bevor er sie betritt, hat er das eine zu vollbringen, das notwendig ist. Und seine Sache ist gänzlich verloren, wenn er nicht Hoffnung auf Gnade hat, wenn Gebet und Sakrament und Arbeit nicht einander tragen.

Aber er hat ja etwas zu bringen. Denn seine Not ist nicht die Wahrheit von gestern, kann es nicht sein. Sie ist die unaufhebbare Not der menschlichen Existenz, die Not auch des Geistes, der sich von allen regierenden Mächten nicht auslöschen lassen will. Überwindung ist die Gestaltung, allerdings die verantwortete, das

Wort, das vor Christus, nicht dem einer Theologie, sondern dem unausschöpfbaren Wort, verantwortet werden kann. Der christliche Dichter weiß, daß er der Welt in einem wesentlichen Grade nicht helfen kann. Denn ihre letzten Zeiten werden schlimmer sein als die ersten; die Geschichte, in der er *selber* steht – der Christ, ob nun Künstler oder nicht, ist der geschichtliche Mensch –, mündet im Feuermeer der Apokalypse. Rettung kann erst dann erhofft werden, wenn alles verloren zu sein scheint. Der christliche Dichter ändert also auch nicht den Menschen. Vielleicht aber wird es ihm gegeben, den Menschen zu stellen für den Biß des himmlischen Jagdhundes, ihn durch sein Wort so zu bewegen, daß er das Wort aus den Himmeln vernimmt, ihn so weit zu schmelzen, daß er empfänglich wird für die herabgreifende, umformende Hand des Töpfers, der Gefäße zur Ehre und Unehre macht. Wir ändern nicht, wir hoffen, daß ein anderer es vollbringt.

Und auch das ist schon zuviel. Der christliche Dichter ist einfach Zeuge, nicht aus Absicht, sondern aus seiner Existenz. Er ist, wenn er in die Geschichte hinabsteigt, wie er nicht anders kann, der Unerträgliche, der den Protest Jesu Christi in die Zeit zu werfen sucht, der Unruhestifter, der Ankläger, der Wurm im Gewissen, verhaßt den Mächtigen, höchst unerwünscht den Oberhirten, willkommen den Feinden Christi, nicht um seiner, sondern um ihrer Sache willen, Narr zwischen allen Fronten, belastet mit dem Vorwurf richterlicher Überheblichkeit, während er sich doch jede Stunde richtet und wissentlich jede Stunde an der Kunst wie am Christentum versagt. Denn er ist der Öffentlichkeit ausgeliefert, und sie färbt auf ihn ab. Die Frage nach der Wirkung ist eine unchristliche Frage, Kants kategorischer Imperativ eine echt christliche Konzeption. Es geht nur um ein Soll: in der Ethik, im Christentum, in der Kunst. Es geht, um dem Heidentum ein Bild zu entlehnen, um die Geste, mit der die Wikinger ihrer Königin den Goldschmuck ins Grabschiff legten. Natürlich wird der kühn geschwungene, mächtige Sarg einmal geschändet und ausgeraubt werden. Aber die Geste derer, die das Gold nicht erben wollten, die es der Toten ließen, bleibt. Als Zeugen dieser Art, modernen Zeugen, will ich William Cowper nennen (1731-1800), der in dem von Bord gespülten Seemann sich selbst erblickte:

No voice divine the storm allay'd
No light propitious shone;
When, snatch'd from all effectual aid,
We perish'd, each alone:
But I beneath a rougher sea,
And whelm'd in deeper gulphs than he.

[The Castaway]

Er sah seine geängstigte Seele, von der Gnade verlassen, in den Abgrund gerissen. Auch das ist der Glaube – und es ist Kunst.

Es ist wahr: Die meisten Gedichte, die Liebesgedichte nicht ausgenommen, sind Monologe oder »Autonomien«. Aber nun kann es doch geschehen, daß aus dem Monolog ein Dialog wird, etwa wenn Johann vom Kreuz in dunkler Nacht aufbricht in dem schon beschwichtigten Hause, ohne bemerkt zu werden, entflammt von Liebe, wenn Mörike in tiefer Nacht die Frage bedenkt:

Kann auch ein Mensch des andern auf der Erde
ganz wie er möchte, sein?

und der Freudenschein aufzückt in Finsternissen, wenn Conrad Ferdinand Meyer – das geschieht ja schon im Zeitalter Nietzsches – die Hand schmerzlich ausstreckt und sie unverhofft gedrückt fühlt

von einer Rechten.

Und inzwischen sind wieder Jahrzehnte vergangen furchtbarster Art, und es ist mehr verbrannt, als wir uns eingestehen wollen, und es sind Verwandlungen auf dem Wege, die wir lieber nicht anblicken, vielleicht unvorstellbares Leid – und nun könnte es ja sein, daß kein Freudenschein aufzückt und in Harmesnächten unsere Hand im Leeren liegenbleibt, wie die des Witwers auf dem verwaisten Bett in der Nacht nach dem Begräbnis. Auch das ist schon vorweggenommen mit dem Ruf des vom Vater verlassenen Sohnes am Kreuz. Nur die Küsten des christlichen Kontinents sind gesellig, besiedelt und bepflanzt. Im Innern flimmern und glühen die Wüsten, die von spanischen Mystikern durchquert und beschrieben worden sind. Solchen Entdeckern war der Wüstenvogelton wohl vertraut. Vielleicht besteht ein christlicher Dichter diese Stunde, wenn er einigen wenigen ans Herz rührt mit einer Frage, auf die niemand antworten kann als Gott. Das gilt auch dann, wenn der Dichter keine Hoffnung auf Antwort hat.

(1955)

Theologie des Dramas

Das Drama führt in Konflikte, die vom Irdischen her nicht versöhnt werden können. Das liegt sowohl in seinem Ursprung wie im Wesen der dramatischen Form, die streitende Personen und Mächte in ihrem Eigenrecht gegeneinanderstellt; der Kampf wälzt sich bis an den Rand des Daseins, der Erde; die Antwort, die über dem Abgrund des Absturzes vernehmlich wird, ist Sache des Dichters und seiner Zeit, der religiösen und geistigen Welt, in der er steht, der Gesamtheit, an die er sich wendet. Denn ohne eine solche in ihrer geschichtlichen Gegebenheit ist kein Drama möglich. Sehr wohl kann die Antwort eine Frage sein; der Hörer faßt sich ans Herz: er begreift nicht mehr, oder er fühlt: er ist durch das Feuer gegangen, das ihn umschmelzen wird. Es kann aber auch eine Antwort aus einer andern Welt herüberdringen, die durch die erfahrene Handlung gedeutet wird. Wir müssen uns hüten, das Dramatische und gar das Tragische engen, eindeutigen Formeln zu unterwerfen. Zum Wesen des Kunstwerkes gehört eine gewisse Vieldeutigkeit. Das Drama ist Gleichnis des Weltganzen und des Weltablaufs, des in der Weltentiefe beschlossenen fortbrennenden Streites. Im letzten Sinn, aber aus der vollen Kraft des Gestalthaften ist es Chiffre; es macht erfahrbar, was auf keine andere Weise mitgeteilt werden kann, einen Daseinswiderspruch. Auch das Tragische soll auf keine Formel gebracht werden; es ist ein Grundphänomen; die Schuld ist schon eine Phase seiner Verwirklichung und wahrscheinlich nicht einmal eine unabdingbare Phase; der Grund liegt tiefer: dort, wo im Dasein Unvereinbares zusammengeschlossen ist.

Man sollte nun glauben, daß die heute lebenden Menschen, unter deren Füßen der Boden der Jahrhunderte eingebrochen ist, der tragischen Kunst sich zuwenden; hat sie doch in ihrem Wesen, als Aussage vom Leben und den Mächten, alles vorweggenommen, was sich begeben hat und noch begeben kann. Das ist aber keineswegs der Fall. Die Erfahrung des Tragischen wird nach Möglichkeit umgangen, verschleiert, verwischt; es wird versucht, sie in ihren Vorfeldern zu bewältigen, im politischen, sozialen, psychologischen, die gewiß im Schatten des Tragischen liegen können. Aber wer blickt der tragischen Maske ins Antlitz? Es sind nur wenige. Denn das Tragische in seiner Härte richtet sich an die Person, und zwar an eine Gesamtheit aus echten Personen; diese wird es erheben, prägen, vorbereiten auf die Schrecken der Erde, auf die Antwort von Drüben; vielleicht sogar mit ihnen versöhnen. Je mehr die Bühnen, mögen sie sich nun einem großen oder kleinen Bühnenraum darbieten, sich vereinigen zu einem Theater der Masse, die als solche Schickungen nur erleiden, aber nicht als Heimsuchungen austragen kann, in Wahrheit also lebenslang auf der Flucht ist vor dem unverheilbaren Bruch in Dasein und Geschichte, um so fremder ist die tragische Kunst, die die Person anredet, aber die Person in einem Ganzen.

Sucht die Tragödie aber die Person auf dem Boden der Geschichte, so kann sie dem Christentum nicht entgegen sein, das Gott als Person in seiner geschichtlichen, die Geschichte wendenden Existenz, als Stifter unzerstörbarer Freiheit verehrt. Es muß ein Drama möglich sein aus essentiell christlichem Gehalt, gerade heute, da doch alles darum geht, daß wir das Christentum so verstehen, wie sein Stifter es gemeint hat und es in diesem seinem Sinne vollziehen. Hier soll die Rede sein von dem christlichen Konflikt zwischen Welt und Wahrheit als einer Wurzel des Dramas. Gewiß hat das christliche Drama auch andere Möglichkeiten: den im Politisch-Geschichtlichen sich ereignenden Kampf zwischen Glauben und Unglauben, wie ihn Corneille in seinen Märtyrerdramen gestaltet hat; den Kampf mit dem konkret Bösen, den die spanische Bühne durch Jahrhunderte darstellte; das Ringen und Schwanken zwischen Glauben und Unglauben, Zweifel und Hoffnung im Menschen selbst, das ein Thema des modernen religiösen Dramas ist. Von einer jeden Stelle ist es möglich, zum Ganzen des Christentums durchzudringen; denn es gehört zu dessen Wesen, daß es keine loslösbaren Teile kennt; ein jedes wirklich ergriffene, vollzogene Wort führt in die Mitte.

Das Dasein des Christen ist von seinem Innersten her dramatisch, ja tragisch. Damit soll ausdrücklich nicht eine wesentlich ausweglose Tragik gemeint sein, die ja ohnehin eine problematische, auch von den Griechen nicht festgehaltene Vorstellung ist: Ödipus endet auf Kolonos in der Gnade, als einzelne tragische Person, während das Unheil auf Erden fortwüten wird. Die Gnade kann in einem jeden Augenblick den tragischen Zirkel durchbrechen. Freilich ist auch im Christentum eine ausweglose Tragik möglich: die Verdammnis, der unwiderrufliche Verlust des Heils. Vielleicht aber gibt es keinen härteren und erhabeneren Widerspruch, als er in den Abschiedsreden Jesu Christi aufgeht: er beruht darauf, daß die Wahrheit, die nicht von der Welt ist, unwiderruflich in die Welt gesendet wurde; daß in der Welt eine Macht sein soll, die nach dem Wesen der Welt nicht in ihr sein kann; daß diese Macht da ist, um die Welt zu retten und doch von der Welt nicht geduldet wird. Der Widerspruch verkörpert sich in letzter Vollendung in dem ungeheuren Gegenüber des Herrn mit Pilatus, des gebundenen Königs und des Machthabers, der Wahrheit in Fleisch und Blut und dessen, der gerade im Antlitz der Wahrheit zu fragen wagt: Was ist Wahrheit?

Die Welt steht im Christentum zugleich im höchsten Wert und im Unwert. Denn Gott gibt sein Leben für das Leben der Welt; aber er sagt von ihr, daß sie den Geist der Wahrheit gar nicht empfangen kann, weil sie ihn nicht sieht und nicht kennt; die ganze Welt liegt im Bösen, wie der Lieblingsjünger sagt, aber der Jünger ist ausdrücklich nicht von der Welt genommen; er soll vielmehr in ihr vom Bösen bewahrt werden. Der Fürst der Welt ist die Lüge; und doch ist der an Christus Glaubende wahrhaft frei; die Jünger sind nicht von der Welt und doch von ihr auserwählt; es ist ein Friede mitten in ihr, nicht wie die Welt ihn gibt; der Wandel der Jünger, die durch sie schreiten, ist im Himmel, und doch wird man die Gesendeten daran erkennen, daß sie gehaßt werden und

Bedrängnis haben. Wer glaubt, wird leben, auch wenn er gestorben ist. Zur Verantwortung sind die Jünger aufgerufen; denn alle, das Geschaffene überhaupt, sollen gerettet werden, und doch ist es wahr, daß nur ein geringer Teil der Saat der Wahrheit auf fruchtbares Erdreich fällt, der größere aber verdirbt; daß Häuser sind, auf deren Schwelle der Jünger umkehren soll, und Menschen, die er nicht einmal grüßen darf. Als im Fleische Gefangene sind die frei, die wandeln im Geiste; denn im Fleische ward die Sünde verurteilt.

Die Beziehung zwischen dem Christen und der Welt ist also vom Menschen her untragbar; bei Gott, aus der Gnade, wird sie möglich. Wo Welt und Wahrheit sich kreuzen, steht der Christ; sie kreuzen sich in einer jeden Zeit auf eine besondere Weise, und eben dadurch wird Kreuz auf Kreuz eingegraben in diese Erde als die unvernichtbaren Zeichen des Heils. Die Darstellung dieses Konfliktes in seiner zerstörenden Schmerzhaftigkeit ist dem Drama vorbehalten; in ihm stoßen die lebendigen Mächte, Rechte, Argumente mit einer den Zuschauer unwidersprechlich einfordernden Wucht körperhaft zusammen. Das kann, es muß vielleicht, auf verschiedenen Ebenen geschehen; der Streit verlagert sich von Plattform zu Plattform, bis auf dem letzten Gebirgsgrat, zwischen Diesseits und Jenseits, Ja oder Nein gesprochen werden müssen. So haben auch aus dem Wesen des Christlichen hervorgegangene Romane eine dramatische Anlage, ein deutliches Zeichen dafür, daß das eigentlich Gemäße in unserer Zeit in eigenster Form kaum zu erscheinen wagt, weil es nicht angenommen, nicht erwartet wird, weil die Menschen es nur in einer Verhüllung ertragen.

Im Zusammenstoß des Christen mit der Welt herrschen zwei Probleme vor: die Wahrhaftigkeit, das heißt der radikale Vollzug der Wahrheit und die Verwaltung der Macht. Die Welt, deren Herr der Fürst der Lüge ist, stellt eine Konvention der Lüge dar. Die Spielarten sind zugleich unerschöpflich und undurchdringlich; denn der Grund der Wahrheit ist ja des Herzens Meinung, der »Herzensmensch« des Apostels, der verborgen bleibt. Wie soll der Christ in dieser Welt leben? Und er soll es doch. Er soll die Wahrheit tun. Das Tun der Wahrheit scheint tödlich zu sein. Aber eben der wird ja leben, der schon gestorben ist. Wie soll der Christ an dieser Stelle Macht verwalten? Und doch soll er es. Denn die Macht ist durch das Christentum keineswegs entwertet, sie hat von ihm vielmehr den höchsten Wert empfangen als Anteil an der Königsmacht Christi. Der König stürzte die falsche Macht nicht. Er widerlegte sie, indem er sie erlitt; eben damit behauptete er seine Macht. Der Christ ist mächtig, so lange Christus in ihm lebt. Nur aus dieser Gnade kann er Macht verwalten. Aber er wird bei einem jeden Schritt auf das Angebot der Sünde stoßen; nimmt er es an, so trennt er sich von Christus – und er steht nicht mehr in der eigentlichen Macht. Eine auf das Irdische begrenzte Macht kann der Christ nicht ausüben; sie muß dem Sinn Jesu Christi unterworfen, mit ihm vereinbar sein. Eine Trennung in Irdisches und Himmlisches ist nicht erlaubt; denn darum geht es ja, daß das von Gott Gebotene auf der Erde, in der Geschichte, vom ganzen Menschen und ganzen Dasein erfüllt wird. Aber bei jedem Schritt wird es unmöglich scheinen, Macht zu bewahren ohne Lüge; es wird sogar in der Welt, wie sie ist, tatsächlich unmöglich sein.

Dieser Konflikt ereignet sich in einem jeden Leben. Es kommt nicht auf den Umfang der Macht noch ihre Natur an, ob sie nun geistig oder geistlich, politisch, militärisch, wirtschaftlich oder rein persönlich ist. Aber am sinnfälligsten müßte das Problem sich doch darstellen lassen im Geschick des geistlichen und weltlichen Herrschers. Es ist nicht oft geschehen. Man kann viele Gründe angeben, warum die Gestalt des christlichen Herrschers so selten aus dem Wesen des Christentums ergriffen worden ist: warum das Christliche in den großen Herrschertragödien meist nur Umwelt, aber nicht die Handlung treibendes Moment ist. Alle Gründe, seien sie religiöser, politischer oder geistesgeschichtlicher Art, reichen nicht aus, um diesen Mangel zu erklären. Vielleicht ist das Problem der christlichen Weltverantwortung in seinem ganzen Ernst, ist der Zwiespalt zwischen Herrschaft und Gewissen, überhaupt die Tragödie des christlichen Gewissens gegenüber der Macht bisher nur von Einzelnen gesehen worden. Diese christlichen Erfahrungen wurden von der Gesamtheit nicht als Lebensinhalt angenommen, wie ja ohnehin die objektiven Werte der Geschichte von Menschen und Völkern kaum erlebt werden. Es ist darum auch wenig Hoffnung, daß die Dichtung ihnen gerecht werden könne. Der Dichter kann ein solches Werk nicht in der Vereinzelung leisten, sondern nur als Antwort an eine Gesamtheit, die ihn trägt.

In wahrhaft christlichen Herrschern hat sich ohne Zweifel das Tiefste unserer Geschichte begeben. Was sie, was mit ihnen die Völker erlitten haben in der christlichen Verwaltung der Macht, im Bestreben zugleich Christ und Träger geschichtlichen Erbes und Auftrags zu sein: das hätte eigentlich erster Gegenstand des abendländischen Dramas sein müssen. Auf noch höherer Ebene ereignete sich der Konflikt in den Päpsten, die zugleich Stellvertreter Christi und weltliche Fürsten waren. Aber nur selten bemühte sich die dramatische Kunst um sie, noch seltener um ihr Problem, um ihr eigentliches abgründiges Leid; was die Päpste erschütterte, blieb ungesagt; die einzigartigen dramatischen Möglichkeiten der Papstgeschichte wurden bis heute kaum berührt. Und doch wäre hier das Symbol des Weltgeschicks gewesen, das alle andern Symbole überleuchtet: wäre hier die Forderung Christi in fürchterlichster Schärfe geltend geworden gegen die Forderung der Welt.

Damit gelangen wir zu einer christlichen Dramaturgie, deren Prinzip der Vollzug der göttlichen Wahrheit wider die Welt ist – mit dem ahnenden Blick auf die Rettung der Welt durch die Wahrheit und durch das Opfer für sie. Drama ist dann Wahrheitsvollzug. Auf ihn ist jede Szene, jeder Satz gerichtet; von ihm der Dialog geformt, der sich ganz anders bewegt als das Gespräch des täglichen Lebens. Er eilt mit den ersten Sätzen auf die Wahrheit zu, wird zurückgeschlagen, sucht sie von anderer Seite zu erreichen, bricht durch, scheitert wieder, setzt von einem dritten

Punkte an. Ein verborgenes Feuer brennt im Innersten; es arbeitet sich durch von Szene zu Szene; am Ende ist die Wahrheit da. Aber die Wahrheit ist das Gericht der Welt. So mündet das Drama im Tribunal.

Das setzt voraus, daß der Dichter sich selber richtet. In sich richtet er die Welt. So hat es noch Ibsen verstanden, obgleich er das Drama aus dem religiös-tragischen Bereich der »Kronprätendenten« in die Stuben der Anwälte und Großkaufleute hinabführte; dichten heißt: »Gerichtstag halten über das das eigene Ich.« Drama ist Abrechnung des Dichters mit sich selbst. Darauf beruht die sittliche Wucht. Der Dichter erlebt die Mächte seines Innern in ihrem Zusammenstoß. Die Bühne ist Innenraum. Aber im übrigen ist dieser subjektive Grund des Dramas für die Gesamtheit, an die sich der Dichter wendet, ohne Belang. Hier geht es um das eine: es ist Not über aller Not, die Wahrheit zu tun. Aber die Wahrheit ist das Leben. »In dieser Welt müßt ihr euch entscheiden. Durch sie euch hindurchkämpfen. Das ist euer Friede. Es gibt keinen andern, in ihm ist euch die Gnade ganz nahe. Aber mehr als diesen Frieden hat sie nicht verheißen. Streitet aus einer Kraft den Streit, der nicht enden wird.« – In der christlichen Tragödie scheitert die Welt noch einmal, wie sie an Christus gescheitert ist, während er an ihr zu scheitern schien. Und damit verwandelt sich das Tribunal, in dem sie endet, in die Vorerscheinung des Endes überhaupt. Die letzten Szenen spielen, als Zeichen des Weltendes, in apokalyptischem Aspekt; doch dieser deutete sich schon mit der ersten Szene an und weitete sich mit einer jeden folgenden. Das kann auf eine sehr verhüllte, eine völlig unpathetische Weise geschehen, so wie auch die Geschichte, deren Ablauf sich im Drama reflektiert, von Vorerscheinungen des Endes erfüllt ist. Wie das christliche Leben keinen anderen Inhalt haben kann, als die noch so schwache, noch so unzulängliche, ja fast unkenntliche Nachfolge dessen, was der Herr gelebt hat, so kann das christliche Drama nur diesen Inhalt haben, nur von ihm seine Form empfangen. Es kann den Sieg nur im Opfer begreifen.

Die Aussage der auf dem Konflikt zwischen Welt und Wahrheit aufgebauten Tragödie ist, daß alles, was nicht aus der Wahrheit ist, zerschellen wird an der Wahrheit; daß es aber tödlich und zugleich rettende Tat ist, in der Welt der Lüge die Wahrheit zu tun.

(1952)

Anhang

Im Textteil des vorliegenden Bandes wird in der Regel das Jahr der Erst- oder Hauptveröffentlichung eines Werkes angegeben; sofern bekannt, wird das Entstehungsjahr genannt. In den folgenden Textnachweisen werden, soweit möglich, beide Daten aufgeführt.

Textnachweise

Allein den Betern, in: Reinhold Schneider, Gesammelte Werke in zehn Bänden. Im Auftrag der Reinhold Schneider-Gesellschaft hg. v. Edwin Maria Landau, Bd. 5: Lyrik, Auswahl und Nachwort v. Christoph Perels (GW 5), Insel Verlag Frankfurt am Main 1981, S. 54. Entstanden 1936.

An die Rebdörfer im Herbst, in: GW 5, S. 352.

An meinen Vater, in: GW 5, S. 10. Entstanden 1928.

Begegnung mit Kierkegaard, in: Gesammelte Werke in zehn Bänden, Bd. 6: Dem lebendigen Geist. Auswahl und Nachwort v. Carsten Peter Thiede (GW 6), Insel Verlag Frankfurt am Main 1980, S. 9-12.

Das Ethos Spaniens, in: *Macht und Gnade. Gestalten, Bilder und Werte in der Geschichte*, Insel Verlag Wiesbaden 1946, S. 210-214.

Das Schweigen der unendlichen Räume, in: Gesammelte Werke in zehn Bänden, Bd. 9: Das Unzerstörbare. Religiöse Schriften (GW 9), Insel Verlag Frankfurt am Main 1984, S. 490-499.

Das verurteilte Haus, in: Reinhold Schneider, Der Balkon. Aufzeichnungen eines Müßiggängers in Baden-Baden, Insel Verlag Frankfurt am Main und Leipzig 2000, S. 9-84.

Der Antichrist, in: GW 5, S. 26. Entstanden 1938.

Der Blinde und das große Feuer, in: Gesammelte Werke in zehn Bänden, Bd. 2: Das Inselreich. Gesetz und Größe der britischen Macht (GW 2), Insel Verlag Frankfurt am Main 1979, S. 518-530.

Der Friede der Welt, in: Gesammelte Werke in zehn Bänden, Bd. 8: Schwert und Friede. Auswahl und Nachwort v. Rita Meile (GW 8), Insel Verlag Frankfurt am Main 1977, S. 361-378. (Rede anläßlich der Verleihung des Friedenspreises des Deutschen Buchhandels in Frankfurt am Main am 23.9.1956)

Der Glaube des Petrus, in: GW 9, S. 89-96. Entstanden 1941.

Der Rücktritt des Papstes: Cölestin V., in: Gesammelte Werke in zehn Bänden, Bd. 3: Der große Verzicht. Erzählungen. Drama. Auswahl und Nachwort v. Edwin Maria Landau (GW 3), Insel Verlag Frankfurt am Main 1984, S. 364-372. (Szene aus dem Drama *Der große Verzicht.*)

Die Camargue, in: GW 5, S. 15. Entstanden 1928.

Estremadura, in: GW 5, S. 14 f. Entstanden 1921.

Europa als Lebensform, in: GW 8, S. 420-444. (Vortrag im August 1957 im Forum Hohensalzburg.)

Europa und die Seele Portugals, in: Reinhold Schneider, Portugal. Mit einem Nachwort von Peter Berglar, Suhrkamp Verlag Frankfurt am Main 1984, S. 219-234. (Gehalten 1957 als Vortrag am Deutschen Institut Lissabon.)

Jochen Klepper, in: Verhüllter Tag. Gesammelte Werke in zehn Bänden, Bd. 10: Die Zeit in uns. Zwei autobiographische Werke: Verhüllter Tag. Winter in Wien. Redaktion und Nachwort v. Josef Rast (GW 10), Insel Verlag Frankfurt am Main 1978, S. 85-90.

Kunst und Wahrheit, in: GW 5, S. 87.

Las Casas vor Karl V., in: GW 3, S. 199-240.

Nietzsche, in: GW 5, S. 246 f.

Nietzsches Grab, in: Gesammelte Werke in zehn Bänden, Bd. 7: Geschichte und Landschaft. Auswahl und Nachwort v. Carsten Peter Thiede (GW 7), Insel Verlag Frankfurt am Main 1980, S. 430-437.

Nun baut der Wahn, in: GW 5, S. 109. Entstanden 1937.

Petrus, wohin?, in: GW 5, S. 292 f.

Potsdam und Doorn, in: Verhüllter Tag. GW 10, S. 70-85.

Schopenhauer, in: GW 5, S. 348.

Simone Weil oder das Christentum der Zukunft, in: Reinhold-Schneider-Blätter, Heft 13, 1987, S. 5-15. (Entstanden für eine Sendung des Nachtstudios des Südwestfunks am 16.1.1953)

Soll die Dichtung das Leben bessern?, in: GW 6, S. 279-289. (Rede, gehalten am 15.11.1955 im Rahmen einer öffentlichen Diskussion mit Gottfried Benn im Kölner Funkhaus.)

St. Paul's, in: Verhüllter Tag. GW 10, S. 97-102.

Tagebuch: Rom 1931, in: Reinhold Schneider, Tagebuch 1930-1935, Redaktion und Nachwort v. Josef Rast, Insel Verlag Frankfurt am Main 1983, S. 326-352.

Theologie des Dramas, in: GW 8, S. 238-245.

Über den Selbstmord, in: GW 9, S. 222-245. Entstanden 1946.

Vorspruch, in: GW 5, S. 100. Entstanden 1943.

Widerstand im Zeitalter der Verblendung, in GW 10, S. 97-102.

Winter in Wien, in: GW 10, S. 226-281. Aus: Reinhold Schneider, Winter in Wien © Verlag Herder, Freiburg 15. Aufl. 1987

Literaturhinweise
(Neuere Monographien)

Beatrix Aebi-Surber, *Reinhold Schneider und sein Mittelalter. Eine Analyse des Mittelalterbildes von Reinhold Schneider anhand ausgewählter Texte aus den Dreissigerjahren*, Verlag Peter Lang, Bern 1998.

Hans Urs von Balthasar, *Nochmals Reinhold Schneider*, Johannes Verlag, Einsiedeln 1991.

Ekkehard Blattmann, *Reinhold Schneider im roten Netz. Der »Fall Reinhold Schneider« im kryptokommunistischen Umfeld*, Verlag Peter Lang, Frankfurt am Main 2001.

Claus Ensberg, *Die Orientierungsproblematik der Moderne im Spiegel abendländischer Geschichte. Das literarische Werk Reinhold Schneiders*, Gunter Narr Verlag, Tübingen 1995.

Nikolaus Hofen, *Reinhold Schneiders* Las Casas vor Karl V. *im Deutschunterricht der gymnasialen Oberstufe*, Verlag Peter Lang, Frankfurt am Main 2001.

Cordula Koepcke, *Reinhold Schneider. Eine Biographie*, Echter Verlag, Würzburg 1993.

Reiner Haehling von Lanzenauer, *Reinhold Schneider aus Baden-Baden*, Arbeitskreis für Stadtgeschichte, Baden-Baden 1993.

Georg Müller, *Reinhold Schneider und die Politik. Zwischen Macht und Gewissen*, Gerhard Hess Verlag, Ulm 1994.

Ralf Schuster, *Antwort in der Geschichte. Zu den Übergängen zwischen den Werkphasen bei Reinhold Schneider*, Gunter Narr Verlag, Tübingen 2001.

Jürgen Steinle, *Reinhold Schneider (1903-1958). Konservatives Denken zwischen Kulturkrise, Gewaltherrschaft und Restauration*, Michael Müller Verlag, Aachen 1992.

Als Einführung und Überblick über die Schriften und Erstausgaben Reinhold Schneiders ist nach wie vor unverzichtbar: Franz Anselm Schmitt (Hg.), *Reinhold Schneider. Leben und Werk in Dokumenten*, Walter Verlag, Olten/Freiburg 1969.

Eine Zusammenstellung klassischer Studien zu allen wesentlichen Aspekten des Lebens und Werks Reinhold Schneiders enthält: Carsten Peter Thiede (Hg.), *Über Reinhold Schneider*, Suhrkamp Verlag, Frankfurt am Main 1980.

Zeittafel

1903 Reinhold Schneider wird am 13. Mai als zweiter Sohn des Hoteliers Wilhelm Schneider und der Louise Wilhelmina Augusta Schneider, geb. Messmer (zu deren Vorfahren der Arzt Franz Anton Mesmer, Entdecker des »Mesmerismus«, gehörte), in Baden-Baden geboren. Ihr Vater Wilhelm Messmer hatte in Baden-Baden das Hotel Messmer erbaut, in dem die Kinder aufwuchsen. Die Mutter ist katholisch, der Vater evangelisch; beide Söhne werden katholisch getauft und erzogen.

1909 Beginn einer dreijährigen Privatschulzeit.

1912 Wechsel zur Oberrealschule Baden-Baden.

1915 Erste lyrische Versuche.

1921 Abitur (17. März) und Beginn eines landwirtschaftlichen Praktikums bei der Gräflich Douglas'schen Gutsverwaltung auf Schloß Langenstein am Bodensee. Nach einem halben Jahr Rückkehr zu den Eltern. Beginn einer kaufmännischen Ausbildung bei der Druckerei Stengel & Co. in Dresden.

1922 Tod des Vaters (8. April), der das Hotel verkauft und das Vermögen durch die Inflation verloren hatte. Selbstmordversuch Reinhold Schneiders. Er zieht als Untermieter zu Anna Maria Baumgarten, die ihm ab 1938 den Freiburger Haushalt führt, ihn auf Reisen begleitet und von ihm (im Testament von 1957) »Gefährtin meines Lebens« genannt wird.

1923 Schneider wird (ab 1. 12. 1923 und bis zum 30. 6. 1928) für die Dresdner Druckerei Stengel & Co. als Übersetzer und in der Geschäftskorrespondenz tätig. In diese Dresdner Zeit fallen umfassende Sprachstudien (Englisch, Französisch, Spanisch, Portugiesisch, Italienisch) und ein intensiver Einstieg in Dichtung und Philosophie, von der griechischen Tragödie und Platon über Shakespeare und Whitman zu Kierkegaard, Schopenhauer, Nietzsche und Unamuno.

1926 Die Lektüre zweier Werke Unamunos gewinnt prägenden Einfluß: *Del sentimiento trágico de la vida* und das Kapitel *Coimbra* aus den *Andanzas y Visiones*: »Ich ahnte, daß ich hier die Landschaft meiner Seele, die Möglichkeit einer Aussage finden könnte.«

1928 Schneider wird freier Schriftsteller. Schiffsfahrt nach Portugal (am 3. August), anschließend Aufenthalt in Spanien. Gedichte, Essays und Dramenentwürfe entstehen. Den Winter 1928/29 verbringt er in Cascais, wo er an den *Leiden des Camões* arbeitet.

1929 Abreise aus Portugal (18. Februar) und Rückkehr nach Deutschland über Gibraltar, Tanger und Norditalien; danach Reise mit seinem Bruder nach Prag und Salzburg. Abschluß des (noch unveröffentlichten) Dramas *Fackeln am Tejo*. Ab Ende Mai 1929 lebt er in Loschwitz bei Dresden und widmet sich während Aufenthalten in Berlin, München, Heidelberg und Göttingen seinen Studien. Arbeiten für Rundfunk und Tageszeitungen sind der Beginn der Existenzsicherung.

1930 Reisen: Deutschland, Spanien, Frankreich (Provence, Paris, Fontainebleau, Chartres). Studium der spanischen Mystik. Veröffentlichung der *Leiden des Camões* bei Hegner in Hellerau, Abschluß von *Philipp II. oder Religion und Macht*.

1931 Aufenthalt in München (Januar-März), Italienreise, Entwurf von *Innozenz der Dritte* (1960 posthum veröffentlicht von Josef Rast). Übersiedlung nach Berlin (November). Veröffentlichung von *Fichte. Der Weg zur Nation*, Vorstudien zum Hohenzollernbuch. Anfang April Umzug nach Potsdam, wo er mit Unterbrechungen bis 1937 bleibt.

1932 Veröffentlichung von Fichte, *Der Weg zur Nation*, Vorstudien zum Hohenzollernbuch. Anfang April Umzug nach Potsdam, wo er mit Unterbrechungen bis 1937 bleibt.

1933 Erste Begegnung mit Jochen Klepper und Werner Bergengruen. Im August erscheint *Die Hohenzollern. Tragik und*

Königtum; das Buch wird bald unterdrückt und erst 1953 wieder aufgelegt. Am 29. November schreibt er, angeregt durch erste Berichte über die Konzentrationslager, die Erzählung *Der Tröster*.

1934 Englandreise (Aug./Sept.) und Konzeption des geschichtsdeutenden Meisterwerks *Das Inselreich*.

1935 Zweite Englandreise (14.-31. März). Am 4. April bei Wilhelm II. in Doorn. Die Potsdamer Zeit bringt Kontakte zu Rudolf Alexander Schröder, Gerhart Hauptmann, zu Männern des Widerstandes wie Karl Ludwig zu Guttenberg, den Grafen Moltke, York von Wartenburg u. a.

1936 Italienfahrt (Ende Mai); Veröffentlichung des *Inselreichs*, das gegen Ende des Jahres trotz/wegen des schnellen Erfolges unterdrückt wird. Schneiders berühmtestes Sonett entsteht: »Allein den Betern kann es noch gelingen.«

1937 Rückkehr zur katholischen Kirche: »Ich kam wie einer, der die Sprache verlernt hat, in die Heimat.« Umzug nach Hinterzarten.

1938 Abschluß von *Las Casas vor Karl V.*, Schneiders dichterisch bedeutendstem Protest gegen die Judenverfolgungen. Zu Ostern schwere Erkrankung. Im April Umzug nach Freiburg i. Br., wo Schneider bis zu seinem Tode wohnt (mit Unterbrechungen). Italienreise (Mai-Juni). Im September Veröffentlichung des *Las Casas* im Insel-Verlag; das Sonett *Der Antichrist* entsteht (»Er wird sich kleiden in des Herrn Gestalt.«) 9. 12.-24. 2. 1939: Gast in der Maison Goethe, Paris.

1939 Im Januar Abschluß der Erzählung *Vor dem Grauen*. Italienfahrt (3.-7. Mai), Begegnung mit Theodor Heuss in Florenz. Seit Oktober beim Maler Leo von König in Berlin.

1940 Veröffentlichung der Essaysammlung *Macht und Gnade*.

1941 Audienz bei Papst Pius XII. (23. März). Entzug der offiziellen Druckerlaubnis, Beginn der Zusammenarbeit mit dem Alsatia-Verlag in Colmar, Freundschaft mit dessen Direktor Joseph Rossé, Unterstützung durch heimliche Papierlieferungen, dadurch Ermöglichung von Kleinschriften vor allem für Frontsoldaten, mit einer Gesamtauflage von über einer Million Exemplaren. Darunter: *Das Vaterunser*, Sonette, Briefe.

1942 Intensivierung der Tätigkeit im Inneren Widerstand durch oft nur maschinenschriftlich Vervielfältigtes. Sonette und Erzählungen. *Das Gottesreich in der Zeit* erscheint in Polen im Untergrund. Drei Jahre später, im April 1945, die Anklage auf Hochverrat.

1943 Von März bis Mai im Freiburger Loretto-Krankenhaus. Die Sonettensammlung *Jetzt ist des Heiligen Zeit* erscheint unter großen Schwierigkeiten im Alsatia-Verlag.

1944 Im Frühjahr Vernehmung und Hausdurchsuchung durch die Gestapo in Freiburg. Von Anfang Dezember bis Februar 1945 wieder im Loretto-Krankenhaus.

1945 *Die letzten Tage*, eine Sammlung von Sonetten, erscheint nach Kriegsende im Hans-Bühler-Verlag Baden-Baden.

1946 Erste Ehrungen: Dr. phil. h.c. der Universität Freiburg (5. September), Dr. jur. h.c. der Universität Münster (25. September). 22 Einzelschriften erscheinen bei neun Verlagen.

1947 Die Abhandlung *Über den Selbstmord* wird vom Bühler-Verlag Baden-Baden veröffentlicht. Beginn der Tätigkeit als Herausgeber der *Abendländischen Bücherei* bei Herder.

1948 Schneider wird (im Mai) ins Gremium der Neugründer des PEN gewählt. Er erhält (am 24. Mai) zusammen mit Gertrud von Le Fort einen Gedenkpreis der Badischen Landesregierung aus Anlaß des 100. Todestages Annette von Droste-Hülshoffs. Das politische Drama *Der Kronprinz* erscheint.

1949 Weitere Dramen: *Das Spiel vom Menschen* und *Belsazar* nach Calderón, schon 1948 entstanden. Die Ost-Berliner Zeitschrift *Der Aufbau* veröffentlicht drei Beiträge Schneiders, darunter das christliche Bekenntnis *Die Macht des Ge-*

wissens. Er wird (am 25. August) ordentliches Mitglied der Akademie der Wissenschaften und der Literatur in Mainz und erhält (am 3. September) den Preis der Longfellow-Gemeinschaft zusammen mit Rudolf Alexander Schröder. Schwere Erkrankung.

1950 Veröffentlichung des Dramas *Der große Verzicht*, das 1957 mit dem 1. Preis der Bregenzer Festspiele ausgezeichnet wird.

1951 Öffentliches Eintreten gegen die Wiederbewaffnung und die atomare Aufrüstung, an einigen Stellen wird die Aufnahme seiner Beiträge verweigert, es kommt zum sogenannten Fall Reinhold Schneider. Er wird (am 27. April) ordentliches Mitglied der Bayerischen Akademie der Schönen Künste. Die Dramen *Die Tarnkappe*, *Der Traum des Eroberers* und *Zar Alexander* werden vom Insel Verlag herausgebracht.

1952 Schneider wird Ritter der Friedensklasse des Ordens *Pour le mérite* (9. Oktober). Das Drama *Innozenz und Franziskus* erscheint.

1953 Die erste Auflage der *Ausgewählten Werke* erscheint bei Hegner (Köln und Olten) in vier Bänden. Eine dramatische Bearbeitung des *Las Casas* wird in Frankfurt, Freiburg und Baden-Baden aufgeführt.

1954 Umfangreiche Vortragsreisetätigkeit. Uraufführung des *Innozenz und Franziskus* im Essener Opernhaus (am 13. 2.), im Beisein des Bundespräsidenten Theodor Heuss. Lesungen in der Schweiz (Bern, Luzern, Genf u. a.). Das autobiographische Werk *Verhüllter Tag* erscheint. Weitere Aufführungen seiner Dramen im In- und Ausland.

1955 Berufung als ordentliches Mitglied der Akademie der Künste, Berlin (22. September). Begegnungen mit Albert Schweitzer in Kaysersberg und Günzbach, Schweitzer gibt ihm ein privates Orgelkonzert. Im Herbst Reise nach Dänemark, Norwegen, Schweden und Finnland, Begegnung mit

Jean Sibelius. Im Oktober in Berlin Begegnungen mit Anna Seghers, Otto Dix, Reneé Sintenis u. a. Am 31. Oktober Tod der Mutter. Im Dezember Flug nach Portugal zu Vorträgen in Coimbra und Lissabon.

1956 Als Geist der portugiesischen Regierung bis Februar in Lissabon, Porto und Coimbra, in der zweiten Februarhälfte Vorträge in Spanien. Erneute Nordlandreise. Am 23. September Verleihung des Friedenspreises des Deutschen Buchhandels in der Frankfurter Paulskirche, dort seine bedeutende, international wirkende Rede *Der Friede der Welt.* Sein einziger Roman, *Die silberne Ampel*, erscheint im Hegner-Verlag.

1957 Abriß des Hotels Messmer in Baden-Baden. Anlaß zu den Reflexionen des Bandes *Der Balkon. Aufzeichnungen eines Müßiggängers in Baden-Baden*, der im gleichen Jahr im Insel-Verlag erscheint. Vom 26. Juli-7. August erste Wien-Reise, dort vom 5. November bis 6. März 1958 erneuter Aufenthalt. Bekanntschaft mit Grete Wiesenthal und Carl Zuckmayer, Gespräch mit Gabriel Marcel. Das schwierige letzte Buch, *Winter in Wien*, entsteht.

1958 Ab 7. März wieder in Freiburg: Anfang April ist die druckfertige Fassung des *Winters in Wien* beim Herder-Verlag. Schneider stürzt am Karsamstag kurz nach einem Kirchenbesuch auf der Straße und stirbt am Nachmittag des 6. April (Ostersonntag) im Loretto-Krankenhaus. Am 18. Juli Uraufführung des preisgekrönten Dramas *Der große Verzicht* durch das Ensemble des Burgtheaters Wien in Bregenz; am 9. September Premiere in Wien. Die Essaysammlung *Pfeiler im Strom* erscheint im Insel-Verlag, der Herder-Verlag bringt *Winter in Wien* heraus.

Carsten Peter Thiede

Die Reinhold-Schneider-Gesellschaft

Reinhold Schneider und sein Werk sind nach wie vor Gegenstand zahlreicher Monographien und Dissertationen. Sie werden erfaßt von der Forschungsstelle der Reinhold-Schneider-Gesellschaft, Institut für Germanistik, TU Dresden, Mommsenstr. 13, 01069 Dresden (Prof. Dr. Walter Schmitz).

Hier wird auch die historisch-kritische Werkausgabe Reinhold Schneiders vorbereitet, die ab 2003 im Dresdner Universitätsverlag w. e. b. erscheint. Sie tritt an die Stelle der von Edwin M. Landau herausgegebenen, vergriffenen Ausgabe *Gesammelte Werke in zehn Bänden*, Insel Verlag, Frankfurt am Main 1977 ff.

Einzelbände aus den *Gesammelten Werken* sind im Buchhandel weiterhin erhältlich; wichtige Werke Reinhold Schneiders (namentlich *Las Casas vor Karl V.*, *Verhüllter Tag*, *Portugal. Ein Reisetagebuch*, *Der Balkon. Aufzeichnungen eines Müßiggängers in Baden-Baden* und *Elisabeth von Thüringen*) liegen in stets neuen Auflagen im Insel und Suhrkamp Verlag vor; der *Winter in Wien* ist im Herder Verlag erhältlich. Ein Band mit Erzählungen (*Das Attentat und weitere Erzählungen*) erscheint 2003 im Brunnen Verlag, Basel. Die bedeutende Novelle *Der Tröster* (*Friedrich von Spe*) liegt im Präsenz Verlag, Gnadenthal vor.

Im Dresdner Universitätsverlag w. e. b. erscheint ab 2003 die neue Folge des Jahrbuchs *Wesen und Widerstand. Forum zur christlichen Literatur im 21. Jahrhundert*, im Auftrag der Reinhold-Schneider-Gesellschaft herausgegeben von Wolfgang Frühwald, Karl-Josef Kuschel und Carsten Peter Thiede. Unter dem Untertitel *Forum zur christlichen Literatur im 20. Jahrhundert* waren die ersten beiden Bände 1997 und 1998 im Verlag Ferdinand Schöningh, Paderborn, erschienen.

Der handschriftliche Nachlaß und der Briefwechsel sind zugänglich – sofern sie sich nicht in Privatbesitz befinden – ebenso wie alle Erstausgaben, Übersetzungen in andere Sprachen und die Publikationen der Reinhold-Schneider-Gesellschaft und der Reinhold-Schneider-Stiftung (die sich 1996 mit der Reinhold-Schneider-Gesellschaft verband), im Reinhold-Schneider-Archiv der Handschriftenabteilung in der Badischen Landesbibliothek Karlsruhe, Erbprinzenstr. 15, 76133 Karlsruhe (Bibliotheksdirektorin: Dr. Ute Obhof).

Die Pflege und Erforschung des Nachlasses, die Koordinierung von Werkausgaben und Forschungsberichten und die Durchführung von Veranstaltungen obliegen der Reinhold-Schneider-Gesellschaft e. V. Sie verleiht jährlich eine Reinhold-Schneider-Plakette in Würdigung herausragender Verdienste um die Förderung europäischer christlicher Literatur im Geiste Reinhold Schneiders. Die bisherigen Preisträger sind Heinrich Ludewig, Bernhard Vogel, Alfons Nossol, Carl Friedrich Frhr. von Weizsäcker, Johannes Rau, Ingo Zimmermann, Hermann Lübbe und Wolfgang Frühwald.

Die Mitgliedschaft in der Reinhold-Schneider-Gesellschaft steht allen Interessenten offen. Sie versendet regelmäßige Informationen über eigene Veranstaltungen und andere Aktivitäten. Ihr Amtssitz ist Freiburg im Breisgau. Präsident: Rev. Professor Carsten Peter Thiede, Friedrich-Ebert-Str. 52, 33102 Paderborn.